Scherz Krimis
Die mit den Streifen

Für Corinna

»Wenn die Menschen aufstehen von ihren Lagerstätten, so wähnen sie, sie hätten den Schlaf abgeschüttelt, und wissen nicht, dass sie ihren Sinnen zum Opfer fallen und die Beute eines neuen, viel tieferen Schlafes werden, als der war, dem sie entronnen sind.«

Gustav Meyrink, *Der Golem*

1

Ich schwimme in einem Meer aus Blut, aber ich bin nicht tot. Die zähe rote Flüssigkeit umhüllt mich wie das Fruchtwasser einen Embryo. Die Gebärmutter ist riesig, grenzenlos.

Mit kräftigen Stößen durchpflüge ich die roten Fluten, begegne großen Fischen mit glotzig-starren Augen. Zwischen den schuppigen Fischleibern schimmern andere Körper hindurch, Menschen, die auf dem Grund der roten Tiefsee liegen und zu mir heraufsehen. Ihre Augen bewegen sich nicht, sind glasig, tot, aber die Blicke klagen mich an. Panik erfüllt mich und lässt nur noch einen Gedanken zu: Flucht!

Ich verdopple meine Anstrengungen, an die Oberfläche zu kommen, von der ich nicht einmal weiß, ob es sie gibt. Mein Sauerstoff wird knapp, die Lungen brennen, als es mir – endlich! – mit ein paar verzweifelten Schwimmstößen gelingt.

Das Meer aus Rot verschwindet von einem Augenblick auf den anderen, und die Welt ist weiß. Eine Wüste aus Schnee und Eis. Bevölkert von ebenso weißen Gestalten. Mannsgroße Pinguine, die ihre Kellnerfräcke abgelegt haben.

Seltsame Geräusche dringen an mein Ohr, erst fern und dumpf, dann deutlicher. Ein Konzert aus Piepen, Sirren und Summen. Wie tausend Insekten, die mich umschwirren.

Ich fühle sie auf meinem Gesicht: Wespen, Fliegen oder Käfer. Sie bedecken jeden Zentimeter meiner Haut, dringen in Nase, Ohren und Mund ein, wollen mich ersticken oder auffressen. Mein Atem geht in schnellen, kurzen Stößen, pumpt nach jedem Quäntchen Luft, das die wimmelnde Brut mir lässt.

Ich will die Arme hochreißen und die Insektenarmee von meinem Gesicht fegen. Es geht nicht. Ich bin gelähmt, an Armen und Beinen gelähmt!

Nur den Kopf kann ich bewegen, schüttle ihn hin und her, verschaffe mir dadurch etwas Luft. Ich kann wieder atmen und denken und mit den Gedanken kommt der Schock. Ich erinnere mich, schon mehrmals mit ähnlich beklemmenden Gefühlen aufgewacht zu sein. Aber wenn ich wach bin, kann ich mich nicht länger in einem Traum befinden ...

Es ist wirklich – Realität!

Über mir sehe ich verschwommene Gesichter, geprägt von maskenhaf-

tem Lächeln, das mich an Fischmäuler erinnert. Ich höre gedämpfte Stimmen, nur ein Murmeln, spüre einen Stich in meinem linken Arm, kurz nur und nicht sehr schmerzhaft. Eine Injektion.

Die Gesichter zerfließen und ich falle zurück in den roten Ozean – in das Meer aus Blut.

»Er kommt wieder zu sich. Herzrhythmus, Puls und Atmung stabil. Sieht so aus, als seien diesmal keine Panikattacken zu befürchten.«

Die Stimme wirkte beruhigend auf mich. Nicht wegen dem, was sie sagte. Die Bedeutung der Worte wurde mir nur ganz allmählich klar, wie ein akustisches Puzzle, das sich Stück für Stück zusammensetzte. Was mich beruhigte, war die Stimme an sich: Eine menschliche Stimme, weich, warm, weiblich – und ich konnte sie hören!

Das war der Beweis, den ich brauchte. Der Beweis, dass ich am Leben war. Es war ein Anfang, aber mehr auch nicht. Ich fühlte mich wie jemand, der nach monatelanger Abwesenheit in seine Wohnung heimkehrt. Man sieht die Zimmer, Schränke, Tische und Stühle, betrachtet die Bilder an den Wänden, erkennt alles wieder, und doch ist es einem seltsam fremd. Als wären sämtliche Gegenstände in der Zeit der Abwesenheit zum Leben erwacht und hätten sich verändert. Dabei ist man selbst derjenige, der sich verändert hat.

Als ich mich umsah, entdeckte ich Menschen in Weiß, die in einem weißen Raum standen. Der Raum war voll von Geräten, die mich mit ständigem Blinken und Piepen und Summen umgaben. Ein elektronisches Insektennest. All das erfasste ich, aber zu mehr reichte es nicht. Ich kannte die Menschen nicht und der Raum war mir ebenso fremd.

Wo war ich?

Wie kam ich hierher?

Ein schneller Blitz traf meine Augen, erst das rechte, dann das linke, und zerriss die brüchige Kette meiner angestrengten Überlegungen.

»Die Pupillen reagieren normal.«

Das sagte eine andere Stimme, die eines Mannes. Es klang nüchtern, unbeteiligt. Das Objekt seiner Untersuchung hätte ebenso gut ein Meerschweinchen oder eine Laborratte sein können. Mit dem gleichen Mangel an Mitgefühl hätte er wohl auch festgestellt, dass der Patient tot, die Operation misslungen sei.

Patient ...

Operation ...

Als mir die beiden Begriffe durch den Kopf gingen, verstand ich erst: Ich war der Patient. Ich lag in einem Krankenhauszimmer. Und ich war umgeben von Ärzten und Pflegepersonal.

Der Mann, der meine Pupillen getestet hatte, hielt in der Rechten einen silbern schimmernden Stab, die – jetzt ausgeschaltete – Taschenlampe. Die linke Hand steckte in einer Tasche des Arztkittels. Ein langer, dürrer Hals wuchs aus dem weißen Kragen. Der Kopf darüber war ebenfalls länglich geformt, die Züge asketisch. Die ungekämmten weißen Haare mochten ihn älter erscheinen lassen, als er war. Auf den ersten Blick hätte ich ihn auf Mitte sechzig geschätzt, aber vielleicht war er zehn Jahre jünger.

Oder älter? Das dachte ich, als ich seine Augen betrachtete. Sie lagen im Schatten buschiger weißer Brauen. Tiefe Ränder unter den Augen wiesen auf mangelnden Schlaf hin. Und auf große Sorgen? Was mich an einen sehr alten Mann denken ließ, war das Netzwerk aus Falten an den äußeren Augenwinkeln, das sich so tief in die Haut gefressen hatte, als hätte das unerbittliche Leben sie mit einem Meißel in das Gesicht geschlagen.

Die Augen selbst verrieten nichts. Sie verströmten kein jugendliches Feuer, waren aber auch nicht vom Schleier des Alters verhängt. Wie zwei ruhige Bergseen lagen sie in den tiefen Höhlen, klares Blau, in dem der Betrachter versinken konnte.

Mit Gewalt musste ich mich von dem faszinierenden Anblick dieser Augen losreißen und mich zwingen, mit der Musterung des Weißhaarigen fortzufahren. Leicht gekrümmter Rücken und blassgraue Haut, also weder Athlet noch Sonnenanbeter. Ein Leben am Schreibtisch und im Labor. Und im Operationssaal?

Eine warme Hand strich über meine Stirn, zog sich zurück und kehrte wieder, diesmal mit einem weichen Tuch. »Ein leichter Schweißausbruch, normal angesichts der Umstände, würde ich sagen.«

Das war die Frau von eben. Mein Kopf wandte sich zu ihr. Sie beugte sich noch immer über mich, um den Schweiß abzuwischen. Rote Locken kitzelten meine Wangen. Ein sehr angenehmes Gefühl. Ihr Haar hatte das intensive Rot überreifer Kirschen. Unterstrichen wurde die Wirkung der ungewöhnlichen Haarfarbe noch durch die weiße Schwesternhaube, der es nicht gelang, die Lockenpracht zu bändigen. Ein Gesicht mit ausgeprägten Wangenknochen und vollen, sinnlichen Lippen ließ die Schwesterntracht als lächerlichen Täuschungsversuch erscheinen. Ich stellte mir die Frau in einem gewagten Abendkleid vor, tief ausgeschnitten oder hoch geschlitzt, am besten beides. Und das in einem verräucherten Nachtclub, der irgendwie antiquiert wirkte. Wie aus einem Hollywood-Gangster-Streifen der Fünfzigerjahre.

»Danke, Schwester Ira«, zerstörte der Weißhaarige meinen Traum und beugte sich über mich. »Wie fühlen Sie sich?«

Eine gute Frage!

Krampfhaft suchte ich nach einer Antwort. Ich wollte meinen Körper abtasten wie ein Soldat nach einem Granateinschlag. Aber Arme und Beine wollten – konnten – mir nicht gehorchen. Jetzt spürte ich die stählernen Fesseln, die sie fest hielten.

»Wie fühlen Sie sich?«, wiederholte der Weißschopf und beugte sich dabei so dicht über mich, dass ich seinen Atem spürte.

»Gelähmt«, sagte ich und konnte mich selbst kaum verstehen. War das eben meine Stimme gewesen oder das Knarren einer rostigen Türangel? Meine Zunge fühlte sich wie ein Fremdkörper an, mein Mund war eine trockene, pelzige Höhle.

»Schwester, der Patient könnte etwas zu trinken vertragen«, stellte der Weißschopf in seinem emotionslosen Tonfall fest.

»Ja, Doktor.«

Die Rothaarige brachte mir einen kleinen Plastikbecher, kaum größer als ein Fingerhut. Die Flüssigkeit hatte Zimmerwärme und auch einen Hauch von Geschmack, aber vergebens bemühte ich mich, ihn zu identifizieren. Irgendwas zwischen Himmbeere und Hagebutte.

»Was ist mit meinen Armen und Beinen?«, fragte ich. Es klang abgehackt wie ein Roboter in einem uralten Sciencefictionfilm.

Der Arzt hob die Mundwinkel an, was wohl so etwas wie ein

Lächeln darstellen sollte. »Wir mussten Sie ans Bett schnallen, zu Ihrem eigenen Schutz. Sie hatten Albträume und wollten randalieren.«

Albträume ...

Plötzlich war alles rot um mich herum. Ein anderes Rot als das Haar der Schwester. Heller, unangenehm, durchdringend. Ich sah die Fische in dem roten Meer und fürchtete, jeden Augenblick wieder zum Brennpunkt der anklagenden Blicke zu werden, der toten Augen. Der ehemals weiße Raum begann sich um mich zu drehen.

»Atmung und Puls steigen rapide an!«

»Er kollabiert!«

»Wir müssen stabilisieren!«

»Injektion, schnell!«

Die Fische bewegten gemächlich ihre kleinen Mäuler. Es wollte nicht zu den aufgeregten Stimmen passen, die verzerrt an mein Ohr drangen.

Oder bildetete ich mir die Stimmen nur ein? Vielleicht gab es gar kein weißes Zimmer mit weiß gekleideten Menschen. Dies hier, das Meer aus Blut, war meine Welt.

Und ich versank in ihr.

»Diesmal dürfen Sie aber nicht gleich wieder schlappmachen!«, sagte der rothaarige Engel, der sich über mich beugte.

Ich atmete ein schweres Parfüm, verführerisch. Ein Duft, der nicht zu der Krankenhausatmosphäre passen wollte. Während Schwester Ira das Kopfstück meines Bettes höher stellte, registrierte ich ein fast identisches Bild wie vor meinem Eintauchen in das alles verschlingende Rot. Der weißhaarige Arzt stand noch oder schon wieder neben dem Bett, zwei jüngere Männer in weißen Kitteln schräg hinter ihm. Auch ihre Gesichter erkannte ich wieder.

»War ich lange weggetreten?« Noch immer fiel mir das Sprechen schwer und meine Stimme klang für mich wie die eines Fremden.

Der Weißhaarige trat ans Bett. »Was glauben Sie, wie lange?«

»Wohl ein paar Minuten«, sagte ich vorsichtig.

»Zwanzig.«

»Zwanzig Minuten?«

»Zwanzig Stunden.«

»Aber ... wieso?«

»Es geht Ihnen nicht so besonders.«

»Das habe ich gemerkt. Was ist mit mir?«

»Sie haben schwere Kopfverletzungen erlitten.« Die nervige Rechte des Arztes wies auf meinen Schädel und bewegte sich in Zickzacklinie bis zum Fußende meines Bettes. »Deshalb auch die Bänder um Ihre Arme und Beine. Zu heftige Bewegungen, sei es im Schlaf oder bei einem Anfall, könnten Ihnen Schaden. Die Operationen waren alles andere als einfach.«

»Operationen«, murmelte ich und sah den Arzt an. »Haben Sie ...«

Er wies auf die jüngeren Männer hinter ihm. »Mein Team und ich, ja. Wie haben zu retten versucht, was zu retten war.« Das war nicht gerade eine ermutigende Wortwahl, wie er selbst auch merkte. Schnell fügte er mit einem gezwungenen Lächeln hinzu: »Ich glaube, wir waren recht erfolgreich. Ihre Chancen stehen gut.«

»*Was* haben Sie zu retten versucht, Doktor ...«

»Ambeus, Dr. Ambeus.« Er sprach das E und das U getrennt aus, wie bei »Amadeus«. »Ihre Kopfverletzungen haben zu Beeinträchtigungen der Hirnfunktionen geführt. Das macht die ganze Sache so heikel.«

Falls dieser Ambeus jemals gelernt hatte, einen Patienten schonend über seinen Zustand zu unterrichten, hatte er es gründlich vergessen. Im Geiste sah ich mich mit schwerem Hirnschaden durchs Leben gehen, ein halber Zombie. Ich rang die Panikattacke nieder, die von mir Besitz ergreifen wollte.

»Könnten Sie das ein wenig präzisieren, Dr. Ambeus?«

»Ich will Sie nicht mit medizinischem Fachchinesisch quälen. Im Kern geht es darum, dass die Schädelfrakturen, die Sie sich bei Ihrem Unfall zugezogen haben, sich auf das limbische System ausgewirkt haben könnten.«

»Das limbi ... was?«

Ambeus lächelte nachsichtig, als habe er einen begriffsstutzigen Schuljungen vor sich. »Das limbische System ist ein sehr komplexes Gebilde aus mehreren Hirnstrukturen, mitverantwortlich für die Entstehung von Gefühlen und emotionalen Verhaltensweisen. Aber auch dafür, an was der Mensch sich erinnert und was er vergisst.«

»Und das ist bei mir gestört?«

»Möglicherweise. Wir haben Ihr Gehirn so gut wie möglich durchleuchtet. Kernspin-Tomographie, Positronenemissions-Tomographie, Magnetresonanz-Tomographie. Das volle Programm. Die Ergebnisse lassen darauf schließen, dass winzige Splitter Ihres Schädelknochens ins limbische System eingedrungen sind.«

»Aber Sie sagten doch, Sie hätten mich operiert.«

»Haben wir. Die größeren Knochensplitter sind draußen. Aber mit den mikroskopisch kleinen Splittern ist das so eine Sache. Wenn wir zu sehr in Ihrem Gehirn herumwühlen, könnten wir unabsichtlich irreparable Schäden herbeiführen. Schäden, die schwer wiegender sind als ...« Der Arzt stockte und kniff die dünnen Lippen zusammen.

»Als die Schäden, die bereits eingetreten sind?« Ich krächzte wie ein Rabe, halb aus Erregung, halb, weil meine Stimmbänder mir einfach nicht richtig gehorchen wollten. »Ist es das, Dr. Ambeus?«

Er nickte.

»Irreparable Schäden?«

Ambeus breitete die Hände aus, und seine langen, dünnen Finger erinnerten mich an Spinnenbeine. »Das kann man jetzt noch nicht sagen. Wir können nur hoffen, dass die bisherigen Ausfallerscheinungen sich als temporär erweisen.«

»Ausfallerscheinungen? Wovon sprechen Sie?«

»Von Ihrer Erinnerung an Ihren Unfall und an sich selbst.«

Ich kramte in meinem Gedächtnis, aber das war wie ein alter Schrank auf dem Sperrmüll: nur leere Fächer.

»Ich habe keine Erinnerung an meinen Unfall«, sagte ich endlich. »Ich weiß wirklich nichts davon.«

»Eben.«

Allmählich dämmerte es mir. Es war wie ein würgender Griff, der meine Kehle langsam, aber stetig zudrückte. Ich schnappte nach Luft, schwarze Flecke tanzten vor meinen Augen. Das dumpfe Fauchen, das wie aus weiter Ferne an meine Ohren drang, war ein Röcheln – *mein* Röcheln.

»Schwester Ira, Sauerstoff!«

Der schneidende Ruf kam von Dr. Ambeus.

Dann hörte ich unverständliche Worte, die allmählich schwächer wurden. Das verklingende Echo begleitete mich, als ich in das endlose Rot stürzte.

Die Fische erschrecken mich nicht. Sie sind gleichgültig, ziehen achtlos an mir vorbei. Viel schlimmer sind die Menschen, die sich wie Meerespflanzen unter mir ausbreiten. Da liegen sie in seltsam verkrümmten Stellungen, wie gestürzte Marionetten, deren Spieler von einem Moment auf den anderen das Interesse verloren hat. Ihre Leiber sind reglos, tot. Aber ihre Augen leben, starren mich an, durchbohren mich, fragen, verwünschen und verdammen – hassen. Ich weiß genau: Wäre noch Leben in den Körpern, würden sie ihre Arme nach mir ausstrecken und mich zu sich in die tiefste Tiefe zerren, ins dunkelste Rot.

Ich wende mich ab und schwimme nach oben. Dorthin, von wo mir ein heller Schimmer entgegenleuchtet, das Versprechen von Licht, Luft und Leben.

Obwohl ich nach oben sehe, weiß ich, dass die Toten unter mir mich weiterhin anstarren, dass sie jede meiner Bewegungen mit brennendem Interesse verfolgen. Ein Grund mehr, so schnell wie möglich nach oben zu schwimmen.

Mein Herz will aussetzen, als die Gesichter – und diese starrenden Augen! – plötzlich über mir sind. Aber dann erkenne ich, dass es nicht die Gesichter der Toten sind. Die rote Flüssigkeit, das Blut, weicht zurück, lässt mich ans Licht. Ich sehe Menschen, die weiß sind, nicht rot – mit Ausnahme des lockigen Haars über mir …

»Wie lange war ich diesmal weggetreten?«, fragte ich Schwester Ira, die sich an einer Apparatur neben dem Kopfende des Bettes zu schaffen machte.

»Nur fünf Stunden.« Die Antwort kam nicht von ihr, sondern von Dr. Ambeus. »Das freut mich sehr.«

Der Arzt stand auf der anderen Bettseite, hinter ihm die beiden unvermeidlichen Assistenten. Ich erkannte ihre Gesichter wieder, das scharfgeschnittene des größeren und das etwas breiige des kleineren und stämmigeren Mannes.

»Was freut Sie, Doktor? Dass ich weggetreten war? Oder dass ich *nur* fünf Stunden ohne Bewusstsein war?«

»Weder noch. Es freut mich, dass Sie sich auch diesmal an Ihre letzte Wachphase erinnern. Das zeigt, dass Ihr Gedächtnis dabei ist, sich zu erholen. Früher haben Sie sich an gar nichts erinnert, wenn Sie erwacht sind.«

Früher?

Dieses eine Wort beschäftigte mich. Bislang hatten wir über Stunden gesprochen, aber dieses *Früher* lenkte meine Gedanken in ganz andere zeitliche Dimensionen.

»Wie ... wie lange bin ich schon hier?«

»Heute ist der achtzehnte Tag«, antwortete Ambeus, ohne auch nur eine Sekunde zu überlegen.

Ich dachte an das Gespräch vor meiner letzten Ohnmacht. »Sie haben etwas von einem Unfall gesagt, Doktor. Ein Autounfall?«

»Wir wissen nichts Genaues. Auch die Polizei konnte nichts feststellen. Man fand Sie frühmorgens bewusstlos an einer abgelegenen Landstraße, nicht weit vom Krankenhaus. Jemand hat Sie angefahren und dann Fahrerflucht begangen.«

»War ich zu Fuß unterwegs?«

»Augenscheinlich.« Ambeus musterte mich eindringlich. »Erinnern Sie sich nicht, was Sie dort gesucht haben?«

Ich versuchte, mir eine Landstraße vorzustellen, *die* Landstraße. Aber ich brachte nur ein nebulöses Bild zustande, nichts Konkretes. Eine verlassene Fahrbahn zwischen Wiesen und Bäumen, wie man sich eine Landstraße eben vorstellt. Die Unfallstelle war, wie der ganze Unfall selbst, in meinem Gedächtnis ausgelöscht.

Als ich das dem Arzt sagte, legte er beruhigend eine Hand auf meine Schulter. »Machen Sie sich nichts daraus, die Erinnerung wird schon wiederkommen. Vielleicht sollten wir es mit etwas anderem versuchen. Erzählen Sie mir doch etwas über sich selbst, bitte!«

Ich glaubte, einen merkwürdigen Unterton in seiner Stimme wahrzunehmen, einen Ausdruck innerer Anspannung. Seine äußere Gelassenheit schien nicht echt zu sein. Ich schob den Gedanken beiseite und versuchte vergeblich, seiner Bitte nachzukommen. Zwar öffnete ich die Lippen, um meinen Namen zu nennen, aber ich brachte nur ein hilfloses Gestammel hervor.

Wie sollte ich Ambeus einen Namen nennen, den ich selbst nicht wusste?

Es war ähnlich, wie wenn man nach seinem Alter gefragt wird. Man kennt sein Geburtsdatum haargenau, hat es tausendmal aufgesagt und auf Formulare geschrieben. Aber das genaue Alter? Man weiß es einfach nicht, fängt an zu rechnen, wie viele Monate in diesem Jahr schon vergangen sind. Bei mir aber war es viel schlimmer. Mir fehlte jeder Anhaltspunkt. Ich wusste weder meinen Namen noch mein Alter, noch mein Geburtsdatum.

Vergeblich versuchte ich mich zu erinnern, wo ich wohnte, welchen Beruf ich hatte, wer meine Eltern waren, ob ich verheiratet war, ob ich Kinder hatte. Alle Schubladen, die ich im Geiste aufzog, gähnten mir leer entgegen.

Nur ein paar Satzfetzen beherrschten mein Denken, wirbelten durcheinander, verdrängten alles andere: Das limbische System ... ein sehr komplexes Gebilde aus mehreren Hirnstrukturen ... verantwortlich dafür, an was der Mensch sich erinnert und was er vergisst ... winzige Splitter eingedrungen ... irreparable Schäden ...

Es war wie ein Kreisel, der sich schneller und schneller drehte. Statt des singenden Brummtons spie er die Satzfetzen aus, die mich erschreckten. Nein, nicht die bruchstückhaften Sätze erschreckten mich, sondern die Erkenntnis dessen, was dahinter stand: Meine Identität, mein Leben, mein Ich – alles war ausgelöscht, vielleicht für immer.

Irreparabel?

Ich bemerkte kaum, wie die drei Ärzte und die Schwester in Hektik verfielen. Sie drehten an den Apparaturen, gaben mir eine Injektion. Diesmal verlor ich nicht das Bewusstsein, obwohl ich mir fast wünschte, in dem Blutmeer mit den anklagenden toten Augen zu versinken. Dann wäre wenigstens die quälende Sorge um mein Ich verschwunden.

Der unsichtbare Kreisel wurde langsamer, das Bild des Krankenzimmers mitsamt den vier menschlichen Gesichtern stabilisierte sich, ich atmete ruhiger, konnte wieder klar denken.

Aber ich konnte mich nicht erinnern!

Nur mühsam brachte ich es über die Lippen: »Ich weiß nichts. Ich kenne meinen Namen nicht, weiß nicht, wer ich bin!«

»Erinnern Sie sich an gar nichts?« Ambeus bohrte seinen Blick in meinen. »Denken Sie nach! Vielleicht eine Kleinigkeit, eine Adresse, ein Straßenname nur, eine Hausnummer oder eine Telefonnummer? Oder der Name eines Menschen, der Ihnen nahe steht?«

Er hätte mich ebenso gut bitten können, das Neue Testament auf Lateinisch aufzusagen. So krampfhaft ich auch nach einer Erinnerung suchte, nach einem Gesicht, einem Namen, einem Haus oder einer Straße, alles blieb im Dunkel.

»Können Sie mir nicht auf die Sprünge helfen, Dr. Ambeus?«

»Wie stellen Sie sich das vor?«

»Sagen Sie mir einfach, welcher Name in meinen Papieren steht. Vielleicht kehrt die Erinnerung dann zurück!«

»In Ihren Papieren?« Ein Schatten legte sich auf das Gesicht des Arztes.

»Ja! Ich muss doch eine Brieftasche bei mir gehabt haben, einen Ausweis, Führerschein, Blutspendepass, irgendetwas in der Art!«

Ambeus zwang seinem unbeteiligten Gesicht einen mitleidigen Ausdruck auf. »Bedaure, aber nach dem Polizeibericht trugen Sie nichts bei sich. Ihre Taschen waren leer. Keine Papiere, keine Schlüssel, kein Geld, nichts.«

Vielleicht starrte ich ihn nur dreißig Sekunden schweigend an, vielleicht aber auch volle fünf Minuten. Bis ich schließlich fragte: »Nicht ein einziger Hinweis auf meine Identität?«

»Leider nicht.«

»Was sagt die Polizei? Vielleicht gibt es eine Vermisstenmeldung, die auf mich passt.«

»Negativ.«

»Oder jemand erkennt mein Foto in einer Zeitung!«

»Wurde schon versucht, ohne Erfolg.«

Dr. Ambeus schien es sich zur Aufgabe gemacht zu haben, jede Hoffnung im Keim zu ersticken. Ich verspürte einen brennenden Zorn auf den Arzt. Hätten mich die Fesseln nicht fest gehalten, wäre ich wohl aufgesprungen und ihm an die Gurgel gefahren.

Natürlich traf ihn keine Schuld an meiner Lage, aber ich hatte niemanden sonst, an dem ich meine Wut und Verzweiflung abreagieren konnte, nicht einmal mich selbst.

Eine bittere Erkenntnis lenkte mich ab, als ich versuchte, mir den Zeitungsaufruf mit meinem Foto vorzustellen. Das Foto mit meinem Gesicht blieb vor meinem geistigen Auge verschwommen, wie von einem dichten Nebel eingehüllt. So sehr ich mich auch bemühte, ich konnte mich nicht an mein Gesicht erinnern.

»Ein Foto!«, krächzte ich voller Erregung. »Haben Sie ein Foto von mir, Doktor?«

»Im Moment leider nicht. Wieso?«

»Weil . . .« Ich schluckte. Es kam mir lächerlich vor, ebenso lächerlich wie Furcht einflößend. »Weil ich mich nicht an mein Gesicht erinnere.«

Ambeus sah mich tiefgründig an. Vergebens versuchte ich, seinen Blick zu deuten. Ich konnte nicht feststellen, ob meine Mitteilung ihn überraschte, oder ob er insgeheim damit gerechnet hatte.

Er wandte sich zu der Rothaarigen um. »Schwester, holen Sie uns bitte einen Spiegel!«

Ira verließ das Zimmer und kehrte kurz darauf mit einem altmodischen Handspiegel zurück, wie er auf dem Frisiertisch einer nicht mehr jungen Frau liegen mochte. Ambeus nahm den Spiegel an sich und hielt ihn mir vors Gesicht. Für ein paar Sekunden war die Furcht vor der Enttäuschung größer als alles andere, und ich kniff die Augen fest zusammen. Schließlich öffnete ich die Augen, ganz langsam wie ein Kind, das nachsehen will, ob der böse schwarze Mann verschwunden ist.

Das Gesicht, das mir aus dem Spiegel entgegensah, wirkte auf mich nicht uninteressant. Das Haar lag zusammen mit dem oberen Teil des Kopfes unter einem dicken weißen Verband verborgen. Unter den schwungvollen Krümmungen tiefschwarzer Brauen blickten mich eisgraue Augen forschend an. Der Blick wirkte offen und klar, aber zugleich befremdet. Zwischen den Augen erhob sich wie eine Trennmauer eine etwas zu ausgeprägte Nase, deren Spitze sich auffällig krümmte. Kein Zweifel, sie war gebrochen. Das Gesicht war schmal und knochig, das Kinn sprang angriffslustig nach vorn. Die leicht aufgeworfenen

Lippen wirkten, allem Ernst der Situation zum Trotz, ein wenig spöttisch.

Nicht übel, wirklich, der Kerl gefiel mir – aber er war mir vollkommen fremd.

Immer wieder sah ich mir das Gesicht – *mein* Gesicht – in den folgenden Tagen und Nächten an, aber es blieb mir so unbekannt, so fremd wie das der Ärzte und der Schwester.

Die Ärzte stellten mir alle möglichen Fragen, und meistens konnte ich zufrieden stellend antworten, um welche Wissensgebiete es sich auch handelte. Ich wusste, dass die Mauer vor zehn Jahren gefallen und Deutschland wieder vereinigt war. Ich wusste, welches Land Fußballweltmeister und Europameister war. Ich kannte den Namen des US-Präsidenten und erinnerte mich, dass sein Vorgänger in einen Riesenskandal verwickelt gewesen war.

Aber bei Ereignissen, die erst Tage oder wenige Wochen zurücklagen, musste ich passen. Von dem schweren Erdbeben in Los Angeles hatte ich ebenso wenig gehört wie von der Entführung einer Lufthansa-Maschine durch ein nahöstliches Terrorkommando. Und wenn ich davon gehörte hatte, dann hatte ich es restlos vergessen. Ebenso wenig wusste ich etwas von dem schweren Unfall des amtierenden Formel-1-Weltmeisters oder von dem Sex-Skandal um den englischen Innenminister. Alles Ereignisse der letzten drei bis vier Wochen, alles in meinem Kopf so wenig existent wie mein eigener Name und mein eigenes Gesicht.

Ich weiß nicht, in wie vielen Stunden die Ärzte mir Frage um Frage stellten und monoton ihre Anmerkungen auf Dutzende von Papierblättern schrieben. Alles ähnelte sich, vermischte sich zu einem Brei der immer gleichen Gesichter und der immer gleichen Fragen.

Wann ich auch aus meinem blutigen Traum erwachte, immer waren dieselben vier Personen oder ein paar von ihnen um mich herum. Und immer herrschte in meinem Krankenzimmer dasselbe künstliche Licht. Tageslicht gab es ebenso wenig wie einen Tag, weil der Raum kein Fenster hatte.

Als ich Schwester Ira nach dem Grund fragte, antwortete sie

schulterzuckend: »Das ist auf dieser Station eben so. Die Patienten bedürfen absoluter Ruhe.«

»Ich habe hier noch keine anderen Patienten gesehen.«

»Es sind alles Einzelzimmer, der Ruhe wegen.«

Das war zwar eine Erklärung, doch konnte sie mein Misstrauen nicht besänftigen, das immer stärker wurde, je länger ich in der Klinik lag. Noch immer festgeschnallt. Angeblich, weil jede heftige Bewegung dem Heilungsprozess geschadet hätte.

Mein Blick glitt durch das Zimmer, das jetzt im Halbdunkel lag. Außer einer kleinen Lampe verbreiteten nur die medizinischen Apparate einen matten Schein, teils rötlich, teils grünlich. Schwester Ira saß, über einem aufgeschlagenen Hochglanzmagazin halb zusammengesunken, einsam an einem kleinen Tisch. Außer ihr und mir war niemand im Zimmer. Ich schloss aus den Umständen, dass es draußen Nacht war. Vielleicht war es einfach nur die romantische Vorstellung eines verwirrten Gehirns, aber mir gefiel der Gedanke, dass die verführerische Ira treu Wache am Bett ihres hoffnungslosen Patienten hielt.

Hoffnungslos?

Nein, nicht ganz, denn ich hatte einen Plan ...

»Schwester!«

Sie fuhr zusammen, wie aus einem Halbschlaf hochgeschreckt, und sah über den Rand ihrer Zeitschrift. »Ja? Warum schlafen Sie nicht?«

»Weil ich Ihnen etwas Wichtiges sagen muss.«

Eine steile Falte zwischen ihren Augen zeugte von ihrer Verwunderung. »Was denn?«

»Kommen Sie näher zu mir, Ira! Ich möchte nicht, dass uns jemand hört.«

Zögernd kam sie meiner Bitte nach und zwinkerte dabei den Schlaf aus ihren schönen Augen. Wäre sie nicht noch vom Halbschlaf benommen gewessen, hätte sie vielleicht anders reagiert.

Ich flüsterte ihr etwas zu, absichtlich so leise, dass sie sich tief über mich beugen musste, um meine Worte zu verstehen.

»Was sagen Sie?«, fragte sie, während ihre Locken mein Gesicht streichelten.

»Dass Sie eine sehr attraktive Frau sind und wir diese Nacht in trauter Zweisamkeit nicht ungenutzt verstreichen lassen sollten!«

Ich wartete den überraschten Ausdruck in ihrem Gesicht nicht ab. Schon biss ich zu, klemmte einen dicken Lockenstrang zwischen meinen Zähnen fest und warf meinen Kopf mit einer ruckartigen Bewegung zurück aufs Kissen.

Halb vor Überraschung, halb vor Schmerz, stieß Ira einen spitzen Laut aus. Sie beugte sich weit vor, um den ziehenden Schmerz ihres festgeklemmtes Haars zu lindern, verlor das Gleichgewicht und fiel auf mein Bett. Ein Körper mit sehr fraulichen Formen presste sich gegen meinen. Ich empfand ihre Nähe, ihre Wärme und ihren Duft als sehr angenehm. Den Lockenstrang noch immer mit den Zähnen fest haltend, drehte ich meinen Kopf zur Seite, als wollte ich sie zwingen, der Bewegung nachzugeben und ihre Wange an meiner zu reiben.

Ihre Hände tasteten nach meinem Mund und befreiten das eingeklemmte Haar. Schwankend erhob Ira sich und bedachte mich mit einem Blick, in dem sich Irritation und Tadel mischten.

»Warum so widerspenstig?«, grinste ich frech. »Nach meinem Spiegelbild zu urteilen muss ich auf Frauen recht attraktiv wirken. Oder sind Sie vom anderen Ufer?«

Sie strich das in Unordnung geratene Haar aus ihrem Gesicht. Ihr Atem ging schnell und ihr Busen hob und senkte sich in kurzer Folge.

»Ich kann nur hoffen, dass Ihr Gedächtnis bald wieder so gut funktioniert wie Ihre Libido.«

»Sie haben meine Libido noch gar nicht getestet.« Ich sprach im Tonfall eines zutiefst Enttäuschten und warf ihr einen flehenden Blick zu. »Sie scheinen müde zu sein, Ira. Legen Sie sich doch einfach zu mir!«

Sie hatte ihre Überraschung überwunden, und ein kaltes Lächeln trat auf ihre verlockenden Lippen. »Sex mit Abhängigen ist strafbar. Sie sollten lieber versuchen zu schlafen!«

»Wird mir wohl nichts anderes übrig bleiben. Dank der Fesseln ist mir sogar die Handarbeit verwehrt.«

»Dann bin ich Dr. Ambeus für Ihre Fesselung doppelt dankbar.«

Ihr weißes Kleid glatt streichend, kehrte sie auf ihren Platz zurück. Sie rückte den Stuhl so zurecht, dass sie mir halb den Rücken zuwandte. Indem sie den Augenkontakt vermied, hoffte sie wohl, mein Interesse an ihr würde abkühlen. Sie konnte nicht wissen, dass ich mein Ziel längst erreicht hatte.

Der Schlüssel zur Freiheit lag am Rand meines Bettes, dicht an der Kante, konnte jeden Augenblick herunterfallen. Ein blaues Plastikröhrchen, maximal vierzehn Zentimeter lang und einen Zentimeter im Durchmesser, sich am unteren Ende verjüngend und oben in einem abgerundeten Druckkknopf auslaufend. Unterhalb des Druckknopfes saß eine vier bis fünf Zentimeter lange Klemme, ebenfalls aus Plastik. In der Mitte der zweigeteilten Röhre markierte ein winziger Metallring die Stelle, wo Ober- und Unterhälfte zusammengeschraubt waren. Je länger ich darauf starrte, desto deutlicher stachen die weißen Druckbuchstaben durch das Dämmerlicht: DR. RÖSLER MEDIC GMBH – MEDIZINISCHE GERÄTE.

Nur ein billiges Werbegeschenk, ein Plastikkugelschreiber. Aber für mich das lang ersehnte Werkzeug, dessentwegen ich den Überfall auf Ira unternommen hatte. Der Stift hatte in einer Brusttasche ihres Kleids gesteckt.

Ich musste vorsichtig sein, sehr vorsichtig. Eine falsche Regung, und der Kugelschreiber konnte vom Bett rutschen. Damit wäre er außerhalb meiner Reichweite gewesen, einen Meter unter mir. Oder auf dem Mars, es hätte keinen Unterschied gemacht. Zudem hätte das Geräusch Schwester Ira alarmiert. Meine Augen starrten den Stift an wie die Schlange das Kaninchen, während ich ganz langsam begann, mein Körpergewicht zu verlagern. So ziemlich die einzige Bewegungsfreiheit unterhalb des Kopfes, die mir blieb.

Der Kuli zitterte leicht und rollte zwei, drei Zentimeter nach rechts, der Bettkante entgegen. Ich hielt den Atem an, vermied jede Bewegung, und die blaue Röhre kam einen Finger breit vor dem Rand der Matratze zur Ruhe. Ich öffnete die Lippen einen Spalt und ließ die angehaltene Luft entweichen, so langsam, dass die Vibrationen nicht zu einem weiteren Erdbeben der Matratze führten. Dieses verfluchte kleine Ding aus blauem Plastik durfte nicht hinunterfallen!

Ganz sacht drückte ich den rechten Ellbogen in die Matratze.

Das obere Ende des Kulis, breiter und schwerer als das untere, antwortete mit einem unentschlossenen Schwanken. Wie ein Pendel, das noch nicht wusste, nach wo es ausschlagen, wie es sich entscheiden wollte, für Freiheit oder Gefangenschaft. Ich verstärkte den Druck des Ellbogens. Der Stift drehte sich, und der Druckknopf starrte mich an wie ein geheimes Auge. Bedeutete dieser Blick Einverständnis in meinen Plan? Oder wollte sich das kleine Stück Plastik mir zum Duell stellen?

Ich presste den Ellbogen jetzt in die Matratze, und der Kuli rutschte mir entgegen. Die Bettdecke stoppte die Fahrt des winzigen blauen Schlittens. Ich hob den Ellbogen an, lüftete die Decke, und der Stift rollte nach einer Vierteldrehung gegen meinen Arm.

All das verfolgte ich mit fast geschlossenen Augenlidern. Ira sollte bei einem ihrer flüchtigen Blicke den Eindruck gewinnen, die Müdigkeit habe über meine Libido gesiegt. Als der Kugelschreiber endlich bei mir war, heftete ich meinen getarnten Blick ganz auf die Rotlockige. Jede Bewegung ihrerseits war mir ein Anlass zu erhöhter Vorsicht.

Mein rechter Arm schob den Kuli in kolbenartigen Bewegungen Stück um Stück nach unten, bis er zwischen meine Finger glitt. Ich hatte Mühe, den Kugelschreiber richtig zu greifen. Jetzt erst merkte ich, wie ungelenk meine Hände in den vielen Tagen ihrer Fesselung geworden waren. Ich musste vorsichtig sein, damit der Stift mir nicht aus der Hand fiel oder unter zu heftigem Druck zerbrach.

Nie hatte ich mir Gedanken darüber gemacht, wie schwierig es ist, einen Kugelschreiber mit nur einer Hand zu öffnen. Jedenfalls konnte ich mich nicht an solche Gedanken erinnern. Mit zwei Händen ist es kein Problem, beide Hälften in entgegengesetzte Richtungen zu drehen. Aber mit einer Hand, die einem noch dazu so klobig und ungelenk erscheint wie die Riesenpranke von Frankensteins Monster, kann es einen zur Verzweiflung treiben. Ich hätte laut fluchen mögen.

Stärker und stärker drückte mein Daumen gegen den Plastikklipp, während die restlichen Finger die untere Röhrenhälfte umklammerten. Wahrscheinlich gab ich ein höchst lächerliches Bild ab: Ein Mann im Kampf gegen einen Kugelschreiber.

Für mich aber ging es um alles. Längst stand für mich fest, dass Dr. Ambeus, Schwester Ira und die anderen es nicht, oder nicht nur, auf mein Wohlergehen abgesehen hatten. Ich mochte ihr Patient sein, aber ich war auch ihr Gefangener.

Mit einem leisen Knacken, gedämpft durch die Bettdecke, brach der Plastikklipp ab. Ein jäher Schmerz durchfuhr meinen Daumen, als er über die scharfzackige Bruchstelle schrammte. Etwas Feuchtes rann den Daumen hinab, Blut. Der Daumen schmerzte bei jeder Bewegung, und die Röhrenhälften des Kugelschreibers saßen noch genauso fest zusammen wie zuvor.

Klipp abgebrochen, Daumen aufgerissen, nichts erreicht!

Ärger und Enttäuschung durchfluteten mich, wollten sich zur Panik verbinden. Ich rang das beklemmende Gefühl nieder und zwang mich, tief und regelmäßig zu atmen, wie ein Schlafender. Ich durfte nicht auf die einzige Waffe verzichten, die mir derzeit zur Verfügung stand, sah man einmal von dem renitenten Kuli ab: ein klarer, kühl kalkulierender Kopf.

Wenn auch einer mit irreparablen Schäden!, durchfuhr es mich.

Hatte ich laut gesprochen? Die Schwester ließ das Magazin auf die quadratische Tischplatte sinken, erhob sich und trat an mein Bett. Meine Lider waren jetzt so weit geschlossen, dass ich Ira nur als vagen Schatten wahrnahm. Hatte sie das Fehlen ihres Kugelschreibers bemerkt? Konnte sie die Flecken auf dem Bettzeug sehen, die mein blutender Daumen verursachen musste?

Eine kleine Ewigkeit stand sie neben dem Bett und sah mich an. Jedenfalls vermutete ich das, während ich meine Lider geschlossen hielt. Schließlich stieß sie einen tiefen Seufzer aus und kehrte an ihren Tisch zurück, zu ihrer Zeitschrift. Ich hörte das leise Knistern, das beim Umblättern der Seiten entstand, und lächelte innerlich. Sollte Ira bedauern, dass sie dem vermeintlichen Drängen meiner Libido nicht nachgegeben hatte?

Den Schmerz in meinem Daumen ingnorierend, nahm ich den Kampf gegen den inzwischen wohl blutverschmierten Kuli wieder auf. Mit Daumen und Zeigefinger versuchte ich, die obere Hälfte gegen den Uhrzeigersinn zu drehen, während die untere Hälfte in den restlichen Fingern klemmte. Das Blut ließ meine Finger immer wieder abrutschen, zehn, zwanzig, dreißig Mal.

Und dann bewegte sie sich doch: Die obere Röhre ließ sich drehen!

Ich schraubte sie nach oben, bis sie sich ganz von der unteren Röhre löste. Daumen und Zeigefinger umklammerten das Objekt meiner Begierde, die schlanke Mine, und zogen sie aus Feder und Röhre. Jetzt erst begann der eigentliche – der schwierige – Teil meiner Arbeit.

Vergebens suchte ich in dem dunklen Labyrinth meines Gedächtnisses nach dem Ursprung der gewiss nicht alltäglichen Fertigkeit. War ich ein Meisterdieb oder ein Entfesselungskünstler? Keine Ahnung. Zwar wusste ich, was ich konnte, hatte aber keinen blassen Schimmer, wie und zu welchem Zweck ich es erlernt hatte.

Zur Zeit musste das Problem meiner fehlenden Erinnerung in den Hintergrund treten. Drängender war meine Befreiung. Und ich arbeitete fieberhaft daran, doch zugleich mit kühler Überlegung. Langsam führte ich die Spitze der Kugelschreibermine über das Metall der Fessel, die mein Handgelenk umschloss. Ich lotete jede Ritze und jede Einbuchtung aus, achtete auf einen möglichen Widerstand und dessen Nachgeben, versuchte, mir jedes kleine Klicken und Klacken zu merken.

In meinem Gehirn, eingedrungene Knochensplitter hin oder her, entstand nach und nach ein genauer Plan der Handfessel. Wie ein Hologramm, das direkt in meinen Kopf projiziert wurde. Noch immer tastete ich die Fessel ab und fügte Detail um Detail hinzu. Und irgendwann wusste ich Bescheid, kannte ich den Weg in die Freiheit, wenigstens theoretisch. Jetzt kam es darauf an, ob ich nichts übersehen hatte, ob ich wirklich ein solcher Meister im Schlösserknacken war, wie meine löchrige Erinnerung es mir weismachte, und ob die dünne, fast gewichtslose Mine ein geeignetes Werkzeug darstellte.

Schwester Ira schlug das Magazin zu und wischte mit einer fahrigen Bewegung über ihre müden Augen.

Schichtwechsel?, fragte ich mich mit jähem Erschrecken. Was war, wenn sie abgelöst wurde und wenn die Ablösung auf den Gedanken verfiel, die Fesseln zu überprüfen? Mein Blut, wohl überall auf der rechten Betthälfte verschmiert, würde mich unweigerlich verraten.

Ein anderer Gedanke, nicht minder beängstigend: Vielleicht mussten Schwester Ira und die Ablösung ein Dokument unterzeichnen, quasi eine Übergabeerklärung betreffend den Patienten – mich. Was, wenn Ira ihren Kuli vermisste? Würde sie ihn suchen? Bei mir?

Sie ging zu einem schmalen Schrank, nahm eine Thermoskanne und einen Becher heraus und setzte sich wieder an den Tisch. Als dampfender Kaffee in den Becher floß, atmete ich auf. Das bedeutete, dass Schwester Ira noch blieb, zumindest für einige Zeit.

Zeit genug für mich?

Während ich meine mühselige Arbeit wieder aufnahm, dachte ich über Ira nach. Ein seltsames Krankenhaus, das in jedes Einzelzimmer eine Nachtwache setzte. Oder war ich etwas Besonderes, ein wichtiger Patient? Wenn ja, warum? Und war die schöne Schwester mein Schutzengel oder meine Gefängniswärterin? Ich glaubte an Letzteres, sonst hätte ich die ganze Mühe nicht auf mich genommen.

Als die Fessel mit einem lang gezogenen Klack-klack aufsprang, erschrak ich. Mein forschender Blick zu Ira zeigte mir aber, dass die Wirkung des Kaffees verflogen und ins Gegenteil umgeschlagen war. Sie lag halb über den Tisch zusammengesunken, die rechte Hand nach dem leeren Becher ausgestreckt.

Ich zog die rechte Hand aus dem offenen Ring der eisernen Fessel und hätte am liebsten laut gejubelt. Welch herrliches Gefühl, die eigene Hand hin und her bewegen zu können!

Meinen Übermut bezwingend, führte ich die Rechte mit der Mine langsam unter der Bettdecke entlang, bis zur linken Handfessel. Jetzt, wo ich den Aufbau der Fessel genau kannte, wo ich um die kritische Stelle wusste und über eine frei bewegliche Hand verfügte, ging es viel schneller. Nach wenigen Minuten war auch diese Fessel gesprengt. Ich krampfte meine Hände ineinander, um in beiden wieder ein richtiges Gefühl zu haben, und überlegte meine nächsten Schritte.

Ich durfe meine Fußfesseln nicht lösen, bevor ich Schwester Iras nicht sicher war. Jede ungewohnte Bewegung meines Körpers hätte mich verraten können. Nein, erst war Ira an der Reihe. Also rief ich leise nach ihr. Sie richtete sich auf und sah mich verstört an.

Ich setzte ein entschuldigendes Lächeln auf. »Keine Angst, diesmal ist es nicht die Libido. Ich brauche die Bettpfanne.«

Ira ging in den Sanitärbereich, der durch einen schweren Plastikvorhang vom Rest des Zimmers abgetrennt war und kehrte mit der Bettpfanne zurück. Die fiel scheppernd zu Boden, als meine blutbeschmierten Hände hervorschossen und sich schraubstockartig um Iras Hals legten. Sie wollte schreien, aber es reichte nur zu einem erstickten Gurgeln.

Mich aus geweiteten, überraschten Augen ansehend, ging sie neben dem Bett in die Knie. Meine Finger fanden die Stelle in ihrem Nacken, an der ich ihr durch einen starken Druck das Bewusstsein nahm. Woher ich diesen Griff kannte? Ich wusste es nicht.

Nervosität befiel mich. Wenn jemand das Scheppern gehört hatte, waren all meine Anstrengungen vergeblich gewesen. Hastig richtete ich mich im Bett auf, schlug die Decke zur Seite und bearbeitete die Fußfesseln mit der Mine. Niemand stürmte ins Zimmer, ich konnte erst die rechte und dann die linke Fessel öffnen.

Mit noch unsicheren Bewegungen schwang ich mich aus dem Bett und kniete mich neben die Rothaarige, die in verkrümmter Haltung auf dem Linoleum lag. Eine schlafende Schönheit.

Ich wuchtete sie aufs Bett und schloss die Fesseln um ihre Arme und Beine. Ihre Schwesternhaube diente als Knebel, mit dem ich ihren hübschen Mund verschloss. Sie war wirklich schön, selbst jetzt, wo sie bewusstlos und mit zerzaustem Haar vor mir lag. Ich drückte einen Kuss auf ihre Wange, bevor ich in den Sanitärbereich wankte.

Wanken war die treffende Bezeichnung. Ich war es nicht mehr gewohnt, auf eigenen Füßen zu stehen, mich fortzubewegen. Wieder fühlte ich mich an Frankensteins Monster erinnert, das nach seiner wunderbaren Erweckung durch die elektrische Kraft des Blitzes seine ersten unsicheren Schritte wagt. Ich erinnerte mich an einen alten Schwarzweißfilm, und sogar der Name des Schauspielers fiel mir ein: Boris Karloff. Ja, ich erinnerte mich an diesen Namen, aber noch immer wusste ich nicht, wie ich selbst hieß.

Ich fand den Schalter, der das Licht im Sanitärbereich aufflammen ließ. Kaltes Gelb traf auf den großen Spiegel über dem Waschbecken. Mein Gesicht – mir weiterhin fremd – sah darin aus, als litte ich an Gelbsucht. Vorsichtig löste ich den Kopfverband. Was darunter zum Vorschein kam, war nicht so schlimm, wie ich es mir vorgestellt hatte. Kein gänzlich kahl rasierter Schädel, überzogen von tiefen Narben. Das dunkle Haar war militärisch kurz geschnitten, kürzer noch als Streichholzlänge. Ich musste den Kopf hin und her drehen, um zwei kahle Stellen zu finden, keine größer als ein Fünfmarkstück. An diesen Stellen entdeckte ich tatsächlich Narben, gerötete Verfärbungen, die unter der Berührung meiner tastenden Finger schmerzten.

Ich drehte den Hahn in die Kaltwasserrichtung auf, benetzte mein Gesicht und meine Arme. Das Blut löste sich von den Händen und bildete im Waschbecken dünne Fäden, die widerstrebend in den Abfluss krochen. Mein verletzter Daumen blutete noch. Auf einem Seitenbord fand ich Verbandszeug, und ich wickelte ein Pflaster um den Daumen.

Nachdem ich zwei Schritte zurückgetreten war, um mich im Spiegel zu betrachten, stieß ich ein heiseres Lachen aus. In dem blutfleckigen Krankenhausnachthemd und barfuß gab ich eine komische Figur ab. Und eine höchst auffällige dazu.

Ich ging zurück ins Zimmer und trat vor den schmalen Spind, in dem ich meine persönlichen Sachen vermutete, wohl nicht mehr als meine Kleidung, wenn ich Dr. Ambeus glauben durfte. Gerade Kleidung war das, was ich jetzt brauchte – aber nicht fand. Der Spind war so leer wie bestimmte Bereiche meines Gedächtnisses.

Befand sich meine Kleidung vielleicht noch zur Untersuchung bei der Polizei? Falls die Polizei überhaupt mit der Sache befasst war.

Mir blieb nichts anderes übrig als meine Flucht so anzutreten, wie ich war. Ich ging zur Zimmertür, die, von meinem Bett aus nicht einsehbar, hinter dem Sanitärbereich lag, und wollte sie vorsichtig aufziehen. Sie bewegte sich keinen Millimeter. Da erst bemerkte ich den kleinen Plastikkasten neben der Tür.

Ein verfluchtes Codekartensystem!

Iras Handtasche lehnte neben dem Schrank, aus dem sie die Thermoskanne genommen hatte. Ich schüttete den gesamten Inhalt auf dem Tisch aus: Schminkutensilien, ein kleiner Notizkalender, eine Packung Tempotaschentücher, gleich drei weitere Kugelschreiber und ein schmales Portmonee. Ich riss es auf. Kleingeld rollte über Tischplatte und Fußboden, ein paar Scheine flatterten hintendrein. Ich fand keinen Ausweis, keinen Führerschein, keine Kreditkarten, keine Krankenversicherungskarte, kein Foto, nichts Persönliches. Nur eine grüne Karte mit einem Magnetstreifen und einer eingestanzten Nummer: 17.

Ich kehrte mit der Karte zur Tür zurück und zog die Kartenseite mit dem Magnetstreifen durch den Schlitz im Kasten. Nichts geschah.

Ein neuer Versuch. Ein kleines grünes Lämpchen, das wie ein Käfer auf dem Kasten saß, leuchtete auf, und ich konnte die Tür öffnen.

An der äußeren Türfüllung prangte in schmucklosen Ziffern eine 17. Die Karte war also nur für diese Tür zu gebrauchen. Da sie mir zu nichts mehr nütze war und ich ohnehin keine Tasche hatte, in die ich sie stecken konnte, zerbrach ich sie und warf die Hälften in das Zimmer, bevor ich die Tür leise zuzog.

2

Ein seltsames Krankenhaus, dachte ich beim Anblick des Ganges. An vielen Stellen blätterte der Putz großflächig von den Wänden. Nicht minder groß waren die feuchten Flecke, die ich überall entdeckte. Eine Menge Leitungen waren über Putz verlegt worden, auch diejenigen, die zu den Lampen führten, von denen der Gang mehr schlecht als recht beleuchtet wurde. Die diskusförmigen Leuchten, die an Fliegende Untertassen erinnerten, hingen so weit voneinander entfernt, dass es zwischendrin immer wieder fast dunkle Inseln gab. Wie eine Notbeleuchtung. Aber ich konnte keine anderen Lampen entdecken.

Nur an einer Seite des Ganges gab es in regelmäßigen Abständen Türen, alle weiß gestrichen und mit schwarzen Ziffern beschriftet. Links von mir schien der Gang endlos weiterzuführen, rechts gabelte er sich in zwanzig Metern Entfernung. Und von dort näherten sich Schritte. Harte Schritte, wie von Stiefeln.

Mit meinen nackten Füßen huschte ich lautlos über den rauen Boden. Kurz vor der Abzweigung, hinter der die Schritte lauter wurden, presste ich mich gegen die Wand und wartete auf den großen, wuchtigen Mann, an dessen rechter Seite eine klobige, kurzläufige Waffe hing. Verwirrung erfasste mich: Ich sah den Mann, obwohl er noch hinter der Mauerbiegung verborgen war!

Es war ein leicht verschwommenes Bild, nicht farbig, sondern aus hellen und dunklen Flächen und Linien zusammengesetzt. Doch es war scharf genug, dass ich seine Körperform erkennen konnte und auch die Tatsache, dass er eine Waffe trug.

Ich hatte keine Zeit, mich länger über die gespenstische Fähigkeit zu wundern. Der andere kam um die Biegung, sah mich und blieb erschrocken stehen.

Mit ungefähr einem Meter neunzig war er nur geringfügig größer als ich. Aber er war massiger und ganz sicher besser im Training. Er trug einen schwarzen Rollkragenpullover und eine schwarze Cargo-Hose, deren große Taschen ausgebeult waren. Seine Füße steckten in schwarzledernen Schnürstiefeln. An einem breiten Gürtel waren ein Walkie-Talkie, ein Handy, eine unterarmlange Stablampe und ein schwarzer Schlagstock befestigt. An der rechten Seite hing an einem Schulterriemen die Waffe, die ich bereits umrisshaft gesehen hatte: eine Heckler & Koch MP5K 9mm. Nur etwas mehr als dreißig Zentimeter lang, konnte das kompakte Ding in der Theorie bis zu neunhundert Kugeln in der Minute verschießen. Und jetzt zeigte es auf mich.

All das raste in Bruchteilen von Sekunden durch meinen Kopf, während ich dem Mann in Schwarz entgegensprang. War es einfach nur Glück, dass ich ihm zuvorkam? Sicher hatte er nicht mit einem Angriff gerechnet. Aber vielleicht hätte er schneller reagiert, wenn sein Gegner nicht ein halb nackter Mann in einem wehenden Nachthemd gewesen wäre.

Wie auch immer, ich war froh, als meine Fäuste sich in sein dumpfes Arnold-Schwarzenegger-Gesicht rammten und ihn zu Boden streckten. Ich sprang auf ihn, verkrallte meine Hände in seinem lockigen Blondhaar und und stieß seine Stirn so lange gegen den Boden, bis er betäubt war und reglos unter mir lag. Blut sickerte aus mehreren Platzwunden an seiner Stirn.

Mein Atem ging schnell und Schweiß bedeckte mein Gesicht. Ich war eine solche Aktion nicht gewohnt – nicht *mehr* gewohnt. Übung darin musste ich haben, und das nicht zu knapp, sonst hätte ich den Muskelprotz nicht so leicht flach legen können.

Ich nahm die Waffe von seiner Schulter, öffnete seinen Gürtel, dann die Verschnürung seiner Stiefel und zog ihn aus, auch Strümpfe und Unterwäsche. Dann streifte ich das lächerliche Nachthemd über meinen Kopf und rieb damit den Schweißfilm aus meinem Gesicht. Die Sachen des Bewusstlosen waren mir ein wenig zu weit, aber ich hatte keine andere Wahl.

Jetzt bereute ich, dass ich die Codekarte zerbrochen und ins Zimmer zurückgeworfen hatte. Hätte ich sie noch gehabt, hätte ich den reglosen Kleiderspender dort deponieren können. So musste ich ihn einfach hier liegen lassen und hoffen, dass er – und damit meine Flucht – nicht so rasch entdeckt wurde.

Ich lief in die Richtung, aus der die blond gelockte Schwarzenegger-Variante gekommen war. Da ich keine Ahnung hatte, wo ich mich befand, war sie für mich so gut oder so schlecht wie jeder andere Weg. Nur eins war mir inzwischen klar, hatte meinen Verdacht zur Gewissheit werden lassen: Dies war kein normales Krankenhaus und ich war kein normaler Patient!

Dieser Gang wirkte genauso verfallen wie der, an dem Zimmer 17 lag. Der feuchte Geruch von Moder und Schimmel stieg in meine Nase. Es gab keine Einrichtungsgegenstände. Die nackten, bröckelnden Wände warfen mir den Hall meiner schnellen Schritte hinterher. In der rechten Seite waren Türen eingelassen, nicht nummeriert und auch nicht mit einem Magnetcodeschloss versehen. Aber auch sie waren verschlossen, wie ich bei zwei hastigen Öffnungsversuchen feststellte.

Als der Gang sich mit einem anderen kreuzte, blieb ich mit der Heckler & Koch im Anschlag stehen und sah mich um, lauschte. Der Quergang schien sich kaum von dem zu unterscheiden, der mich hergeführt hatte: vereinzelte Deckenlampen, kahle Wände, ein paar Türen, sonst nichts. Ein schwacher Luftzug von rechts veranlasste mich, diese Richtung einzuschlagen. Wieder ging ich schnell, lief fast.

»Götz?«

Der Ruf ließ mich erstarren. Er kam von vorn, wo der Gang eine rechtwinklige Biegung nach links vollzog.

»Götz? Bist du das?«

Wieder konnte ich den anderen als hell-dunklen Schemen sehen, durch die Mauer hindurch. Er stand etwa acht Meter hinter der Biegung und richtete eine kleine, klobige Waffe nach vorn, vermutlich ebenfalls eine MP5K. Meine hastigen, lauten Schritte hatten mich verraten.

Und wer war Götz? Mit einiger Wahrscheinlichkeit der Blonde, in dessen Kleidern ich steckte und dessen Waffe ich jetzt mit einer Bewegung meines rechten, noch immer schmerzenden Daumens, der den Sicherungshebel auf Feuerstoß schob, schussbereit machte.

»Ja, ich bin's«, rief ich mit einer bewusst dumpfen Stimme, die hoffentlich nicht gleich zu identifizieren war. Gleichzeitig ging ich auf die Biegung zu. »Komm her, ich muss dir was zeigen!«

Die Antwort erfolgte in zögerndem Tonfall: »Was zeigen, Götz? Was denn?«

»Hier, auf dem Gang!« sagte ich laut und sprang um die Ecke.

Ich wusste nicht, weshalb ich ihn trotz der Mauer sehen konnte. Aber es war ein Vorteil, den ich nutzen musste. In der Hoffnung, dass er nicht über dieselbe Fähigkeit verfügte. Ich kannte seine Position und sah ihn sofort im Halbdämmer stehen. Er war ähnlich gekleidet wie der Blonde, war aber etwas kleiner, mit dunklerem Haar. Fast so dunkel wie meins.

Aus dem Sprung heraus ging ich in die Knie und sah, wie die Mündung seiner MP mir folgte. Mein rechter Zeigefinger zog den Abzugshebel durch, und das Mündungsfeuer blitzte auf. In dem leeren Gang krachte es wie Donnerhall, und mein Gegenüber wurde von der Wucht des Feuerstoßes zurückgeworfen. Rücklings ging er zu Boden, ohne selbst zum Schuss gekommen zu sein. Seine MP5K war ihm aus der Hand gefallen.

Sein Körper zuckte noch, aber er würde es kaum überleben. Das erkannte ich, als ich mit schussbereiter Waffe neben ihm stand. Die Geschosse aus meiner MP hatten seine Brust auf die kurze Distanz regelrecht zerfetzt. Die Blutlache, die sich um ihn ausbreitete, wurde mit jeder Sekunde größer.

Der Anblick des Sterbenden in seinem Blut wollte mir den Boden unter den Füßen wegreißen. Der immer wiederkehrende Albtraum streckte seine feuchten roten Finger nach mir aus, um mich in die Tiefe des Blutmeers zu ziehen, wo all die toten Menschen auf mich warteten.

Ich wehrte mich, schüttelte die Beklemmung von mir ab und rannte weiter. Schnell! Dass Ira und die beiden Männer außer mir die einzigen Menschen hier waren, war kaum anzunehmen. Der Hall meines Feuerstoßes hatte mit hoher Wahrscheinlichkeit die anderen alarmiert.

Hinter mir ließ ich den Sterbenden zurück und fragte mich nur kurz, warum ich kein Bedauern über seinen Tod empfand. Vielleicht war ich das Töten gewohnt. Vielleicht konnte ich nicht den Tod eines Mannes bedauern, der wohl kaum gezögert hätte, auf mich zu schießen. Vielleicht aber auch war ich zu Mitleid unfähig. Wie hatte Dr. Ambeus doch gesagt: »Das limbische System ist ein sehr komplexes Gebilde aus mehreren Hirnstrukturen, mitverantwortlich für die Entstehung von Gefühlen und emotionalen Verhaltensweisen.«

Irreparable Schäden?

Der Luftzug wurde stärker, je näher ich dem dunklen Ende des Ganges kam. Die Deckenlampe war ausgefallen, vor mir lag eine alles verschlingende Schwärze. Und doch wusste ich, dass der Gang vor mir zu Ende war. In meinem Gehirn war plötzlich die Vorstellung einer glatten Fläche, die den Gang abschloss.

Ich tauchte in das Dunkel ein und dachte jetzt erst an die Taschenlampe, die am erbeuteten Gürtel befestigt war. Ich nahm sie in die Linke und ihr dicker weißer Lichtstrahl entriss der Dunkelheit eine alte Holzbohlentür. Durch die Türritzen drang frische Luft herein, viel angenehmer als die abgestandene Luft hier drin. Und ich hörte ein leises Trommeln, das beständig von außen gegen die Tür schlug.

Ein atmosphärisches Knacken drängte sich dazwischen. Es kam von dem Walkie-Talkie an meinem Gürtel, gefolgt von einer krächzenden, um Kraft ringenden, immer wieder stockenden Stimme: »Hier Wulf ... bin verwundet ... Götz wahrscheinlich ausgeschaltet . . .« Wieder knackte es, und dann bäumte sich die schwache Stimme noch einmal auf: »Der Golem – er haut ab!«

Erneutes Knacken. Dann mehrere Stimmen in alarmiertem Tonfall. Eine Stimme setzte sich durch und befahl, den Westflügel abzuriegeln. Ich musste kein Hellseher sein, um zu erkennen, dass ich selbst mich in diesem Westflügel befand. Und ich erkannte meinen verhängnisvollen Fehler: Ich hätte den angeschossenen Wächter, Wulf, zum Schweigen bringen sollen.

Ich schob den Riegel an der Holzbohlentür zurück, schaltete die Lampe aus und hängte sie wieder an den Gürtel. Die Tür schwang mit einem lang gezogenen Knarren auf, und ein Schwall frischer, feuchter Luft, wie ich sie schon lange nicht mehr geatmet hatte, umhüllte mich. Für einen Augenblick schloss ich die Augen und genoss tief atmend das Gefühl von Wind und Regen. Die schweren Regentropfen hatten das Trommeln verursacht, das ich eben gehört hatte.

Als ich die Augen wieder öffnete, blickte ich auf den Innenhof eines großen, aus mehreren Trakten bestehenden Gebäudes. Ein altes Gemäuer, aus der ersten Hälfte des zwanzigsten Jahrhunderts, wenn nicht älter. Das erkannte ich trotz des schwachen Nachtlichts. Der Wind trieb ausgedehnte Wolkenbänke vor sich her, die das Licht von Mond und Sternen immer wieder verschluckten. Das Gebäude, fast schon ein Schloss, musste allein zum Innenhof mindestens achtzig Fenster haben. Aber kein Lichtstrahl drang nach draußen. Bei näherem Hinsehen erkannte ich, dass die meisten Fenster mit Brettern vernagelt oder mit Decken oder Planen verhängt waren. Allerdings schienen es alte Bretter und löchrige Decken zu sein.

Strahlend helles Licht blendete mich plötzlich, und erneut kniff ich die Augen zu. Blinzelnd blickte ich wieder hinaus und sah die Lichter zweier Scheinwerfer, die auf Hausdächer montiert waren. Die großen Lichtkreise schwankten anfangs unsicher hin und her, huschten suchend über den Hof, bevor sie sich auf Erdgeschosshöhe einpendelten. Langsam und systematisch glitten sie an der Front des Gebäudes entlang, auf der Suche nach mir. Keine halbe Minute und der erste Lichtkreis erreichte meine Tür. Ich musste verschwinden, entweder zurück ins Gebäude oder nach draußen.

Ich trat hinaus, zog die Tür hinter mir zu und lief quer über den Hof, auf die einzig offene Seite zu. Der Boden war asphaltiert, aber im Belag klafften tiefe Löcher. Mehrmals trat ich in Pfützen, was ein hässliches Platschen nach sich zog.

Ich hatte mich getäuscht, ganz offen war der Hof an dieser Seite nicht. Ein drei Meter hoher Gitterzaun sperrte den Innenhof ab. Mittendrin ein breites Tor, geschlossen. Davor ein Wächter im schwarzen Mantel mit hochgeschlagenem Kragen und schwarzer Kappe mit breitem Schirm. Zum Schutz gegen den Regen stand er unter der weit ausladenden Krone einer alten Eiche, die sich auf der anderen Zaunseite erhob.

Der Mann hatte den Mantel aufgeknöpft und fingerte darunter an etwas herum. Ich sah es trotz der Dunkelheit, dank jener Bilder aus Licht und Schatten, die mir ebenso fremd wie hilfreich waren. Jetzt holte er seine MP hervor, die er zum Schutz gegen den Regen unter dem Mantel getragen hatte, und legte auf mich an. Meine Heckler & Koch war noch auf Feuerstoß eingestellt, und ich schoß, während sein regenfeuchter Daumen zum Sicherungshebel glitt. Er stöhnte und drehte sich halb um die eigene Achse, bevor er kraftlos zu Boden sackte.

Mir blieb keine Zeit, um nachzusehen, ob noch Leben in ihm war. Es war für mich auch nicht wichtig. Meine Schüsse lockten das Scheinwerferlicht an. Endlich fand ich einen großen, einsamen Schlüssel an seinem Gürtel, mit dem ich das Tor öffnen konnte. Gerade in dem Augenblick, als beide Lichtkreise sich vereinigten und mich mit ihrer hellen Strahlenflut übergossen.

Ich zog das Tor ein Stück auf und rannte hinaus in die dunkle Nacht. Das doppelte Licht verfolgte mich, aber bald schirmten mich zahlreiche Bäume ab. Ich war frei – so frei wie ein Hase, der von einer Hundemeute gejagt wird.

Hinter mir ertönte Motorengeräusch, wurde schnell lauter, und die Strahlen von Autoscheinwerfern tanzten über das Astwerk der Bäume. Ich drückte mich gegen den breiten Stamm einer Buche und sah zu der Straße hinüber, die keine fünfzig Meter entfernt verlief. Ein Geländewagen holperte über den löchrigen Asphalt, blendete mich mit seinen Lichtern für eine halbe Sekunde und verschwand in der Dunkelheit.

Ein zweites Fahrzeug folgte und preschte ebenfalls an mir vorbei. Ich wollte schon aufatmen, da hörte ich den Wagen abbremsen, nur wenige hundert Meter entfernt. Türen wurden aufgestoßen, Stimmen erklangen. Ein Suchtrupp schwärmte aus. Dass meine Verfolger keine Handscheinwerfer aufflammen ließen, wunderte mich nicht. Wahrscheinlich waren sie mit Nachtsichtgeräten ausgerüstet.

Ich lief von der Straße weg, tiefer in den Wald hinein. Das Gelände war mir so unbekannt wie die Männer, die mich jagten. Wie der Grund, aus dem sie mich suchten. Und wie der, weshalb ich vor ihnen floh. Mich trieb nur ein Instinkt an: das animalische Wissen der gejagten Kreatur, dass ihre Verfolger ihr nichts Gutes wollen.

Es regnete noch immer, und das Wasser tropfte von den Bäumen. Der Boden war aufgeweicht, schlammig, rutschig. Mehrmals verlor ich den Halt und schlug in den Dreck. Die MP5 hatte ich längst wieder gesichert, damit ein unabsichtlicher Feuerstoß mich nicht verletzte oder verriet.

Handy und Walkie-Talkie warf ich weg. Ich wusste nicht, wen ich hätte anrufen sollen. Die Polizei? Ich hatte gerade zwei Menschen erschossen. Das Walkie-Talkie konnte mir zwar behilflich sein, die Pläne meiner Verfolger zu erkennen. Aber das Risiko, anhand der Geräte angepeilt zu werden, erschien mir zu groß.

Ich hatte kein bestimmtes Ziel außer dem, meinen Verfolgern zu entkommen. Hin und wieder hörte ich hinter mir ihre Stimmen oder das Geräusch brechender Zweige. Der Schweiß rann in Strömen an mir herab, in meine Lungen stachen tausend Nadeln, Astwerk peitschte mir schmerzhaft ins Gesicht, aber ich rannte weiter. Vor meinem Krankenhausaufenthalt – oder meiner Gefangenschaft – musste ich eine sehr gute Kondition gehabt haben, sonst hätte ich das nicht durchgehalten.

Größeren Büschen und Bäumen wich ich rechtzeitig aus, auch wenn sie von tiefster Dunkelheit umhüllt waren. Ähnlich wie bei der Tür, durch die ich das Gebäude verlassen hatte, spürte ich die Anwesenheit von Hindernissen, die für meine Augen unsichtbar waren. Es war wie ein sechster Sinn.

Hin und wieder blieb ich stehen und lauschte. Irgendwann waren die Geräusche meiner Verfolger verschwunden. Ich hörte nur noch das Rauschen des Blattwerks im Nachtwind und das Prasseln des unermüdlich fallenden Regens. Und meinen rasselnden Atem. Ich war am Ende meiner Kräfte, und ein bohrender Schmerz wütete in meinem Kopf. Offensichtlich hatte ich mir zu viel zugemutet.

Aber hier draußen, inmitten von Nässe und Dreck, konnte ich schlecht bleiben. Auch war ich mir nicht sicher, ob ich die anderen endgültig abgeschüttelt hatte. Also lief ich weiter, ignorierte den Kopfschmerz und das immer stärkere Stechen in meinen Seiten so gut es ging. Weiter, immer weiter! Wie lange ich durch den unendlichen Wald trottete, wusste ich nicht.

Mehr taumelnd als laufend erreichte ich eine kleine Lichtung. Das ehemals dichte Wolkengeflecht war auseinander gerissen. Der Mond beleuchtete ein kleines Blockhaus, eine Jagdhütte. Von innen drang kein Licht nach draußen. Massive Läden waren vor die Fenster geklappt. Von der anderen Seite führte ein unbefestigter Weg durch den Wald zur Hütte. Alte Reifenspuren hatten sich tief in den Boden gegraben. Jetzt stand kein Fahrzeug auf der Lichtung. Das Ganze machte einen unbewohnten Eindruck.

In geduckter Haltung, die MP schussbereit, rannte ich quer über die Lichtung zur Hütte und drückte mich gegen die vordere Holzwand. Der Dachvorsprung schützte mich vor dem Regen, aber das war unerheblich. Längst war ich nass bis auf die Knochen. Von innen war kein Laut zu hören, aber das konnte auch an dem unaufhörlichen Pock-pock-pock der gegen die Hütte prallenden Regentropfen liegen.

Ich entsann mich jener seltsamen Fähigkeit, die mich hätte erschrecken müssen, wäre sie mir nicht so hilfreich gewesen. Ich starrte die hölzerne Wand an und versuchte hindurchzusehen. Diesmal wollte es nicht gelingen. Vielleicht, weil sich niemand in der Hütte aufhielt?

Vorsichtig drehte ich am Türknauf, ohne Erfolg. Erwartungsgemäß war die Tür verschlossen. Es war ein Sicherheitsschloss einfacher Bauart. In den Taschen der Cargo-Hose steckte neben Ersatzmagazinen für die MP5K auch ein leichtes Aluminium-Taschenmesser mit mehreren Klingen und Werkzeugen. Damit gelang es mir, das Blech des Türschlosses zu lockern und das Schloss zu öffnen. Wie bei meiner Befreiung mit der Kugelschreibermine wusste ich auch jetzt haargenau, was ich zu tun hatte.

Knarrend sprang die dicke Holztür auf. Das einfallende Mondlicht beleuchtete den kombinierten Wohn- und Schlafraum, in dem sich kein Mensch aufhielt. Auf zwei schmalen Bettpritschen lagen Decken und Kissen ordentlich zusammengefaltet. Zwei hölzerne Stühle standen verlassen an einem kleinen Holztisch. Ein großer Schrank, wie die gesamte Einrichtung aus Naturholz gefertigt, füllte wuchtig eine der hinteren Ecken aus. Über Gasherd und Spüle einer kleinen Küchenzeile hing ein Küchenschrank, vermutlich mit Geschirr gefüllt. Ein kleiner, durch eine Schiebetür abgetrennter Raum enthielt ein Waschbecken und eine chemische Toilette.

Zu meiner Enttäuschung fand ich keine Lebensmittel, nicht einmal Wasser. Nur ein paar Haushaltsutensilien wie Streichhölzer und Teelichter. Der große Eckschrank enthielt auf der einen Seite leere Gewehrhalterungen. Auf der anderen Seite lagen ein paar zusammengefaltete Kleidungsstücke und Handtücher. Ich zog mich aus und rieb mich mit den Handtüchern trocken, bevor ich die muffig riechenden Sachen aus dem Schrank anzog: Hose und Hemd aus Baumwolle, die mir beinah passten. Schuhe fand ich nicht.

Ich stellte die nassen Stiefel zum Trocknen hin und zog die Hüttentür zu, bevor ich mich auf eine der Pritschen legte. Die Heckler & Koch, mit einem der vollen Ersatzmagazine bestückt, deponierte ich griffbereit unter mir.

Meine Glieder schmerzten, in meinem Kopf arbeitete ein Presslufthammer. Ich war hundemüde, aber ich wehrte mich gegen den Schlaf. Vielleicht kannten meine Verfolger diese Hütte, oder sie stießen zufällig darauf. Ich musste wachsam sein, durfte mich zwar ausruhen, doch nicht schlafen. So hing ich meinen Gedanken nach, die überaus beunruhigend waren.

Mit einer Routine, die ein Bankkassierer beim Geldzählen an den Tag legt, hatte ich zwei Menschen überwältigt und zwei weitere getötet. Offenbar konnte ich mit modernsten Schusswaffen ebenso mühelos umgehen, wie ich Schlösser mit einfachstem

Werkzeug öffnete. Hinzu kamen meine seltsamen Fähigkeiten, andere Menschen hinter Wänden und Hindernissen im Dunkeln zu erkennen. War das alles wirklich geschehen? Oder träumte ich es nur, war es eine Reaktion meines in Mitleidenschaft gezogenen Gehirns?

Ich wusste nichts von dem limbischen System, das Ambeus zufolge bei mir in Mitleidenschaft gezogen worden war. Aber das Wort »Limbus« kannte ich. Das Wort kam aus dem Lateinischen, wo es so viel wie »Gürtel«, »Saum« oder »Grenzgebiet« bedeutet. Im übertragenen Sinn bezeichnete es einen Teil der Unterwelt. Der Katholizismus benannte mit Limbus die Vorhölle. Wenn das, was ich durchmachte, die Vorhölle war, wie musste dann erst die richtige Hölle sein?

Noch etwas bereitete mir Kopfzerbrechen: Die Worte des sterbenden Wächters, die ich über Funk mitgehört hatte: »Der Golem – er haut ab!«

Zweifellos hatte er damit mich gemeint, doch ich wurde aus der Bezeichnung »Golem« nicht schlau. Meines Wissens stammte das Wort aus dem jüdischen Volksglauben.

Es fiel mir immer schwerer, meine Gedanken weiterzuverfolgen. Traumbilder wollten sich dazwischenschieben. Ich musste mich höllisch konzentrieren, um nicht den Faden zu verlieren.

War der Golem nicht eine Sagengestalt, aus Lehm geformt und zum Leben erweckt? Aber weshalb hatte der Wächter mich so genannt? Ich bestand aus Fleisch und Blut!

Aus Blut wie dem, das mich plötzlich umhüllte, in einen Wirbel spülte, mit sich riss in ungeahnte Tiefe voller anklagend blickender Leichen.

3

Einmal mehr durchstieß ich die Oberfläche des blutigen Meeres, bäumte mich auf und schnappte nach Luft. Um mich herum war Dunkelheit.

Langsam begriff ich, wo ich mich befand: Die Lichtung mit der

Hütte, die Pritsche. Entgegen meinem Vorsatz war ich eingeschlafen. Der Albtraum, der mich immer wieder heimsuchte, hatte mich einmal mehr in seinen Bann gezogen. Ich war schweißgebadet, und die Kleider klebten an mir.

Ein leises Klacken erregte meine Aufmerksamkeit. Das Geräusch kam aus Richtung Tür. Vermutlich hatte ich unterbewusst einen ähnlichen Laut wahrgenommen und das hatte mich der furchtbaren Traumwelt entrissen.

Während ich nach der Heckler & Koch tastete, den Lauf zur Tür richtete und den Sicherungshebel ganz nach oben schob, auf Dauerfeuer, sah ich den Umriss: Ein Mensch, etwa mittelgroß, allein, direkt vor der Tür.

»Die Tür ganz langsam aufdrücken!«, rief ich. »Und dann die Hände über den Kopf und im Türrahmen stehen bleiben. Eine falsche oder hastige Bewegung, und Sie sind ein Sieb!«

Die Tür öffnete sich Zentimeter um Zentimeter und blasses Mondlicht ergoss sich über einen Teil des Innenraums. Die Pritsche, auf der ich saß, blieb im Dunkeln. In dem Lichtstrahl zeichnete sich die fremde Gestalt ab, und im ersten Augenblick erschien sie mir wie ein Engel. Ein Windstoß spielte mit dem schulterlangen Haar, das im Mondlicht hell wirkte, fast golden. Nicht rot, wie es eigentlich war.

Obwohl ich das schöne Gesicht mit den vorstehenden Wangenknochen sofort erkannte, musste ich mir einige Sekunden lang vergegenwärtigen, dass Ira vor mir stand. Ohne Schwesterntracht und mit dem offen herabhängenden Haar wirkte sie wie verwandelt, wie ein anderer Mensch. Sie trug eine dunkle Jacke mit hochgeschlagenem Kragen, Blue Jeans und feste Schuhe mit flachen Absätzen. Sie schien nicht durchnässt. Jetzt erst wurde mir bewusst, dass der Regen aufgehört hatte.

»Darf ich reinkommen, ohne dass Sie mich erschießen?« Es klang nicht ängstlich, eher ein wenig spöttisch.

»Sind Sie bewaffnet?«, fragte ich zurück.

»Nur mit den Waffen einer Frau.«

Angesichts der Situation erschien sie mir entschieden zu gut aufgelegt.

»Allein?«, fragte ich weiter.

»Ja.«

»Wie haben Sie mich gefunden?«

»Vor einiger Zeit habe ich mich auf dem Weg zur Klinik verfahren und bin bei dieser Hütte gelandet. Daran habe ich mich erinnert. Ich dachte mir, das sei ein idealer Unterschlupf.«

»Also ein Glücksfall«, sagte ich skeptisch.

»Das muss sich noch herausstellen«, meinte Ira.

»Wieso?«

»Falls Sie noch mal versuchen, mir den Hals umzudrehen, kann ich wohl kaum von Glück reden.«

»Ich musste Sie betäuben, um zu fliehen.«

»Das mussten Sie nicht. Sie hätten mich einfach um Hilfe bitten können.«

»Ich ahnte nicht, dass Sie mir helfen wollen.«

»Jetzt wissen Sie's. Darf ich bleiben?«

»Kommen Sie rein und machen Sie die Tür zu.«

Kaum war sie meiner Aufforderung nachgekommen, da stand ich hinter ihr und drückte sie mit der Linken gegen die geschlossene Tür. In der Rechten hielt ich die MP, deren Lauf ich in Iras Nacken drückte. Die schnelle Aktion brachte mir den bohrenden Kopfschmerz zurück.

»Beine nach hinten und mit den Händen an der Tür abstützen!«, herrschte ich sie an. »Die linke Hand auf die rechte legen und das linke Bein über das rechte kreuzen!«

Ira gehorchte. »Was wird das? Eine Vergewaltigung von hinten? Im Stehen?«

»Ich will nur sehen, ob Sie ehrlich sind«, erklärte ich und tastete sie mit der linken Hand nach versteckten Waffen ab.

»Kein Silikon, ist alles echt«, sagte Ira, als meine Hand über ihre runden Brüste glitt.

Ich fuhr fort, ihren Körper und ihre Kleidung nach versteckten Waffen abzutasten, vorschriftsmäßig, wie ich es gelernt hatte.

Gelernt? Wann? Und wo?

Ich konnte den Gedanken nicht weiterverfolgen, musste mich auf die aktuelle Situation konzentrieren. Schließlich trat ich zurück und sicherte die MP.

»In Ordnung. Sie können sich umdrehen.«

Aus dem Wandschrank holte ich ein Teelicht, das ich auf den Tisch stellte und entzündete. Im flackernden rötlichen Licht erkannte ich einen amüsierten Zug um Iras Lippen.

Sie strich ein paar Locken aus dem Gesicht und setzte sich auf einen Stuhl. »Ich hoffe, die Prüfung ist zu Ihrer Zufriedenheit ausgefallen.«

»In jeder Hinsicht«, antwortete ich und nahm wieder auf der Bettpritsche Platz.

»Warum setzen Sie sich nicht zu mir?«

»Sie sind im Licht und ich im Schatten. So gefällt es mir besser.«

Iras Gesicht nahm einen ernsten Ausdruck an. »Sie sind verflucht misstrauisch.«

»Das ist mir selbst unerklärlich.« Ich stieß ein raues, unechtes Lachen aus. »Vielleicht war ich schon immer so. Leider kann ich mich daran nicht erinnern. Wie an so vieles.«

»Wirklich nicht?«

»Was meinen Sie, Ira?«

»Vielleicht haben Sie Ambeus ein bisschen Theater vorgespielt.«

»Weshalb hätte ich das tun sollen?«

»Also haben Sie wirklich keine Ahnung, wer Sie sind?«

»Ich weiß nicht, wer ich bin. Ich weiß nicht, wo ich bin. Ich weiß nicht, wie ich hergekommen bin. Und genau genommen weiß ich auch nicht, wer Sie sind.«

»Ich bin Ira, das wissen Sie doch.«

»So nennen Sie sich. Aber man hat mir viel erzählt. Dass ich einen Unfall gehabt habe und in einem Krankenhaus liege. Wenn das ein normales Krankenhaus ist, bin ich von Beruf Staubsaugervertreter!«

»Vielleicht sind Sie das. Wie wollen Sie das wissen, wenn Sie sich an nichts erinnern?«

Ich hielt die Heckler & Koch so, dass der Schein des Teelichts auf die Waffe fiel. »Ich schätze, damit kann ich besser umgehen als mit einem Staubsauger. Bedeutend besser!«

»Aber wenn Sie sich sonst an nichts erinnern, weshalb sind Sie abgehauen?«

»Mein Gehirn mag gelitten haben. Aber nicht so sehr, um nicht misstrauisch zu werden. Dass mit Ihrer Klinik etwas nicht in Ordnung ist, merkt selbst der Dümmste. Immer dieselben vier Leute um mich rum, kein Dienstschluss und kein Schichtwechsel. Und immer ist der gute Onkel Doktor Ambeus zur Stelle, um sich um mich zu kümmern. Andere Patienten scheint es ebenso wenig zu geben wie anderes Klinikpersonal. Man hört keine Durchsagen, keine Schritte, nichts. Und alles in einem Einzelzimmer ohne Fenster. Wozu der ganze Schwindel?«

»Sie sind ein sehr wichtiger Patient.«

»So wichtig, dass man mich mit Maschinenpistolen bewacht und mich jagt wie einen tollwütigen Hund! Weiß noch jemand von dieser Hütte?«

»Sie meinen in der Klinik?«

»Was auf dem Mond passiert, ist mir gleich«, entgegnete ich gereizt.

»Niemand in der Klinik kennt die Hütte. Ich sagte doch, dass ich sie nur zufällig entdeckt habe.«

»Haben Sie jemandem von Ihrer Entdeckung erzählt, vielleicht Dr. Ambeus?«

»Ganz sicher nicht«, sagte Ira in einem Verachtung ausdrückenden Tonfall.

»Das klingt, als würden Sie den Doktor nicht mögen.«

»Er ist ein guter Arzt«, erwiderte sie ausweichend.

»Sie haben meine Frage von eben noch nicht beantwortet: Warum haben Sie und Ambeus mich belogen? Wozu der Aufwand mit dem angeblichen Krankenhaus? Und warum werde ich bewacht wie ein Schwerverbrecher.«

»Vielleicht, weil Sie ein Schwerverbrecher sind. Haben Sie schon an diese Möglichkeit gedacht?«

»Ja.« Mein Blick glitt über die MP in meinen Händen. »Und, stimmt es? Bin ich ein Verbrecher?«

»Ich weiß es nicht.«

»Verdammt, ich habe keine Lust auf Ihre Spielchen! Sagen Sie mir endlich, wer ich bin!«

»Patient Nummer siebzehn. So haben wir Sie in der Klinik genannt.«

»Ich will meinen Namen wissen!«

»Den kenne ich nicht.«

»Heißt das, Ambeus hat in dieser Beziehung die Wahrheit gesagt?«

Ira zuckte mit den Schultern. »Ich habe in der Klinik nur eine untergeordnete Position. Weder weiß ich, was Ambeus weiß, noch kenne ich seine Pläne. Ich habe nur meine Aufgabe befolgt. Und die hieß, auf Nummer siebzehn Acht zu geben.«

»Aber Sie müssen doch wissen, was in der Klinik vor sich geht!«, fuhr ich sie an. »Was ist das für eine seltsame Klinik? Und wer betreibt sie?«

»Ich werde Ihnen alles sagen, was ich weiß. Aber vorher möchte ich nach Ihnen sehen. Die Flucht muss Sie geschwächt haben. Wenn Sie hier zusammenbrechen, nützt Ihnen das gar nichts.« Sie erhob sich, entzündete ein zweites Teelicht und stellte es auf einen der Stühle, den sie neben meine Pritsche geschoben hatte. »Legen Sie sich auf den Rücken und streifen Sie einen Ärmel hoch. Ich will Ihren Puls fühlen. Und wenn Sie unbedingt wollen, behalten Sie Ihre Waffe bei sich.«

Ich gehorchte, rollte den linken Ärmel ein Stück nach oben und behielt die MP in der rechten Hand.

Während sie meinen Puls fühlte, fragte ich: »Warum tun Sie das? Ich bin nicht gerade zart fühlend mit Ihnen umgesprungen. Und ich habe zwei von Ihren Leuten erschossen.«

»Es waren nicht meine Leute, sondern die von Ambeus.« Sie ließ meinen linken Unterarm los. »Ihr Puls macht gerade einen kleinen Wettlauf, aber das ist angesichts der Umstände nicht weiter aufregend.« Ihre weiche Hand befühlte meine Stirn. »Kein Fieber, sehr gut. Was macht der Kopf sonst?«

»Fühlt sich an wie eine Großbaustelle, inklusive Presslufthammer. Sind die Verletzungen wirklich so schlimm, wie Ambeus gesagt hat?«

»Ja und nein. Ich werde Ihnen alles in Ruhe erklären. Dafür ist noch genug Zeit. Aber jetzt möchte ich gern auf Ihr Angebot zurückkommen.«

»Welches Angebot?«

Sie runzelte die Stirn in gespielter Überraschung. »Haben Sie das wirklich vergessen? So schlecht kann es doch um Ihr Gehirn nicht stehen. Erst vor wenigen Stunden haben Sie mir angeboten, Ihre Libido zu testen.«

Sie streifte die Jacke ab und ließ sie achtlos zu Boden fallen. Der dunkle Pullover, den sie darunter trug, folgte. Der Büstenhalter aus marineblauer Spitze enthüllte mehr als er verdeckte, besonders als Ira sich bückte, um Schuhe und Jeans auszuziehen. Stellte sie sich absichtlich so hin, dass sie mir die festen Brüste entgegenreckte? Sie sahen aus, als wollten sie jeden Augenblick aus den Körbchen springen.

Iras Haar fiel nach vorn, streichelte mein Gesicht, kitzelte mich auf angenehme Weise. Ihr starker, durchdringender Moschusduft steigerte meine Erregung. Auch sexuelle Lust war eine Empfindung, die im Kopf entstand. Ich war sehr froh darüber, dass zumindest dieser Bereich meines Gehirns nicht gelitten hatte.

Die Jeans fiel über Iras Schuhe. Die erotischste Krankenschwester, die ich mir vorstellen konnte, stand in Slip und halterlosen Strümpfen vor mir. Alles im selben Marineblau wie der Büstenhalter, eine Farbe, die einen guten Kontrast zum Rot der Haare bot. Es war fast, als hätte Ira sich sorgsam auf diesen Auftritt vorbereitet, als hätte sie schon beim Auswählen der Unterwäsche vorgehabt, mich zu verführen.

»Was ist?«, fragte sie, als sie meinen musternden Blick bemerkte. »Gefällt der Anblick deiner Libido oder nicht?«

Ich ließ mir Zeit mit der Antwort und betrachtete in aller Ruhe die Frau, die wie zur Statue erstarrt vor mir stand. Wer auf die Models der Yellow Press steht, hätte sie vielleicht ein wenig zu üppig gefunden. Mir ging es nicht so. Iras Üppigkeit saß an den richtigen Stellen. Frauliche Formen, die beim bloßen Anblick Wärme und Sinnlichkeit ausstrahlten.

Ihre Haut war leicht gebräunt, was gut zu ihrem spärlichen Silberschmuck passte: Ohrclips mit herzförmigen Anhängern, eine feingliedrige Kette, wieder mit einem Herzanhänger, und zwei schmale Ringe mit keltisch anmutenden Verzierungen. Um das linke Handgelenk trug sie ein schwarzes Kautschukarmband mit einem kleinen kreisrunden Uhrgehäuse aus mattiertem Silber.

Mit dem Schmuck verhielt es sich wie mit der Unterwäsche:

Ira besaß Geschmack, kannte die Grenze zwischen erotischem Auftreten und Vulgarität. Die blaue Spitze und der Silberschmuck unterstrichen ihre natürliche Anziehungskraft, setzten sich aber nicht an deren Stelle. Ira bot sich an, aber sie drängte sich nicht auf.

Auch jetzt nicht, als sie halb nackt vor mir stand. Sie wartete auf meine Einladung und hätte sich wohl wieder angezogen, hätte ich nichts gesagt. Das gefiel mir, und meine Lust auf Ira gewann die Oberhand über alle Bedenken, dass die Situation nicht die geeignetste war, um sich sexuelle Wünsche zu erfüllen.

Ich legte die Heckler & Koch unter die Pritsche und drückte mich demonstrativ gegen die Wand. »Das Bett ist nur für eine Person konstruiert. Ich möchte wissen, ob es auch zwei aushält.«

»Nebeneinander sicher nicht«, lächelte sie und setzte sich rittlings auf meinen Unterleib. »Diese Position dürfte ohnehin die beste für dich sein. Sie strengt dich am wenigsten an.«

Ihr Lächeln erwidernd, sagte ich: »Ich liebe Krankenschwestern, besonders wenn sie so . . .«

»Ja?«

»Fürsorglich sind.«

Meine Hände fuhren am warmen Fleisch ihrer Arme entlang, bis zu den Schultern, und Ira erschauerte. Langsam zog ich erst die Träger des Büstenhalters über die Schultern, dann schob ich die Körbchen nach unten, bis meine Hände die nackten Brüste umfassen konnten. Sie fühlten sich so fest wie erwartet an, warm und samtig. Wir beide genossen die Berührung. Meine Daumen und Zeigefinger spielten mit den großen korallenroten Warzen, die sich unter meinem Griff verhärteten.

Hart war es auch längst zwischen meinen Beinen geworden, was Ira nicht verborgen blieb. Ihre Rechte fuhr nach unten und streichelte den ausgebeulten Baumwollstoff meiner Hose, erst sanft, dann härter, fordernd. Zum einen genoss ich es, zum anderen wurde meine Lust so groß, dass ich mir wünschte, Ira würde endlich den Reißverschluss öffnen, über den ihre Hand wieder und wieder in kreisenden Bewegungen fuhr.

Mit glänzenden Augen und feuchten, leicht geöffneten Blicken saß sie auf mir und sah ganz so aus, als würde auch sie unser Liebesspiel bis zur Neige auskosten. Aber wenn sie so erregt war, wie es den Anschein hatte, weshalb ihr schneller Blick zur Uhr?

Sie glaubte wohl, ich hätte es nicht bemerkt, weil ich unter ihrem festen Griff aufstöhnte und dabei die Augen schloss. Aber ich sah noch, wie sie den linken Arm mit der Uhr wie beiläufig drehte und ihr Gesicht nach links wandte. Fast wie eine Professionelle, die prüfen wollte, ob die bezahlte Liebesstunde um war. Aber Ira wurde nicht bezahlt – jedenfalls nicht von mir!

Ich begann wieder, Iras Brüste zu massieren. Gleichzeitig drehte ich den Kopf und starrte zur Tür, die im schwachen Schein der Teelichter nicht mehr war als ein schemenhaftes Rechteck. Jenseits der Tür sah ich mit meinem seltsamen sechsten Sinn etwas Helles. Wie bleiche Schatten, die in gebückter Haltung durch die Nacht huschten, direkt auf die Hütte zu. Keine zehn Sekunden mehr, und sie mussten hier sein.

Meine Gedanken rasten, nannten Ira eine Verräterin und Lügnerin. Aber hatte sie nicht die Wahrheit gesprochen, als sie sagte, sie sei nur mit den Waffen einer Frau gekommen? Darin lag eine größere Wahrheit, als mir lieb sein konnte. Ira selbst war die Waffe! Die Waffe, die meinen Widerstand und meine Wachsamkeit auslöschen sollte, um mich dem Feind auszuliefern.

Während Iras Finger nach dem Griffstück meines Reißverschlusses suchten, spähte ich noch immer zur Tür. Die bleichen Schatten begannen zu wabern, als sie sich gegen die Außenseite der Hütte pressten, bereit zum Sturm.

Ich spannte sämtliche Muskeln an und fragte halblaut: »Warum, Ira?«

Ihre Rechte hatte das Gesuchte gefunden und wollte gerade den Reißverschluss öffnen. Aber sie hielt inne und sah mich irritiert an.

»Was meinst du?«

»Warum lieferst du mich ihnen aus?«

Der lustvolle Schleier, den sie über ihr schönes Gesicht geworfen hatte, zerriss. In ihrem Blick lagen Erschrecken und Verwirrung – Verwunderung darüber, wie ich ihr auf die Schliche gekommen war.

»Wovon sprichst du?«, fragte sie, und gleichzeitig hörte ich ein Klacken an der Tür.

Mit aller Kraft stieß ich die Frau von mir, in Richtung Tür, die im selben Augenblick aufgestoßen wurde und gegen die Wand krachte. Da war ich schon von der Pritsche gesprungen, hatte nach der Heckler & Koch gegriffen und mich quer durch den Raum gerollt.

Drei Männer in der bekannten schwarzen Kleidung stürmten den Raum und stolperten dabei über Ira. Der Erste schlug lang hin, nur einen halben Meter von mir entfernt.

Als er aufstehen wollte, drückte ich den Lauf meiner MP gegen seine Stirn und bellte: »Eine Bewegung von euch, und ihr könnt den Kopf eures Freundes von den Wänden kratzen!«

Die beiden anderen, ihre MPs im Anschlag, erstarrten. Zwischen ihnen kauerte die halb nackte Ira und funkelte mich zornig an. »Nur noch eine Sekunde, und wir hätten dich gehabt!« schienen ihre zu Schlitzen zusammengezogenen Augen zu sagen.

»Sehr vernünftig«, sagte ich. »Wenn ihr weiter so brav seid, braucht ihr eurem Kumpel Wulf und dem Typen vom Tor keine Gesellschaft zu leisten. Bückt euch und legt die Waffen auf den Boden, aber in Zeitlupe! Dann richtet ihr euch ganz langsam wieder auf!«

Als das geschehen war, traten sie auf mein Geheiß rückwärts an eine Hüttenwand.

Ira wollte aufstehen, aber ich rief: »Bleib, wo du bist! Zu einer verräterischen Schlange passt das Kriechen besser. Nimm mit der linken Hand erst die eine und dann die andere MP und wirf sie durch die Tür nach draußen. Und fass die Waffen nur so am Lauf an, dass die Mündung auch nicht eine Sekunde auf mich zeigt!«

Widerwillig gehorchte sie und kroch dann auf meinen Befehl zu den beiden anderen.

»Wie viele von euch sind noch da draußen?«, fragte ich. Als niemand antwortete, erhöhte ich den Druck gegen die Stirn des vor mir liegenden Mannes. »Wenn ich nicht gleich eine Antwort höre, bist du zuerst dran!«

Er schluckte und sagte schleppend: »Wir drei und . . . und Ira. Mehr sind wir nicht. Die Übrigen suchen anderswo. Wir wussten ja nicht, ob du hier bist. Aber Ira meinte, es sei einen Versuch wert.«

»Und bot sich wohl gleich als Lockvogel an?«
»Ja.«
»Wie seid ihr hergekommen?«
»Mit einem Jeep.«
»Wo steht der Wagen?«
»Am Weg zur Hütte, knapp einen Kilometer . . .«

Während er sprach, sprang Ira auf und lief wie ein von der Sehne gelassener Pfeil durch die offene Tür nach draußen. Auch ich sprang hoch, hieb meinem auskunftsfreudigen Gefangenen den MP-Lauf gegen die Stirn, griff mir seine Waffe und stürmte nach draußen.

Ira war auf dem feuchten Gras ausgerutscht, ihr schöner Leib dreckbeschmiert. Auf dem Boden liegend, drehte sie sich um und wollte nach einer der von ihr nach draußen geworfenen Maschinenpistolen greifen. Ich war schneller und trat auf ihr Handgelenk. Ein hässliches Knacken war die Folge, und Ira schrie vor Schmerz.

In den Schrei mischte sich die Detonation eines Schusses. Aus den Augenwinkeln hatte ich eine Bewegung in der Hütte wahrgenommen und war in dem Moment zur Seite gesprungen, als der Mündungsblitz nach draußen zuckte. Die Kugel fuhr zwischen mir und der Frau hindurch und schlug mit einem satten Klatschen ins aufspritzende Erdreich. Einer der drei Männer hatte eine Pistole oder einen Revolver bei sich. Ich war dumm gewesen, dass ich nicht an diese Möglichkeit gedacht hatte!

Mit einem Feuerstoß in Richtung Tür zwang ich den Schützen in Deckung. Ich griff nach den beiden im Gras liegenden Maschinenpistolen und rannte auf die nächste Ansammlung von Büschen zu. Als ich darin eintauchte, pfiff dicht neben meinem Kopf eine weitere Kugel an mir vorbei.

Ich rannte weiter, ohne auf den scharfen Schmerz in meinem rechten Fuß zu achten. Barfuß war ich auf einen scharfkantigen Stein getreten. Meine zum Trocknen aufgestellten Schuhe befanden sich noch in der Hütte.

Kein Grund umzukehren. Vielleicht war mehr als einer der Kerle mit einer Faustfeuerwaffe ausgerüstet, und dann hatte ich verdammt schlechte Karten. Außerdem hatten sie wohl längst Gebrauch von ihren Handys oder Funkgeräten gemacht. Ihre Kumpane waren mit an Sicherheit grenzender Wahrscheinlichkeit schon zur Hütte unterwegs. Und zu dem Jeep, mit dem Ira und ihre drei Komplizen hergekommen waren. Das Fahrzeug war damit für mich tabu.

Mir blieb nur ein Ausweg: der Wald.

Zwischen den Bäumen blitzten Lichter auf, und ich hörte das Brummen eines schnell näher kommenden Motors. Ich duckte mich hinter ein Farngestrüpp und umklammerte die Heckler & Koch. Es war meine ursprüngliche Waffe, die ich als Einzige behalten hatte. Die drei anderen Maschinenpistolen hatte ich unterwegs in einen Teich geworfen. Vorher hatte ich ihnen die Magazine entnommen, die jetzt als Reserve in meinen Hosentaschen steckten. Die anderen Reservemagazine hatte ich in der Hütte zurücklassen müssen.

Das auf und ab flackernde Licht strich über das Farngestrüpp und ein kleiner Pkw fuhr etwa zwanzig Meter von mir entfernt vorbei. Der Wagen war schnell, an die hundert Stundenkilometer. Also wohl kein Suchtrupp.

Ich verließ meine Deckung und ging zu der Straße. Es war eine breite, asphaltierte Landstraße, die in leichten Windungen durch den Wald führte. Das erste Anzeichen der Zivilisation seit meiner Flucht aus der Hütte. Und das war über eine Stunde her.

Zum Glück war ich auf keine Verfolger gestoßen, hatte von ihnen nichts gesehen und gehört. Der einzige wirkliche Ärger kam von meinen nackten Füßen, die aus mehreren kleinen Wunden bluteten. Ich war erschöpft und müde, in meinem Kopf hämmerte es unangenehm. Eine Straße hatte ich, mir fehlte nur ein Fahrzeug.

Ein erschreckender Gedanke durchzuckte mich: Ich hatte keine Ahnung, wo ich mich befand. Und selbst dann hätte ich nicht gewusst, wohin ich mich wenden sollte.

Erneutes Brummen ertönte in der Ferne, diesmal aus der anderen Richtung. Kurz überlegte ich, ob ich mich wieder in die Büsche schlagen sollte. Das war der sichere Weg, aber wohin sollte er führen? Ich entschied mich für das schnellere und bequemere Vorankommen – und für das Risiko –, als ich die MP und die Magazine ins Unterholz schleuderte.

Das Motorgeräusch war tiefer und lauter als das des Pkws eben. Ein großer Lastzug röhrte um die Kurve, gleißendes Scheinwerferlicht floß über den Asphalt. Ich trat dicht an den Straßenrand und schwenkte die Arme über dem Kopf. Der Koloss rollte auf mich zu, ächzte, zischte und wurde langsamer, bis er quietschend zum Stehen kam, keine fünf Meter von mir entfernt. Der Sattelschlepper hatte ein Hamburger Kennzeichen, und auf den Seitentüren prangte fett der Name der Spedition: ASS-TRANS. In der Windschutzscheibe stand auf einem nachgemachten Nummernschild der Name des Fahrers: KURTCHEN.

Ich riss die Beifahrertür auf und stellte fest, dass Kurtchen ein ausgewachsener Kurt mit mindestens hundertdreißig Kilo Fleisch auf den Rippen war. Obwohl die Nacht kalt und es in der klimatisierten Fahrerkabine nicht viel wärmer war, schwitzte er. Sein graues T-Shirt wies unter den Achseln tellergroße Flecke auf.

»Rein oder raus?«, fragte der fleischige Mund unter dem üppig wuchernden Schnauzbart. »Ich muss noch vorm Frühstück in Berlin sein.«

»Berlin?«, fragte ich. »Ist das weit?«

Kurtchen sah mich aus zusammengekniffenen Augen an. »Na, so an die hundert.«

»Kilometer?«

»Nee, Seemeilen.«

»Nimmst du mich mit?«

Kurtchen verengte die Augen so stark, dass sie fast zwischen den Fleischmassen seines Gesichts verschwanden. »Was glaubst du, warum ich hier stehe? Um die schöne Aussicht zu bewundern?«

»Danke.« Ich zog mich am Türholm in die Fahrerkabine und schloss die Tür.

Der Blick des Truckers glitt über meine verdreckte Kleidung. »Eine Panne gehabt?«

Ich nickte.

Er zeigte auf das klobige CB-Funkgerät, das vor ihm am Armaturenbrett hing. »Soll ich den Abschleppdienst rufen? Oder den ADAC?«

»Nicht nötig. In Berlin habe ich Freunde, die mir mit dem Wagen helfen.«

Mit einem Blick auf meine Füße meinte Kurtchen: »Hoffentlich haben die auch Schuhe für dich, Kumpel.«

»Das hoffe ich auch. Meine stecken irgendwo im Matsch.«

Ob er mir glaubte? Das erschien mir mehr als zweifelhaft. Aber egal, Hauptsache, er brachte mich von hier weg.

Der Trucker rührte mit dem Schalthebel im Getriebe und trat aufs Gaspedal. Der bislang im Leerlauf gleichmäßig tuckernde Dieselmotor antwortete mit einem schweren Fauchen, und die Zugmaschine setzte sich in Bewegung.

Um unangenehmen Fragen auszuweichen, stellte ich mich schlafend. Aus dem Radio plärrte sanfte Pop-Musik, der übliche Nachtmix zwischen Phil Collins und Celine Dion. Irgendwann unterbrach ein nerviger Jingle den Einheitsbrei, und nach kurzer Werbung kamen die Nachrichten. Es sei der zwanzigste September um fünf Uhr morgens, verkündete der jugendliche Sprecher, und begann mit einer Meldung über einen internationalen Wirtschaftsgipfel in Paris, auf dem der deutsche Bundeskanzler die Eröffnungsrede gehalten habe.

Die Bassstimme des Truckers ertönte: »Wenn du mich fragst, der Zander ist ein Windbeutel.«

»Wie bitte?« fragte ich, herzhaft gähnend, wobei ich mich nicht verstellen musste. Endlich zur Ruhe gekommen, wollten Körper und Geist nichts weiter als schlafen. Das gleichmäßige Brummen des Dieselmotors tat ein übriges.

»Arnulf Zander, diese gelackte Type! Wenn der 'ne Kamera sieht, grinst er wie auf Knopfdruck. Das haben die ihm bestimmt irgendwie eingebaut.«

»Arnulf Zander?«, wiederholte ich. »Wer ist das?«

Kurtchen sah mich an wie einen Geist. »Mann, musst du müde sein!«

»Wieso?«

»Na, wenn du nicht mal mehr den Namen von unserem Bundeskanzler kennst!«

Bundeskanzler?

Der Trucker hatte Recht. Ich hatte keine Ahnung gehabt, wie der Kanzler hieß.

Und das machte mir Angst.

4

Unter den Linden wehte ein kalter Wind, nicht so unangenehm, dass er die Passanten von der Straße gefegt hätte. Politiker und Geschäftsleute mit zugeknöpften Mänteln und hochgeschlagenen Kragen kreuzten mit zielstrebigem Schritt meinen Weg. Die zahlreichen Touristen ließen sich mehr Zeit, blieben im Licht von Straßenlaternen stehen, um in ihren Reiseführern zu blättern, betrachteten die imponierenden Gebäude oder das Reiterstandbild des Alten Fritz. Kameraverschlüsse klickten, und Blitze zuckten durch das Abenddämmerlicht.

Manch ein Blick blieb fragend an mir haften. Nur mit einem Hemd bekleidet, ohne eine schützende Jacke darüber, und mit offenen Sandalen an den nackten Füßen war ich in der Tat eine auffällige Erscheinung. Vermutlich ordneten mich die meisten irgendwo zwischen Spinner und Obdachlosem ein.

Dass ich nicht ganz und gar barfuß über den Berliner Vorzeigeboulevard wandern musste, verdankte ich Kurtchen. Er hatte aus der heiligen Unordnung seiner kleinen Truckerkabine die ausgelatschten Sandalen gefischt und mir etwas Kleingeld in die Hand gedrückt, bevor wir uns verabschiedeten. Der Mann war nicht blöd und hatte meine Story mit der Autopanne durchschaut. Aber er half mir, ohne mich nach der Wahrheit zu fragen. Und dafür war ich ihm dankbar.

Das war am frühen Morgen gewesen, in einem öden Industriegebiet bei Reinickendorf. Mit der U-Bahnlinie 6 war ich in die Innenstadt gefahren, bis zur Station Friedrichstraße, und seitdem wanderte ich durch die Hauptstadt.

Ich stellte fest, dass ich Berlin gut kannte. Im Untergrund der U-Bahn fand ich mich ebenso zurecht wie auf der Straße. Ich wusste im Voraus, welche Kreuzungen mich erwarteten, und erkannte viele der berühmten Gebäude.

Ich erinnerte mich!

Euphorie überschwemmte mich. Wenn Berlin mir so vertraut war, hatte ich vor meinem Gedächtnisverlust vielleicht hier gelebt. Und wenn ich durch die Stadt lief, so meine Überlegung, würde die Begegnung mit vertrauten Plätzen vielleicht die verlorenen Teile meiner Erinnerung zurückbringen. Ich stellte es mir wie ein Puzzlespiel vor, bei dem man anfangs gar keinen Anhaltspunkt außer der Vorlage hat. Dann, Stück für Stück, setzt sich das Bild zusammen. Und je mehr Teile sich ineinander fügen, desto deutlicher wird das Bild und desto einfacher wird es mit dem Rest.

Von dieser Hoffnung erfüllt, ging ich Stunde um Stunde durch die Straßen, und je mehr Stunden vergingen, desto geringer war die Hoffnung. Ich erinnerte mich an die Stadt, aber nicht an mich selbst.

Beim Märkischen Museum hatte ich mittags vielleicht zwanzig Minuten vor einer Polizeiwache gestanden und überlegt, ob ich hineingehen sollte. Vielleicht war ich als vermisst gemeldet. Nur ein Blick in den Computer, und ich wusste, wer ich war.

Aber vielleicht suchten unsere Freunde und Helfer mich auch aus anderen Gründen. Bei meiner Flucht aus der Klinik – oder was immer es darstellte – war ich davon ausgegangen, dass ich der Gute und Ambeus und seine Leute die Bösen waren. Doch woher sollte ich wissen, ob es sich nicht umgekehrt verhielt?

Ein erschreckender und abschreckender Gedanke erfüllte mich: Wenn ich zur Polizei ging, würde ich vielleicht wieder an dem Ort landen, von dem ich geflohen war. Als zwei Uniformierte aus dem Gebäude traten und mich skeptisch musterten, hatte ich meine ziellose Wanderung fortgesetzt.

Und jetzt, am kalten Abend eines langen, ereignislosen Tages, ging ich auf das Brandenburger Tor zu. In meinem Kopf hämmerte es, mein Magen zog sich vor Hunger zusammen. Am Vormittag hatte ich bei McDonald's ein lauwarmes Frühstück in mich reingeschaufelt, und vorhin am Alexanderplatz hatte ich mit einem Döner und einer Cola nachgeladen. Das war nicht viel, musste aber genügen. Kurtchen hatte mir keine Reichtümer mit auf den Weg gegeben.

Scheinwerfer tauchten das Wahrzeichen Berlins in ein unirdisches Licht, ließen es aussehen wie mit einer blaugrünen Metallic-Legierung überzogen. Die Quadriga mit der Siegesgöttin wirkte, als wollte sie sich jeden Augenblick in den blauschwarzen Himmel erheben. Ich weiß nicht, wie lange ich starr stand und dieses Bild betrachtete. Es löste eine eigenartige Stimmung in mir aus. Da ich mich in Berlin auskannte, ich vielleicht in dieser Stadt gelebt hatte, war es nicht verwunderlich, wenn mir das Brandenburger Tor vertraut war.

Aber das war es nicht, was mich alles andere vergessen ließ. Ich hatte ein *Déja-vu*-Erlebnis – oder das, was ein Mann ohne Gedächtnis stattdessen hat. Ich musste das Tor schon einmal bei ganz ähnlichen Lichtverhältnissen gesehen haben, und dabei musste etwas vorgefallen sein, das mich schwer beeindruckt hatte.

Jedenfalls glaubte ich das. Aber auch die Erinnerung an jenes Ereignis war verschollen. Was mich in diesem Augenblick beschlich, war nur eine blasse Ahnung, unbestimmt und nicht greifbar. Je länger ich darüber nachsann, desto stärker wurden meine Zweifel, ob ich nicht einer Täuschung erlegen war. Vermutlich hatte ich das Tor schon hundert Mal gesehen, in echt oder auf Bildern. Alles andere redete ich mir wohl nur ein, war das Ergebnis meines verzweifelten Wunsches, mich an etwas zu erinnern, an *irgendetwas*.

»Kann ich helfen? Ist was nicht in Ordnung?«

Die Frage schreckte mich auf, riss mich aus der Versunkenheit. Neben mir stand ein breitschultriger Mann in üppig betresster Livree. Ein Portier des Hotels Adlon, vor dessen Eingang ich stand. In seinen großen Augen lag weder Interesse noch Hilfsbereitschaft. Sein Blick taxierte mich, und seine Gedanken kreisten wohl darum, den verkommenen Kerl mit den ausgelatschten Sandalen möglichst schnell zu entfernen.

Wortlos ging ich weiter und betrat den Pariser Platz. »Salon der Republik« wurde er im allgemeinen Sprachgebrauch genannt. Weshalb, war mir schleierhaft. Mit einem eleganten Gesellschaftsraum ließ sich der nach der Wende neu gestaltete Platz jedenfalls nicht vergleichen. Schön anzusehen waren nur das Brandenburger Tor und der fast originalgetreue Neubau des Adlon.

Alles, was dazwischen lag, wirkte, obwohl am Erscheinungsbild des frühen zwanzigsten Jahrhunderts orientiert, zu glatt und lieblos und so wuchtig, dass das Brandenburger Tor fast zerdrückt wurde. Als hätte man sich nach dem Fall der Mauer mit den Baumaßnahmen zu sehr beeilen müssen, um auf Schönheit und eine Gesamtkonzeption zu achten. Botschaften und Banken rahmten den Platz ein.

Mein Blick glitt an den postmodernen Fassaden entlang und registrierte eine Vielzahl an Überwachungskameras und Sicherheitspersonal, sowohl Polizei als auch private Wachleute. War dies der richtige Ort für mich?

Röhrender Motorenlärm ertönte. Ein wuchtiger Reisebus mit Hamelner Kennzeichen rollte an mir vorbei und hielt mitten auf dem Platz an, um eine vielköpfige Touristengruppe auszuspucken. Die Leute waren um die fünfzig und älter. Wie auf ein geheimes Kommando wandten sie sich dem Tor zu und machten sich an ihren Kameras zu schaffen. Etliche fummelten an billigen Apparaten herum. Damit das Brandenburger Tor im Halbdunkel aufzunehmen, war nicht mehr als ein untauglicher Versuch. Ein silberhaariger Mann hielt mit professionellem Griff eine kleine Videokamera an sein rechtes Auge und begann mit der Aufnahme. Die Kamera war nicht größer als ein Taschenbuch, und er konnte sie mit einer Hand halten.

Nicht der Silberhaarige zog meine Aufmerksamkeit auf sich, sondern die schlanke Gestalt, die sich ihm von hinten näherte. Ein mittelgroßer, unscheinbarer Mann in Lederjacke, Jeans und Turnschuhen. Unter einer Wollkappe lugte ungepflegtes dunkles Haar hervor. Ein Teil seines Gesichts wurde von einem struppigen Vollbart verdeckt. Unmöglich zu sagen, ob der Typ fünfundzwanzig oder fünfundvierzig war.

Ich hätte nicht einmal erklären können, warum er meinen Blick auf sich zog. Weil er die ganze Zeit schon wie ein Raubtier auf der Suche nach Beute auf und ab tigerte? Oder weil mir sein Anblick dasselbe Erlebnis verschaffte wie eben der Blick aufs Brandenburger Tor? Ich glaubte, diese Situation schon einmal erlebt zu haben.

Kannte ich den Bärtigen? Vielmehr: Hatte ich ihn gekannt? Ich wusste es nicht. Er war für mich, nicht anders als ich selbst, ein Mann ohne Namen.

Langsam, wie zufällig, näherte er sich dem Silberhaarigen, und dann ging alles blitzschnell: Der Bärtige griff zu, entriss dem anderen die Kamera und flitzte auch schon quer über den Platz in Richtung Tor.

Der Beraubte stand wie erstarrt und sah ihm nach. Allen Touristen, die Zeugen des Überfalls geworden waren, erging es ebenso. Bis der Busfahrer den Bann brach und lauthals nach der Polizei rief.

Eine doppelte Streife stand vor dem alten Wachhaus mit dem Touristeninformationsbüro, direkt neben dem Tor. Die beiden Uniformierten, ein Mann und eine Frau, spurteten los, um dem Flüchtenden den Weg abzuschneiden. Ich sah ihn schon in den Armen der Polizisten enden, da beschleunigte er sein Tempo wie ein Hundertmeterläufer bei den Olympischen Spielen. Bevor die Häscher ihn erreichten, sprintete er zwischen den dorischen Säulen hindurch und verschwand hinter dem Tor. Die Polizisten verfolgten ihn und ich folgte allen dreien.

Warum? Es war ein unbestimmtes Gefühl, eine vage Hoffnung. Vielleicht hatte ich mich nicht getäuscht und ich kannte den Bärtigen wirklich. Wichtiger war, dass er dann auch mich kannte und mir sagen konnte, wer ich war. Vermutlich war es sinnlos, ihm zu folgen, besonders in dieser Situation. Aber auf dem Pariser Platz zu stehen, brachte mich auch nicht weiter.

Als ich durchs Brandenburger Tor lief, sah ich die Polizisten links vor mir in die Grünanlagen des Tiergartens eintauchen. Ich rannte ihnen nach und zwang ein Taxi zur Vollbremsung. Ich hatte den Wagen erst bemerkt, als die Scheinwerfer in meine Augen stachen. Wütendes Gehupe verfolgte mich bin ins Unterholz.

Hier war es ungleich dunkler als auf den Straßen. Vor mir gabelte sich ein schmaler Pfad. Ich blieb stehen und lauschte. Schritte und das Rascheln von Zweigen kamen von links. Also nahm auch ich den linken Weg und hielt ab und zu an, um nicht unvermittelt auf die Polizisten zu prallen. Beim dritten oder vierten Halt, vor einer Biegung, hörte ich ihre Stimmen.

Der Mann: »... keine Spur von dem Kerl. Vielleicht hockt er hier irgendwo zwischen den Bäumen und lacht uns aus.«

Die Frau: »Glaub ich nicht. Wir hätten es im Unterholz rascheln gehört.«

Der Mann: »Wo soll er sonst stecken?«

Die Frau: »Auf dem Baugelände. Die Kollegen haben dort schon öfter Plattenputzer und Fixer aufgegriffen. Der Zaun ist löchrig wie'n Sieb.«

Der Mann: »Okay, ich geb's durch. Und dann sehen wir nach.«

Ich hörte das klackende Geräusch eines Walkie-Talkies. Der männliche Polizist meldete sich bei der Zentrale und fuhr fort: »Derzeit kein Kontakt zum flüchtigen Täter. Vermuteter Aufenthaltsort ist das Baugelände Clay-Center östlich der Ebertstraße. Wir suchen dort weiter und erbitten Verstärkung. Ende.«

Die Zentrale bestätigte die Meldung und versprach das Eintreffen der angeforderten Verstärkung. Die beiden Streifenbeamten setzten ihren Weg fort, ich ebenfalls.

Clay-Center. Der Name löste eine Erinnerung in mir aus. Ein Bauvorhaben, von dem ich gehört oder gelesen hatte. Ein mit staatlichen Mitteln gefördertes Kongresszentrum, eine Begegnungsstätte zur Förderung der Zusammenarbeit von Wirtschaft und Politik. Zugleich sollte es der neue Konzernsitz von Global Standards Germany sein.

Warum erinnerte ich mich daran, aber nicht an meinen Namen? Wie eng war ich mit dieser Stadt, mit Berlin, verbunden?

Das Gehölz vor mir wurde lichter und trat schließlich ganz zurück, wo man das Gelände für den Bau des Clay-Centers gerodet hatte. Die Bauten erhoben sich weit über den zwei Meter hohen Bauzaun. Der weitläufige Gebäudekomplex musste kurz vor der Fertigstellung stehen, sogar die Fenster waren schon eingesetzt. An provisorischen Holzmasten, die sich in regelmäßigen Abständen hinter dem Bauzaun erhoben, waren Scheinwerfer angebracht, die das ganze Gelände in blauweißes Licht tauchten. Der Architekt schien etwas gegen Ecken und Kanten zu haben. Runde Formen herrschten vor, die einzelnen Gebäude wurden durch geschwungene Brücken auf den verschiedenen Ebenen miteinander verbunden. Es sah aus wie ein gigantischer versteinerter Ameisenbau.

Während ich, hinter einem Baumstamm verborgen, den fast fertigen Bau betrachtete, geschah etwas Seltsames: Ich fühlte mich, als hätte jemand den Boden unter meinen Füßen weggezogen, und schwankte.

Fast wäre ich gestürzt, hätten meine Hände nicht an dem borkigen Stamm Halt gefunden. Das Hämmern in meinem Kopf schwoll an, wurde zu einem Stechen, das mir Übelkeit verursachte. Mir wurde schwarz vor Augen.

Ich zwang mich, ruhig und tief zu atmen. Der Schleier, der sich vor meine Augen gelegt hatte, zerriss. Ich sah wieder das Clay-Center vor mir, aber für wenige Sekunden noch etwas anderes: Ein hohes, turmartiges Gebäude, das oben in einer T-förmigen Verbreiterung auslief. Es verblasste, war nur ein Traumgebilde gewesen. Aber es ließ mich verwirrt zurück. Zu der Verwirrung gesellte sich ein unerklärliches Gefühl des Abscheus. Mir war noch immer schlecht, und ich musste mich übergeben.

»Hier könnte er durch sein, das Brett ist lose«, erklang vor mir die Stimme der Polizistin.

»Gibt's hier keinen Nachtwächter?«, fragte ihr Kollege.

»Doch, aber der kann sich sonst wo rumtreiben. Das Gelände ist groß.«

»Vielleicht pennt er auch. Egal, gehen wir rein!«

Ich hörte das Klappern von Holz, wischte mit dem Handrücken über meine besudelten Lippen und ging zum Bauzaun. Ich musste nicht lange suchen, um den Durchgang zu finden. Ich sah die Schemen der beiden Polizisten, durch den Zaun hindurch. Allmählich hörte ich auf, mich über die seltsame Fähigkeit zu wundern.

Abwartend stand ich vor dem Durchlass, lauschte den Schrittgeräuschen und starrte auf die hell fluoreszierenden Geisterwesen, die sich von mir entfernten. Die Umrisse zerflossen und waren bald ganz verschwunden. Das bestätigte meine bisherige Erfahrung: Dieser Röngtenblick, oder was immer es war, funktionierte nur auf kurze Distanz, ungefähr zehn bis zwanzig Meter.

Gerade wollte ich das Baugelände betreten, da tauchte das helle Flimmern wieder auf. Aber diesmal war es nur ein Schemen. Er bewegte sich schnell auf mich zu. Ein Polizist kehrte offenbar zurück.

Ich huschte wieder ins Unterholz, wo ich mich zwischen Bäumen und Gebüsch zusammenkauerte. Die defekte Stelle des Bauzauns lag in meinem Blickfeld. Zwei Holzlatten wackelten, eine Gestalt zwängte sich hindurch und wurde vom milchigen Nachtlicht umhüllt.

Da erkannte ich meinen Irrtum: Das war kein Polizist, sondern der Bärtige. Die geraubte Kamera noch in der Hand, ging er den Weg zurück, den er gekommen war, direkt an mir vorbei.

Kurz entschlossen erhob ich mich und verstellte ihm den Weg. Erst da kam mir der Gedanke, dass ich sehr leichtsinnig war. Er konnte bewaffnet sein.

Erschrocken prallte er zurück und hätte fast die Kamera fallen gelassen.

»W-wer bist du?«, kam es im Flüsterton über seine bartumrankten Lippen. »Was willst du von mir?«

»Ich war am Brandenburger Tor und habe alles beobachtet.«

»Und?«

»Die Bullen haben Verstärkung angefordert. Die kann jeden Moment hier sein.«

Das Bartgesicht nickte. »Eben darum möchte ich schnell von hier verschwinden. Hat mich gefreut!«

Er wollte sich an mir vorbeidrücken, aber ich hielt ihn am Ärmel fest und fragte: »Wohin willst du?«

»Mein Wagen steht in der Nähe.«

»Nimm mich mit!«

Sein Blick glitt an meiner schmutzigen Kleidung entlang bis hinunter zu den zerschrammten nackten Füßen in den alten Sandalen. »Hast wohl kein Geld fürs Taxi, was?«

Ich nickte.

Er warf einen Blick über die Schulter zum Clay-Center, sah mich an und seufzte. »Also gut. Lieber mit 'nem Spinner im Schlepptau nach Hause als allein in den Knast. Komm, aber mach hin!«

Und schon lief er quer durchs Unterholz.

Ich folgte ihm.

War es richtig gewesen, ihn anzusprechen? Der Kontakt hatte keine Erinnerung in mir ausgelöst. Das Gefühl, dass ich den Mann kannte, konnte auf tausend verschiedene Gründe zurückgehen.

Vielleicht hatte mich sein Vollbart an jemanden erinnert oder seine geschmeidige Art zu gehen. Trotz meiner Zweifel blieb ich bei ihm. Schließlich hatte ich nichts Besseres vor.

Schneller als erwartet tauchte eine belebte Straße vor uns auf. Der Bärtige steuerte auf einen uralten VW Golf zu, dessen hellgrüne Lackierung den Kampf gegen den Rost längst aufgegeben hatte. Unerklärlich, wie das Ding durch den TÜV gekommen war. Der Mann schloss die Fahrertür auf und ließ sich auf den Sitz fallen. Er zog die Tür zu, legte seine Beute achtlos auf den Rücksitz und ließ den Motor an.

Ich klopfte energisch gegen die Fensterscheibe der Beifahrertür. Er grinste mich entschuldigend an, beugte sich nach rechts und löste die Verriegelung.

Kaum hatte ich Platz genommen, da setzte sich der Golf auch schon mit ungewöhnlich lautem Motorengeräusch in Bewegung und fädelte sich in den Verkehr ein. Ich hörte Sirenengeheul und sah bei einem Blick über die Schulter mehrere Polizeifahrzeuge, deren flackerndes Blaulicht durch die Nacht zuckte. Die Wagen bogen hinter uns in eine Zubringerstraße zum Clay-Center ein.

»Das war knapp«, stellte der Bärtige in einem eher ruhigen, sachlichen Ton fest. Jetzt, wo er nicht länger flüsterte, hatte seine Stimme einen rauen, kratzigen Klang. »Die beiden Bullen waren gut zu Fuß und gar nicht dumm, sonst wären sie kaum aufs Clay-Center gekommen. Schade, dass der Bau bald fertig gestellt ist.«

»Wieso?«

»War'n prima Versteck.«

»Machst du so etwas öfter?«

»Ich muss, wenn ich nicht verhungern will.« Er zeigte mit dem Daumen nach hinten, während die andere Hand das Lenkrad hielt. »Die Kamera ist das Neueste von Sony, Zeiss Optik, Hi-Fi-Stereo-Sound, integriert sind Lautsprecher und LCD-Monitor mit Superauflösung. Kostet dreieinhalbtausend.«

»Ist doch ein netter Verdienst für eine Nacht.«

»Dreieinhalbtausend im Laden. Schwarz kannst du höchstens die Hälfte verlangen, wahrscheinlich eher einsfünf.«

»Immer noch ein guter Schnitt.«

»Einsfünf nimmt der Verkäufer, aber der will auch was verdienen. Für mich sind maximal fünfhundert drin.«

»Gleich muss ich weinen«, sagte ich mit unbeteiligter Stimme.

Er warf mir einen zornigen Blick zu, beruhigte sich aber schnell. »Siehst auch nicht gerade aus, als hättest du das Gehalt eines Topmanagers. Die kostenlose Fahrt hast du dir verdient, weil du die Klappe gehalten hast. Wo soll ich dich absetzen?«

»Bei dir zu Hause.«

»Spinnst du?«

»Keine Ahnung.«

»Hör zu, mein Freund. Meinetwegen fahr ich dich quer durch die Stadt, kein Problem. Aber weiter geht meine Hilfsbereitschaft nicht.«

»Da würde ich nicht drauf wetten.«

Eine ruckartige Bewegung des Fahrers am Lenkrad, und der Wagen geriet ins Schlingern, kam gerade noch, ohne Schaden anzurichten, in einer Hofeinfahrt zum Stehen. Der Bärtige schaltete die Innenbeleuchtung ein und musterte mich durchdringend. Täuschte ich mich, oder lag in seinem Blick der Ausdruck des Wiedererkennens?

Dann aber fragte er mit harter Stimme: »Wer bist du?«

»Du glaubst nicht, vor welche Schwierigkeiten deine Frage mich stellt.«

»Was willst du von mir?«

»Was zu essen, eine heiße Dusche und ein Bett.«

»Und dann?«

»Weiß ich noch nicht.«

»Hast du keine Unterkunft?«

»Eigentlich schon, aber meine Suite im Adlon wird zur Zeit renoviert.«

»Du bist ziemlich bekloppt.« Er lachte heiser. »Und ich auch, weil ich dich mitnehme.«

5

Mein Gehirn musste wirklich stark angeknackst sein. Anders war das Gefühl nicht zu erklären, das mich beim Anblick des verschachtelten Gebäudes in einer versteckten Ecke der Spandauer Vorstadt überfiel. Déja-vu, schon wieder!

Aber der ganze heruntergekommene Straßenzug war mir fremd, und ich konnte das Gebäude, auf das der Golf zuhielt, nicht einordnen. Vielleicht lag es an meinen krampfhaften Versuchen, mich an irgendetwas zu erinnern, dass mich immer wieder das Gefühl der Vertrautheit überfiel. Eine Reaktion meines Verstands auf die eigenen Lücken. Er gaukelte mir etwas vor, um mich zu beruhigen.

»Was hast du?«, fragte der Bärtige und ließ den Wagen in eine schmale Einfahrt rollen.

»Ich weiß nicht. Mir war eben so komisch.«

»Wahrscheinlich musst du was essen.«

»Wahrscheinlich.« Mein Magen knurrte tatsächlich und unterstrich seine Forderung mit einem schmerzhaften Ziehen.

Der Golf kam in einem Zwitter zwischen Garage und Bretterverschlag zum Stehen, und der Fahrer stieg aus. Den Sony-Camcorder nahm er mit.

Auch ich verließ den Wagen und blickte mich neugierig um. Von nahem wirkte das Gebäude noch größer – und noch verfallener. Protzige Säulen und Stuckverzierungen ließen mich zu dem Schluss kommen, dass der Bau noch aus der Zeit des Großbürgertums stammte. Viele Fenster waren zerbrochen, die anderen vor Schmutz blind. Der ehemals wohl weiße, jetzt dunkelgraue Verputz blätterte großflächig ab. Graffiti riefen zum Kampf gegen Kapitalismus, die NATO und die Mehrwertsteuer auf. Ringsum erstreckte sich eine ungepflegter Wiese, die mit Abfall überhäuft war, vorwiegend Bierdosen und Mehrliterflaschen billigen Weins. Nichts, was mir vertraut vorkam.

»Nette Gegend«, sagte ich.

»Nicht mehr lange. Das ganze Viertel ist nach der Wende verkauft und saniert worden. Früher gab's hier Menschen, jetzt Anwalts- und Finanzberatungskanzleien und jede Menge schicker

Restaurants und Kneipen. Irgendein kluger Kopf hat ausgerechnet, dass jeder Einwohner hier seinen eigenen Platz am Restauranttisch oder an der Theke hat.«

Ich warf einen abschätzigen Blick auf das Gebäude. »Hier sieht's nicht gerade saniert aus.«

Wieder erklang sein heiseres Lachen. »Wir in diesem Straßenzug sind die letzten Widerständler. Ein kleines, tapferes Dorf, umgeben von den Legionen der Wendegewinner.«

Lautes Hundegebell erscholl, und ein hässliches Fleischpaket sprang auf vier kräftigen Beinen heran. Eine echte Promenadenmischung, allerdings mehr Mischung als Promenade. Boxer, Bulldogge, Mastiff, Bernhardiner, alles schien vertreten. Das leicht zottelige Fell konnte sich nicht entscheiden, ob es braun, grau oder schwarz sein wollte. Das beeindruckende Vieh blieb kurz vor mir stehen und überschüttete mich mit einem Stakkato aus Gebell und Geifer. Dabei zeigte es Zähne, die einem Löwen zur Ehre gereicht hätten.

Der Bärtige streichelte den wuchtigen Hundeschädel. »Ist in Ordnung, Otto. Der Typ ist etwas schräg, aber okay.«

Der Hund hörte auf, mich mit ohrenbetäubendem Lärm und klebriger Feuchtigkeit zu überschütten, und strich wie eine Katze um die Beine seines Herrn.

Ich sah das Tier zweifelnd an und fragte: »Otto?«

Der Bärtige tätschelte den Hunderücken. »Er erinnert mich stark an Otto Wernicke.«

»Wer ist das?«

»Ein Schauspieler. In den Dreißigerjahren hat er in den Krimis von Fritz Lang den Kommissar Lohmann gespielt. Ein bulliger, ziemlich einschüchternder Typ, der nicht mehr loslässt, wenn er sich einmal in etwas verbissen hat. So wie unser Otto.«

»Aha«, sagte ich verständnislos.

»Und ich bin Max.«

»Nach Max und Moritz?«

Er schüttelte den Kopf. »Nach Maximilian Schell. Meine Mutter hat für ihn geschwärmt.«

»Freut mich, Max.«

»Und du?«

»Was ist mit mir?«

»Wie ist dein Name?«, fragte Max.

»Ich kann mich leider nicht erinnern.«

»Das ist gut!«, sagte er und schüttelte sich vor Lachen. »Falls mich die Bullen mal erwischen, werde ich das auch sagen, wenn sie mich nach meinem Namen fragen. Wirklich gut! Aber jetzt sag schon, wie heißt du?«

Ich sah ihn offen an. »Ich weiß es wirklich nicht.«

»Okay. Dann sag mir, wie ich dich nennen soll!«

»Keine Ahnung. Fällt dir kein passender Schauspieler ein?«

»Da muss ich erst überlegen. Unter Schauspielern gibt's zwar 'ne Menge schräger Vögel, aber für einen wie dich braucht es einen besonders schrägen. Das wird nicht einfach. Jetzt komm!«

Ich folgte ihm und Otto durch eine kleine Seitentür ins Innere des großen Bauwerks. Durch die verdreckten Scheiben fiel nur wenig Nachtlicht herein. Aber auch so erkannte ich Spinnweben, Staub und herumliegende Trümmer. Wir gingen an mehreren Schildern vorbei, und ich las Aufschriften wie »Notausgang«, »Garderoben« und »Bühnenaufgang«.

»Hier sieht es aus wie in einem Theater«, sagte ich.

»Das liegt vermutlich daran, dass es ein Theater ist«, erwiderte Max.

Er öffnete eine Tür, betrat einen dunklen Raum und betätigte einen Lichtschalter. Tatsächlich, hier gab es elektrisches Licht! Mit unstetem Summen flackerte eine altertümliche Schirmlampe unter der hohen Decke auf und beleuchtete ein geräumiges Wohnzimmer mit wahllos zusammengesuchtem Mobiliar.

»Wie aus einem Theaterfundus«, entfuhr es mir.

»Korrekt erkannt«, sagte Max und schien nicht beleidigt. Er legte den Camcorder in die geräumige Schublade einer holzwurmstichigen Kommode und zeigte auf einen schmalen Durchgang. »Da ist die Dusche. Ich besorge dir saubere Kleider und kümmer mich dann ums Essen.«

»Danke«, sagte ich und ging auf den schmalen Gang zu.

»He!«

Ich blieb stehen. »Ja?«

»Seif dich gut ein, du hast es nötig!«

Das Badezimmer war riesig, die Einrichtung so zusammengewürfelt wie im Wohnzimmer. Die Dusche suchte sich selbst aus, ob sie kaltes, lauwarmes oder heißes Wasser ausspuckte. Es gab zwar einen Regulierer, aber er schien keine Auswirkungen auf die Wassertemperatur zu haben. Trotzdem blieb ich lange unter dem willkürlich an- und abschwellenden Strahl. Er übte eine belebende Wirkung auf mich aus, vielleicht gerade wegen des stetigen Wechsels zwischen heiß und kalt.

Als ich schließlich aus der Kabine trat, lagen auf einer Anrichte ein Kleiderstapel und ein großes Badetuch, mit dem ich mich abtrocknete. Dann schlüpfte ich in eine dunkle Cordhose und ein ausgebleichtes Jeanshemd. Die Sachen passten mir, obwohl ich Max um mehr als einen Kopf überragte. Auch die dunklen Socken und die Lederslipper hatten meine Größe. Offenbar verfügte mein Gastgeber über ein gutes Augenmaß und über einen großen Theaterfundus.

Der Duft von Eiern und Speck lockte mich zurück ins Wohnzimmer. Otto lag auf dem flauschigen Teppich und blinzelte mich müde an. Eine Tür stand offen. Sie führte zu einer Küche, wo Max am Herd stand und mit zwei Bratpfannen hantierte.

»Essen kommt gleich«, rief er mir zu. »Mach's dir gemütlich!«

Ich ließ mich in einen Sessel fallen und griff nach einer zerfledderten Zeitschrift. Es war eine ältere Ausgabe des »Bärliners«, der sich einen Namen als kritisches Hauptstadtmagazin gemacht hatte. Das Cover zeigte einen gut aussehenden Mittfünfziger, in einer Hand eine dicke Zigarre. Mit jovialem Lächeln sah er in die Kamera. Ich kannte das Gesicht, aber der Name war mir entfallen. Und ich kannte es nicht nur von Fotos, da war ich mir sicher. Ich musste dem Mann schon persönlich begegnet sein. Aber der Name? Vergebens sah ich auf die Zeitschrift. Eine Ecke des Titelbilds war abgerissen, die Beschriftung fehlte.

Als Max zwei dampfende Teller mit Spiegeleiern und gebratenem Speck hereintrug, tippte ich auf das Titelbild. »Dieser Mann ... den habe ich schon mal gesehen.«

»Wer hat das nicht?« Max stellte die Teller auf einen runden Tisch. »Unser Kanzler ist 'ne sehr medienwirksame Erscheinung. Fotografen und Kameraleute lieben ihn. Außerdem hat er immer einen Scherz auf den Lippen. Den Kanzler der Einheit und den der Autos haben wir hinter uns. Passend zum einundzwanzigsten Jahrhundert haben wir jetzt den Medienkanzler.«

»Das ist unser Bundeskanzler?«

Max sah mich erstaunt an. »Hast du gedacht, es ist der Papst?« Kopfschüttelnd ging er zurück in die Küche.

Ich schlug den »Bärliner« auf und fand auf Seite drei einen Hinweis zum Titelbild: »Bundeskanzler Arnulf Zander bei der Einweihung der neuen Berlin-Ausstellung im Martin-Gropius-Bau.« Im Heft fand ich einen amüsant-bissigen Artikel über die Medienwirksamkeit des Kanzlers, verfasst von einer Rica Aden. Sie hatte eine flotte Schreibe, die mich zum Lachen brachte.

»Freut mich, dass du dich amüsierst«, sagte Max und brachte eine Schale mit Brot sowie Besteck. »Was willst du trinken?«

»Was gibt es?«

»Wein, Wasser, Bier.«

»Bier.«

»*D'accord*.«

Er holte aus dem Kühlschrank zwei Dosen »Radeberger« und riss sie auf. Wir tranken, und er wischte sich den Schaum aus dem Bart.

Max bedachte mich mit einem breiten Grinsen. »Dass du echt schräg bist, habe ich dir wohl schon gesagt.«

»Ja, aber wie kommst du darauf?«

»Na hör mal!« Er imitierte meinen Tonfall erstaunlich genau: »Mein Name? Ich kann mich leider nicht erinnern. – Den Mann habe ich schon mal gesehen. Was, das ist unser Bundeskanzler?« Er setzte die Dose an und nahm erneut einen großen Schluck. »Wo kommst du her? Vom dritten Planeten der Kassiopeia?«

»Kassiopeia ist keine Sonne, sondern ein Sternbild. Ich könnte also allenfalls vom dritten Stern der Kassiopeia kommen.«

»Deinen Namen kennst du nicht, den Bundeskanzler auch nicht, aber das Sternbild der Kassiopeia! Bist du etwa wirklich ein Außerirdischer?«

»Wenn, dann ein ziemlich hungriger.«

Ich machte mich über das Spiegelei her, hielt aber im Kauen inne.

»Was ist?«, fragte Max. »Zu viel Salz oder zu wenig?«

»Weder noch.« Ich kaute langsam weiter und schluckte den Bissen hinunter. »Da fehlt was anderes.«

Er probierte sein Ei und aß mit sichtlichem Genuss. »Finde ich nicht. Schmeckt wie immer.«

Plötzlich kam ich drauf: »Curry! Eine Prise Curry!«

Er starrte mich an, als hätte ich gerade den bevorstehenden Weltuntergang verkündet. In seinen Augen las ich mehr als bloße Verwunderung. Ich konnte es mir nicht erklären, aber er schien über meine Bemerkung bestürzt. Es konnte nicht nur daran liegen, dass ich seine Kochkünste schmähte. Sein Blick schien mich zu durchdringen, nicht feindselig, sondern forschend. Als hielte er mich tatsächlich für einen Marsmenschen oder Kassiopeianer.

Langsam, laut und deutlich fragte er: »Wer bist du?«

Tief durchatmend hob ich die Schultern und ließ sie langsam wieder sinken. »Das wüsste ich selbst gern, glaub mir!«

»Du kannst dich wirklich nicht erinnern? Keine Verarschung?«

»Ich bin derjenige, der hier verarscht wird, und zwar von meinem Gehirn. In meinem Gedächtnis klafft ein großes, tiefes Loch. Und darin ist alles verschwunden, was mit meiner Identität zusammenhängt.«

Max starrte mich weiterhin an, misstrauisch, zweifelnd, überlegend. Plötzlich sah er sich nach allen Seiten um.

»Was suchst du?«, fragte ich.

»Die versteckte Kamera.«

Ich lächelte dünn. »Wenn ich im Film bin, dann im falschen.«

»Genauso komme ich mir auch gerade vor.«

Brot und Schinken kauend, sagte ich: »Verstehe ich. Ich an deiner Stelle würde mich auch unwohl fühlen. Ein Vorschlag zur Güte: Dusche und Essen sind dankbar angenommen, danach mach ich mich vom Acker. Okay?«

»Du wolltest doch auch ein Bett.«

»Wenn du mich für einen Marsmenschen oder ein Irren hältst, sollte ich besser darauf verzichten. Sonst hetzt du mir bei der geringsten verdächtigen Bewegung Otto an die Gurgel.«

»Und wo willst du schlafen?«

Ich zuckte mit den Schultern.

»Kommt nicht in die Tüte«, sagte Max im Befehlston und holte einen Plastikstreuer mit Curry aus der Küche. »Du bleibst hier! Es gibt hier eh zu viele leere Räume.«

Ich gab ein wenig Curry auf meine linke Handfläche, nahm das Pulver zwischen Daumen und Zeigefinger und zerrieb es mit einer kreisenden Bewegung über meinem Ei.

Max verfolgte das aufmerksam. »Sieht aus wie ein Ritual. Machst du das immer so?«

Verblüfft starrte ich auf die Curryreste an meinen Fingerspitzen. »Keine Ahnung.«

Max wollte wissen, was mit mir und meinem Gedächtnis los sei. Seine Neugier war verständlich, und so erzählte ich ihm während des Essens eine Geschichte, die sich aus Dichtung und Wahrheit zusammensetzte. Der Schwerpunkt lag auf der Dichtung, zumal die Wahrheit für mich selbst im Dunkeln lag. Dabei hielt ich mich in etwa an das, was man mir in der obskuren Klinik aufgetischt hatte: Ich sei angefahren worden und hätte bei dem Unfall mein Gedächtnis verloren.

»Kapier ich nicht«, sagte Max kopfschüttelnd. »Kannst du nicht zum Fernsehen gehen, damit die dein Bild ausstrahlen? Das muss für die TV-Fritzen doch ein gefundenes Fressen sein! Oder geh zu den Bullen, die dann mal für was gut wären.«

»Beide Wege möchte ich lieber nicht beschreiten.«

»Warum nicht?«

»Sagen wir so: Ich habe Grund zu der Annahme, dass die Bullen mich nicht so leicht wieder gehen lassen würden. Und wenn ich mich im Fernsehen präsentiere, dürfte das Ergebnis ähnlich ausfallen.«

»Hm«, machte Max und schluckte den Rest seines Spiegeleis hinunter. »Ich habe den Eindruck, du erzählst mir nicht alles.«

»Es würde dich nur verwirren, ebenso wie mich.«

»Ganz wie du meinst.« Er schob seinen Teller zurück und stand auf. »Ich gehe duschen. Zeitungen liegen hier, der Fernseher steht vor deiner Nase, und Bier ist im Kühlschrank. Falls Otto unruhig wird, geh doch mit ihm kurz vor die Tür.«

Kaum war sein Herrchen im Bad verschwunden, wurde Otto

unruhig. Ich konnte nirgends eine Hundeleine entdecken und öffnete deshalb einfach die Wohnungstür. Der Hundekoloss schlüpfte hinaus auf den dunklen Gang und schlug einen anderen Weg ein, als den, den ich mit Max gekommen war. Vielleicht eine gute Gelegenheit, dieses seltsame Gebäude etwas besser kennen zu lernen.

Otto legte ein schnelles Tempo vor, und ich musste stramm gehen, damit er mir nicht davonlief. Normalerweise hätte ich mir in den finsteren Gängen wohl die eine oder andere Beule zugezogen. Aber die seltsame Fähigkeit, das Radargerät in meinem Kopf, warnte mich rechtzeitig vor jedem Hindernis.

Otto lief durch einen großen Raum voller Kulissen aus Sperrholz und Pappmaché. Durch das blinde Glas schmaler hoher Fenster fiel ein Hauch von Licht herein. Gemalte Häuser und Berge waren mit einer dicken Staubschicht bedeckt und wirkten auf mich wie eine ausgestorbene Welt, die ihrem unvermeidlichen Ende entgegendämmerte.

Ottos Ziel war die Außenwand. Hinter der großen Holzkulisse eines griechischen Tempels befand sich eine Tür, an der er jaulend kratzte. Sie war verschlossen, aber der Schlüssel steckte. Draußen schlug uns ein Sprühregen entgegen, was Otto nicht davon abhielt, zu einer krummen Linde zu laufen. An dem alten Baum, der seine Krone mühsam in den dunklen Himmel reckte, verrichtete er sein Geschäft.

Auch ich trat in den Regen und blickte mich um. Ich stand auf einem Innenhof. Das Theater war ein sehr verwinkelter Bau mit mehreren solcher kleiner Patios. Auch Max' Wohnzimmer führte auf einen Hof hinaus. Dieser hier wirkte ähnlich verwahrlost wie der Außenbereich, den ich bei unserer Ankunft gesehen hatte. An der Hauswand türmten sich ein paar alte Schränke, ein Bettgestell aus Messing und zwei verrottete Matratzen.

Von irgendwo drang Musik und Gelächter herüber, hin und wieder ertönte das nervige Hupen eines Autos. Dieses alte Theater war eine Insel inmitten der frisch aufgemöbelten Spandauer Vorstadt, ebenso zum Untergang verurteilt wie die Kulissenwelt drinnen im Lagerraum. Irgendwann würde mit Bulldozer und Abrissbirne das Jüngste Gericht für den seltsamen Unterschlupf von

Max und Otto hereinbrechen, um auch an diesem Flecken ein Stück des neuen Berlins entstehen zu lassen: Mit Leben erfüllt bis zum Kneipenschluss, zugänglich nur für Leute mit dicker Brieftasche.

Hier, wo vor hundert, zweihundert Jahren einmal die Ärmsten der Armen gehaust hatten, in Mietskasernen, in denen ganze Familien in winzigen Zimmern zusammengepfercht waren. Tagelöhner, Bettler, Juden und Katholiken, die Außenseiter des alten Berlins. Inzwischen gab es neue Außenseiter, die Verlierer der Wohlstandsgesellschaft, aber hier war für sie kein Platz mehr. Die engen Gebäude des Scheunenviertels wurden in den 1920er Jahren abgerissen. Die schummrigen Rotlichtlokale der Münz- und der Mulackstraße waren schon nicht mehr Legende, nur noch Vergangenheit.

Die Gedanken strömten auf mich ein, als hätte die frische Luft mein Gehirn beflügelt. Mir schien, ich hatte dieselben Gedanken schon einmal gehabt, an ebendiesem Ort. Aber wie sollte ich einem Gehirn trauen, das verrückt spielte und mir den Zugang zu mir selbst verwehrte?

Ein knappes Bellen riss mich aus den Überlegungen. Vor mir stand Otto und stieß seine platte Schnauze gegen meinen Oberschenkel. Offenbar wollte er jetzt, wo sein Bedürfnis erledigt war, möglichst rasch zurück ins Trockene. Mich wunderte die Zutraulichkeit, die das Tier mir gegenüber zeigte. Bei unserer ersten Begegnung vor etwa einer Stunde schien Otto noch geneigt, mich beim kleinsten Anlass zu zerfleischen.

Zurück in der Lagerhalle, fiel mir der muffige Geruch von altem Leim und Farben auf. Die Ausdünstungen der Kulissen schienen sich untrennbar mit den Mauern verbunden zu haben. Der Staub verriet, dass hier schon seit Jahren niemand mehr etwas bewegt hatte. Ein Friedhof, auf dem Träume vermoderten.

In der Wohnung hörte ich das Rauschen der Dusche und undeutlich Max' rufende Stimme: »Mein Badetuch! Ich habe mein Badetuch vergessen!«

»Wo liegt es?«, rief ich zurück.

»Großer Schlafzimmerschrank, linke Seite oben.«

Das Schlafzimmer war nicht schwer zu finden. Es lag hinter der einzigen geschlossenen Tür. Ich knipste das Licht an, und ein Kronleuchter wie aus einem alten Film tauchte den Raum in warmes gelbes Licht. Das große Bett war nicht gemacht, auf dem Nachttisch lag aufgeschlagen Klaus Manns »Mephisto«. Die Wände waren mit gerahmten Schwarzweißfotos geschmückt. Regisseure, Schauspieler, einige in Bühnenkostümen. Ich erkannte nur wenige, meist aus alten Filmen: Gustaf Gründgens als Mephisto, Marlene Dietrich als fesche Lola, Heinrich George und ein sehr junger Theo Lingen.

Ein Fenster zeigte hinaus auf einen buschbewachsenen Grünstreifen, hinter dem eine Leuchtreklame blinkte. Das geschlossene Fenster reduzierte den Straßenlärm auf ein dumpfes Rauschen. Vor dem Fenster hing ein kleines ausgebleichtes Bild, Seidenmalerei, das einen Fisch und ein Seepferd zeigte, die einander neugierig betrachteten. Das Motiv wiederholte sich bei einem Mobile, das sich im Luftzug der von mir geöffneten Tür über dem Bett drehte. Fische und Seepferdchen umkreisten einander wie auf einer Tanzfläche.

Ich konnte mir nicht helfen, aber das Schlafzimmer hatte irgendwie einen femininen Touch. Der Eindruck verstärkte sich, als ich den Schrank öffnete. Damenunterwäsche und eine Packung Binden waren nicht das, was ich erwartet hatte. Röcke und Kleider auch nicht und ebenso wenig die Pumps, die auf dem Schrankboden standen. Vielleicht lebten Max und Otto hier nicht ganz so allein, wie ich geglaubt hatte.

Mit einem großen Frottétuch, das ich von einem ganzen Stapel nahm, ging ich ins Badezimmer, wo der Duschstrahl gerade mit einem protestierenden Röcheln erstarb. Der Duschvorhang aus schwerem Plastik wackelte und wurde zurückgeschoben.

»Gibst du mir das Badetuch?«, fragte eine helle Stimme.

Ich reagierte nicht, stand einfach nur da und sah die nackte Frau an. Sie war schön, ohne Zweifel. Schlank und durchtrainiert, mit kleinen festen Brüsten. Ich schätzte sie auf Ende zwanzig. Das dunkle Haar war kurz geschnitten und klebte jetzt, wo es nass war, wie ein Helm an ihrem Kopf. Eine Stupsnase gab dem ovalen Gesicht einen frechen Ausdruck, der noch verstärkt wurde, als sie ihre sanft geschwungenen Lippen zu einem maliziösen Lächeln verzog.

»Noch keine nackte Frau unter der Dusche gesehen?«

Ich schluckte. »Keine, die vor wenigen Minuten noch ein Mann gewesen ist.«

»Irgendwann ist immer das erste Mal.« Sie streckte eine schlanke Hand nach mir aus. »Krieg ich jetzt das Tuch?«

Ich gab es ihr und wandte mich widerwillig ab, um das Badezimmer zu verlassen. Die weibliche Version von Max war ein verlockender Anblick. Jetzt erst bemerkte ich den falschen Bart und die Perücke auf einer Ablage.

»Und wie heißt du wirklich?«, fragte ich meine Gastgeberin zwanzig Minuten später im Wohnzimmer.

Die Frau hockte mit angewickelten Beinen auf einem zweisitzigen Sofa. Sie trug Jeans und ein enges T-Shirt, unter dem sich die Rundungen ihrer Brüste abzeichneten. Ihr Make-up war sehr dezent, was bei ihrer natürlichen Schönheit genügte. Otto hatte sich vor dem Sofa ausgestreckt und döste vor sich hin.

»Ich heiße Max.«

»Nach Maximilian Schell, ich weiß«, sagte ich säuerlich. »Maximilian ist ja auch ein sehr typischer Frauenname.«

»Maximilian nicht, aber Maximiliane. So heiße ich, Maximiliane Diefenbach. Klingt reichlich bescheuert, oder?«

»Nun ja«, brummte ich verlegen und zog den Verschluss einer Bierdose ab, um einen Schluck zu trinken. Zeitgewinn. »Klingt jedenfalls ungewöhnlich.«

Sie grinste. »Ein nettes taktisches Rückzugsmanöver, Herr Generalfeldmarschall. Ich jedenfalls habe es schon im Kindesalter vorgezogen, mich einfach nur Max zu nennen.«

»Und warum die Maskerade?«

»Die ist sehr hilfreich bei meinem Job. Die Sache vorhin auf dem Pariser Platz ist vor ein paar Dutzend Zeugen abgelaufen. Die Fahndungsmeldung ist sicher schon raus – nach einem bärtigen Mann.«

»Verstehe. Aber weshalb hast du mir bis eben eine Komödie vorgespielt?«

»Aus zwei Gründen. Erstens macht es mir Spaß. Das ist vielleicht das Schauspielerblut in mir. Zweitens: Warum sollte ich dir gleich alles auf die Nase binden, Mann mit den tausend Geheimnissen?«

»Jedenfalls hast du deine Rolle sehr überzeugend gespielt. Deine Stimme klang vollkommen anders. Auch deine Bewegungen waren die eines Mannes.«

»*Merci*«, flötete Max und deutete eine Verbeugung an. »Ich sagte ja, Schauspielerblut. Das habe ich von meinen Eltern geerbt.«

»Und wie lautet die Langfassung der Story?«

»Willst du etwa meine Lebensbeichte hören?«

»Warum nicht? Ich habe nichts anderes vor.«

Nach kurzem Zögern machte Max eine weit ausholende Bewegung. »Dieses Theater, die Diefenbachbühne, gibt's schon seit hundert Jahren. Oder gab es, um korrekt zu sein. Seit zehn Jahren wurde hier kein Stück mehr gegeben. Wie der Name sagt, ein alter Familienbetrieb, gegründet von meinem Urgroßvater Albert Diefenbach. Er hat in den Dreißigern Stücke aufgeführt, die den Nazis nicht gerade willkommen waren. Brecht, Zuckmayer, Zweig, meistens Autoren, deren Werke dreiunddreißig in Flammen aufgingen. Aber auch danach machte er sich bei den Braunen konsequent unbeliebt. Achtunddreißig wurde das Theater geschlossen, und im Winter neununddreißig/vierzig ist Uropa in Sachsenhausen gestorben. Mein Großvater hat sich politisch zurückgehalten, zumal er schon Frau und Kind hatte. In den Fünfzigern konnte er das Theater wieder eröffnen. Was die Nazis mit seinem Vater angestellt hatten, hatte ihm bei den DDR-Bonzen ordentlich Pluspunkte verschafft. Er und meine Eltern konnten die Diefenbachbühne während der ganzen Zeit als Familienunternehmen weiterführen. Erst die Wende hat uns das Genick gebrochen.«

Sie zog einen Flunsch und beugte sich nach vorn, um Otto den Rücken zu kraulen. Der Hund quittierte das mit zufriedenem Brummen und Schwanzwedeln.

»Was ist passiert?«

»Das, was vielen im Osten nach der Wiedervereinigung passiert ist«, seufzte Max und machte ein Gesicht wie sieben Tage Regenwetter. »Während der Nazizeit musste das Haus zwangsverkauft werden, aber die DDR hat es meinem Großvater zugesprochen. Nach der Wende meldeten die Erben des Mannes, der es 1940 für ein Butterbrot gekauft hat, um ein Kino draus zu machen, Eigentumsansprüche an. Meine Eltern gingen durch alle Instanzen.«

»Und haben sie gewonnen?«

»Wie man's nimmt. Das Urteil erging zu ihren Gunsten, aber da waren sie längst pleite und das Haus mit Hypotheken belastet. Meine Mutter starb kurz nach Abschluss des Verfahrens. Das hat Vater nicht verkraftet, ein Jahr später war auch er tot.« Sie zeigte auf ein vergilbtes Theaterfoto an einer Wand, Romeo und Julia in Kostüm und Maske; der Mann hatte Max' ovale Gesichtsform, die Frau ihre Stupsnase. »Das sind sie als junges Paar, Erich und Renate Diefenbach. Sie waren sehr gute Schauspieler.«

»Wie man an ihrer Tochter erkennt«, sagte ich im Hinblick auf ihren Auftritt als bärtiger Straßenräuber.

»Ich hatte noch das Glück, mit Papa und Mama auf der Bühne zu stehen. Hier in diesem Haus, für das ich jeden Monat ein paar Tausender Miete zahle.«

»An wen?«

»An den Investor, der das Gebäude von der Bank gekauft hat. Durch eine vertragliche Klausel kommt er so lange nicht an das Haus heran, wie er pünktlich seine Miete erhält.«

Ich deutete auf die Schublade, in die Max den Camcorder gelegt hatte. »Auf die Art verdienst du das Geld.« Es war mehr eine Feststellung als eine Frage.

Max nickte.

»Warum?«

»Weil ich nicht weiß, wie ich sonst an die Kohle kommen soll. Mit ehrlicher Arbeit kann ich keine zwanzigtausend im Monat verdienen. Du etwa?«

»Zwanzigtausend?« Ich stieß einen schrillen Pfiff durch die Zähne, und Otto zuckte zusammen. »Ich glaube nicht«, sagte ich ehrlich. Zwar hatte ich keine Ahnung, welchen Beruf ich vor meinem Blackout ausgeübt hatte, aber ich hielt mich nicht für einen Topverdiener. »Aber das meinte ich nicht. Warum versuchst du, den Kasten zu halten. Wenn wir ehrlich sind, ist es eine Ruine.«

»Und wenn das Haus so kaputt wäre wie die Gedächtniskirche, ich würde es nicht hergeben. Es bedeutet hundert Jahre Familiengeschichte!«

»Hundert Jahre Vergangenheit«, sagte ich. »Aber wo liegt die Zukunft?«

»Ich will das Theater wieder eröffnen«, antwortete Max zögernd.

»Gibt es schon konkrete Pläne?«

Ich wusste nicht, weshalb ich diese Frage stellte. Die Antwort kannte ich im Voraus, und ich wurde bestätigt, als Max in einer Mischung aus Scham und Resignation die Augen niederschlug. Vielleicht wollte ich ihr nur klarmachen, wie aussichtslos ihr Ansinnen war. So aussichtslos wie ihr ganzes derzeitiges Leben. Sie klammerte sich an die Vergangenheit und spielte Robin Hood. Ein Spiel, das sie in den Knast bringen konnte. Und das wollte ich nicht.

Warum nicht? fragte ich mich. Ich mochte sie und hätte sie jetzt, wo sie zusammengekauert wie ein verängstigtes Kind auf dem Sofa hockte, am liebsten tröstend in die Arme genommen.

Ich Narr!

Ich kannte sie keine drei Stunden und war schon dabei, mich zu verlieben. Gerade das konnte ich jetzt am allerwenigsten gebrauchen. Wer immer auch hinter mir her war, ging die Sache nicht mit Samthandschuhen an.

Und außerdem wusste ich nicht, welche Gefahr von mir selbst ausging. Vielleicht war ich ein gemeingefährlicher Irrer, ein entsprungener Serienmörder.

Andererseits sollte ich vielleicht froh sein: Wenn ich noch so etwas wie Liebe empfand, konnte mein limbisches System nicht ganz und gar im Eimer sein.

»Der Tag war lang und anstrengend«, sagte ich und stand auf. »Ich glaube, ich lege mich aufs Ohr.«

»Das ist wohl am besten«, erwiderte Max und führte mich über den dunklen Gang zu einem kargen, halbwegs sauberen Zimmer. In einer Ecke stand ein Bett, das mindestens zwanzig Jahre auf dem Gestell hatte, aber besser war als der nackte Fußboden. Davor stieß ein Kleiderschrank fast an die hohe Decke. Max klopfte an die Schranktür. »Da drin sind jede Menge Klamotten, auch Pyjamas. Eine Tür weiter gibt's ein Waschbecken und ein Klo. Fühl dich wie zu Hause. 'Nacht!«

Ehe ich etwas antworten konnte, war ich schon allein. Offenkundig hatte ich Max mit meiner letzten Frage verstimmt. Ich bedauerte es. Sie hatte nur Träume und ihre Vergangenheit. Warum sollte ich ihr das kaputtreden? Ich hatte kein Recht dazu und keinen Grund.

Gerade ich, der ich nicht mal eine Vergangenheit hatte, nur böse Träume.

6

Fort von hier, nach oben! Das ist mein einziger Gedanke. Nur nicht in die Gesichter der Toten sehen, die am Meeresgrund auf mich lauern!

Ich kenne ihre bösen Blicke und fürchte mich davor. Meine heftigen Schwimmbewegungen wirbeln das Wasser durcheinander, doch die Fische ziehen ruhig an mir vorüber, als sei ich gar nicht existent.

Schon glaube ich mich der rettenden Oberfläche nahe, da taucht über mir ein mächtiger Schatten auf. Um ein Vielfaches größer als ich selbst, durchschneidet er das Wasser. Ich bemerke eine große Flosse am Ende des länglichen Gebildes, aber ich kann es nicht deutlicher sehen. Es kann ein U-Boot sein oder ein Hai. Nur eins ist sicher: Es versperrt mir den Weg nach oben, schneidet mich ab von Licht, Luft und Leben.

Soll ich hier unten bleiben, bis ich an dem roten Nass ersticke und darin ertrinke? Will das Wesen über mir mich zurück in die Arme der Toten treiben?

Ich suche einen Ausweg, will zur Seite schwimmen, unter dem riesigen Schatten hindurchtauchen. Ein Fischschwarm strömt mir entgegen, nimmt mir die Sicht und die Orientierung. Verzweifelt drehe ich mich im Wasser, im Blut, da höre ich einen dumpfen Knall. Und das Bild verschwimmt, das rote Nass versickert, die Fische und der Schatten lösen sich auf, die Toten verblassen.

Endlich bin ich, noch von Feuchtigkeit bedeckt, an der Luft, die ich in gierigen Zügen einatme ...

Nur allmählich nahm ich die veränderte Umgebung wahr, die fast im Dunkeln lag. Durch ein schmutzblindes Fenster drang schummriges Licht ein, gerade genug, um das Zimmer in seinen groben Umrissen zu zeigen. Ich erinnerte mich an Max und das seltsame Gebäude, das einmal ein Theater gewesen war. Vor mir ragte ein mächtiger schwarzer Schatten auf, der Kleiderschrank. Hatte er mich zu dem Schatten in meinem Traum inspiriert?

Ich kannte den Traum gut, zu gut, hatte ihn so oder ähnlich viele Male durchlebt. Aber der Schatten mit der seltsamen Flosse am Ende war zum ersten Mal aufgetaucht. Prüfend richtete ich meine schlafverklebten Augen auf den Schrank, ohne etwas zu entdecken, was an die Flosse des Traumgebildes erinnerte.

Ich hatte keine Uhr, wusste nicht, wie spät es war, wie lange ich geschlafen hatte. Nur eins war klar: Es war kein erholsamer Schlaf gewesen. Ich fühlte mich wie gerädert, und das feuchte Gefühl an meiner Haut war keine Einbildung. Ich war schweißverklebt. Den fremden Pyjama, den ich im Schrank gefunden hatte, hätte ich auswringen können.

Vielleicht sollte ich genau das tun, überlegte ich und merkte, dass mein Verstand langsam arbeitete. Hin und her gerissen zwischen Traum und Wirklichkeit, schien ich Schwierigkeiten zu haben, klare Gedanken zu fassen. Vielleicht lag es auch an dem pochenden Schmerz in meinem Kopf. Unterschwellig war er immer da, aber jetzt spürte ich ihn besonders heftig.

Als ich mich aus dem Bett wälzte, um den nassen Pyjama auszuziehen, hörte ich ein leises Geräusch. Erst dachte ich, eine Feder in dem alten Bettgestell hätte gequietscht. Aber dann hörte ich es wieder und stellte fest, dass es woanders herkam. Es klang wie ein entsetzter Schrei. Wie die Stimme einer Frau.

Max!

Jetzt begriff ich, was mich geweckt hatte: Der dumpfe Knall, den ich im Traum gehört hatte, war Wirklichkeit gewesen. Und er hatte sich angehört wie ein Schuss.

So wie ich war, barfuß und in dem durchnässten Schlafanzug, lief ich hinaus auf den dunklen Gang, zu Max' Wohnung. Von dort fiel ein Lichtschimmer auf den Gang, weil die Tür einen Spalt breit offen stand.

Etwas war nicht in Ordnung. Ich spürte die Gefahr, und mein Körper reagierte. Adrenalin schoß durch die Adern, mein Herz schlug schneller, und meine Muskeln spannten sich an. Ich hörte hektische Stimmen aus der Wohnung, Männerstimmen, mindestens zwei.

Vorsichtig betrat ich das Wohnzimmer, in dem sich weder Max noch die Männer aufhielten. Otto lag am Boden, alle viere von sich gestreckt. Ein Stück seines Kopfes fehlte. Rote und graue Spritzer, Blut und Gehirnmasse, klebten am Teppich und an dem Sofa, auf dem vorhin Max gesessen hatte. Jetzt wusste ich, wem der Schuss gegolten hatte.

Aus dem Schlafzimmer, dessen Tür halb offen stand, ertönte ein Schrei, und ich erkannte Max' Stimme: »Lasst mich, ihr Schweine! Ich weiß, wer euch geschickt hat. Er wird das Theater nicht kriegen!«

»Ich weiß nicht, wovon du sprichst, Süße«, antwortete in hämischem Tonfall eine raue Männerstimme. »Wir wollen nur ein bisschen Spaß mit dir haben.«

»Klar«, fiel eine tiefere Stimme ein. »du musst dich doch einsam fühlen, so ganz allein in dem großen Haus.«

Eine dritte Männerstimme, die etwas vom Meckern einer Ziege hatte, erscholl: »Vielleicht hat es ihr der Köter besorgt. Die Schlampe steht bestimmt auf Frauen und Tiere. Aber die Töle habe ich erledigt. Jetzt zeigen wir dir, was richtige Männer können!«

Drei Fremde also. Oder waren es noch mehr? Wenn ich zur Schlafzimmertür ging, um mir ein Bild zu machen, konnten sie mich bemerken. Ich richtete meinen Blick einfach auf die Wand und konzentrierte mich.

Es war, als würde die Wand halb durchlässig. Umrisshaft sah ich vier Gestalten. Eine lang rücklings auf dem Bett, vermutlich Max. Die Zweite kauerte auf dem Bett vor ihr. Die beiden anderen standen links und rechts daneben. Also tatsächlich drei Gegner. Der Mann rechts neben dem Bett hielt eine Waffe in der Rechten, Pistole oder Revolver. Ihn musste ich zuerst angreifen.

Ich huschte lautlos zum Durchgang und erhaschte für einen Augenblick ein Bild der Situation. Max lag tatsächlich rücklings in ihrem zerwühlten Bett. Der Mann, der vor ihr kauerte, hatte ihre Pyjamahose bis zu den Füßen nach unten gezogen und beglotzte gierig ihren nackten Unterleib.

Der Typ war massig, hatte Stoppelhaar, noch kürzer als meins, einen ungepflegten Dreitagebart, trug eine Lederweste über dem fleckigen Jeanshemd und Springerstiefel. Der Mann links von Max sah fast aus wie sein Zwillingsbruder, war aber ganz kahl auf dem Kopf. Der Kerl mit der Schusswaffe wirkte im Vergleich mit den beiden anderen hager, war jünger, hatte blondes Haar und jede Menge Pickel im irgendwie schiefen Gesicht. Seine Waffe war ein kurzläufiger Revolver, den er eher lässig in der Hand hielt.

Als ich die Schlafzimmertür aufstieß, ruckte sein Kopf zu mir herum. Sein Waffenarm wollte die Bewegung nachvollziehen, aber er war zu langsam. Mit einem Sprung war ich bei ihm, und mein Fuß traf ihn hart in den Unterleib. Er knickte zusammen. Mit der rechten Hand entwand ich ihm die Waffe, mit einem Handkantenschlag meiner Linken in seinen Nacken brachte ich ihn endgültig zu Fall. Röchelnd wälzte er sich vor mir auf dem Boden, Speichel troff aus seinem zuckenden Mund.

Der Kahlkopf gegenüber reagierte. Seine rechte Hand verschwand in einer Innentasche der Weste und kam mit einer Automatik wieder zum Vorschein. Bevor er die Waffe auf mich richten konnte, gab ich einen Schuss aus dem Revolver ab. Meine Kugel fuhr in seine Schulter. Er heulte auf, griff mit der linken Hand an die verwundete Stelle und ließ die Pistole achtlos zu Boden fallen.

Der Mann auf dem Bett warf sich auf Max, hielt sie mit dem einen Arm fest und hatte jetzt ein Springmesser in der anderen Hand. Die Spitze drückte gegen ihre linke Wange.

»Lass die Kanone fallen!«, herrschte er mich an. »Sonst mache ich Gyros aus dem Gesicht der Kleinen.«

Langsam trat ich an das Kopfende des Bettes, drückte den Revolverlauf gegen seine Stirn und zog den Hahn ganz bedächtig zurück. Für eine lange Sekunde erfüllte das metallische Klicken den Raum.

Ebenso bedächtig sagte ich: »Wenn ich auch nur einen Tropfen Blut in ihrem Gesicht sehe, puste ich dir das Gehirn aus dem Schädel! Wie das aussieht, hast du vielleicht bei dem Hund gesehen.«

Noch immer hielt er die Messerklinge gegen Max' Wange, aber er rührte sich nicht, wirkte wie erstarrt. Schweiß perlte auf seiner

Stirn. Es sah so aus, als sollte meine Rechnung aufgehen. Hätte ich Abstand von ihm gehalten, hätte er meine Drohung wohl weniger ernst genommen und versucht, mich einzuschüchtern, indem er Max verletzte.

Aber ein kalter Revolverlauf direkt an deinem Schädel, das harte Klicken neben deinem Ohr, die unmittelbare Nähe der Kugel, die deinen Kopf binnen Sekundenbruchteilen in einen matschigen Klumpen aus Fleisch und Knochensplittern verwandeln kann, sind ein ganz anderes Gefühl. Die Angst lässt deine Gedanken Purzelbäume schlagen, gibt dir keine Zeit, klare Überlegungen anzustellen. Es gibt nur noch einen Impuls in dir, der alles andere überlagert: Du willst dein Leben retten!

Woher ich das wusste? Keine Ahnung. Aber eins war mir klar: Ich kannte mich mit solchen Situationen aus. Ich war erregt, aufs höchste angespannt, und doch behielt ich einen klaren Kopf. Als hätte ich das alles trainiert.

»Hör nicht auf das Gequatsche, Mike!« bellte der Mann mit der zerschossenen Schulter. »Schneid der Hure ein ewiges Andenken in die Fratze, wenn er die Knarre nicht sofort fallen lässt.«

Ich erhöhte den Druck des Revolverlaufs und sagte langsam und deutlich: »Dein Kumpel hat gut reden, Mike. In ein paar Wochen ist seine Schulter wieder okay. Aber dein Gehirn kann keiner mehr zusammenflicken. Man kann es nur noch mit einem Spachtel von der Wand kratzen.«

Aus den Augenwinkeln sah Mike mich an, versuchte herauszufinden, wie ernst ich es meinte. Ich hielt seinem Blick stand, ohne mich zu rühren, und hoffte, dass auch Max Nerven wie Stahlseile hatte. Wenn sie durchdrehte, konnte es bei dem Messerhelden zu einer Panikreaktion kommen.

Mike hatte die schlechteren Nerven. Als er sich von Max zurückzog und das Messer aufs Bett fallen ließ, zitterte seine Hand wie ein junger Baum im Sturm. Er schien erleichtert, dass es vorüber war, und achtete nicht auf den zornigen Blick, den der Glatzkopf ihm zuwarf.

Ich trat ans Kopfende des Bettes und sagte: »Schluss mit der Party! Ihr macht jetzt den Abgang. Und merkt euch: Wer von euch noch ein Mal dieses Gebäude betritt, verlässt es mit Durchzug im

Kopf!« Als sie sich nicht rührten, fügte ich schärfer hinzu. »Los, ab!«

Endlich setzten sie sich in Bewegung. Der Kahle bückte sich und wollte mit der linken Hand nach seiner Pistole greifen.

»Liegen lassen!«, befahl ich.

Er sah mich betreten an. »Aber die Knarre hat 'ne Menge Kohle gekostet!«

»Lehrgeld ist immr gut investiert«, antwortete ich kühl.

Zögernd richtete er sich wieder auf, ohne die Waffe, und folgte Mike, der dabei war, aus dem Zimmer zu schleichen. Mit einem Fußtritt in die Nieren des Blonden setzte ich auch ihn in Bewegung. Auf allen vieren kroch er ins Wohnzimmer, wo er sich mit Mikes Hilfe stöhnend aufrichtete.

Ich folgte ihnen mit dem schussbereiten Revolver und sagte: »Die Hände hinter den Köpfen verschränken. Und dann marschiert ihr dort hinaus, wo ihr reingekommen seid, schön langsam, einer nach dem anderen. Und denkt daran, dass ich hinter euch bin! Der Hahn des Revolvers ist noch immer gespannt.«

Mike, der Glatzkopf und das blonde Pickelgesicht, in dieser Reihenfolge traten sie auf den Gang und wandten sich nach links. Ich hielt etwa fünf Meter Abstand zu ihnen, ohne ernsthaft mit einem Angriff der drei zu rechnen. Ich musste nur mit dem Zeigefinger zucken, um einem von ihnen eine Kugel ins Kreuz zu jagen, und das wussten sie.

Was ich mehr fürchten musste, waren mögliche Komplizen, die sich im Gebäude oder davor aufhielten. Die Wahrscheinlichkeit schätzte ich aber als eher gering ein. Die drei schienen nicht damit gerechnet zu haben, einen anderen Menschen außer Max hier anzutreffen. Entsprechend sicher hatten sie sich gefühlt und Otto einfach über den Haufen geschossen. Dank der dicken Mauern des Theatergebäudes war die Detonation wohl nur als abgedämpfter Laut, nicht lauter als die Fehlzündung eines Autos, nach draußen gedrungen, und dort war das Geräusch im Lärm der umliegenden Kneipen untergegangen.

Der seltsame Röntgenblick half mir, auf etwaige Komplizen der drei Kerle Acht zu geben. Erwartungsgemäß konnte ich niemanden entdecken, und wir verließen das Gebäude durch die Tür, durch die Max mich vor einigen Stunden hineingeführt hatte. Die drei hatten das Schloss mit unsanften Mitteln geknackt, das verschrammte Blech hing nur noch an einer Schraube.

Der Blonde ging als letzter nach draußen, wo der Sprühregen sich in einen heftigen Guss verwandelt hatte. Ich versetzte ihm einen schmerzhaften Tritt in den verlängerten Rücken. Er stolperte und fiel in eine Pfütze, ließ Wasser und Schlamm aufspritzen.

Mit der linken Hand deutete ich auf die stark blutende Schulter des Glatzkopfes. »Das war nur eine Warnung. Denkt an meine Worte: Lasst euch noch ein Mal hier sehen und . . .« Ich krümmte den linken Zeigefinger und drückte auf den Abzug einer imaginären Schusswaffe.

Die drei verzogen sich hinaus auf die Straße. Als sie kaum noch zu sehen waren, drehte der Glatzkopf sich um und rief: »Wir kriegen dich noch, dich und deine kleine Hure!«

Ich antwortete nicht, wartete einfach ab, bis von ihnen nichts mehr zu hören und zu sehen war. Dann sah ich mich auf dem feuchten Boden um. Ich brauchte etwas, um die beschädigte Tür provisorisch gegen ein erneutes Eindringen zu sichern. Zwar ging ich davon aus, dass die drei zumindest für heute Nacht genug hatten, aber sicher war sicher. Ich fand ein keilförmiges Stück Holz, einer abgebrochenen Jägerzaunlatte ähnlich, und schob es von innen unter die Tür. Obwohl ich heftig an ihr zog, ließ sie sich nicht öffnen. Zufrieden kehrte ich zu Max' Wohnung zurück.

»Bleib da stehen! Rühr dich nicht! Lass die Waffe fallen, sonst drück ich ab!«

Perplex stoppte ich an der offenen Schlafzimmertür. Mit so einem Empfang hatte ich nicht gerechnet.

Max kauerte auf den Knien im Bett und hielt die Pistole des Kahlkopfes auf mich gerichtet. Sie hatte ihre Pyjamahose wieder hochgezogen. Ein paar Haarsträhnen hingen ihr wirr in die Stirn. Die Augen waren weit aufgerissen und starrten mich an, als sei ich ein Monster. Angst und Verwirrung zeichneten ihre Züge, Panik. Sie schien kaum noch Herrin ihrer Sinne zu sein.

Nach dem Erlebnis eben konnte ich es ihr nicht verdenken, aber für mich war die Lage sehr unangenehm. In der herabhängenden

Rechten hielt ich den kurzläufigen Revolver, einen 38er Smith & Wesson. Den Hahn hatte ich längst sanft zurückgleiten lassen. Ich starrte unschlüssig auf die Waffe.

»Denk gar nicht erst daran!«, ermahnte mich Max. »Ich bin schneller. Glaub nicht, dass ich mit einer Automatik nicht umgehen kann. Ich habe sie durchgeladen und entsichert.«

Ich glaubte ihr, beugte mich im Zeitlupentempo nach vorn und legte den Revolver auf den Boden. Langsam richtete ich mich wieder auf und fragte: »Und jetzt?«

»Jetzt sagst du mir endlich die Wahrheit über dich!«

»Ich habe dir alles gesagt, was du wissen musst.«

»Das möchte ich gern selbst entscheiden.«

»Woher kommt dein plötzliches Misstrauen?«, wunderte ich mich. »Immerhin habe ich dir gerade aus einer alles andere als angenehmen Lage geholfen.«

»Und am Tiergarten hast du mich bespitzelt!«

»Ich sagte doch, dass ich dir aus einem unbestimmten Gefühl heraus gefolgt bin.«

»Rede weiter!«, forderte Max, ohne die Pistole auch nur einen Zentimeter zu bewegen. Sie hielt die Waffe fest in beiden Händen. Die Mündung war auf meine Brust gerichtet.

»Du wirst mir nicht glauben. Ich würde es selbst nicht glauben.«

»Versuch es!«

Also redete ich. Was konnte ich dadurch schon verlieren? Andererseits konnte es mich das Leben kosten, wenn ich den Mund hielt. Max befand sich in einem Erregungszustand, in dem ihr alles zuzutrauen war. Ich erzählte ihr von der Klinik in dem alten Gebäude, von meiner Flucht durch den Wald und von dem Fernfahrer, der mich mit nach Berlin genommen hatte.

Als ich geendet hatte, schwiegen wir uns eine kleine Ewigkeit lang an. Sie musterte mich wie das unverhofft entdeckte Exemplar einer für ausgestorben geglaubten Tierrasse. Langsam sanken ihre Arme mit der Pistole nach unten, bis die Waffe auf dem Bett lag.

»Entweder bist du irre, oder du sagst die Wahrheit«, meinte sie. »Ausdenken kann man sich das nicht.«

»Es gibt noch eine Möglichkeit.«

»Welche?«

»Ich bin irre, *und* ich sage die Wahrheit.«

Sie nickte langsam und blickte die Pistole an. »Dann sollte ich dich vielleicht doch besser erschießen.«

»Entscheide dich! Draußen war es nass. Es ist nicht besonders angenehm, hier mit nackten Füßen zu stehen.«

»Das klingt vernünftig«, sagte sie. »Ich glaube, so irre bist du doch nicht. Zieh dir was anderes an!«

»Und du solltest die Waffe sichern und entladen!«

»Ja, schon gut.«

Ich zeigte auf den Revolver. »Kann ich den aufheben, ohne dass du nervös wirst?«

»Kannst du.«

Sie machte sich an der Pistole zu schaffen, während ich nach dem Smith & Wesson griff und mich umdrehte. Ich nahm die Waffe mit in mein Zimmer, wo ich die Trommel aufklappte. In einer Kammer steckte nur noch die Patronenhülse, die anderen waren mit vollständigen Patronen bestückt.

Als ich angezogen in Max' Wohnzimmer zurückkam, kauerte sie auf dem Boden, hielt den toten Hund in den Armen und weinte. Dass sie sich dabei mit Ottos Blut beschmierte, schien ihr nichts auszumachen. Mit einem suchenden Blick stellte ich fest, dass die gesicherte Pistole auf dem runden Tisch lag. Es war eine SIG-Sauer P230, eine kompakte 9-mm-Waffe. Das neben der Automatik liegende Magazin fasste sieben Patronen. All das war mir nach einem kurzen Blick auf die Waffe klar, ohne dass ich wusste, woher ich diese Kenntnis hatte.

»Diese Mistkerle!«, schluchzte Max, als sie mich bemerkte. »Du hättest sie umlegen sollen, alle drei!«

»Vielleicht hätte ich das wirklich tun sollen, aber es hätte uns eine Menge Schwierigkeiten eingebracht. Nicht dass eine Anklage wegen dreifachen Mordes bei mir noch viel ausmacht, aber die Staatsanwaltschaft hätte dich unter Umständen wegen Mittäterschaft angeklagt.« Mein Blick streifte die Schublade mit der Beute des Abends. »Und dann ist da noch diese Sache. Die Bullen hätten die Videokamera bestimmt gefunden. Ich nehme an, du bewahrst hier noch ein paar heiße Stücke auf. Alles in allem hätte es dich wohl in den Knast gebracht. Aus der Traum von der Wiedereröffnung des Theaters.«

»Das ist er sowieso, wenn es nach diesen Dreckschweinen geht.«

»Welches Interesse haben sie daran?«

»Sie selbst keins. Sie kriegen Geld dafür, mich von hier zu vergraulen.«

»Waren sie schon mal hier?«

»Die oder andere. Hin und wieder machen irgendwelche Kerle Randale auf dem Grundstück. Bis jetzt ist es Otto und mir immer gelungen, sie zu vertreiben. Aber . . .«

Ihre Stimme zitterte und erstarb. Wieder drückte sie den Hundekadaver an sich, und ihre Tränen vermischten sich mit Ottos Blut. Als sie sich ausgeweint hatte, schlug ich vor, Otto draußen zu begraben. Ich wollte es allein tun, aber sie bestand darauf, mitzukommen. Auf dem Innenhof mit der alten Linde, Ottos Lieblingsplatz, hob ich im strömenden Regen ein Grab aus. Als ich die Erde über den Kadaver geschaufelt hatte, fragte ich, ob Otto ein Grabkreuz oder etwas in der Art erhalten sollte.

Max schüttelte den Kopf. »Der Baum genügt. Er hat ihn sehr gemocht.«

Wir duschten, erst Max, dann ich. Danach wollte ich zurück in mein Zimmer gehen, mir einen frischen Pyjama aus dem Schrank nehmen und endlich schlafen.

Da hörte ich Max durch die offene Schlafzimmertür rufen: »Komm her, bitte!«

»Ich bin nackt.«

»Ich auch.«

Zögernd betrat ich das Schlafzimmer.

Max lag seitlich im Bett und hatte die Decke bis ans Kinn hochgezogen. Jetzt schlug sie die Decke zurück.

»Ich möchte nicht allein sein, nicht diese Nacht. Magst du hier schlafen? Das Bett ist breit genug.«

Ich konnte nicht anders, als ihren schönen Körper zu betrachten. Bei dem Gedanken, was die drei Typen mit ihr hatten anstellen wollen, kochte die Wut in mir hoch. Wären sie jetzt noch hier gewesen, hätte ich sie vielleicht erschossen.

»Hältst du das wirklich für eine gute Idee?«, fragte ich Max.

Gleichzeitig richtete ich die Frage an mich selbst. Nur zu genau erinnerte ich mich an das letzte intime Beisammensein mit einer Frau und an die Folgen, die das für mich gehabt hatte. Andererseits war es wohl kein Grund zum chronischen Misstrauen. Nicht jeder Beischlaf musste mit einem Feuerüberfall enden. Allerdings waren meine diesbezüglichen Erfahrungen irgendwo in dem schwarzen Loch verschollen, das in meinem Gedächtnis klaffte.

»Ich brauche dich jetzt«, sagte Max. »Aber ich will keine Doktorarbeit darüber schreiben.«

Lachend stieg ich in ihr Bett und sie schlang die Decke um uns beide. Als sie sich eng an mich drückte, genoss ich es vielleicht noch mehr als sie. Ihre Nähe gab mir ein Gefühl von Geborgenheit und Zugehörigkeit. Ich wusste, es war nur eine Illusion, aber die schönste, die ich mir vorstellen konnte.

7

Als das viel zu helle Licht durch die Schleier des Erwachens fiel, schloss ich die Augen wieder und drehte mich zur Seite, weg vom Fenster. Ich sehnte mich zurück nach dem tiefen und traumlosen Schlaf ohne Blut, ohne Tod und ohne Angst. Auch wenn es nur wenige Stunden gewesen sein mochten, sie erschienen mir erholsamer als viele unruhige Nächte zusammen.

Erschöpft von einem langen Tag, von einer aufregenden nächtlichen Episode und nicht zuletzt von der Leidenschaft, die zwischen Max und mir entbrannte, war ich in ihren Armen eingeschlafen. Mir erschien es wie der selige Schlummer eines arglosen Kindes, und ich bekämpfte die mir dämmernde Erkenntnis, dass dieser Glückszustand ein Selbstbetrug war.

Schon als Kind täuscht man sich, wenn man pures Glück zu empfinden glaubt. Zu rasch sind die Geschenke unter dem Weihnachtsbaum ausgepackt, sind die scheinbar unendlich langen Wochen der Sommerferien vorüber, werden die kindlichen Träume verlacht. Auch ich hatte einst das vermeintliche Glück kindlicher

Unschuld gekannt. Verschwommen tauchten in mir Bilder von einem bewaldeten Seeufer auf, von Segelbooten und weißen Ausflugsdampfern. Ich sah zwei Jungen unterschiedlichen Alters in Badehosen. Über einen ordentlich gemähten Rasen liefen sie vom Ufer zu einem großen hellen Haus, von wo ihnen eine Frau zuwinkte. Hinter dem Haus stand ein Mann am Grill und es duftete nach Holzkohle und Gewürzen.

Ich begriff, dass ich der kleinere der beiden Jungen war. In dieser Sekunde löste sich das Bild auf, noch ehe ich mir die Gesichter einprägen konnte. Das Haus verlor seine Konturen, der grüne Rasen, der silbrige See und die weißen Boote verschmolzen zu einer grauen Masse. Ich wollte das Bild festhalten und die Menschen, die mir – das begriff ich – einst viel bedeutet hatten. Ich rief ihnen zu, sie sollten mich nicht verlassen, aber es war zu spät.

»Was hast du? Schlechte Träume?«

In der offenen Schlafzimmertür stand Max und sah mich fragend an. Sie trug zerschlissene Jeans und ein ehemals weißes T-Shirt, dessen Farbe allmählich in ein schmutziges Grau übergegangen war. Unter den Achseln hatten sich große Schweißflecke gebildet.

»Was sagst du?«, fragte ich und bemerkte, dass meine Stimme rau klang, fast heiser.

»Nein, *du* hast was gesagt, ziemlich laut.« Max trat näher und ich bemerkte den Putzlappen in ihrer Hand. »Ich glaubte, du hättest mich gerufen.«

»Nicht dich.«

»Wen sonst?«

»Ich weiß es nicht genau. Es war wie ein Traumbild, aber doch mehr, eine Erinnerung an meine Kindheit.«

Ihr Gesicht hellte sich auf. »Du kannst dich erinnern?«

»Das glaubte ich, aber nur für einen Augenblick.« Ich richtete mich im Bett auf und schüttelte den Kopf. »Inzwischen weiß ich nicht, ob es überhaupt etwas mit mir und meiner Vergangenheit zu tun hatte. Möglicherweise war es doch nur ein Traum, ausgelöst von meinem Wunsch nach Erinnerung.«

»Vielleicht solltest du einen Arzt aufsuchen, einen Spezialisten.«

»Die sind teuer. Und ich weiß nicht mal, in welcher Krankenkasse ich bin.«

Max beugte sich zu mir vor und drückte mir einen Kuss auf die Stirn. »Es war bestimmt eine Erinnerung! Nimm es als gutes Zeichen. Dein Gedächtnis kehrt Stück für Stück zurück.«

»Du meinst, erst die Kindheit und dann der ganze Rest?«

»Warum nicht?«

»Ja, warum nicht«, wiederholte ich lahm und wenig überzeugt. »Was treibst du eigentlich so früh am Morgen mit dem Putzlappen?«

»Früh am Morgen ist gut, gleich haben wir zwölf. Ich versuche die Schweinerei von heute Nacht wegzumachen, all das Blut.« Sie sprach leise und stockend, und vor ihrem geistigen Auge stand wohl das Bild des toten Hundes. Dann gab sie sich einen Ruck: »Dusch dich und zieh dich an! Ich mache inzwischen Frühstück.«

Punkt zwölf saß ich am Tisch, vor dampfendem Kaffee, Bohnen, Würstchen, Rührei und Toast und vor einer Max, die sich frische Kleidung angezogen hatte: Eine bequeme schwarze Leinenhose und einen weißen Baumwollpulli.

Ich blickte zu der kleinen Hi-Fi-Kompaktanlage, die zwischen Büchern und CDs auf einem Regal stand. »Kannst du Nachrichten einschalten? Am besten einen Lokalsender.«

Sie schürzte die Lippen und wirkte ein wenig empört. »Interessieren dich Sport und Wetter mehr als eine Unterhaltung mit mir?«

»Nein«, antwortete ich gedehnt. »Nicht Sport und Wetter. Aber entflohene Patienten mit Gedächtnislücken und eine nächtliche Verfolgungsjagd irgendwo in der Uckermark.«

»In der Uckermark?«, fragte Max, während sie die Hi-Fi-Anlage anstellte.

»Dort hat der Trucker mich aufgelesen. Habe ich das nicht erzählt?«

Sie schüttelte den Kopf und suchte einen Sender. »Ich dachte, du hast keine Ahnung, wo diese komische Klinik ist.«

»Habe ich auch nicht. Schließlich bin ich kreuz und quer durch den Wald gelaufen. Ich sah erst ein Ortsschild, als ich schon eine Weile bei Kurtchen in der Kabine saß. Wolfshagen. Dort sind wir auf die B 198 gefahren. Irgendwo südlich davon muss der alte Bau mit der Klinik stehen.«

»In der Uckermark gibt es ausgedehnte Waldgebiete.«

Ich nickte nur und lauschte auf die emotionslose Stimme der Nachrichtensprecherin, während Max sich wieder an den Tisch setzte. An der Ostküste der USA war ein voll besetztes Passagierflugzeug ins Meer gestürzt, ein leichtes Erdbeben in Griechenland und Erfolg versprechende Gespräche des deutschen Bundeskanzlers auf dem Pariser Wirtschaftsgipfel, dann kamen die Lokalmeldungen. Der Berliner Einzelhandel zog eine positive Bilanz des Sommergeschäfts. Eine Schlägerei zwischen jungen Türken und Neonazis in Wedding, Ergebnis: drei Leichtverletzte und zwei Mann auf der Intensivstation. Eine Expertenkommission hatte die Erforderlichkeit neuer Investitionen in zweistelliger Millionenhöhe für Reperaturen am Olympiastadion festgestellt.

»Und zum Abschluss noch eine gute Nachricht aus der Bauwirtschaft«, gönnte sich die Sprecherin einen Anflug von Optimismus in der Stimme. »Das neue Clay-Center am Tiergarten wird dieser Tage innerhalb des gesetzten Zeit- und Geldrahmens fertig gestellt. Laut Henning Larisch, Sprecher der Trägergesellschaft, wird die offizielle Einweihung wie vorgesehen in Anwesehenheit des Bundeskanzlers am Tag der deutschen Einheit stattfinden. Das Wetter . . .«

»Nichts über unsere kleine Episode am Clay-Center«, übertönte Max die Tageshöchsttemperaturen. »Und auch nichts über einen entflohenen Irren in der Uckermark.«

»Besten Dank für die Blumen.« Ich schob mit dem Messer die letzten Bohnen auf die Gabel und steckte die lauwarme Fracht in meinen Mund.

Max betrachtete mich forschend. »Freust du dich, oder bist du enttäuscht?«

»Darüber denke ich gerade selber nach. Eine offizielle Suchmeldung würde mir vielleicht helfen, meine Identität herauszufinden. Aber das heruntergekommene Gebäude und die schwer bewaffneten Gorillas lassen nicht darauf schließen, dass ich aus einer staatlich anerkannten Anstalt entwichen bin.«

»Ich würde eher auf das Gegenteil tippen. Vielleicht solltest du dich doch an die Bullen wenden.« Sie kicherte. »Dass ausgerechnet ich das sage!«

»Würde ich tun, wenn ich wüsste, dass sie mich nicht festhalten.«

»Denkst du dabei an die Männer, die du vorletzte Nacht erschossen hast?«

»Ja«, sagte ich nur die halbe Wahrheit. Denn ich dachte auch an das Traumbild, an die vielen Toten in einem Meer aus Blut, Männer und Frauen.

Wir fuhren mit dem Golf zum Einkaufen. Das Wetter war sehr durchwachsen und ich hatte mir eine schwarze Lederjacke übergestreift. An passenden Kleidern bestand kein Mangel. Zum Teil stammten sie aus dem Theaterfundus, zum Teil waren es an der Garderobe abgegebene und nicht wieder abgeholte Stücke. Wie vergesslich die Menschen sein können, wusste wohl niemand besser als ich.

In einem Großmarkt kauften wir jede Menge Lebensmittel und Getränke sowie einiges für meinen persönlichen Bedarf: Zahnbürste, Unterwäsche und so weiter. Auf dem Rückweg hielten wir bei einem Baumarkt, um ein neues Sicherheitsschloss für die beschädigte Tür zu kaufen. Eine Bohrmaschine und Werkzeug gab es im Theater, und ich ersetzte das zerstörte Schloss binnen einer halben Stunde.

»Wo hast du das gelernt?«, staunte Max.

»Keine Ahnung«, sagte ich und stürzte mich auf den Zeitungsstapel, für den ich meine letzten Mäuse ausgegeben hatte. Von jetzt an war ich finanziell auf Max angewiesen.

Ich durchforstete lokale Käseblätter, sämtliche großen Berliner und überregionalen Tageszeitungen, ohne eine Suchmeldung nach mir oder einen Hinweis auf die Geschehnisse irgendwo in der Uckermark zu finden.

»Deine Flucht scheint kein besonderes Aufsehen erregt zu haben«, meinte Max. »Jedenfalls nicht in der Öffentlichkeit.«

»Was zwei Schlüsse zulässt. Entweder haben Dr. Ambeus und seine Leute die Behörden nicht informiert, oder die Behörden selbst halten den Deckel drauf.«

»Oh!« Max machte ein erstauntes Gesicht. »Das klingt jetzt aber nach einer Verschwörungstheorie, *Agent Mulder*.«

»Ich vertraue halt niemandem«, erwiderte ich grinsend. »Außerdem ist es eine logische Schlussfolgerung, oder?«

Statt mir zu antworten, starrte Max auf eine der aufgeschlagenen Zeitungen, die den Boden des Wohnzimmers bedeckten. Sie hob das betreffende Exemplar auf und brummte empört: »Nur ein Einspalter neben der Toupetwerbung!«

»Was denn?«

»Unser Abenteuer am Tiergarten, hier steht's. ›Dreister Raub am Brandenburger Tor.‹ Soll ich vorlesen?«

Ich bejahte.

»Gestern Abend gegen zwanzig Uhr wurde ein Tourist aus Hameln am Brandenburger Tor beraubt. Ein Unbekannter entriss ihm seine Videokamera und verschwand damit im Tiergarten. Die sofortige Verfolgung durch zwei Polizisten blieb ohne Erfolg. Zeugen des Vorfalls, Angehörige der Hamelner Reisegruppe, beschreiben den Täter als mittelgroß, zwischen zwanzig und vierzig Jahre alt. Einigen Aussagen zufolge soll er einen Bart, nach anderen Aussagen auch eine Brille getragen haben.« Max ließ die Zeitung sinken. »Etwas genauer hätte es schon sein können!«

»Sei doch froh!«, lachte ich. »Willst du ein Fahndungsfoto auf Seite eins?«

»Du hast es erfasst, Schlaukopf.«

»Aber warum?«

»Das wäre mal ein Grund, sich eine neue Verkleidung auszudenken. Aber so wäre es verschwendete Liebesmüh.«

»Bereitet dir das Verkleiden solche Freude?«

»Na hör mal, ich bin Schauspielerin! Und das ist zur Zeit die einzige Möglichkeit, meinen Beruf auszuüben.«

»Du solltest es mal beim Fernsehen versuchen. Junge hübsche Frauen werden da immer gesucht.«

»Was denn?«, entfuhr es ihr verächtlich. »Soll ich das Glücksrad anwerfen und vorher dem Produzenten den Schwanz lutschen? Vielen Dank!« Sie blickte auf die Uhr. »Wird Zeit für mich.«

»Für was?«

»Für die Arbeit.«

»Willst du etwa wieder . . .«

»Ich denke, du bist pleite«, unterbrach sie mich. »Außerdem habe ich heute genug das Heimchen am Herd gespielt. Wenn du Hunger kriegst, der Kühlschrank ist voll.«

Eine halbe Stunde später war Max wieder der bärtige Mann, den ich gestern Abend verfolgt hatte. Ich küsste sie auf den bartumwucherten Mund, bevor sie in den Golf stieg und in die Dämmerung davonrauschte.

Den Abend verbrachte ich vor der Glotze, zappte mich durch etliche Nachrichtensendungen und Videotexte. Aber auch hier stieß ich auf nichts, was mich weiterbrachte. Immerhin half es mir, wie schon das Zeitungsstudium, die aktuellen Ereignisse auf die Reihe zu kriegen.

Ich hatte eine Lücke von vier bis fünf Wochen. Das passte nicht ganz zu den achtzehn Tagen Klinikaufenthalt, von denen Dr. Ambeus gesprochen hatte. Doch das verwirrte mich nicht, ich hielt Ambeus für alles andere als einen aufrichtigen Menschen.

War in der zweiten Augusthälfte mein Gedächtnis und damit mein ganzes bisheriges Leben ausradiert worden? Es musste so sein. Ich versuchte, mich an den August zu erinnern und an das, was ich vor einem Monat getan hatte. Fehlanzeige. Sobald ich über mich nachdachte, tat sich der schwarze Schlund des Vergessens auf.

Im Videotext musste ich manche Seite zweimal lesen, weil ich nicht ganz bei der Sache war. Immer wieder kreisten meine Gedanken um Max, und ich musste zugeben, dass ich mir Sorgen um sie machte.

Sorgen wegen der Typen, die Otto getötet hatten. Selbst wenn die drei die Schnauze voll hatten, würden andere kommen und Max das Leben schwer machen. Ein Grundstück wie dieses mitten in Berlin war ein erstklassiges Spekulationsobjekt. Da waren Millionen zu verdienen. In der Hauptstadt des wiedervereinigten Deutschlands waren Menschen für weitaus weniger eingesargt worden.

Und ich sorgte mich wegen des »Jobs«, mit dem Max die monatliche Miete aufzubringen versuchte. Die Bullen gestern Abend hatten sich austricksen lassen. Aber so etwas ging nicht immer gut. Es konnte mit dem Knast enden oder mit einer Kugel im Bein, vielleicht auch im Rücken.

Ich hatte Max nicht mal gefragt, wo sie heute auf Beutezug gehen wollte. War sie so leichtsinnig, es wieder am Brandenburger Tor zu versuchen? Hoffentlich nicht! Der gestrige Vorfall mochte die Polizei zu besonderer Wachsamkeit veranlassen.

Abermals nannte ich mich selbst einen Narren. Ich durfte keine zu tiefen Gefühle für Max hegen. Ich kannte sie kaum, und noch weniger kannte ich mich selbst. Dieses alte Theater war für uns beide nur ein Unterschlupf auf Zeit, und ich fühlte, dass der Zeitraum für mich wesentlich knapper bemessen war. Wenn ich mehr über mich herausfinden wollte, konnte ich nicht ewig bleiben. Ich musste etwas unternehmen, aber erst mal brauchte ich einen Plan.

Was ich bisher wusste, schien nicht für einen Plan auszureichen. Vielleicht hatte ich aber auch einfach keinen klaren Kopf. Immer wieder stellte ich mir vor, dass Max in der Patsche steckte und auf meine Hilfe wartete.

Als ich gegen Mitternacht das typische Motorklopfen des Golfs hörte, schlug mein Herz schneller. Ich sprang auf und erwartete Max an der Wohnungstür. Zwischen dem Bartgestrüpp formten ihre Lippen ein Grinsen, und sie streckte mir beide Hände entgegen, in jeder eine teure Fotokamera. Ich nahm die Geräte und legte sie achtlos auf den Tisch, bevor ich Max in die Arme schloss, eng an mich drückte und küsste, immer wieder.

Atemlos fragte sie: »Stehst du auf Frauen mit Bart?«

8

Am nächsten Tag standen wir am Nachmittag auf. Wir waren zwar kurz nach Max' Rückkehr ins Bett gegangen, aber erst gegen Morgen erschöpft eingeschlafen. Wir gönnten uns einen ausgiebigen Spät-Brunch, und als die Dämmerung einsetzte, stiegen wir beide in den Golf.

Max spielte wieder den Bärtigen. Sie wollte heute im alten Osten auf Fischfang bei den Neureichen gehen, wie sie sich ausdrückte, und setzte mich am Schönhauser Tor ab. Ich betrat ein schlichtes mehrstöckiges Gebäude, dessen Erdgeschoss ein thailändisches Restaurant beherbergte. Die Stockwerke darüber waren an Arztpraxen und Bürogemeinschaften vermietet. Ich fuhr in dem engen Fahrstuhl bis unters Dach, wo sich das Chat-Inn eingenistet hatte, ein Internet-Café. Da Max über keinen Internetanschluss verfügte, wollte ich meine Recherchen hier in Angriff nehmen.

Ausgestattet mit einem Notizblock, einem Kugelschreiber und ein paar spärlichen Fakten in meinem lädierten und noch immer pochenden Schädel, ließ ich mich an einem freien Platz nieder. Als meine Finger zügig im Zehn-Finger-System über die Tastatur flogen, wusste ich, dass ich früher häufig am Computer gearbeitet hatte.

»Und?«, fragte Max gespannt, als ich ihr gegen elf mit müden Augen wieder gegenübersaß. »Hast du sonst noch etwas herausgefunden?«

Nach einem Blick auf die Junghans-Funkuhr und das brillantenbesetzte Goldarmband auf dem Tisch antwortete ich: »Leider war ich nicht im Mindesten so erfolgreich wie du. Ich habe alle möglichen Zeitungsarchive nach Vermisstenmeldungen im Zeitraum der letzten sechs Wochen abgesucht. Falls ich selbst darunter war, habe ich mich nicht erkannt.«

Max lehnte sich auf dem Sofa zurück und warf einen finsteren Blick auf den Fußboden vor sich. Dort hatte früher Otto gelegen und sie vermisste ihn. Mit einem kurzen Kopfschütteln klärte sie ihre Gedanken und forderte: »Weiter! Oder hast du sonst nichts recherchiert?«

»Nichts, was mir einen Hinweis gebracht hätte.«

»Hast du diesen seltsamen Arzt nicht gefunden, diesen Dr. Amade . . .«

»Ambeus«, verbesserte ich und setzte eine resignierte Miene auf. »Ich bin sämtliche Adressenverzeichnisse durchgegangen, die online zu finden sind. In Dresden gibt es einen Dr. Amberg, Gynäkologe, in Hamburg einen Dr. Amberger, Hals, Nasen, Ohren, in München einen Dr. Ambrassat, der sogar ein Psychofritze ist. Und so weiter, aber nichts mit Ambeus. Vermutlich ein falscher Name, getürkt wie alles in dieser vorgeblichen Klinik.«

»Und die Klinik selbst?«

»Die Klinik war keine Klinik und hatte keinen Namen.«

»Aber du weißt wenigstens ungefähr, wo sie steht.«

»Ich habe es mit Wolfshagen und allen südlichen Ortschaften versucht, aber es hat nichts gebracht. Ich habe nach Kliniken und Sanatorien geforscht, auch nach stillgelegten Einrichtungen. Aber nichts hat gepasst.«

Max sah mich mitfühlend an. »Also Rückzug auf der ganzen Linie?«

Ich zog den Notizblock aus der Hemdtasche, legte ihn auf den Tisch und starrte auf meine Aufzeichnungen. »Bis auf das hier, aber es verwirrt mich eher als dass es mich weiterbringt.«

»Worüber hast du dir Notizen gemacht?«

»Über den Golem.«

»Über was?«

»Habe ich dir nicht erzählt, was der Wächter ins Walkie-Talkie gesagt hat, bevor er starb?«

»Welcher Wächter?«

»Der, den ich im Klinikgebäude erschießen musste. Wulf.«

»Ich wusste nicht, dass er noch etwas gesagt hat.«

»Doch, hat er. Es war eine Warnung an seine Kameraden: ›Der Golem – er haut ab!‹ Das waren seine Worte.«

»Warum hast du das bisher nicht erwähnt?«

»Ich hatte es in all der Aufregung fast vergessen.« Ich lächelte und es wirkte wohl etwas gezwungen. »Zur Abwechslung mal etwas, das ich nur *fast* vergessen hatte. Heute Abend erinnerte ich mich daran und ich fütterte mehrere Suchmaschinen mit dem Begriff ›Golem‹.«

»Offenbar mit Erfolg«, sagte Max mit Blick auf meine Notizen.

»Im Internet hat man immer mehr Erfolg, als man möchte, wenn man irgendetwas sucht. Es ist nicht so schwierig, Informationen zu einem Thema zu finden. Viel schwieriger ist es, unbrauchbare Informationen auszusondern. Allein bei der ersten Suchmaschine hatte ich fast zehntausend Einträge, von einer Computernachrichten-Firma namens ›Golem Network News‹ und einer ›Golem

Computer Vertriebs- GmbH‹ bis zu ›Golem – die magisch-okkulte Zeitschrift des neuen Äons‹ und ›Golem Bettwäsche, Decken, Bettüberwurf, Tagesdecken, Textilien‹. Es ist, als wenn du die Angel in einem mit Fischen überreich bestückten See auswirfst, du willst aber einen ganz bestimmten Barsch an den Haken kriegen.«

»Bist du Angler?«, fragte Max.

»Wieso?«

»Dein komischer Vergleich eben.«

Ein Blitz fuhr durch meinen Kopf, und gleißende Helligkeit fiel für den Bruchteil einer Sekunde auf das finstere Loch in meiner Erinnerung. Ich sah zwei Jungen und einen Mann – ihren Vater? – mit Angelruten an einer grünen Uferböschung sitzen. Der Blitz erlosch und viel zu schnell war wieder Nacht in mir.

»Was ist?«, fragte Max. »Du bist plötzlich wie erstarrt.«

»Ich habe über deine Frage, ob ich Angler bin, nachgedacht. Für einen Augenblick glaubte ich mich zu erinnern. Aber es war zu unbestimmt.«

»Und der Golem, was ist mit dem? Ich weiß, dass es in Deutschland Stummfilme über ihn gab. Und Gustav Meyrink hat Anfang des zwanzigsten Jahrhunderts einen Roman mit dem Titel ›Der Golem‹ geschrieben. Aber die Gestalt gibt es schon länger, nicht?«

Ich sah meine Notizen an. »Sehr viel länger. Im jüdischen Volksglauben ist der Golem eine aus Lehm geschaffene Figur, der auf magische Weise Leben eingehaucht wird. Zahlreiche Legenden variieren die Fabel. Einer häufig zitierten Version zufolge wurde der Golem von dem Rabbi Löw, der im sechzehnten Jahrhundert in Prag lebte, geschaffen, um die jüdische Bevölkerung vor einem Pogrom zu beschützen. Aber der Mann aus Lehm geriet außer Kontrolle und lief Amok. Der Rabbi konnte ihn nur mit Mühe aufhalten.«

»Und was geschah mit dem Golem?«

»Auch da existieren unterschiedliche Angaben. Er zerfiel zu Staub. Oder der Rabbi versteckte die leblose Figur in der Prager Altneusynagoge, zwischen den Dachsparren oder im Fundament. Einigen Okkultisten zufolge spukt der Golem noch heute durch die Gassen Prags.« Nach kurzem Zögern fuhr ich fort: »Oder durch die Straßen von Berlin.«

Max riss die Augen auf und beugte sich so weit vor, dass sie fast vom Sofa fiel. »Das ist doch nicht dein Ernst!«

»Denk an den Ruf des sterbenden Wächters. Der Golem ist ein Wesen ohne Vergangenheit und Erinnerung – so wie ich!«

»Aber du bist nicht aus Lehm, sondern aus Fleisch und Blut.« Ein Funkeln trat in ihre Augen. »Das kann ich jederzeit beeiden!«

»Aber der Wächter?«

»Wahrscheinlich ein Scherzkeks.«

»In der Minute seines Todes?«

Max zuckte mit den Schultern. »Vielleicht war deine Identität den Wachen ebenso unbekannt wie dir selbst. Irgendwie mussten sie dich nennen. Warum nicht Golem?«

»Warum nicht?« Ich schüttelte den Kopf. »Das ist die falsche Frage. Die richtige muss lauten: Warum?«

»Zieh dich an, wir müssen los!«, schreckte Max mich am folgenden Nachmittag aus meinen Gedanken, die noch immer um den Golem kreisten.

Ich saß vor meinen ausgebreiteten Notizen und einer Dose Bier am Tisch und versuchte vergeblich, eine Verbindung zwischen der Golem-Sage und mir herzustellen. Alles blieb Spekulation, rätselhaft wie der Ursprung der Legenden um das Geschöpf aus Lehm.

»Wohin müssen wir?«, fragte ich und stellte jetzt erst fest, dass Max wieder den falschen Bart trug.

»Ich muss Geld verdienen und du weiter im Internet recherchieren. Das habe ich jedenfalls angenommen.«

»Heute nicht, ich bleibe hier.«

»Bist du sicher?«, fragte Max.

»Absolut. Ich muss in Ruhe überlegen. Vielleicht ist diese Golemgeschichte doch nicht so unbedeutend, wie du meinst. Möglich, dass sie irgendeinen verborgenen Hinweis enthält.«

»Denk daran, Grübeln macht Kopfweh«, sagte sie und verabschiedete sich mit einem Kuss.

Draußen und auch in der Wohnung wurde es dunkler, während ich grübelte, Kopfschmerzen hatte und doch nicht weiterkam. Natürlich war ich kein Geschöpf aus Lehm, dem durch ein magisches

Ritual Leben eingehaucht worden war. Wie Max gesagt hatte, ich bestand aus Fleisch und Blut. Aber waren Sagen und Legenden wörtlich zu nehmen? Wohl kaum. Die Geschichte des Golems war als Gleichnis zu verstehen, das hatte ich auch in mehreren Internet-Beiträgen gelesen. Als Gleichnis für das Streben des Menschen nach Vervollkommnung, nach Göttlichkeit. Zugleich aber verköperte der Golem den Mensch als Wesen ohne Seele und ohne geistige Kraft. Ich starrte auf den Zettel, auf dem ich mir Erklärungen für das Wort »Golem« notiert hatte:

- etwas Unfertiges, ein Rohstück, das noch zu seiner vollendeten Gestalt gelangen muss
- hebräisch für »seelenlose Materie«
- Erdkeim, ungestaltetes Klümpchen
- ein der Seele beraubter menschlicher Körper

War es das? War ich das? Ein Mensch, dem man die Seele geraubt hatte?

Warum? Hatte man mich zu einem seelenlosen Klumpen Fleisch degradiert, um etwas anderes aus mir zu formen? War ich der Keim, aus dem etwas anderes, etwas Neues, erwachsen sollte?

Die Fragen stürmten auf mich ein und ließen meine Gedanken rotieren. Für einen Augenblick glaubte ich mich der Lösung nahe, sah ich so etwas wie ein fernes Licht im Dunkel meiner Erinnerung. Aber der Kopfschmerz gewann die Oberhand und verhinderte jede klare Überlegung, zersprengte mit seinen Hammerschlägen die Kausalkette, die sich bilden wollte. Mir war übel, ich fühlte mich müde und erschöpft.

Im Durchgang zum Bad hing ein Medizinschrank, wo ich ein paar koffeinhaltige Schmerzkapseln mit längst abgelaufenem Haltbarkeitsdatum fand. Ich drückte eine der weißen Kapseln aus der Blisterpackung, steckte sie in den Mund und spülte sie mit einem großen Schluck Leitungswasser hinunter.

Mit der Fernbedienung stellte ich den Fernseher an, sprang von Kanal zu Kanal, bis ich bei einem lokalen Infotainment-Magazin hängen blieb. Der Beitrag über die Berliner Raverszene interessierte mich nicht die Bohne. Mein Daumen glitt über die Fernbedienung, und ich drückte den Ton weg. Die zappelnden Typen auf der schummrigen Tanzfläche wirkten jetzt wie in einem nachkolorierten Stummfilm.

Tief in den Sessel zurückgelehnt, wartete ich darauf, dass der Schmerz endlich nachließ. Ich leerte die Bierdose, schloss die Augen halb und versuchte, mich zu entspannen. Durch die fast zugeklappten Lider sah ich die Fernsehbilder wie durch einen dünnen Schleier.

Endlich verschwanden die nervigen Raver, und eine blond gelockte Moderatorin lächelte mit vollen kirschroten Lippen und unnatürlich weißen Zähnen in die Kamera. Der Ton war noch ausgeschaltet, was ihre Lippenbewegungen wie verbale Lockerungsübungen aussehen ließ. Ich überlegte, ob ich sie von der Mattscheibe zappen sollte, als das Bild abermals wechselte. Ein Foto füllte den ganzen Bildschirm aus, das Bild eines in merkwürdiger Haltung zwischen umgestürzten Möbeln am Boden liegenden Mannes. Er war blutbeschmiert und tot. Das erkannte ich, ohne den Ton zu hören. Der starre Blick des Mannes war selbst auf dem Foto gut zu sehen. Der Anblick ließ mich jeden Schmerz und jede Erschöpfung vergessen. Ich schnellte nach vorn und griff nach der Fernbedieung.

Der korpulente Mann auf dem Foto war mein hilfsbereiter Trucker, Kurtchen!

Das Foto verschwand zugunsten von Filmaufnahmen. Die Kamera zoomte ein tristes graues Hochhaus heran.

Endlich fand ich den Tonknopf, und eine schneidige Männerstimme verkündete: »... Leichnam des achtundreißigjährigen Fernfahrers Kurt-Peter Schöller heute Nachmittag im sechsten Stock dieses Hauses in Reinickendorf. Der unverheiratete Schöller bewohnte hier ein bescheidenes Einzimmerapartment. Er wurde von der Putzfrau aufgefunden, die einen Schlüssel für das Apartment besitzt. Nach dem bisherigen Ermittlungsstand der Polizei wurde der Fernfahrer vermutlich am Morgen in seiner Wohnung durch zahlreiche Messerstiche getötet. Schnittwunden überall an der Leiche weisen darauf hin, dass Schöller zuvor von dem unbekannten Täter – oder von den Tätern – gequält wurde. Ein Motiv für den grausamen Mord ist bislang nicht ersichtlich, das Fehlen von Geld oder Wertgegenständen konnte nicht festgestellt werden. Die Polizei bittet insbesondere die Bevölkerung in der unmittelbaren Nachbarschaft um ihre Mithilfe.«

Die Studiokameras zeigten wieder den lächelnden Blondschopf: »Und jezt zu einem angenehmeren Thema, dem Piercing. Zu Gast im Studio haben wir . . .«

Ich schaltete den Ton wieder aus, ließ mich zurücksinken und atmete tief durch. Obwohl ich den Trucker nur für wenige Stunden gekannt hatte, nahm sein Tod mich mit. Kurtchen war nach meiner Einschätzung okay gewesen, hilfsbereit und aufgeschlossen, aber nicht zudringlich. Doch weder sein Tod noch die grausamen Todesumstände waren verantwortlich für das flaue Gefühl, das ich in der Magengegend spürte. Auslöser meiner Erschütterung war der Gedanke, dass der Mord etwas mit mir zu tun haben konnte. War ich das fehlende Motiv? War Kurtchen gequält worden, um ihn zu einer Aussage über mich zu veranlassen?

Aber er konnte nichts Wichtiges erzählt haben. Er hatte keine Ahnung gehabt, wohin ich mich gewandt hatte, nachdem er mich in Reinickendorf abgesetzt hatte.

Ein anderer Gedanke beherrschte mich: Wenn Kurtchen von Dr. Ambeus und seinen Komplizen ermordet worden war, wie waren sie ihm auf die Spur gekommen? In der Nacht meiner Flucht konnten sie unmöglich mitbekommen haben, dass der Trucker mich an Bord nahm. Angesichts der Ungehemmtheit, mit der meine Verfolger von der Waffe Gebrauch machten, hätten sie schwerlich gezögert, den Truck zu stoppen.

Aber wie war Kurtchen ihnen dann ins Netz geraten? Es gab nur eine logische Antwort, und die war für mich noch erschreckender als der Tod des Fernfahrers. Ich wollte es nicht wahrhaben und suchte verzweifelt nach einer anderen Lösung. Doch es gab nur einen Menschen, dem ich von Kurtchen erzählt hatte: Max!

Ich stemmte mich aus dem Sessel und lief nach draußen, um meinem plötzlichen Verlangen nach frischer Luft nachzugeben. Vor dem Eingang setzte ich mich auf eine alte Plastikkiste, die hier vor sich hin gammelte. Ich stützte die Hände auf die Knie und atmtete hastig, wie ein Ertrinkender.

Die Abenddämmerung hatte sich längst über Berlin gesenkt

und der Stadt ihre düstere Maske übergestülpt. Das erinnerte mich an Max und ihre Verwandlungskunst. Am Abend unserer ersten Begegnung hatte sie mich perfekt getäuscht. Ich hätte einen Eid darauf geleistet, dass Max ein Mann war. Beschränkte sich ihre Fähigkeit zur Verstellung nicht auf das Äußerliche? Konnte sie ebenso gut ihre Gedanken und Gefühle maskieren und mir Zuneigung vorheucheln, während sie mich heimlich an meine Feinde verriet?

Nach einem Grund für diesen Verrat brauchte ich nicht lange zu suchen. Zum Erhalt des Theaters benötigte Max Geld, eine Menge Geld. Und bei dem Aufwand, den Ambeus und seine Helfer betrieben hatten, um mich zu täuschen und festzuhalten, war klar, dass sie nicht zu den Ärmsten im Land gehörten.

Es passte zusammen, aber noch ergab es längst kein vollständiges Bild. Die Nachricht von Kurtchens Ermordung warf mehr Fragen auf, als ich beantworten konnte. Fast war ich froh darüber, denn Fragen bedeuteten Zweifel, und Zweifel erlaubten zumindest die Möglichkeit, dass ich Max zu Unrecht verdächtigte.

Frage eins: Wie hatte Max Ambeus ausfindig gemacht und Verbindung zu ihm aufgenommen? Ich hatte keine Ahnung. Aber ich dachte an ihre abendlichen Ausflüge und daran, dass sie nicht allein dazu dienen mochten, arglose Touristen zu berauben. Erstattete Max jeden Abend Dr. Ambeus über mich Bericht? Waren wir uns vielleicht gar nicht zufällig begegnet? War Max auf mich angesetzt worden? Aber ich war ihr gefolgt, nicht sie mir!

Frage zwei: Wenn Ambeus Bescheid wusste, weshalb ließ er mich in Ruhe und vergriff sich an Kurtchen? Wollte er dadurch einen unliebsamen Zeugen beseitigen? Doch dann wäre es unnötig gewesen, den Trucker zu foltern. Und wer immer Kurtchen auf dem Gewissen hatte, er musste davon ausgehen, dass der Mord mich warnte.

Es schien doch nicht ganz zusammenzupassen. Aber als ich zurück ins Haus ging, war ich noch längst nicht beruhigt. Falls Max es ehrlich mit mir meinte, brachte meine Anwesenheit sie in große Gefahr. Und je länger ich hier blieb, desto größer wurde die Bedrohung für sie.

Das flaue Gefühl in meiner Magengegend wollte nicht verschwinden. Das konnte aber auch daran liegen, dass ich seit vielen Stunden nichts mehr gegessen hatte. Ich legte zwei Scheiben Schinken zwischen zwei Brotscheiben, biss herzhaft hinein und kehrte kauend ins Wohnzimmer zurück. Was ich dort auf dem Fernsehschirm sah, ließ mich alles andere vergessen.

Ungläubig starrte ich auf das Bild, das meinen wiederkehrenden Albtraum beschwor. Was ich sah, konnte ich kaum glauben. Doch es war Realität.

Und endlich wusste ich, wo ich mit meiner Suche nach den Ereignissen, über die meine Erinnerung den Mantel des Vergessens geworfen hatte, beginnen musste.

9

Als ich am Alexanderplatz die U-Bahn verließ, um in die Linie 2 umzusteigen, war ich noch immer wie im Rausch. Eins der bekanntesten neuen Gebäude Berlins, und ich hatte mich nicht daran erinnert! Warum nicht? Dabei existierte es schon viel länger als die vier bis fünf Wochen meiner Amnesie.

Die 2 fuhr gerade ein und spuckte eine Menge Leute aus. Ich schwamm gegen den Strom und gebrauchte die Ellbogen, wollte die Bahn unter keinen Umständen verpassen. Zwar kam in wenigen Minuten die nächste, und eigentlich war es egal, ob ich den Potsdamer Platz etwas früher oder später erreichte, aber meine starke innere Erregung ließ mich jede Verzögerung wie einen körperlichen Schmerz empfinden. Am Potsdamer Platz stand das Gebäude aus meinem Traum. Dort hoffte ich die Spur zu finden, die direkt ins Dunkel meiner Erinnerung führte.

Zischend schlossen sich die Türen hinter mir, und die Bahn setzte sich in Bewegung. Ich ließ mich auf einen Sitz fallen und starrte durch die schmierigen Scheiben hinaus auf den vorbeihuschenden Bahnhof. Anzeigetafeln und Menschen verschwammen zu einem unscharfen Bild, doch das nahm ich nur unterbewusst wahr. Ich dachte an meinen Albtraum, aus dem mich der nächtliche Besuch der drei Galgenvögel gerissen hatte. Ich sah mich wieder durch das Blutmeer schwimmen und über mir tauchte der längliche Schatten mit der breiten Schwanzflosse auf, den ich für einen Hai oder ein U-Boot gehalten hatte.

Jetzt wusste ich es besser. Es war ein Gebäude, das ich im Traum in der Horizontalen gesehen hatte. In der vergangenen Nacht hatte ich wieder von diesem schattenhaften Hindernis geträumt, ohne es deutlicher zu erkennen. Aber im Tiergarten hatte ich es vor meinem inneren Auge gesehen, nur ganz kurz, als sich die Erinnerung daran vor das Bild des Clay-Centers schob. Ein turmartiges Gebäude, das oben in einer Verbreiterung endete, die es wie ein gigantisches T wirken ließ.

Der INTEC-Tower!

Ich hatte ihn erst im Fernsehen erkannt. Es war ein Bericht über eine glanzvolle Premiere gewesen, die im Musical-Theater am Marlene-Dietrich-Platz gefeiert wurde. Ein Kameraschwenk über den gesamten Potsdamer Platz hatte den Turm ins Bild gerückt, nur für ein, zwei Sekunden, aber es hatte genügt. Ich wusste nicht, was das Gebäude mit mir zu tun hatte, aber eins war mir klar: Es gab einen Zusammenhang!

Keine zehn Minuten später war ich zum nächsten U-Bahnhof aufgebrochen. Ich hatte nicht einmal den Fernseher ausgeschaltet. Bei mir trug ich nur etwas Geld, das ich von Max erhalten hatte, meine Notizen aus dem Chat-Inn und den Smith & Wesson. Der kompakte Revolver mit den fünf restlichen Patronen steckte in einer Innentasche meiner Lederjacke.

Die SIG-Sauer P230 hatte ich für Max zurückgelassen. Zum Schutz gegen einen erneuten Überfall. Otto war nicht mehr da, um sie zu warnen und zu beschützen. Und ich auch nicht. Ich wollte nicht, dass ihr etwas zustieß, ganz gleich, ob sie ein falsches Spiel mit mir getrieben hatte oder nicht.

Eine Nachricht hatte ich ihr nicht hinterlassen, zu ihrem Schutz und auch zu meinem. Aus diesen beiden Gründen würde ich auch nicht zu ihr zurückkehren. Mein Herz zog sich bei diesem Gedanken zusammen, aber mein Verstand sagte mir, dass ich richtig handelte. Ich hatte von Anfang an gewusst, dass jeder Gedanke an eine längere Bindung nur eine Illusion war.

U-Bahnhof Potsdamer Platz. Ich verließ den Zug und tauchte in das Gewühl der weitläufigen unterirdischen Anlage ein. Allzu große Hast vermied ich, um nicht den Schwarzen Sheriffs aufzufallen, die hier in Doppelstreifen patrouillierten. Rolltreppen beförderten mich nach oben, und ich trat ins Freie, wo die Menschen sich nicht weniger drängten als unten in der Station. Vom Marlene-Dietrich-Platz ergoss sich eine Flutwelle aus schwatzenden Leuten in die Daimler-City, offenbar war die Premierenvorstellung gerade zu Ende. Auch das Multiplex-Kino spuckte ganze Heerscharen aus. Dunkle Anzüge und elegante Roben vermischten sich mit Jeans und Freizeitjacken. Vor den Restaurants bildeten sich Schlangen. Die Schluchten zwischen den glatten Hochhäusern, die man in den letzten Jahren hochgezogen hatte, schienen zu eng für die immer noch anschwellende Menge. Nur allmählich floß ein Teil davon in den Untergrundbereich der U-Bahn und der Tiefgarage ab oder schwappte nach Südosten, um in den lang gestreckten Bau der Parkkolonnaden einzusickern.

Ich wandte dem überfüllten Marlene-Dietrich-Platz den Rücken zu und ging in Richtung Tiergarten. Vor mir ragte das von Glas und Stahl beherrschte Konglomerat des Sony-Centers empor. Im künstlichen Licht zahlreicher Scheinwerfer glich es einer futuristischen Stadt. Dahinter, an der südöstlichen Ecke des Tiergartens bestimmten Kräne und Baucontainer das Bild, als wollte der Potsdamer Platz seinen langjährigen Ruf als größte Baustelle Europas mit Macht verteidigen. Die in dieser Ecke entstehenden Gebäude waren erst zu einem kleinen Teil fertig gestellt. Am beeindruckendsten von allen Bauwerken auf dem Areal war der freistehende Turm, dessen nach Osten und Westen weisende Kopfflügel ihm das unverwechselbare Aussehen wie ein T verliehen. Auf dem Dach drehte sich das stilisierte INTEC-Zeichen und blitzte in leuchtendem Blau weithin sichtbar durch den Nachthimmel.

Am Klempererplatz blieb ich stehen und starrte zu dem Büro- und Wohnturm hinüber. Ein kleines Apartment dort war bestimmt nicht unter einer Monatsmiete von zehntausend Mark zu kriegen, falls es im Tower überhaupt kleine Wohnungen gab. Der INTEC-Konzern hatte ordentlich geklotzt, um dem beeindruckenden Sony-Center in der unmittelbaren Nachbarschaft Paroli zu bieten. Absichtlich überragte der INTEC-Tower das glasfunkelnde Halbrund des Sony-Turms um mindestens zwanzig Meter.

Das alles fiel mir ein, während ich das mächtige T betrachtete. Ich fragte mich, warum ich nicht schon früher daran gedacht hatte. War ich zu aufgeregt gewesen, als mir dort drüben im Tiergarten vor dem Clay-Center kurzzeitig das Bild des INTEC-Towers erschien? Das konnte es nicht allein sein.

Das Gebäude, das seine Kopfflügel wie die Arme eines Riesen über die Stadt ausstreckte, musste in einem Zusammenhang mit meinen verlorenen Erinnerungen stehen. Anders war die Vision am Clay-Center und das Auftauchen des Towers in meinem Albtraum nicht zu erklären. Mein Unterbewusstsein, wo sich ein Rest der verschollenen Erinnerungen vergraben hatte, wollte mir durch das Bild des INTEC-Gebäudes etwas mitteilen. Aber was?

Ein klickendes Geräusch, wie von einem Feuerzeug, störte meine Überlegungen. Ich drehte mich um und sah zehn Meter hinter mir einen mittelgroßen, breitschultrigen Mann am Rand des Sony-Centers stehen. Er wandte sich von mir ab und betrachtete eine große Schautafel.

Ich schätzte ihn auf Ende zwanzig. Mit seiner Lederjacke und der dunklen Hose war er ähnlich gekleidet wie ich. Weder in seinen Händen noch in seinem Mund konnte ich eine Zigarette entdecken, woraus ich schloss, dass ich mich mit dem Feuerzeug geirrt hatte. Vielleicht war das Geräusch gar nicht von ihm ausgegangen, sondern von einem der Fahrzeuge auf der Tiergartenstraße.

Gerade fuhr ein wuchtiger Mercedes an dem Mann vorbei, und für einen Augenblick tauchten die Scheinwerfer ihn in gleißendes Licht. Es genügte mir, um das Mal auf seiner linken Wange zu bemerken, feuerrot und etwa handtellergroß.

Am Rand des Tiergartens entlang ging ich auf den INTEC-Tower zu. Getrieben von der Hoffnung, ich könnte Teile des Vergessenen aus dem Loch in meinem Gehirn hervorziehen, wenn ich das Gebäude aus der Nähe oder aus einem anderen Blickwinkel betrachtete. Ich wusste nicht, was ich suchte, aber ich ahnte, dass ich hier fündig werden konnte.

Als ich die mit sauber gestutzten Büschen bestandene Grünanlage vor dem INTEC-Tower betrat, kam ich mir winzig vor angesichts des hochaufragenden Turms. Er nahm einen Gutteil meines Sichtfelds ein und degradierte die sich anschließende Baustelle mit ihren Containern, Zäunen und Kränen zu einem belanglosen Hinterhof. Plötzlich begann der Turm zu zittern und zu wanken, neigte sich vor und zurück, als wollte er in zwei Hälften zerfallen.

Aber er schwankte nicht wirklich. Mein Gehirn rief diesen Eindruck hervor, als es ein Bild aus verschüttet geglaubter Erinnerung hervorkramte und auf den Tower projizierte. Ich sah ihn zweimal, einmal jetzt und einmal in der Vergangenheit.

Und wieder verschwand die Erinnerung in dem Augenblick, als ich nach ihr griff, um sie festzuhalten. Heißer Schmerz durchströmte meinen Kopf und verbrannte jeden Gedanken an das, was mich mit dem Gebäude verband. Schweiß rann von meinem Gesicht und durchtränkte Hemdkragen und T-Shirt. Ich setzte mich auf eine Bank, die vor einer kleinen Hecke stand, und wischte mit der Hand über meine nasse Stirn.

Dabei bemerkte ich den Mann, der am Rand der Lennéstraße stand und ein Fahrzeug zu sich heranwinkte. Ich glaubte, den Typ von eben wieder zu erkennen. Hatte er sich ein Taxi aus dem Verkehrsstrom gefischt? Nein, es war eine dunkle Limousine, die mit einem unsanften Bremsmanöver halb auf dem Bürgersteig anhielt. Die Türen wurden aufgerissen, drei Männer stiegen aus, sprachen aufgeregt mit dem anderen, und alle vier sahen mehrmals in meine Richtung.

In mir schrillten sämtliche Alarmglocken in den höchsten Tönen. Die Bedrohung, die von den vier Fremden ausging, war für mich fast greifbar. Ich zwang mich zur Ruhe, erhob mich bewusst langsam und schlenderte über den begrünten Vorplatz auf den Turm zu. Aus den Augenwinkeln beobachtete ich die vier. Ungeachtet jeder Verkehrsvorschrift ließen sie den Wagen stehen und folgten mir. Falls ich noch Zweifel an dem Grund ihrer Anwesenheit gehabt hatte, waren sie jetzt verflogen.

Mein Tempo beschleunigend, ging ich quer über den knöchelhohen Rasen auf den Bereich zu, wo der INTEC-Tower mit dem Baugelände verschmolz. Falls ich ein Versteck benötigte, würde ich es am leichtesten in dem Wirrwarr von halb fertigen Gebäuden und Baumaschinen finden.

Ein Blick über die Schulter zeigte mir, dass meine Verfolger in Laufschritt verfielen. Vier kräftige Männer in dunkler Kleidung. Abgesandte von Dr. Ambeus?

Die Karten waren aufgedeckt, also begann auch ich zu laufen, zu rennen. Zwar hatte ich den Smith & Wesson bei mir, doch war ich nicht so naiv, das für mich als Vorteil zu verbuchen. Es wäre töricht gewesen, die vier anderen für unbewaffnet zu halten.

Ein anderer Gedanke schoß mir durch den Kopf, jetzt, viel zu spät, um mich zu warnen: Das klickende Geräusch vorhin war von der Tastatur eines Handys gekommen. Der Mann mit dem Feuermal hatte Verstärkung herbeigerufen. Doch wie hatte er mich gefunden?

Noch zwanzig Meter bis zum Baugelände, als ich von rechts das Knacken von Zweigen hörte. Weitere Verfolger, die mir den Weg abschneiden wollten?

Rechts aus dem Gebüsch trat, unsichtbar für die vier Männer, eine Frau. Ihr halblanges blondes Haar leuchtete im Licht einer der altertümlichen Bogenlaternen, die den Park schmückten, und perlenbesetzte Ohrhänger blitzten auf, als sie ihren Kopf drehte, um mich anzusehen. Verwunderung lag in ihrem Blick. Sie traf keine Anstalten, sich mir in den Weg zu stellen. Aber dazu waren ihr kleines Schwarzes und die hochhackigen Schuhe mit den Bleistiftabsätzen auch nicht geeignet.

Ich rannte an ihr vorüber am Bauzaun entlang bis zu einer Toreinfahrt, die verschlossen und mit einer schweren Eisenkette gesichert war.

»Bleib stehen, oder wir schießen!«

Das rief einer aus dem Pulk meiner Verfolger und griff unter seine Jacke, um die Waffe zu ziehen.

Ich wartete nicht ab, bis er soweit war. Ein Sprung nach oben, und meine Hände griffen über den Rand des Tores. Ich zog mich hoch, schwang mich über das Holztor und sprang dahinter auf den von schweren Baufahrzeugen durchgepflügten Boden.

In der Sekunde, die ich oben auf dem Zaun hockte, hatte ich noch einmal die blonde Frau angesehen und bemerkt, wie sie mit dem Zeigefinger nach unten deutete. Dabei sah sie mich an, als wollte sie mir ein Zeichen geben. Ich hatte keine Ahnung, was das bedeuten sollte, und auch keine Zeit, mir darüber Gedanken zu machen. Vor dem Tor hörte ich die Schritte und Stimmen der Verfolger.

Ich lief auf den Rohbau eines lang gestreckten Gebäudes zu und tauchte in seinen Schatten ein. Verborgen hinter einem ockerfarbenen Baucontainer, spähte ich zum Tor hinüber. Alle vier waren herübergeklettert, und ein leiser Fluch, das schmutzige Gelände betreffend, hallte über den Platz. Die Männer teilten sich auf, und einer kam direkt auf mich zu. Es war der mit dem Feuermal. In der Rechten hielt er eine schwarze Automatik.

Mein Gehirn mochte beschädigt sein, aber es arbeitete noch gut genug, um innerhalb weniger Sekunden meine Chancen abzuwägen. Eine Flucht hätte mich verraten. Der Typ mit der Automatik hätte meine Schritte gehört. Verhielt ich mich dagegen still, konnte es mir gelingen, ihn zu überrumpeln.

Langsam und, wie ich hoffte, lautlos zog ich mich tiefer in den Rohbau zurück, bis der Blickkontakt zu meinem Verfolger unterbrochen war. Aber ich konnte ihn trotzdem sehen, durch die Hauswand hindurch. So erschreckend und unerklärlich diese Fähigkeit an sich war, für mich war sie außerordentlich wertvoll. Ich zog meinen Revolver und beobachtete die fluoreszierende Gestalt.

Der helle Schemen trat näher, umrundete den Container und blieb plötzlich stehen, um sich zu bücken. Er musste etwas auf dem Boden gesehen haben. Einen Fußabdruck? Das war nicht unwahrscheinlich. Der Boden war unbefestigt und vom häufigen Regen der letzten Tage aufgeweicht. Wenn es so war, führte vermutlich eine Spur direkt zu meinem Versteck.

Ich setzte auf den Überraschungseffekt und sprang nach draußen. In diesem Moment richtete sich der andere auf und sah mich erstaunt an. Sein herabhängender rechter Arm fuhr hoch, und er zielte mit der Automatik auf mich. Da war ich auch schon bei ihm und zog meinen Revolver über seinen Schädel.

Mit einem unterdrückten Stöhnen sackte er zusammen, gab aber noch einen Schuss ab. Die Kugel klatschte irgendwo hinter mir in eine Wand des Rohbaus. Trotzdem war der Schuss für mich verhängnisvoll. Die drei anderen wussten jetzt, wo ich zu finden war.

Ohne mich weiter um den am Boden Liegenden zu kümmern, lief ich an dem Rohbau entlang tiefer in das Baugelände hinein. Von rechts näherte sich ein Verfolger mit gezogener Waffe. Ihn und seine heiser hervorgestoßene Aufforderung stehen zu bleiben ignorierend, drückte ich mich zwischen das Stahlgeflecht eines großen Baukrans.

Aus der Richtung des anderen Mannes stach ein feuriger Blitz durch die Nacht, und hoch über mir schrammte die Kugel am Kran entlang. Das kreischende Geräusch vermischte sich mit der Detonation des Schusses.

So schlecht konnte man selbst in der Nacht nicht zielen. Mir war sofort klar, dass der andere die Kugel absichtlich viel zu hoch platziert hatte. Er wollte mich warnen und gleichzeitig die anderen herbeilocken. Warum hatte er nicht auf mich geschossen? War es ihnen so wichtig, mich lebendig zu bekommen?

Ich lief auf einen betonierten Bereich zu und erkannte, dass dort eine Treppe nach unten führte.

Nach unten!

Ich sah wieder die Blondine vor mir, wie sie mit dem Zeigefinger abwärts deutete. Hatte sie mich auf diese Treppe aufmerksam machen wollen? Die Stimmen hinter mir ließen mir nicht viel Zeit zum Überlegen.

Über die Treppe hastete ich in die Tiefe. Hier unten brannte kein Licht, und ich war froh über den rätselhaften Radarsinn, der mich durch Gänge und über Treppen leitete. Die Schritte hinter mir machten deutlich, dass ich meine Verfolger nicht abgeschüttelt hatte.

Längst hatte ich die Orientierung verloren, aber ich vermutete, dass die Gänge zur Tiefgarage unter dem Potsdamer Platz führten. Sie sollten die um den INTEC-Tower entstehenden Gebäude vermutlich mit der Garage verbinden.

Schwacher Lichtschein glomm vor mir auf und wurde stärker, als ich um eine Biegung lief. Noch eine Biegung, und ich fand meine Annahme bestätigt. Der Gang mündete in eine große, von Leuchtstoffröhren erhellte Garage mit Hunderten von Einstellplätzen, die nur teilweise belegt waren.

Ein Motorgeräusch drang an meine Ohren, wurde lauter, und

über eine Rampe schoß ein dunkelblauer Pkw nach unten. In fast halsbrecherischer Fahrt umkurvte er einen Betonpfeiler und raste auf mich zu.

Das klobige, rundliche Design erinnerte an amerikanische Wagen der 1930er oder 1940er Jahre. Doch es war ein neues Modell, ein Chrysler PT Cruiser. Das Deckenlicht spiegelte sich auf der Windschutzscheibe, so dass ich den Fahrer nicht erkennen konnte. Aber er musste mich gesehen haben, sonst hätte er nicht direkten Kurs auf mich genommen.

Ich drückte mich mit dem Rücken gegen die Wand und richtete den Revolver auf das Fahrzeug. Mit quietschenden Bremsen kam der Wagen dicht vor mir zum Stehen, und die Beifahrertür wurde aufgestoßen.

»Steigen Sie schon ein!«, rief eine helle Stimme, die einer Frau.

Vorsichtig und mit schussbereitem Revolver beugte ich mich nach unten und erkannte die Fahrerin. Es war die Blondine im kleinen Schwarzen.

»Worauf warten Sie, Herr Fuchs?«, fragte sie. »Es sah mir vorhin nicht so aus, als seien Sie scharf auf ein Treffen mit Kranz' Männern.«

Verblüfft ließ ich mich auf den Beifahrersitz fallen, zog die Tür zu und fragte: »Sie . . . kennen mich?«

»Aber sicher«, sagte sie und schwenkte den Chrysler mit aufheulendem Motor zurück zur Rampe.

10

Auf dem nächsthöheren Parkdeck wollte ein roter Mazda vor uns auf die Rampe fahren. Meine blonde Chauffeuse drückte gleichzeitig auf Hupe und Gaspedal, so dass der Chrysler wie ein angriffslustig röhrender Hirsch nach vorn sprang. Das vibrierende Dröhnen des Sechzehn-Ventilers musste in der ganzen Tiefgarage zu hören sein.

Hinter der Windschutzscheibe des Mazdas bemerkte ich die erschrockenen Gesichter des bebrillten Fahrers und einer Frau. Der

Mann konnte gerade noch das Lenkrad herumreißen und seinen Wagen rutschend zum Stehen bringen.

Wir rauschten an ihm vorbei, nahmen die Rampe in halsbrecherischem Tempo und schnitten ein wütend hupendes Taxi, als der Chrysler unter freiem Himmel auf die Straße schoss – »in den Verkehr einfädeln« konnte man das waghalsige Manöver beim besten Willen nicht nennen.

»Vielleicht sollten Sie sich anschnallen«, sagte die Blondine, während sie den PT Cruiser über eine tiefgelbe Ampelkreuzung hetzte.

»Vielleicht sollten Sie daran denken, dass es so etwas wie eine Straßenverkehrsordnung gibt«, erwiderte ich und schnallte mich an.

Sie warf mir einen kurzen spöttischen Blick zu, bevor sie wieder auf die Straße sah. »Wollen Sie mich wegen ordnungswidrigen Fahrens anzeigen oder lieber gleich erschießen?«

Jetzt erst wurde mir bewusst, dass ich den Smith & Wesson noch in der Hand hielt. Zwar war ich mir nicht sicher, ob ich meiner Retterin trauen konnte, doch ich steckte den Revolver in eine Tasche meiner Jacke.

Die Frau sah forschend in den Rückspiegel. »Sieht nicht so aus, als hingen Kranz' Gorillas uns an den Hacken. Aber sicher ist sicher!«

Ruckartig riss sie das Steuer herum und bog von der Leipziger Straße nach rechts in eine schmalere Straße ab. Bei unserer Geschwindigkeit ein riskantes Unterfangen, aber ihre zierlichen, ringgeschmückten Hände hatten den Wagen im Griff. Die Füße in den hochhackigen Schuhen spielten mit Gas-, Brems- und Kupplungspedal, als wären sie dazu geboren.

Die Beine, die in schwarzen Netzstrümpfen steckten, waren schlank. Das kleine Schwarze war reichlich weit nach oben gerutscht und gab den Blick auf wohlgeformte Schenkel frei. Die großen Brüste wirkten im Verhältnis zu dem grazilen Körperbau ausladend und kamen in dem weit ausgeschnittenen Kleid noch besonders zur Geltung. Ihr längliches Gesicht wurde von großen graugrünen Augen beherrscht. Unter dem sorgfältig aufgelegten Make-up schimmerten ein paar Sommersprossen durch, die dem

Gesicht einen vorwitzigen Ausdruck verliehen. Wer immer mir den blonden Schutzengel geschickt hatte, hatte ein außerordentlich attraktives Exemplar ausgewählt.

»Musterung beendet?«, fragte sie, »Werde ich ›kv‹ geschrieben?«

»Ja, für die schnelle Eingreiftruppe, Abteilung Kamikaze-Fahrer.«

»Ohne meine Fahrkünste hätten die SGB-Typen Sie jetzt am Wickel«, sagte sie, während der Chrysler mit achtzig über einen Zebrastreifen jagte und einen Rollstuhlfahrer nur um Haaresbreite verfehlte. »War gar nicht leicht, Sie in dem unterirdischen Gewirr zu finden. Hätte ich nicht in der Tiefgarage geparkt, wäre ich nicht so schnell da gewesen.«

SGB?

Ich überlegte, woher ich die Abkürzung kannte. Das Sozialgesetzbuch war sicher nicht gemeint. Aber ich kam nicht dahinter und beschloss, die Befriedigung meiner Neugier ein wenig hinauszuschieben. Bei der Fahrweise der Blonden war es besser, sie konzentrierte sich ganz auf den Verkehr.

Wir fuhren nach Südosten, durchkreuzten die heruntergekommenen Straßenzüge Kreuzbergs und hielten schließlich vor der Hofeinfahrt einer alten, düsteren Fabrik. Über der verschlossenen Einfahrt war das verblassende Schild im gelben Schein einer Straßenlaterne gerade noch lesbar: »Mahlmanns Zucker & Süßstoffe«.

Mein Schutzengel drückte auf einen Knopf unter dem Armaturenbrett, und das schwere Metalltor glitt mit einem lauten Summen zur Seite. Nachdem wir in den Hof gerollt waren, verschloss das Tor die Einfahrt wieder. Wir befanden uns auf einem aufgegebenen Fabrikgelände, aber nicht auf einem verlassenen. Ein am Gebäude befestigter Scheinwerfer beleuchtete mehrere Fahrzeuge auf reservierten Stellplätzen. Ich sah einen dicken Volvo, ein BMW-Coupé und einen E-Klasse-Mercedes. Alles Schlitten, gegen die sich der bullige Chrysler fast bescheiden ausnahm. Kreuzberg war ein auf den Hund gekommener Stadtteil, aber für die Bewohner dieses Gebäudes schien Armut ein Fremdwort zu sein.

Als ich die Autotür aufstieß, drang feuchte Luft herein, und ich hörte das ferne Kreischen einer Möwe. Die Spree konnte nicht weit entfernt sein.

»Haben Sie ein Taschentuch?«, fragte die Blonde.

Ich verneinte.

Sie griff nach ihrer schwarzledernen Handtasche auf der Rückbank und zog ein Taschentuch heraus, dem derselbe leicht süßliche Geruch entströmte, der auch die Frau umwehte. »Tun Sie so, als müssten Sie sich schnäuzen, bis wir drinnen sind. Der Hof wird videoüberwacht. Ist zwar ein privater Sicherheitsdienst, aber Kranz kennt viele Leute. Auch wenn ich nicht weiß, was Sie ausgefressen haben, Sie müssen bestimmt vorsichtig sein. Die SGB kümmert sich nicht um Ladendiebstahl.«

Das Taschentuch vor dem Gesicht und den verführerischen Duft in der Nase, folgte ich ihr zu einem überdachten Eingang. Auf der halbrunden Überdachung saß neben dem Scheinwerfer die Videokamera und drehte ihr unermüdliches Auge langsam hin und her. Im Schutz des Daches nahm ich das Tuch vom Gesicht, und atmete tief durch.

»Mögen Sie mein Parfüm nicht?«, fragte die Blonde und hantierte mit einem kleinen Schlüsselbund.

»Doch, aber in dieser Dosierung ist es ein Aphrodisiakum.«

Sie wandte mir ihr Gesicht zu, und in ihren Augen blitzte es. »Ich hoffe nicht, dass ich das nötig habe.«

Wir traten ein und im Haus flammte ein Deckenstrahler auf, ziemlich weit oben. Das Gebäude hatte die Ausmaße eines Lagerhauses und war wohl einst auch als solches genutzt worden.

»Sind hier drinnen keine Kameras?«, fragte ich.

»Nein.«

Auch der Fahrstuhl, zu dem sie mich führte, hatte riesige Ausmaße, ein ehemaliger Frachtaufzug. Sie drückte den Knopf mit der 3 und dem Namensschild »Aden«. In meinem Kopf klingelte es, als ich den Namen las. Kannte ich die Frau von früher? Falls ja, war es eine Schande, dass ich sie vergessen hatte. Wir verließen den Aufzug und der Weg endete nach fünf Metern vor einer massiven Holztür. Auf einem Messingschild stand derselbe Name wie neben dem Knopf im Lift. Meine Führerin schloss die Tür auf und bat mich mit übertriebener Höflichkeit einzutreten.

Als ich an ihr vorbei den geräumigen Loft betrat, lächelte sie. »Wie sagt man doch in Romanen immer? Fühlen Sie sich ganz wie zu Hause, Herr Fuchs. Ich hoffe, Sie sind für eine Weile mein Gast.«

»Weile ist ein dehnbarer Begriff«, sagte ich und sah mich um.

Die blonde Frau hatte eine Reihe von Deckenstrahlern eingeschaltet, die den Raum in ein indirektes warmes Licht tauchten. Ob die Backsteinwände ihre orangene Färbung von Natur aus hatten oder nur durch das Licht so wirkten, war schwer zu sagen. Großformatige Pop-Art-Drucke sorgten für farbliche Abwechslung. Obwohl üppig möbliert, wirkten die einzelnen Einrichtungsgegenstände in der Weite des Raums verloren. Wohn*zimmer* wäre eine glatte Untertreibung gewesen.

Ich drehte mich zu der Frau um, die Handtasche und Mantel auf einen Sessel gelegt hatte. »Welchen Beruf muss man haben, um sich das hier leisten zu können, Millionärsgattin oder Millionärstochter?«

»Weder noch, Millionärin reicht auch. Leider bin ich nichts davon.«

»Wenn Sie die Wohnung in der Glücksspirale gewonnen haben, sollte ich es auch mal mit einem Los versuchen.«

»Ich habe die Wohnung zu günstigen Konditionen bekommen. Früher war ich mit dem Makler befreundet.«

»Was heißt befreundet?«

»Dafür, dass wir uns erst seit einer halben Stunde kennen, stellen Sie sehr intime Fragen, Herr Fuchs.«

Also hatten wir uns früher nicht persönlich gekannt. Ich bedauerte es aus mehreren Gründen.

»Verzeihen Sie«, sagte ich mit gespielter Übertreibung. »Der Duft Ihres Aphrodisiakums hat mir wohl den Verstand vernebelt.«

»Ich werde Ihnen mal ein richtiges Betäubungsmittel mixen«, sagte sie und ging zu der Bar, die fast eine ganze Wand einnahm. »Was darf's sein, Whiskey Sour, White Cloud oder die Spezialität des Hauses?«

»Spezialität des Hauses klingt gut«, meinte ich und trat zu der großen Fensterfront.

Der Blick ging hinaus auf die Spree und den Osthafen, wo die Laternen der Kaianlagen Frachtstapel, abgestellte Lastwagen, ruhende Flusskähne und Verladekräne, die ihre stählernen Arme in den Nachthimmel reckten, beleuchteten. Die Häuser von Kreuzberg auf diesem und von Friedrichshain auf dem gegenüberliegenden Ufer bestrahlten den Fluss mit dem Licht aus Hunderten von Fenstern. Das unter der vielfachen Beleuchtung aufblitzende Band des Flusses führte zu meiner Linken unter der zinnenbewehrten und türmchengekrönten Oberbaumbrücke hindurch, deren verspielte Backsteinkonstruktion eher in ein verträumtes Märchenland passte als mitten ins geschäftige Berlin. Weit dahinter wurden die großen Wohn- und Bürokästen des sozialistischen Plattenbaus mühelos von der kugelgeschmückten Nadel des Fernsehturms überragt, dessen Flugwarnlichter unermüdlich blinkten.

»Ein netter Ausblick, nicht?«

Ich drehte mich zu meiner Gastgeberin um, die in jeder Hand ein Longdrink-Glas hielt. Der Inhalt bestand aus einer knatschgrünen Flüssigkeit, durchzogen von dunkelroten Schlieren.

»Nett ist hoffnungslos untertrieben«, antwortete ich. »Hat Ihr Makler eine Schwester, jung, unverheiratet und attraktiv?«

»Wählerisch sind Sie nicht«, meinte sie, reichte mir ein Glas und hob ihres in Augenhöhe. »*Cheerio*!«

Skeptisch beäugte ich das rotdurchschlierte Grün. »Was ist das?«

»Die Spezialität des Hauses, wie bestellt.« Sie setzte das Glas an und trank genüsslich.

»*Cheerio*«, sagte ich und trank ebenfalls.

Der Drink schmeckte säuerlich, nach Kiwi, und gleichzeitig herb. Obwohl eigentlich kalt, rann die Flüssigkeit warm durch meine Kehle. Die wohltuende Wärme breitete sich prickelnd in meinem ganzen Körper aus.

Als ich das Glas zur Hälfte geleert hatte, verwandelte sich die wohlige Wärme plötzlich in eine unangenehme Hitze, die in meinen Kopf schoss und meine Gedanken lähmte. Vor meinen Augen veränderte sich die blonde Frau, wuchs und schrumpfte fast im selben Moment. Nicht nur sie, auch die Einrichtungsgegenstände und selbst die Wände veränderten laufend Größe und Form. Alles begann sich um mich zu drehen, bis ich erkannte, dass ich selbst es war, der sich drehte. Die Frau, die ich nur noch als Schemen wahrnahm, griff nach meiner Hand und nahm mein Glas an sich.

»Wäre doch schade um den schönen Teppich, wenn das Glas hinfällt«, hörte ich ihre Stimme ganz dumpf, als steckten dicke Wattebäusche in meinen Ohren.

Ich wollte mich an der Fensterbank fest halten, aber die ganze Wand war plötzlich so unendlich weit entfernt. Der Fluss und die Häuser da draußen verschmolzen zu einem dunklen Wirbel, in dem unzählige Lichter tanzten. In einem versteckten Winkel meines Verstands sagte mir eine Stimme, dass die Lichter erleuchtete Fenster waren und dass sie sich gar nicht bewegten. Aber meine Augen sahen etwas anderes und entlarvten die Stimme als Lügnerin.

Der dunkle Wirbel, der mein Gesichtsfeld jetzt ganz ausfüllte, veränderte seine Farbe. Er war auf einmal grün und rote Schlieren trieben in der obskuren Flüssigkeit. Inmitten des Wirbels klaffte ein dunkles Loch, das mich wie ein böses Auge ansah. Ich wollte mich abwenden, aber es gelang mir nicht. Näher und näher kam mir das Auge und zog mich mit unwiderstehlicher Kraft in die Finsternis hinein.

Die Finsternis wäre vollkommen, schiene irgendwo weit hinter mir nicht ein Licht, dessen blasser Schimmer mich zumindest die Konturen meiner Umgebung erkennen lässt. Ein Gang, wie ein Tunnel, der sich schlängelt und windet wie in einem Irrgarten. Längst hätte ich die Orientierung verloren, wären nicht die Laute, die mir den Weg weisen.

Schritte.

Hin und wieder bleibe ich stehen und lausche auf ihren Klang, um die Richtung zu erkennen. Dann eile ich weiter, möglichst lautlos, um mich nicht zu verraten. Der andere zeigt mir den Weg, aber er darf mich nicht bemerken.

Als ein metallischer Laut, wie das Zuschlagen einer Tür, von vorn die Dunkelheit durchdringt, weiß ich, dass es nicht mehr weit ist. Ich gehe schneller und bald scheint vor mir helles Licht. Eine Tür taucht auf, stählern und kalt versperrt sie mir den Weg. Ich muss sie öffnen, um weiterzukommen. Aber eigentlich will ich das gar nicht. Irgendwo in mir lauert das Wissen, dass jenseits der Tür das Verhängnis auf mich wartet.

Zögernd strecke ich die Hand aus und lege sie auf den kalten Griff. Wenn ich ihn nach unten drücke, gibt es kein Zurück. Noch liegt die Entscheidung bei mir – das bilde ich mir jedenfalls ein. Doch in Wahrheit ist die Entscheidung längst gefallen und ich kann sie nur wiederholen. Es gibt keinen Ausweg aus dem Irrgarten der Erinnerung, in dem das Geschehene einem wiederbegegnet, wieder und wieder und wieder.

Ich drückte die Klinke nach unten, und die Tür öffnet sich. Ein Sog packt mich und reißt mich hinein, schleudert mich nach oben in einen Wirbel, in dem sich rote Schlieren ausbreiten, mehr und mehr. Wie Blut, das mich ganz und gar umfängt.

Es ist Blut!

Und wieder schwimme ich in dem roten Meer . . .

»Haben Sie gut geschlafen, Herr Fuchs?«, hörte ich eine Frauenstimme.

Ich riss die Augen auf und starrte in das Gesicht von Marilyn Monroe. Ihr schien es noch dreckiger zu gehen als mir, denn ihre Haut war giftgrün. Das zerfließende Rot ihres Mundes erinnerte mich an die Schlieren und an das Blut. Doch Marilyn hatte ein starres Lächeln aufgesetzt und verzog keine Miene, als wartete sie auf das erlösende *Cut*! ihres Regisseurs.

Sie war nicht allein. Weitere Marilyn-Gesichter hingen neben ihr, über und unter ihr, mal grün, mal rot, mal blau, dass mir die Augen vom bloßen Hinsehen schmerzten. Aufstöhnend drehte ich mich um und sah in die andere Richtung.

»Mögen Sie Andy Warhol nicht?«

Das war die Stimme von eben, die Stimme der blonden Frau, meiner Retterin, der Giftmischerin. Sie saß mit übereinander geschlagenen Beinen in einem Korbsessel und sah mich an. Sie hatte sich umgezogen, trug jetzt schwarze enge Leggings und einen grauen, ebenfalls hautengen Pulli. Die langen Ohrhänger vom Vorabend hatte sie durch dezentere Ohrstecker ersetzt.

Durch das Fenster hinter ihr fiel Tageslicht herein, aber es war ein trübes Licht. Graue Wolken hingen über Berlin und Regentropfen trommelten leise gegen die Scheibe. Ich lag in einem großen Bett und das stand in einem mir unbekannten Raum, offenbar das Schlafzimmer der Frau. Am Fußende des Bettes bemerkte ich einen Schminktisch vor einem großen Wandspiegel, der die Form eines Puzzleteils hatte. In dem Spiegel sah ich mich selbst, unrasiert und auch sonst reichlich mitgenommen wirkend. Ich hatte nur mein T-Shirt an. Ich hob die Decke ein Stück hoch und stellte fest, dass ich noch die Boxer-Shorts trug.

»Keine Bange, ich habe mich nicht an Ihnen vergangen. So tief und fest, wie Sie geschlummert haben, hätten wir beide keine Freude daran gehabt.«

»An meinem Schlaf sind Sie wohl nicht ganz unschuldig«, knurrte ich und richtete mich im Bett auf. Schlagartig begann mein Kopf zu schmerzen.

Das blonde Gift setzte eine Unschuldsmiene auf. »Ich habe doch gesagt, dass ich Ihnen ein Betäubungsmittel mixe.«

»Ich habe nicht geglaubt, dass Sie's wörtlich meinen.«

»Ich meine immer, was ich sage, Herr Fuchs. Soll ich uns einen Kaffee aufsetzen?«

»Ein Kaffee könnte mir gut tun, aber noch lieber wäre mir eine Erklärung.«

»Bitte«, sagte sie lächelnd. »Um was geht's denn?«

»Um was wohl?«, äffte ich ihren unverbindlichen ›Darf's-auch-ein-bisschen-mehr-sein‹-Tonfall nach. »Um das Mistwetter da draußen oder um Ihr widersprüchliches Verhalten? Was denken Sie?«

»Mein widersprüchliches Verhalten?«, fragte sie augenrollend und fest entschlossen, das Stück bis zum Ende zu spielen.

»Erst kommen Sie mit Ihrem Wagen angerauscht wie John Wayne mit seiner Kavallerie, um mich vor diesen ... diesen Typen zu retten. Sie bringen mich in Ihre Wohnung und kredenzen mir einen Schlaftrunk, der auch King Kong umgehauen hätte. Und jetzt wollen Sie mir einen Kaffee kochen, um die Folgen Ihrer Giftmischerei zu vertreiben!«

Sie sah mich mit gespielter Irritation an. »Also wollen Sie keinen Kaffee?«

»Doch, verdammt! Aber sagen Sie mir vorher, warum Sie mir die K.-o.-Tropfen untergejubelt haben!«

»Reiner Selbstschutz, Herr Fuchs. Sie sind ein gefährlicher Mann. Kranz wird seine Gründe haben, weshalb er Sie sucht. Wir waren allein in meiner Wohnung, nachts, und Sie hatten einen Revolver.«

Ich *hatte* einen Revolver?

Suchend sah ich mich um, und mein Blick fiel auf einen Hocker, auf dem meine Kleider lagen.

»Die Waffe ist hier.« Meine schöne Giftmischerin griff hinter sich und zog den Smith & Wesson hinter ihrem Rücken hervor. »Keine Sorge, ich kann damit umgehen.«

»Vielleicht sollte ich mich eher *deshalb* sorgen.«

»Wenn ich Ihnen etwas antun wollte, hätte ich Sie den Gorillas am INTEC-Tower überlassen.«

»Ganz wie Sie sagen, Lady, Sie haben die Waffe.« Ich ließ mich zurück aufs Kissen sinken. »Und wie ich Sie kenne, können Sie wirklich damit umgehen. Vermutlich waren Sie früher mit Billy the Kid zusammen.«

Lächelnd ging sie hinaus und nahm den Revolver mit. Ich hörte sie in der Küche hantieren, die in den großen Wohnraum integriert war. Mein Blick fiel wieder auf den Warhol-Druck, und ich schloss die Augen. Der Kopfschmerz ließ ein wenig nach und ich versuchte, mich an den nächtlichen Traum zu erinnen. Er war wie eine Vorgeschichte zu meinem üblichen Albtraum gewesen.

Ich sah mich wieder durch den düsteren Tunnel laufen, und das Traumbild vermischte sich mit der Erinnerung an den vergangenen Abend. Der Tunnel aus meinem Traum glich auffällig den Gängen in der Tiefgarage am Potsdamer Platz. War das ein Hinweis meines Unterbewusstseins? Oder hatte ich nur die jüngsten Aufregungen in meinem Traum verarbeitet?

Ein Tablett mit zwei Bechern dampfenden Kaffees, goldgelbem Toast, Butter und Heidelbeermarmelade war das Ergebnis des Küchengeklappers. Die Blondine stellte einen kleinen Tisch ans Bett, darauf das Tablett und zog sich den Korbsessel heran, um mit mir zu frühstücken.

Meine Hand schwebte über dem Kaffeebecher. »Sie wollen mich doch nicht wieder vergiften? Schließlich bin ich noch nicht mal ganz wach!«

»Keine Sorge.« Sie zeigte hinter sich, wo wieder der Revolver lag. »Jetzt bin ich ja bewaffnet.«

»Falls Sie mich anlügen und der Kaffee eine tödliche Dosis enthält, wüsste ich gern, wem ich die Rechnung für den Grabstein schicken darf.«

»Oh, Verzeihung, Herr Fuchs, wie unhöflich von mir.« Sie streckte ihre Rechte über den Tisch. »Rica heiße ich, Rica Aden.«

»Den Namen habe ich schon gehört«, murmelte ich, während ich ihre Hand schüttelte. Für eine Frau, noch dazu von eher zierlicher Statur, hatte sie einen überraschend festen Griff.

»Vielleicht auch gelesen«, sagte sie.

Jetzt kam ich darauf: »Der ›Bärliner‹, ja. Der Artikel über den Kanzler. Hat mir sehr gefallen. Ich hätte gleich daran denken müssen, als ich Ihren Namen im Fahrstuhl las.«

Dass sie zu kichern begann, versetzte mich in Erstaunen.

»Ich lache nicht über Sie, Herr Fuchs, sondern über meinen Namen. Hätte ich den vollständigen genommen, hätten Sie ihn sich bestimmt gemerkt, ganz besonders beim Thema Bundeskanzler?«

»Ich kann Ihnen nicht folgen«, gab ich zu.

»Rica Aden ist ein Namenskürzel, unter dem ich schreibe und auch lebe. Meinen vollständigen Namen finde ich einfach zu scheußlich.«

»Raus damit!«

»Ich habe drei Vornamen: Frederica Wilhelmina Luisa.«

»Mein Beileid. Den Bandwurm hätte ich an Ihrer Stelle auch abgeschnitten.«

Sie nickte und fuhr fort: »Mit vollständigem Familiennamen heiße ich Adenauer.«

Ich musste an mich halten, fast hätte ich vor Lachen den ersten Schluck Kaffee ausgespien. Nachdem ich den mühsam heruntergeschluckt hatte, fragte ich: »Das ist jetzt ein kleiner Scherz zur Morgenstunde, oder?«

»Mitnichten.«

»Sie können ja nichts dafür. Ich könnte mir vorstellen, dass der Name in Ihrem Job manchmal ganz hilfreich ist.«

»Nur bei *einer* der großen Parteien.«

»Sind Sie verwandt mit *dem* Adenauer?«

»Nicht dass ich wüsste.«

»Ich hätte nicht gedacht, dass der Name so häufig ist.«

»Ist er auch nicht. Vermutlich haben sich unsere Urahnen gekannt. *Der* Adenauer war Rheinländer und meine Vorfahren kommen aus dem Rheinland, aus Adenau an der Ahr.«

»Verstehe«, sagte ich und biss in einen dick mit Marmelade belegten Toast.

»Und Ihr Name?«, fragte Rica Aden.

»Was ist damit?«

»Wollen Sie mir den nicht nennen?«

»Ich dachte, den kennen Sie bereits.«

Sie blickte mich über den Rand ihres Bechers hinweg an. »Allgemein kennt man Sie als Robert Fuchs. Aber man weiß nicht viel mehr über Sie, noch nicht mal, ob das Ihr richtiger Name ist. Und den hätte ich gern gewusst.«

Ich auch, und wie gern!

Deshalb sagte ich: »Ein Vorschlag zur Güte, Rica: Sie erzählen mir alles, was Sie über mich wissen. Und dann erzähle ich Ihnen alles, was ich über mich weiß.«

Sie sah mich reichlich erstaunt an. »*Das* ist jetzt ein Scherz zur Morgenstunde!«

»Wieso?«

»Robert Fuchs gilt als ungefähr so öffentlichkeits- und pressefreundlich wie der späte Howard Hughes. Ihnen ist doch klar, dass ich Sie nur abgeschleppt habe, um eine große Story über Sie zu schreiben.«

»Eine Enthüllungsstory natürlich.«

»Natürlich«, bestätigte sie vollkommen ernst.

»Und exklusiv soll sie wohl auch sein, Ihre Story?«

»J-ja, wenn möglich«, stotterte sie, offenbar überrascht davon, wie einfach sich ihr Wunsch zu erfüllen schien.

»Na gut, einverstanden. Aber erst müssen Sie plaudern, dann ich!«

»Ist mir Recht«, sagte sie. »Aber wieso wollen Sie mir die Story geben?«

»Sie haben den Revolver, schon vergessen?«, grinste ich sie an. »Also, schießen Sie los! Wer bin ich?«

11

Der Leitzordner war auf dem Rücken mit fetten blauen Filzstiftbuchstaben markiert: FUCHS.

Rica Aden zog ein Foto heraus und legte es vor mir auf die Bettdecke. Es zeigte ein Beduinenlager in einer zerklüfteten Berglandschaft. Fünf Männer saßen vor einem großen Zelt und waren augenscheinlich in eine angeregte Diskussion vertieft. Vier dieser Männer trugen Beduinentracht, hatten Patronengürtel um die Brust geschnallt und lässig ihre Kalaschnikows auf die Knie gelegt. Der fünfte Mann trug eine Outdoorweste über einem karierten Hemd mit hochgekrämpelten Ärmeln. Trotz seines Dreitagebarts und der Sonnenbrille war er als Europäer zu erkennen. Denn deutlich erkannte ich auf dem Foto das Gesicht, das ich bei jedem Blick in einen Spiegel sah.

»Die erste Aktion, bei der Robert Fuchs aktenkundig geworden ist«, begann die Journalistin. »Republik Jemen 1996. Ein lokaler Beduinenfürst hat einen gewissen Manfred Großpietsch und seine Frau Monika verschleppt und zwei Millionen US-Dollar Lösegeld verlangt. Großpietsch war Manager des deutschen Unternehmens Kradler Elektronik GmbH und sollte eine Zweigstelle im Jemen aufbauen. Die Bundesregierung und die Kradler GmbH haben in offiziellen Verlautbarungen jede Bereitschaft zur Zahlung eines Lösegelds zurückgewiesen und die Lösung der Frage der jemenitischen Regierung überlassen. Dann taucht dieser Mann, Sie, den damals niemand kannte, zu mehreren Gelegenheiten im Lager der Entführer auf. Nach dem vierten oder fünften Besuch, die Berichte widersprechen sich da, verlässt Fuchs das Lager in Begleitung der beiden Entführten. Es heißt, er hätte auf der Hinfahrt zwei große Koffer dabeigehabt, die auf der Rückfahrt fehlten. Stimmt das?«

Ich begegnete ihrem forschenden Blick mit einem Pokerface. »Erst erzählen Sie! Das ist unsere Abmachung.«

Sie blickte mich an, als sei ich ein wenig bescheuert. Vielleicht war ich das ja auch, aber das war im Augenblick mein kleinstes Problem.

»Am Tag nach der Geiselbefreiung oder nach dem Freikauf, was immer es auch war, greift die jemenitische Luftwaffe das Beduinenlager an. Die Militärjets setzen Luft-Boden-Raketen ein und lassen nicht viel übrig. Man munkelt, in den Geldkoffern, die den Entführern übergeben wurden, hätten sich Peilsender befunden.«

Rica Aden legte mir ein weiteres Foto vor: Dieselbe Berglandschaft, aber wo zuvor das Lager gestanden hatte, war nur Zerstörung und Grauen. Verbrannte Erde, verkohlte Leichen, Männer, Frauen und Kinder.

»Die Angaben über die Zahl der Opfer schwanken zwischen fünfzehn und hundertfünfzig. Als die Sache durch die Medien geht, sehen sich Bundesregierung und Kradler GmbH starken Angriffen ausgesetzt. Sie wiegeln sofort ab und schieben jegliche Verantwortung der jemenitischen Regierung zu.« Sie tippte auf das erste Foto, auf mich. »Dieser Mann wird der Presse als Freund der Familie Großpietsch vorgestellt. Robert Fuchs, ein wohlhabender Geschäftsmann, der zurückgezogen in einer Villa am Tegernsee lebt.«

Wieder ein Foto: Eine von einem hohen Zaun und dichtem Baumbewuchs umgebene Villa.

»Das Foto wird zum Jahresende '96 an die Presse gegeben, zusammen mit einer kurzen Presseerklärung. Recherchen haben ergeben, dass die Villa erst einen Monat vorher auf Robert Fuchs überschrieben wurde. Vorher gehörte sie einem gewissen Siegfried Holtmann, stellvertretender Geschäftsführer bei Kradler Elektronik. Auffällig auch, dass über Robert Fuchs nichts bekannt ist. Er scheint kein Vorleben zu haben, keine Vergangenheit.«

»Soll vorkommen«, sagte ich. »Weiter!«

Das vierte Foto zeigte mich in einem hellen Anzug mit offenem Hemdkragen, reichlich verschwitzt. Eskortiert von zwei vermummten Bewaffneten in Tarnanzügen stand ich vor einer Art Urwaldkulisse.

»Kolumbien 1997. Das nationale Befreiungsheer, ELN, eine Guerillatruppe mit einstmals linkskatholischem Hintergrund, rüttelt die Weltöffentlichkeit durch zahlreiche Terrorakte auf. Sprengstoffanschläge, Morde an Politikern und Geschäftsleuten, Entführungen gleich reihenweise. Wieder wird die international tätige Kradler GmbH betroffen, die dort mit Unterstützung der Regierung ein großes Werk errichten will. Mitarbeiter von Kradler werden scheinbar gezielt entführt, auf die Werkseinrichtungen werden mehrere Anschläge verübt. Im Juni wird Robert Fuchs in Kolumbiens Hauptstadt Bogotá gesichtet, wo er mehrere Gespräche mit hochrangigen Regierungsvertretern hat. Im Folgemonat entsteht dieses Foto. Fuchs trifft sich mit der ELN-Führung und kurz darauf hören die Anschläge auf Einrichtungen und Mitarbeiter von Kradler auf.«

»Ist doch ein hübscher Erfolg«, meinte ich und versuchte vergebens, mich an Kolumbien oder den Jemen zu erinnern. Auch von einer Villa am Tegernsee wusste ich nichts. Kurz dachte ich an meinen Traum – oder meine Erinnerung: Die beiden Jungen am See. Aber ich konnte nicht sagen, ob es der Tegernsee gewesen war.

»Wirklich ein hübscher Erfolg«, wiederholte die Journalistin. »Auch diesmal gibt es ein blutiges Nachspiel. Robert Fuchs verlässt Bogotá am 28. Juli. Einen Tag später findet man die Leiche eines hohen kolumbianischen Generals, Andrés Molina, erwürgt in seinem Schlafzimmer. Bei Molina hatte Fuchs während seines Aufenthalts in Bogotá zeitweilig gewohnt, so dass er mit den Sicherheitsvorkehrungen vertraut war. General Molina galt als schärfster Gegner des ELN, das ihn wiederum an die Spitze seiner Todesliste gesetzt hatte.«

»Der Mord an Molina als Gegenleistung dafür, dass die Guerilleros die Kradler GmbH in Ruhe lassen?«, fragte ich ungläubig.

»Dieselbe Frage wollte ich Ihnen gerade stellen, Herr Fuchs. Sind Sie ein Verhandlungsgenie oder ein Killer?«

Sie fragte das ohne Spott, ohne Ironie. Ihr durchdringender Blick war mir unangenehm, und ich wich ihm aus. Ich konnte ihr die Frage nicht beantworten, konnte nicht einmal sagen, ob ich selbst die Antwort wissen wollte. Ich bat sie fortzufahren, und meine Stimme hörte sich heiser an.

Das Foto eines Büroturms vor einer hässlichen Skyline, und Rica Aden erklärte: »Frankfurt am Main im März 1998, der Firmensitz von Kradler Elektronik kurz vor seiner Schließung. Die Geschäftsleitung steht vor dem Verkauf an den INTEC-Konzern. INTEC investiert in Berlin, der Standort Frankfurt soll aufgegeben werden, Hunderte von Arbeitsplätzen stehen auf dem Spiel. Ein gewisser Gerhard Enk, Abteilungsleiter bei Kradler, sieht rot. Bewaffnet mit einer Automatik und einer Handgranate nimmt er drei hochrangige Vorstandsmitglieder als Geiseln und verschanzt sich im Büro. Die Verhandlungen der Polizei verlaufen im Sand. Enk beharrt auf seiner Forderung, der Verkauf an INTEC müsse rückgängig gemacht werden. Etwas, woran außer ihm niemand ernsthaft denkt. Auftritt Robert Fuchs. Er spricht mit Enk, erst über Telefon, dann darf er das besagte Büro betreten. Er verlässt es nach fünf Stunden mit den Geiseln. Enk bleibt zurück, mit einem Einschussloch in der Stirn. Die geretteten Geiseln sagen übereinstimmend aus, Fuchs habe in Notwehr geschossen. Anklage wegen Totschlags oder fahrlässiger Tötung wird mangels hinreichenden Tatverdachts nicht erhoben.«

Ich trank den Rest meines inzwischen nur noch lauwarmen Kaffees aus, aber das raue Gefühl in meinem Hals wollte nicht verschwinden. Mir war, als krampfte sich alles in mir zusammen. Wenn ich all das wirklich getan hatte, konnte ich verstehen, weshalb die schöne Rica mir den Betäubungscocktail gemixt und sich meinen Revolver gegriffen hatte.

»Seitdem arbeiten Sie als Troubleshooter für INTEC, werden manchmal auch an die Politik ausgeliehen. Was soll's auch im Zeitalter der Globalisierung, wo die Verflechtung zwischen wirtschaftlichen und politischen Interessen längst unentwirrbar geworden ist.«

»Daraus können Sie mir keinen Strick drehen«, sagte ich lahm.

Sie sah mich missbilligend an und fuhr fort: »Machen wir's kurz. 1999 werden Sie in Moskau gesichtet, wo die russische Mafia droht, ein Jointventure zwischen INTEC und einer russischen Computerfirma platzen zu lassen, wenn nicht hohe Schutzgelder gezahlt werden. In der Folge sterben ein paar russische Paten und korrupte Politiker an Bleivergiftung, und das Jointventure findet statt wie geplant.

Februar 2000, man sieht Sie öfter in New York, dem Hauptsitz von INTEC. Es heißt, ein INTEC-Chairman werde wegen einer delikaten privaten Geschichte erpresst. Die ganze Sache löst sich scheinbar in Wohlgefallen auf. Eine Ihrer diskretesten Arbeiten.

Im Sommer dann Ihr Auftritt auf den Philippinen, wo Guerilleros eine ganze Touristengruppe verschleppt haben, darunter die

Tochter eines französischen Diplomaten, dessen Bruder ein hohes Tier bei INTEC France ist. Sie tauchen mitten im Guerilla-Lager auf und nehmen das Mädchen als einzige der Geiseln mit. Kurz darauf versucht die philippinische Armee, die übrigen Geiseln gewaltsam zu befreien. Bei dem Feuergefecht sterben ein paar Soldaten, etliche Guerilleros und die meisten Geiseln. Ihr letzter bekannter Job.«

»Sie vermuten, dass das nicht alles war, Rica?«

»Ich halte es nur für die Spitze des Eisbergs.«

»Was wissen Sie noch über mich?«

»Nichts. Im Frühjahr diesen Jahres wurde mit großem Trara der INTEC-Tower eingeweiht. Eine der wenigen Gelegenheiten, wo man Sie bei einem offiziellen Anlass mit hohen Konzernmanagern und Politikern locker plaudern sah. Dann ist Schluss, Sie sind von der Bildfläche verschwunden. Und gestern Abend falle ich fast aus den Schuhen, als ich Sie am Potsdamer Platz sehe, auf der Flucht vor der SGB. Was ist passiert?«

Ich überging die Frage mit der besten Methode, mit einer Gegenfrage: »Was haben Sie dort getan?«

»Reine Routine, die Musical-Premiere. Ich soll einen Bericht für den nächsten ›Bärliner‹ schreiben. Zufällig sah ich Knaup, der sich auffällig unauffällig benahm und jemanden verfolgte, Sie!«

»Knaup?«

»Martin Knaup, einer von Kranz' schärfsten Hunden. Knapp einsachtzig groß, breite Schultern und ein roter Fleck auf der linken Wange.«

»Ich erinnere mich.«

»Sieht ganz so aus, als sei ich von einer lahmen Show-Premiere mitten in einen Politkrimi gestolpert.«

»Wollen Sie Ihren Premierenbericht nicht schreiben?«

»Ist längst geschehen, während Sie schliefen, und per E-Mail an die Redaktion gegangen. Im Übrigen habe ich mich für heute abgemeldet.«

Erschrocken fragte ich sie, welchen Grund sie angegeben habe.

»Keine Sorge, ich habe Sie mit keinem Sterbenswörtchen erwähnt. Glauben Sie, ich lasse mir meine Exklusiv-Story von den Kollegen wegschnappen?«

»Und was haben Sie erzählt?«

»Ein Virus hat mich wie aus heiterem Himmel gepackt.« Sie lächelte kalt. »Stimmt ja auch. Der Robert-Fuchs-Virus. Oder wie soll ich Sie nennen?«

»Ist okay so.«

»Keine Ausflüchte! Ich habe meine Vorleistung erfüllt. Jetzt sind Sie an der Reihe zu plaudern. Fangen wir am besten mit Ihrem wahren Namen an. Dass Robert Fuchs ein Alias ist, scheint mir sicher. Wie heißen Sie wirklich?«

»Ich hatte gehofft, das von Ihnen zu erfahren, Rica.«

Ihre Miene verdüsterte sich, und ihre Stimme nahm einen scharfen Unterton an: »Ich habe keine Lust, mich an der Nase rumführen zu lassen. Ein Anruf von mir, und in zehn Minuten steht die SGB vor der Tür!«

»Dann wäre Ihre schöne Story im Eimer.«

»Nicht unbedingt, Kranz ließe vielleicht mit sich reden. Außerdem könnte ich hautnah von Ihrer Festnahme berichten.« Sie nahm den Smith & Wesson in die Hand und fuchtelte demonstrativ mit der Waffe herum. »Ich habe Ihnen am Potsdamer Platz geholfen. Sie haben bei mir geschlafen und gefrühstückt. Und ich habe Ihr komisches Spiel ›Wenn du zuerst redest, rede ich‹ mitgemacht. Jetzt ist Schluss mit lustig. Ich erwarte . . .«

Das von mir emporgeschleuderte Tablett unterbrach Rica Aden, als es gegen ihren Kopf krachte. Geschirr, Besteck und der übrig gebliebene Toast fielen zu Boden. Ich warf mich auf die Journalistin und hielt ihren rechten Unterarm fest. Der Korbsessel brach zusammen, und wir beide landeten unsanft in den Resten des Frühstücks. Meine Hände drehten fest an Ricas Unterarm. Sie stieß einen Schmerzenslaut aus und ließ den Revolver los. Ich schnappte die Waffe und schwang mich rittlings auf die am Boden liegende Frau, drückte die Mündung gegen ihre Stirn.

»Schluss mit lustig, einverstanden!«, sagte ich und sah ihr tief in die Augen.

Zum ersten Mal seit unserer Begegnung in der Tiefgarage verlor Rica Aden ihre Selbstsicherheit und Überlegenheit. Verwirrung und Angst sprachen aus ihrem flatternden Blick.

Todesangst.

Dachte sie an das ausgelöschte Beduinendorf im Jemen, an den erwürgten General in Bogotá und an den erschossenen Abteilungsleiter in Frankfurt?

Hielt sie mich für einen eiskalten Killer? Und wenn ja, zu Recht?

»Das ist unglaublich. Ihre Geschichte klingt wie das Drehbuch zu einem Hitchcock- Film.«

»Das wäre schön«, erwiderte ich auf Rica Adens Bemerkung. »Dann würde ich einfach zum Ende vorblättern und nachlesen, was hinter der ganzen Sache steckt.«

Die Journalistin, die noch immer unter mir am Boden lag, sah zu mir hoch. Die Angst war aus ihrem Blick verschwunden, nicht aber die Verwirrung.

Ich konnte das gut verstehen. Hätte ich all das nicht am eigenen Leib erlebt, hätte ich es auch nicht geglaubt. Und selbst jetzt fragte ich mich hin und wieder, ob ich nicht nur träumte.

Angefangen mit meinem Erwachen in der falschen Klinik, hatte ich ihr alles erzählt. Nur Max hatte ich nicht erwähnt. Ich wusste selbst nicht genau, warum ich von dem Theater und Max mit keiner Silbe gesprochen hatte. Eine Stimme aus dem Unterbewusstsein hatte mir dazu geraten. Vielleicht die Stimme eines verliebten Narren.

Sonst hatte ich Rica nichts verschwiegen. Sie wusste von Kurtchen und seinem Tod, von meinem Albtraum, von Dr. Ambeus, Schwester Ira und dem seltsamen Golem-Hinweis, der mich auch nicht weiterbrachte. Und sie wusste, dass der Name und das Gesicht von Robert Fuchs mir so fremd erschienen wie von jedem anderen Menschen.

»Was ist?«, fragte ich. »Glauben Sie mir? Oder halten Sie mich für einen Lügner oder einen entsprungenen Irren?«

»Das überlege ich schon die ganze Zeit.«

»Mit welchem Ergebnis?«

»Die SGB jagt keine entsprungenen Irren. Und für eine Lügengeschichte ist das Ganze etwas kompliziert. Das hätte sich selbst ein Baron Münchhausen nicht ausgedacht.«

»Gut.« Ich stieg von ihr herunter und drückte ihr den Revolver in die Hand. »Nehmen Sie?«

»Warum?«

»Ich habe keine Lust auf ein langes Katz-und-Maus-Spiel. Wenn Sie mich verpfeifen oder erschießen wollen, tun Sie's sofort.«

Sie sah den Revolver und dann mich an. »Was ist die Alternative?«

»Wir arbeiten zusammen. Sie helfen mir, das Loch in meinem Kopf zu stopfen. Was immer wir herausfinden, es ist Ihre Exklusiv-Story.«

»Eine Partnerschaft also?«

»Ja.«

»Hm«, machte sie überlegend. Mit einer schnellen Bewegung setzte sie die Revolvermündung an meine Stirn und zog den Hahn zurück. »Haben Sie Angst?«

»Nicht viel«, antwortete ich ehrlich. »Liegt vielleicht daran, dass ich nicht so recht weiß, was ich zu verlieren habe.«

»Ihr Leben«, sagte sie und drückte ab.

Das klickende Geräusch hallte noch in mir wider, als Rica Adens lautes Gelächter den Raum erfüllte. Sie bog sich förmlich vor Lachen und ließ den Smith & Wesson achtlos auf den marmeladenbeschmierten Läufer sinken.

Ich schnappte mir die Waffe und klappte die Trommel auf. Sämtliche Kammern waren leer.

»Ich habe heute Nacht die Patronen entfernt«, kicherte die Journalistin. »Der geladene Revolver war mir zu gefährlich. Ich habe damit gerechnet, dass Sie mir das Ding wieder abnehmen.«

Ich beugte mich dicht über sie. »Haben Sie damit gerechnet, oder haben Sie es darauf angelegt?«

Wieder übte sie ihr unschuldiges Augenrollen. »Was meinen Sie?«

»Ich frage mich, ob Sie mir die Waffe zugespielt haben, damit ich mich sicher fühle und offen zu Ihnen bin.«

»Sie überschätzen mich, Herr Fuchs. Ich bin doch bloß eine Blondine.«

»Eine ziemlich ausgekochte Blondine.«

»Also ein lebendes Paradoxon?«, fragte sie und legte ihre Hände auf meine Schultern.

»Ein sehr verführerisches Paradoxon.«

Ich küsste sie und sie hatte nur darauf gewartet. Ricas Hände wanderten an meinem Rücken hinab und streiften meine Shorts nach unten. Dann griff sie zwischen meine Schenkel und musste sich nicht groß bemühen, um meine Erregung sichtbar zu machen.

Ich hatte meine Hände unter ihren Pulli geschoben und auf den weichen Stoff des Büstenhalters gelegt. Als ich ihre Hose abstreifen wollte, stieß sie mich plötzlich weg und erhob sich.

»Einen Augenblick, ich muss etwas holen.«

»Was?«, fragte ich konsterniert.

»Ein Kondom. Oder hast du eine Ahnung, mit wem du alles geschlafen hast?«

Ich wusste nur von Max und dachte zum ersten Mal daran, dass ich bei ihr kein Kondom benutzt hatte. Warum nicht? Weil wir beide einfach nicht daran gedacht hatten? Oder weil da noch mehr gewesen war, eine unerklärliche Vertrautheit?

Rica verließ das Zimmer kurz und kam mit einer ganzen Kondompackung zurück.

»Du hast wohl Größeres vor«, meinte ich.

Sie betrachtete meinen nackten Unterleib. »Das hängt ganz an dir.«

Rica hatte Unrecht, zumindest dieses eine Mal. Wir liebten uns lange und intensiv, aber das lag weiß Gott nicht nur an mir. Sie verstand es, mein Feuer immer wieder zu entfachen. Ihr wundervoller schlanker Leib mit den großen Brüsten wand sich wie eine Schlange um mich, rieb sich an mir, presste sich gegen mich, mal langsam und sanft, dann schnell und fordernd. Ihre Hände strichen über meine Haut, ihre feuchten Lippen küssten mich überall, und ihre Zunge spielte mit mir. Als Journalistin mochte sie ein Ass sein, im Katz-und-Maus-Spiel hatte sie mich brillant ausgetrickst, aber als Liebhaberin übertraf sie alles. In ihren Armen vergaß ich meine bescheidene Lage, wurden Sorgen und Grübeleien bedeutungslos, dachte ich sogar nicht mehr an Max.

Erst als wir erschöpft auf dem zerwühlten Bett lagen und unsere nackten, erhitzten Körper den bunten Marilyn-Klonen preisgaben, packte mich eine Art Schuldgefühl Max gegenüber. Ich konnte es mir nicht erklären. Wir hatten uns nichts versprochen und würden uns niemals wieder sehen. Keiner schuldete dem anderen etwas, schon gar nicht Rechenschaft. Und doch konnte ich die schwache Stimme tief in mir nicht unterdrücken, die mir ständig einflüsterte, dass ich Max betrogen hätte. Als wollte mir diese Stimme noch etwas anderes sagen, etwas, das in mir verborgen lag.

»Was hast du?«, durchschnitt Rica meine Gedanken. »Bist du nicht mit mir zufrieden?«

»Zufrieden ist gar kein Ausdruck.« Ich beugte mich über sie und küsste ihre Brustwarzen. »Eher zutiefst befriedigt, würde ich sagen.«

Sie stützte sich auf einen Ellbogen und betrachtete mich. »Du siehst aber nicht so aus.«

»Ich frage mich nur, ob ich das Richtige tue, indem ich bei dir unterkrieche. Wenn das herauskommt, stehst vielleicht auch du auf der Abschussliste der Leute, die hinter mir her sind. Denk an den Fernfahrer!«

Rica lächelte. »Gefahr ist mein Geschäft.«

»Sagte Schütze Arsch, bevor er auf die Landmine trat.«

Sie zog ihre Stirn in Falten. »Willst du meine Hilfe nicht mehr? Ich warne dich, so einfach lasse ich mich nicht abservieren.«

»Ich will dir nur klarmachen, dass wir nicht bloß Cowboy und Indianer spielen.«

»Ich weiß nicht, was die SGB von dir will. Sie ist ein harter Verein, aber sie ist nicht die Gestapo.«

»Wer oder was ist das überhaupt, die SGB?«

Noch mehr Falten traten auf ihre Stirn. »Jetzt willst du mich aber verarschen!«

»Keine Spur.«

Sie sprang nackt aus dem Bett und holte den Ordner, den sie über Robert Fuchs – über mich? – angelegt hatte. Dann präsentierte sie mir ein Foto, auf dem ich voll in Schale zu sehen war. Ich stand auf einem Empfang, ein Sektglas in der Hand, und sprach mit einem untersetzten Mann um die vierzig. Er trug einen grauen Zweireiher, dessen Jackett weit geschnitten war. Trotzdem erkannte man selbst auf dem Foto die Ausbuchtung an der rechten

Hüfte, wo das Gürtelholster saß. Der Mann hatte schütteres dunkles Haar und auf der leicht gebogenen Nase saß eine Brille mit achteckigen Gläsern. Sein Gesicht wirkte zwar etwas zu voll, zeichnete sich aber durch scharfe Konturen aus. Das verlieh meinem unbekannten Gesprächspartner das Aussehen eines Raubvogels, der gut genährt war und trotzdem ständig nach neuer Beute ausspähte.

Rica stieg wieder zu mir ins Bett und tippte auf das Bild des anderen Mannes. »Das ist Dr. Einar Kranz, Leiter der SGB, der Sicherungsgruppe Berlin. Klingelt es jetzt bei dir?«

»Nein, sollte es?«

»Immerhin habt ihr euch auf dem Empfang offenbar blendend unterhalten.«

»Auf welchem Empfang überhaupt?«

»Bei der Einweihung des INTEC-Towers.«

»Was hatte dieser Dr. Kranz da zu suchen?«

»Es waren einige hohe Tiere anwesend, der Bundesarbeitsminister und der Bundeswissenschaftsminister. Die Sicherungsgruppe Berlin ist verantwortlich für den Personenschutz hochgestellter Politiker in unserer schönen neuen Hauptstadt.«

»Seltsam, dass ich von dem Verein nichts weiß«, murmelte ich.

»Das finde ich auch. Zumal du dich auf dem Empfang mit Kranz sehr ausgiebig unterhalten hast.«

»Woher weißt du das?«

»Ich war auch da und habe euch beobachtet. Das einzige Mal, dass ich den geheimnisumwitterten Robert Fuchs von Angesicht zu Angesicht gesehen habe. Ich wollte dich aushorchen, konnte aber nicht an dich rankommen.«

»Hol das Versäumte nach und tu dir keinen Zwang an!«

Sie blieb ernst. »Damals beschloss ich, eine große Story über dich zu schreiben, und habe fleißig Material gesammelt. Aber plötzlich, ungefähr vor ein bis zwei Monaten, warst du von der Bildfläche verschwunden, so als hätte es dich nie gegeben.«

»Vielleicht ist das die Erklärung«, überlegte ich laut. »Wenn Robert Fuchs, wie du sagst, erst seit 1996 aktenkundig ist und keine Unterlagen über seine Vergangenheit existieren, dann hat er selber möglicherweise auch nicht existiert.«

Ihre Hand strich über meine Schulter. »Angesichts dessen bist du ziemlich real.«

»Realer vielleicht als der angebliche Robert Fuchs. Möglicherweise heiße ich in Wahrheit anders. Der Name könnte nur für die Öffentlichkeit verwendet worden sein. Irgendwann hatte die Chimäre ihre Schuldigkeit getan und verschwand wieder in der Versenkung.«

»Das hört sich jetzt aber sehr nach James Bond an«, sagte Rica und sah mich zweifelnd an. »Und es erklärt nicht, weshalb du selbst dich an nichts erinnerst.«

»Vielleicht waren diejenigen, die Robert Fuchs geschaffen haben, der Meinung, ihre eigene Schöpfung könnte ihnen gefährlich werden. Frankensteins Monster wendet sich im Zorn gegen seinen Schöpfer, irgendetwas in der Richtung.«

»Dann hätten sie dich einfach umbringen können. Nach allem, was du mir von deinen Verfolgern erzählt hast, hätten sie davor nicht zurückgeschreckt.«

»Wohl wahr«, gab ich zu und wehrte mich dagegen, ins Grübeln zu verfallen. »Erzähl mir mehr von der SGB. Wenn die Jungs mich jagen, sollte ich mich mit ihnen auskennen.«

»Die SGB ist ein relativ junger Verein, gegründet, nachdem sämtliche wichtigen Regierungsbehörden nach Berlin gezogen waren. Da unsere Spreestadt ein etwas anderes Kaliber ist als das verschlafene Bonn, wurden bald erhebliche Sicherheitslücken offenbar. Die SGB wurde als Bundespolizeibehörde geschaffen, um den Schutz des politischen Berlins zu optimieren. Eine Art Bundesgrenzschutz ohne Uniform.«

»Also bessere Bodyguards für den Bundeskanzler und sein Kabinett?«

»Das auch, aber noch viel mehr. Die Sicherungsgruppe Berlin wird auch ermittelnd tätig, arbeitet eng mit dem Bundeskriminalamt, den Landeskriminalämtern, dem Verfassungsschutz und dem Bundesnachrichtendienst zusammen.«

»Wem untersteht dieser Dr. Kranz?«

»Dem Bundesinnenminister.«

»So wie du über Kranz gesprochen hast, scheinst du dich ein wenig mit ihm auszukennen.«

»Anfang August habe ich eine Story über ihn gemacht. Er ist ein ziemlicher Karrieretyp, Spross einer Juristenfamilie und selbst Jurist. Er hat beide Staatsexamina mit ›sehr gut‹ abgelegt.«

»Nicht schlecht der Specht. Das ist bei den Juristen, wo schon ›vollbefriedigend‹ als Prädikatsexamen gilt, ungefähr so häufig wie ein zweiköpfiges Kalb.«

Rica sah mich höchst erstaunt an. »Stimmt, aber woher weißt du das?«

Nach einigem Nachdenken antwortete ich: »Keine Ahnung. Vielleicht habe ich das irgendwo gelesen.«

»Oder du hast selbst Jura studiert!«

»Kann ich mir eigentlich nicht vorstellen. Wirke ich auf dich wie ein Paragraphenreiter?«

»Reiter schon, der Rest kommt weniger hin.«

»Erzähl mir mehr von Kranz!«, bat ich. »Ich habe das Gefühl, er ist eine wichtige Figur auf dem Schachbrett.«

»Bei den Schwarzen oder den Weißen?«

»Wie soll ich das wissen, Rica? Ich weiß ja nicht mal, auf welcher Seite ich selbst stehe.«

»Kranz ist ein schwer zu durchschauender Typ. Mit seinen Examina war es für ihn nicht schwer, eine Bilderbuchkarriere im Staatsdienst zu machen. Er gehörte zum Führungsstab im Bundesinnenministerium und war maßgeblich an dem Gesetzentwurf zur Gründung der Sicherungsgruppe Berlin beteiligt. Als das Gesetz durch war und Kranz zum Leiter der SGB ernannt wurde, ging das Gerücht um, die Bundesregierung habe sich ihre eigene Polizei geschaffen, eine bewaffnete Task Force.«

»Und? Was ist dran an dem Gerücht?«

»Mit seinem Werdegang ist Kranz alles andere als ein Gegner der Regierung. Andererseits kann man ihm keine Pflichtverletzungen nachweisen. Er hat ein politisches Amt inne, aber das ist nicht verboten.«

»Er scheint sich nicht nur mit Paragraphen auszukennen.« Ich nahm noch einmal das Foto zur Hand. »Wenn das kein Handy ist, was da sein Jackett an der Hüfte ausbeult, ist es eine Pistole oder ein Revolver.«

»Kranz hat es bei der Bundeswehr zum Hauptmann der Reserve

gebracht. Er hat sich freiwillig gemeldet, obwohl er als Berliner vom Wehrdienst befreit war. Schon damals war er ein hervorragender Schütze und hat sich jede Menge Medaillen eingefangen. Moment mal.«

Rica lief ins angrenzende Zimmer. Durch die offene Tür beobachtete ich, wie sie ein Regal mit Pappstellern durchforstete. Die Gedanken über diesen Dr. Kranz verblassten angesichts ihres perfekt gebauten Körpers und der Unbefangenheit, mit dem sie ihn mir darbot. In meiner Lage so einer Frau zu begegnen, konnte man wahrlich Glück im Unglück nennen.

»Hier ist es«, rief sie und kehrte mit einer Zeitschrift zurück. »Die Ausgabe mit meinem Artikel über Kranz.« Sie hielt mir das aufgeschlagene Magazin hin. »Hier, schau!«

Man sah Kranz von der Seite auf einem Schießstand, eine Pistole im Beidhandanschlag und einen Gehörschutz auf dem Kopf.

»Sieht aus, als wollte er sich für eine Rolle in ›Stirb langsam‹ bewerben«, meinte ich.

»Kranz selbst hat vorgeschlagen, dass wir das Interview dort führen und nicht in seinem Büro. Er sieht sich gern als Mann der Tat.«

»Fragt sich bloß, welcher Tat.« Ich versuchte, mich an meine Begegnung mit Kranz auf dem INTEC-Empfang zu erinnern, vergeblich. Mir war der SGB-Leiter so unbekannt wie ich selbst. »Irgendetwas muss in den letzten sechs Wochen geschehen sein, was in den Zuständigkeitsbereich der SGB fällt. Und es muss mit INTEC oder zumindest dem INTEC-Tower in Verbindung stehen.«

»Mein Gott!«, keuchte Rica und wurde blass. Sie schlug mit der flachen Hand gegen ihre Stirn. »Dass ich daran nicht eher gedacht habe!«

»Woran?«

»An das Massaker im INTEC-Tower!«

12

Der Potsdamer Platz aus der Vogelperspektive, aufgenommen von einem Hubschrauber, der über dem Ort schwebte. Die gewaltige Kugel des Imax-Kinos am Marlene-Dietrich-Platz glänzte im strahlenden Sonnenschein und sah aus wie ein künstlicher Mond. Die Kamera glitt über flache Hochhausdächer und steile Fassaden mit Dutzenden sich gleichender Fenster, ließ das stark reflektierende Sony-Center hinter sich und umkreiste den INTEC-Tower. Das T-förmige Dach mit dem stilisierten INTEC-Zeichen füllte das Bild aus.

»Erst im Frühjahr wurde der INTEC-Tower als Sitz des deutschen INTEC-Ablegers unter großen Feierlichkeiten eingeweiht«, verkündete aus dem Off eine sonore Männerstimme, deren vibrierender Tonfall die Erwartung auf das Kommende anheizte. »In der vergangenen Nacht hat sich hier ein blutiges Drama ereignet. Die gesamte Führungsspitze von INTEC Germany, die sich zu einer Sondersitzung zusammengefunden hatte, fiel einem brutalen Anschlag zum Opfer. Neun Tote wurden einschließlich eines Wachmanns in der INTEC-Zenrale im obersten Teil des Turms gefunden. Von Täter und Motiv fehlt bisher jede Spur.«

Eine andere Kamera zeigte das Geschehen vor dem Gebäude. Uniformierte Polizisten riegelten den Vorplatz gegen Reporter, Fotografen, Kameraleute und Schaulustige ab. Ein dunkler Audi wurde von einem Polizeibeamten durchgewunken und hielt zwischen zwei grün-weißen Polizeifahrzeugen an. Die Beifahrertür schwang auf und der aussteigende Mann wurde von einem ganzen Mikrofonwald umlagert. Sofort waren einige Polizisten zur Stelle, um die Meute zurückzuhalten.

Ein Reporter drängte sich trotzdem vor, stieß sein blaues Mikro fast in das Gesicht des Neuankömmlings und rief: »Dr. Kranz, welches Interesse hat die Sicherungsgruppe Berlin an diesem Fall? Hat das Attentat einen politischen Hintergrund?«

Der Gefragte drehte sich zur Kamera um und lächelte unverbindlich. Seine Augen waren hinter den getönten Brillengläsern verborgen. »Ich bin nur hergekommen, um mich zu informieren. Ein möglicher politischer Hintergrund ist zu diesem Zeitpunkt reine Spekulation. Alles Weitere können Sie der für heute Nachmittag anberaumten Pressekonferenz des Polizeipräsidenten entnehmen.«

»Heißt das, die SGB wird den Fall nicht an sich ziehen?«, fragte der Reporter.

»Zum gegenwärtigen Zeitpunkt sehe ich keinen diesbezüglichen Handlungsbedarf.«

Damit wandte sich der Mann mit der Brille ab und steuerte auf die verglaste Eingangsfront des Gebäudes zu. Ein zweiter Mann, der aus dem Audi gestiegen war, folgte ihm wie ein Schatten. Es war der Mann mit dem roten Wangenmal, Knaup.

Rica beugte sich vor, nahm die Fernbedienung vom Tisch und stellte das Videoband ab. Dabei verrutschte der schwarz-rot gemusterte Kimono, den sie sich übergestreift hatte, und erlaubte einen tiefen Einblick in ihr atemberaubendes Dekolleté. Diesmal ließ ich mich von dem prachtvollen Anblick nur kurz ablenken. Zu sehr bewegte mich der Mitschnitt einer Nachrichtensendung, den Rica aus ihrem umfangreichen Archiv gezogen und in ihren Videorecorder geschoben hatte.

Wir saßen auf der großen Ledercouch in Ricas riesigem Wohnraum. Ich hatte mir Hose und T-Shirt angezogen, kein Hemd oder Pullover, und trotzdem war mir heiß. Das war die Spur, die ich gesucht hatte!

»Du bist so gesprächig wie Buster Keaton«, meinte Rica. »Was sagst du dazu?«

»Bingo! Ich frage mich allerdings, warum du mir das erst jetzt zeigst.«

»Weil ich nicht eher daran gedacht habe. Seit wir uns gestern über den Weg gelaufen sind, habe ich nicht gerade unter Langeweile gelitten.«

»Dieses Massaker im INTEC-Tower, wann genau ist das passiert?«

»In der Nacht zum neunzehnten August. Die Aufnahme eben stammt von diesem Tag.«

»Vor fünf Wochen also. Das fällt in den Zeitraum, für den mir über den vollkommenen Blackout in persönlicher Hinsicht hinaus jede Erinnerung fehlt. Was, zum Teufel, habe ich mit der Sache zu tun?« Ich versuchte angestrengt, meiner Erinnerung auf die Sprünge zu helfen, ohne Erfolg. Wütend schlug ich mit der rechten Faust aufs Polster.

Rica streichelte beruhigend meine Wange. »Bist du sicher, dass du in die Sache verwickelt bist?«

»Wie soll ich mir meine seltsamen Visionen von dem Gebäude sonst erklären? Und weshalb macht die SGB Jagd auf mich?« Ich dachte über Kranz' kurze Sätze in dem Interview nach. »Hat Dr. Kranz sich offiziell in die Ermittlungen eingeschaltet?«

»Nein, bislang wurde ein politischer Hintergrund nicht festgestellt. Der ganze Fall liegt noch ziemlich im Dunkeln.«

»Was genau hat sich ereignet?«

»Auch das weiß man nicht, es gibt keine Aufnahmen.«

»Was heißt das, keine Aufnahmen?«

»Die Räumlichkeiten der INTEC-Zentrale in den obersten Stockwerken des Turms werden videoüberwacht. Die Überwachungszentrale im Tower wurde in der Nacht überfallen, der zuständige Sicherheitsmann erdrosselt. Man hat keine Aufnahmen von dem Massaker gefunden. Der Täter hat die Überwachung abgestellt.«

»Dann muss er sich dort gut ausgekannt haben.«

»Du sagst es, weiser Fürst.« Rica sah mich nachdenklich an.

»Hältst du mich für den Mörder?«, entfuhr es mir.

»Robert Fuchs hat für INTEC gearbeitet. Vielleicht war der Empfang, bei dem ich dich dort gesehen habe, nicht das einzige Mal, dass du dort gewesen bist.«

»Falls das stimmt, was du andeutest, habe ich die Leute umgebracht, die mich bezahlen!«

»Das ist der schwache Punkt an meiner Überlegung«, gab Rica zu und stand auf.

Sie ging zur Bar und kehrte mit zwei Gläsern, gefüllt mit gelber Flüssigkeit, zurück.

»Einer deiner berühmten Cocktails?«, fragte ich skeptisch.

»Keine Sorge, es ist purer O-Saft. Meine Kehle ist schon ganz trocken vom vielen Reden.«

Ich trank zwei Schlucke von dem kalten Saft und sagte: »In dem Fernsehbericht war von neun Toten die Rede. Du hast eben den Wachmann erwähnt. Wer sind die acht anderen Toten?«

»Die deutsche INTEC-Führungsspitze, wie von dem Sprecher eben gesagt. Sechs Männer und zwei Frauen aus dem INTEC-Topmanagement. Sie hatten sich zu einer geheimen Sitzung getroffen.«

»Was heißt geheim?«

»Es existieren keine Unterlagen, kein Gesprächsprotokoll, nichts. In diversen Terminkalendern fanden sich nur Vermerke wie ›Sitzung‹ oder ›Sondersitzung‹.«

»Heißt das, kein Mensch weiß, worüber bei dem Treffen gesprochen wurde?«

»So ist es. Zumindest ist nichts an die Öffentlichkeit gedrungen.«

»Das gibt's nicht!«, rief ich voller Überzeugung. »Irgendeinen Hinweis muss es geben.«

»Wenn ja, dann hält die Polizei oder INTEC selbst ihn zurück. Oder der Killer hat alle Hinweise mitgenommen, als er den Safe ausräumte.«

»Welchen Safe?«

»Der Wandsafe im Büro des INTEC-Chairmans Konrad Bauer, der sich unter den Ermordeten befindet, war aufgesprengt und ausgeräumt. Keiner konnte oder wollte sagen, welcher Art die entwendeten Unterlagen sind.«

»Je mehr Fragen du mir beantwortest, desto mysteriöser wird das Ganze«, klagte ich. »Womit macht der INTEC-Konzern eigentlich sein Geld?«

»Womit machen weltumspannende Konzerne heutzutage ihr Geld? Mit allem und jedem.«

»Sehr hilfreich, wirklich«, murrte ich.

»INTEC steht für International Technologies. Der Ursprung des Konzerns liegt im Silicon Valley. Mikroelektronik und Computerchips haben ihn groß gemacht. Inzwischen hat INTEC seine Finger in allen möglichen Geschäften. Zur Unternehmensgruppe gehören Pharmazie- und Waffenhersteller ebenso wie Fernsehsender und Zeitungsverlage.«

»Etwa auch dein Blatt?«

»Wo denkst du hin!«, rief sie in übertriebener Empörung. »Der ›Bärliner‹ ist stolz auf seine Unabhängigkeit und Überparteilichkeit!«

»Klingt reichlich anachronistisch.«

»Verkauft sich aber blendend.«

»Um so mehr müssten große Verlagshäuser an einer Übernahme interessiert sein.«

»Sind sie auch, du bist ein kluger Kopf«, lächelte Rica. »Letztes Jahr haben wir in der Redaktion schwer gekämpft, um die Geschäftsleitung zu veranlassen, ein verlockendes Übernahmeangebot von Global Standards Media abzulehnen. Mit Hängen und Würgen haben wir es geschafft.«

»Global Standards.« Ich stieß einen anerkennenden Pfiff aus. »Dahinter stecken etliche Millionen.«

»Wohl eher Milliarden. Global Standards ist ebenso wie INTEC ein großer Weltkonzern, der von Berlin aus sein Deutschlandgeschäft steuern und neu organisieren will. Die beiden sind ein bisschen wie Hund und Katze. Ursprünglich wollte Global Standards das Grundstück am Potsdamer Platz kaufen, wo jetzt der INTEC-Tower steht. Die Konzernleitung von GS war ziemlich sauer, als der Zuschlag an INTEC ging. Aber mit dem neuen Clay-Center am Tiergarten haben die GS-Leute eine gute Alternative gefunden. Und eine, die nicht so protzig ist wie der Riesenturm von INTEC.«

»Womit wir wieder beim Thema wären: Das Massaker im INTEC-Tower, wie du es so hübsch poetisch genannt hast.«

»Die Bezeichnung stammt nicht von mir. Der Anschlag ging unter diesem Namen durch die Medien.«

»Mich interessiert nicht der Name, sondern die Tat an sich. Wie wurde sie ausgeführt, wie entdeckt? Und welche Ermittlungsergebnisse liegen vor?«

»Die acht Mitglieder aus der höchsten INTEC-Spitze wurden abgeschlachtet wie zu Al Capones Zeiten, niedergemäht mit einer Maschinenpistole.«

»Weißt du, mit was für einer Waffe?«

»Das müsste ich nachsehen.«

Sie ging zu einem der Regale, wo lange Reihen mit Aktenordnern standen. Auch ich stand auf und streckte mich. Ich fühlte mich verspannt und versuchte, meine Muskeln zu lockern. Dabei trat ich ans Fenster und sah hinaus auf die Spree.

Es war früher Nachmittag, aber ziemlich düster. Die Sonne lag hinter großen Wolkenbänken verborgen. Starker Wind trieb dichte Regenschleier über den Fluss. Die wenigen Frachtkähne auf dem Wasser wirkten, als könnten sie jeden Augenblick ganz hinter dem Vorhang aus Grau verschwinden. Am Osthafen wurden drei, vier Kähne be- oder entladen. Die gelben Schutzhelme der hin und her eilenden Arbeiter sahen wie Ballons aus, die im Wind tanzten. Hin und wieder ließ eine auffrischende Bö den Regen gegen das Fenster prasseln, wie um mich zu vertreiben. Für einen Augenblick überfiel mich der absurde Gedanke, dass sich sogar die Natur gegen mich verschworen hatte.

Ich kam mir vor wie einer der Frachtkähne da draußen. Unter mir kein fester Grund, um mich herum nur undurchdringbare Schleier, die mir entgegenschlugen und alles verdeckten, mir die Sicht versperrten, auf die Wahrheit und auf mich selbst. Zorn kochte in mir hoch, und ich wusste nicht, wohin damit. Wen sollte ich hassen, wen anklagen und bestrafen, wenn ich nichts über mich wusste? Ich stand kurz davor, die Fensterscheibe einzuschlagen, um hinaus nach dem Regen zu greifen, ihn zu packen und zu schütteln.

Ein klar denkender Rest meines gebeutelten Verstands sagte mir, dass es unmöglich war. Der Regen und die Leute, die mich jagten und die ich für meinen Zustand verantwortlich machte, ohne es genauer zu wissen, hatten noch etwas gemeinsam: Sie waren ungreifbar und damit auch unangreifbar.

Rica trat dicht hinter mich, legte ihre Hände auf meine Schultern und drückte ihre rechte Wange sanft gegen mein Gesicht. Ihr betörender Duft und die Wärme ihres schönen Körpers brachten die Erinnerung an die lustvollen Stunden zurück, die wir am Morgen verbracht hatten.

Ich fragte mich, ob die Gegenwart nicht viel mehr zählte als die Vergangenheit. Was immer auch hinter mir lag, nichts davon konnte ich ungeschehen machen. Lohnte es sich, mit aller Macht Dinge ausgraben zu wollen, die vielleicht besser im Verborgenen blieben? Wenn ich dieser Robert Fuchs war – und es gab kaum einen Grund, daran zu zweifeln –, war ich nach allem, was Rica erzählt hatte, alles andere als ein sympathischer Zeitgenosse. Wollte ich mich wirklich daran erinnern?

Ich löste mich von Rica, drehte mich zu ihr um und fragte: »Warum? Warum hilfst du mir?«

»Wir haben einen Deal.« Sie tippte mit dem Zeigefinger gegen meine Stirn. »Hast du das auch schon vergessen?«

»Ist es nur deshalb?«

»Was willst du hören? Dass ich es wegen deiner schönen grauen Augen tue?«

»Das wäre nicht das Schlechteste«, seufzte ich. »Viel Angenehmes habe ich heute nicht gerade über mich erfahren.«

»Da wir uns noch keine vierundzwanzig Stunden kennen, halte ich es für etwas verfrüht, mich in dich zu verlieben. Aber lass dir gesagt sein: Wenn du laut Aktenlage nicht so ziemlich der abgefeimteste Kerl auf diesem Erdball wärst, hättest du große Chancen, mein Herz zu erobern.«

»Wegen meiner schönen grauen Augen?«

Sie lächelte mich vieldeutig an. »Ich glaube, du hast meine tief verborgen geglaubten Mutterinstinkte geweckt. Ein Mann ohne Erinnerung, ohne Freunde und Hilfe, verfolgt und gejagt, den muss eine Frau einfach beschützen wollen.«

»Nicht ganz das, was ich hören wollte.«

»Was sonst? Dass du unwiderstehlich bist, schön wie George Clooney und potent wie Julio Iglesias?«

»Schon besser, wenn auch gelogen«, lachte ich und nahm sie in die Arme.

Unsere Blicke trafen sich. War es Zuneigung, was ich in Ricas Augen las? Nein, das war wohl zu viel verlangt. Aber zumindest schien ich sie nicht anzuwidern, was bei meinem Vorleben schon viel wert war. Ich zog sie an mich und küsste sie, wobei auf meiner Seite ebenso viel Verlangen wie Dankbarkeit im Spiel war.

Als wir uns wieder voneinander lösten, schüttelte Rica spielerisch-mahnend den Zeigfinger ihrer rechten Hand vor meinem Gesicht. »Erst die Arbeit, dann das Vergnügen. Der Ordner mit Berichten über das INTEC-Massaker liegt auf dem Tisch. Ich habe einen Artikel aufgeschlagen, in dem genaue Angaben über die Mordwaffen gemacht sind.«

»Du scheinst Unterlagen über alles Mögliche zu archivieren.«

»Wer schreibt, braucht Recherchematerial. Würde ich Romane schreiben, würde ich wahrscheinlich in einer riesigen Bibliothek wohnen. Alles eine Frage von Input und Output.«

Wir setzten uns an den Tisch, und ich studierte den Zeitungsartikel, der Einzelheiten über den Mord enthielt.

> Der unbekannte Täter drang, entweder allein oder mit Komplizen, vermutlich zwischen zehn Uhr abends und Mitternacht in die INTEC-Zentrale ein. Wie ihm das gelingen konnte, ohne einen Alarm auszulösen und ohne dem Wachdienst aufzufallen, ist noch ungeklärt. Laut Polizeibericht hat er die Mitglieder des INTEC-Vorstands mitten in ihrer Sitzung überrascht. Sie sollen kaum dazu gekommen sein, sich von ihren Stühlen zu erheben, so schnell hat der Mörder das Feuer eröffnet. Jede der Leichen wurde von zahlreichen Kugeln getroffen. Ein Polizeisprecher bezeichnete sie als »regelrecht zersiebt«. Tatwaffe ist nach den ballistischen Untersuchungen eine Maschinenpistole vom Typ Heckler & Koch MP5K 9 mm.

»Eine MP5K also«, sagte ich halblaut. »Als hätte ich's geahnt!«

»Wieso?«, fragte Rica.

»Mit den Dingern waren auch die Gorillas in der seltsamen Klinik ausgerüstet.«

»Ist es keine verbreitete Waffe?«

»Doch, sie ist wegen ihrer Kompaktheit und Zuverlässigkeit sehr beliebt, bei der Bundeswehr ebenso wie beim FBI.«

»Dann kann es ein Zufall sein, dass deine Bewacher die gleichen MP's hatten wie der INTEC-Killer.«

»Der Zufall ist ein Rätsel, welches das Schicksal dem Menschen aufgibt.«

Rica machte große Augen. »Ist das von dir?«

»Nein, von Hebbel, glaube ich.«

»Wahnsinn! Ein Mann, der sich in moderner Waffentechnik ebenso gut auskennt wie in deutscher Dichtkunst. Robert Fuchs oder wie immer du wirklich heißt, ich möchte verdammt gern wissen, wer du bist!«

»Rate mal, wer noch!«

Während Rica uns ein Mittagessen zubereitete, studierte ich ihre Artikel- und Nachrichtensammlung über den Mord im INTEC-Tower. Der einzige Hinweis auf ein mögliches Tatmotiv war der gewaltsam geöffnete und völlig ausgeräumte Wandsafe in Konrad Bauers Büro. Da andere Safes nicht, auch nicht versuchsweise, aufgebrochen worden waren und auch keine Papiere vermisst wurden, lag die Vermutung nahe, dass es dem Killer oder seinem Auftraggeber um den Inhalt des Safes gegangen war.

Das war ein Hinweis, aber noch längst keine Spur. Denn, wie Rica schon gesagt hatte, niemand schien zu wissen oder sagen zu wollen, was der Safe enthalten hatte. Bauers Vorzimmerdame gab sich diesbezüglich gegenüber Polizei und Presse genauso ahnungslos wie führende INTEC-Angestellte.

Entdeckt worden war die Tat erst in den frühen Morgenstunden, als der getötete Wachmann nicht auf einen Kontrollanruf seiner Zentrale antwortete, was automatisch einen Sicherheitsalarm auslöste. Weder die MP-Salven noch das Aufsprengen des Safes waren jemandem aufgefallen. Die Erklärung war einfach: In der Nacht zum Sonntag war der INTEC-Komplex mit Ausnahme des Wachmanns und der Teilnehmer der geheimen Sitzung leer gewesen.

Die Büroräume von INTEC nahmen den gesamten Oberteil des Gebäudes ein, den Balken auf dem T mit seinen fünf Stockwerken sowie die sieben Stockwerke darunter. Erst ab da begann der an fremde Unternehmen oder vermögende Privatpersonen vermietete Teil des Turms. Ein zu großer Abstand, um irgendetwas von dem mitzubekommen, was in dem T-Balken geschah. Hoch über den Dächern Berlins hatte sich die INTEC-Elite gut vom Rest der Welt isoliert, so gut, dass der Killer keine Vorsicht walten lassen musste. MP-Salven und Sprengstoff – Rica hatte recht, das war wie bei Al Capone!

All das hatte der Killer gewusst. Er konnte ungeniert mit seiner MP5K herumballern und hatte dann noch Zeit genug, um den Safe zu plündern. Er musste sich in der INTEC-Zentrale gut ausgekannt haben, entweder aus persönlicher Anschauung oder auf Grund hervorragender Informationen. Ich suchte einen Artikel, den ich neben vielen anderen überflogen hatte, weil ich mich an eine bestimmte Stelle erinnerte. Ja, dort stand der bedenkenswerte Satz, den ich mit einem Rotstift unterstrich: »Das größte Rätsel bei dem mysteriösen Anschlag bildet die Frage, wie der Killer ungehindert in den streng abgeschirmten Überwachungsraum eindringen und den Wachmann töten konnte.«

»Und?«, fragte Rica, die mit zwei Tellern Spaghetti zum Tisch gekommen war. »Bist du dem Geheimnis auf der Spur?«

Ich schob die Unterlagen zur Seite und antwortete: »Für die offenbar problemlose Ausschaltung des Wachmanns gibt es nur eine logische Erklärung: Der Killer ist weder unbemerkt noch mit Gewalt in den Überwachungsraum eingedrungen. Im Gegenteil, der Wachmann hat ihn eingelassen. Ich habe gelesen, dass der Raum üblicherweise elektronisch verriegelt ist und nur durch einen täglich wechselnden Zahlencode geöffnet werden kann.«

»Dann hat der Wachmann seinen Mörder gekannt?«

»Eine andere Erklärung fällt mir nicht ein.«

»Du meinst, der Killer gehört zum Wachdienst?«

»Nicht zwangsläufig.« Ich lehnte mich auf der Ledercouch zurück, verschränkte die Hände hinter dem Kopf und ließ meinen Überlegungen freien Lauf. »Er kann auch ein Angestellter von INTEC gewesen sein. Gibt es ein Mitglied der Führungsspitze, das bei der Sitzung hätte anwesend sein müssen, es aber nicht war?«

»Ich weiß nicht. Das müsste ich recherchieren.«

»Das wäre hilfreich. Andererseits könnte der Mörder auch eine Art freier Mitarbeiter gewesen sein, zum Beispiel . . .«

»Ja?« fragte Rica und sah mich gespannt an.

»Ich.«

Es fiel mir nicht gerade leicht, mich selbst in den Kreis der Hauptverdächtigen einzureihen. Aber es brachte nichts, um den heißen Brei herumzureden. Wenn ich die Wahrheit herausfinden wollte, musste ich alle Möglichkeiten in Betracht ziehen, auch die schlimmste.

Ich verdrängte die düsteren Gedanken und machte mich über die dampfenden Spaghetti her, lehnte aber den von Rica angebotenen Chianti ab und zog ein Glas Mineralwasser vor. Die ganze Angelegenheit war schon verworren genug, da musste ich mir den Kopf nicht noch künstlich vernebeln.

Als Rica den Tisch abräumte, ging ich ins Schlafzimmer und holte mir vom Nachttisch die »Bärliner«-Nummer von Anfang August mit Ricas Artikel über Dr. Einar Kranz. Der SGB-Leiter war mir noch ein Buch mit sieben Siegeln. Irgendwie steckte er in der Geschichte drin, aber wie?

»Was ist mit diesem Bruder?«, fragte ich die aus der Küchenzeile zurückkehrende Rica.

»Arved Kranz?«

»Ja, du erwähnst ihn nur beiläufig: »Zu seinem jüngeren Bruder Arved, dessen Eintritt in die SGB ihm den Vorwurf der Vetternwirtschaft eingetragen hat, möchte Dr. Kranz nicht viel sagen. Mit Arveds Ausscheiden aus der SGB und seinem Weggang nach Brasilien sei die Angelegenheit für ihn erledigt, so Dr. Kranz.«

Rica lachte. »Als ich ihn auf Arved ansprach, war Kranz' gute Laune wie weggeblasen. Das war noch auf dem Schießstand, und er hat prompt eine Fahrkarte geschossen. Dabei wirkt er sonst gar nicht wie jemand, der sich leicht aus der Fassung bringen lässt. Aber es ist verständlich. Als er seinen Bruder in die SGB holte, hat die Presse wirklich von allen Seiten auf ihn eingeprügelt. Vetternwirtschaft und Seilschaft waren noch die netteren Vokabeln.«

»Hat dieser Arved Kranz die SGB deshalb wieder verlassen?«

»So munkelte man. Offiziell hieß es nur, er habe das Angebot eines großen Sicherheitsunternehmens angenommen, beim Aufbau einer brasilianischen Zweigstelle zu helfen, und scheide deshalb aus der SGB und aus dem Staatsdienst aus.«

»Wann war das?«

»Arved Kranz hat den Dienst zum 31. Juli quittiert.«

»Was hat er vorher gemacht?«

»Er war beim Bundesgrenzschutz, bevor sein Bruder ihn in die SGB holte. Die ganze Affäre war wohl eine ziemliche Enttäuschung für Dr. Kranz, der Arved zu seiner rechten Hand machen wollte. Diese Position hat jetzt Martin Knaup.«

»Der Mann mit dem roten Fleck auf der Wange. Ich möchte wissen, was er gestern Abend am Potsdamer Platz gesucht hat.«

»Dich vermutlich.« Rica legte einen Arm um meine Schultern und küsste mich auf die Wange. »Zum Glück war ich schneller.«

»Dann müssen Kranz und seine Leute zumindest geahnt haben, dass ich dorthin gehe.« Ich schwieg nachdenklich und fuhr dann leise fort: »Vielleicht stimmt es ja.«

»Was?«

»Dass der Täter zum Ort seiner Tat zurückkehrt. Vielleicht hat Dr. Kranz genau damit gerechnet und deshalb seine Leute in der Nähe des INTEC-Towers postiert.« Ich atmete schwer und seufzte aus tiefstem Herzen: »Scheiße!«

»Definier das bitte etwas näher«, sagte Rica. »Was genau findest du Scheiße?«

»Alles! Vermutlich bin ich der kaltblütigste Killer seit Jack the Ripper und kann mich an nichts erinnern. Hast du nicht Angst, mit mir allein zu sein?«

Sie bedachte mich mit einem verhaltenen Lächeln. »Inzwischen hättest du mich mehr als einmal umbringen können. Außerdem, was hättest du davon? Ich kann dir mit meinen vielfältigen Kontakten helfen. Tot nütze ich dir gar nichts.«

»Aber tot könntest du mich auch nicht verraten.«

»Bangemachen gilt nicht!«

Sie nahm mein Gesicht in ihre Hände und küsste mich auf den Mund. Als ich die fordernden Bewegungen ihrer Zunge spürte, fragte ich mich, ob sie der Gedanke, mit einem Massenmörder zu schlafen, erregte.

Als sie ihre Hände unter meinen Hosenbund schob, packte ich ihre Handgelenke und hielt sie fest. »Jetzt nicht, bitte!«

»Heute Vormittag warst du nicht so zurückhaltend«, schmollte Rica.

Ich zwang mich zu einem humorvollen Tonfall: »Wie sagte doch vorhin eine gewisse attraktive junge Dame zu mir? Erst die Arbeit, dann das Vergnügen! Was ist mit dem Konferenzraum, in dem der Mord geschah? Gibt es Aufnahmen?«

»Ein paar Polizeifotos, die an die Presse weitergegeben wurden. Willst du sie sehen?«

»Natürlich.«

Rica blätterte in dem Aktenordner und zog nach kurzem Suchen einen weißen Papierumschlag hervor, dem sie einen Satz Farbfotos entnahm. Mit geschickten Bewegungen breiteten ihre schlanken Hände die Fotos auf dem Tisch aus.

Es waren Bilder wie aus einem Horrorfilm, nur schlimmer, denn sie waren echt. Die Ermordeten lagen in ihrem Blut, teilweise in grotesker Körperhaltung. Eine blonde Frau um die fünfzig hing zur Seite geneigt auf ihrem Stuhl. Der Kopf war ihr auf die linke Schulter gefallen. Ihr Gesicht drückte das Entsetzen aus, das sie in den letzten Sekunden vor ihrem Tod befallen hatte. Aber noch etwas anderes las ich darin: eine Anklage.

Nein, sagte ich mir, das war bloß Einbildung. Die Frau und andere Gesichter auf den Fotos erinnerten mich an meinen Albtraum, an die anklagenden Blicke der Toten in ihrem Blut. Selbst die Fische waren auf den Fotos zu sehen. Einige lagen verreckt zwischen den Leichen, andere schwammen munter hinter Glas. Ein paar große Aquarien standen an den Wänden des Konferenzsaals. Einige waren unter den MP-Salven zersprungen. Das Wasser war ausgelaufen und hatte sich mit dem Blut vermischt. Tote Fische und tote Menschen, lebende Fische, anklagende Blicke. Alles wie in meinem Traum!

»Nein!« Erst als Rica mich entsetzt ansah, wurde mir bewusst, dass ich laut aufgeschrien hatte.

»Was hast du?«, fragte sie.

»Ich weiß es jetzt«, kam es kaum hörbar über meine Lippen, und ich tippte auf eins der Fotos. »Ich bin dort gewesen, bei den Toten!«

13

Die Buchstaben flimmerten vor meinen Augen, drohten zu einem unlesbaren Brei zu zerfließen. Es lag nicht an ihnen, sondern an mir und meinen überanstrengten Augen. Seit vielen – zu vielen – Stunden starrte ich auf Ricas Computermonitor, während meine Finger über die Tastatur flogen oder die Maus bedienten, um mehr herauszufinden über dieses schreckliche Wort: *Golem*.

Je tiefer ich in die Materie eindrang, desto verwirrender fand ich alles. Kein konkreter Hinweis auf das, was der Wächter bei meiner Flucht aus Dr. Ambeus' Klinik gemeint haben könnte, nur mythologische und philosophische Abhandlungen. Derzeit steckte ich mitten in einem schwer verdaulichen Text, der den Golem mit dem ersten Menschen in Beziehung setzte, mit Adam. Demnach war Adam aus dem kosmischen Riesengolem zur menschlichen Gestalt reduziert worden, der Golem aber strebte die Rückkehr zu Adams ursprünglicher Gestalt an. Was sollte mir das sagen?

Enttäuscht und erschöpft wandte ich mich vom Monitor ab und schwang mich auf dem Drehstuhl herum. Erst jetzt wurde mir bewusst, wie finster es geworden war. Die Wohnung lag im Halbdunkel, nur erhellt von dem flimmernden Bildschirm und vom Licht des abendlichen Berlins, das durch die großen Fenster hereinfiel. Die verschwimmenden Konturen verliehen dem Raum eine eigenartige Wirkung. Wie eine fremde Welt, die sich vor mir ausbreitete und die es zu erforschen galt. Dunkel und geheimnisvoll wie meine eigene Vergangenheit.

Während ich in das Zwielicht starrte, wurde mir kalt in meinem T-Shirt. Ich fühlte mich einsam und vermisste Rica, die ich seit dem Vormittag, als sie in die Redaktion gefahren war, nicht mehr gesehen hatte. Dies war erst mein zweiter Tag bei ihr, und doch fühlte ich mich ihr eng verbunden. Es war ein ähnliches Gefühl, wie ich es für Max gehegt hatte, und ich schämte mich dafür.

Ich kam mir wie ein Betrüger vor oder wie ein Vampir, der die Zuwendung anderer Menschen brauchte wie der klassische Filmvampir das Blut. Meine Zuneigung, für Max wie auch für Rica, konnte nicht echt sein, wenn sie so schnell wechselte. Vor mir selbst gestand ich ein, dass es eigentlich egal war, wer mir das Gefühl von Nähe und Wärme vermittelte. Wichtig war nur, dass es jemanden gab, der mir all die Menschen ersetzte, die ich zusammen mit meiner Erinnerung verloren hatte: Vater und Mutter, Verwandte und Freunde, eine Frau oder eine Geliebte vielleicht. So allein, wie ich war, war mir fast jeder Mensch willkommen.

Andererseits: War dieser Robert Fuchs, der ich zu sein glaubte, ein Mensch, der Wert auf zwischenmenschliche Kontakte legte?

Das war eine Frage, die mich unablässig quälte. Falls es mir tatsächlich gelang, meine Erinnerung zurückzuerhalten, würde ich vielleicht mehr verlieren als gewinnen. Es schien mir, als wohnten in mir zwei verschiedene Persönlichkeiten, die um die Vorherrschaft stritten. Jekyll und Hyde. Erhellendes Licht konnte erst dann auf mich fallen, wenn es zu spät zur Umkehr war, wenn ich wieder im Besitz meiner Erinnerung und meines wahren Ichs war.

Was Rica betraf, versuchte ich mich mit der Überlegung zu beruhigen, dass jeder Mensch ein Betrüger und ein Vampir war, wenn auch mit unterschiedlicher Intensität. Im tagtäglichen Spiel namens Leben musste man den anderen etwas vormachen, um seine Ziele zu erreichen und seine Selbstachtung nicht preiszugeben. Und man musste aus seinen Beziehungen zu anderen Menschen das heraussaugen, was man selbst zum Überleben brauchte, ob es nun einfach Zuneigung war, Anerkennung oder Bewunderung, Sex oder Geld.

Bei Rica waren es neben der Zuneigung und dem Sex ihre beruflichen Möglichkeiten. Als Redakteurin beim »Bärliner« hatte sie Recherchemöglichkeiten, die mir verwehrt waren. Und einen weiteren unschätzbaren Vorteil konnte sie für sich verbuchen: Sie konnte sich frei bewegen, ohne von schießwütigen Fremden gejagt zu werden.

Auch wenn ich mich nach ihrer Nähe sehnte, nach dem Duft ihres Parfüms und nach ihrer warmen Haut, war ich ihr nicht böse, dass sie mich den ganzen Tag allein ließ. Sie tat es zwar in erster Linie für ihre Exklusiv-Story, aber damit tat sie es auch für mich. Rica wollte Kontakte knüpfen und Hintergründe recherchieren. Vielleicht war sie schon einen entscheidenden Schritt weitergekommen!

Ich erhob mich von der Lederpolsterung des Drehstuhls, um mir etwas Warmes überzuziehen. Mein Blick fiel nach draußen, wo die tausend Augen erleuchteter Fenster die Spree säumten. Die Arbeit am Osthafen war längst beendet, und der ganze Fluss lag verlassen unter mir. Er regnete wieder oder noch immer, ich wusste es nicht. Der ganze Tag war trüb, stürmisch und nass gewesen, jeder Blick aus dem Fenster so deprimierend wie ein Wim-Wenders-Film.

Auf dem Weg zum Schlafzimmer, wo mein Hemd lag, hielt ich an, alarmiert durch ein Geräusch. Es war nur ein leises Kratzen, das fast verschluckt wurde vom Trommeln des Regens gegen die Fenster und von dem konstanten Summen, mit dem die Luftkühlung des Computers schon seit Stunden den Raum erfüllte. Trotzdem war ich auf einen Schlag hellwach und starrte zur Wohnungstür.

Mein sechster Sinn kam mir zu Hilfe. Ich sah dort drei Gestalten stehen. Zwei hielten unverkennbar Schusswaffen in den Händen. Der Dritte nahm eine gebückte Haltung ein und machte sich an der Tür zu schaffen. Jetzt stand er auf und griff dabei nach einem großen zylinderförmigen Gegenstand, der am Boden lag. Eine Ramme!

Mir blieben nur Sekunden, bis er die Tür aufgebrochen hatte. Rica hatte mir zwar die Patronen für den Smith & Wesson zurückgegeben, aber der Revolver lag auf dem Nachttisch im Schlafzimmer. Die Zeit war zu knapp, um meine Waffe zu holen. Ich sprang hinter ein hölzernes Bücherregal, das als Raumteiler neben der Wohnungstür stand.

Fast gleichzeitig erfüllte ein Krachen den Raum, und die Tür flog nach innen. Aus dem Vorraum, der zwischen Lift und Wohnung lag, fiel das Licht der Deckenlampe herein. Zwei Männer, die schusssichere Westen über den Jacken trugen, stürmten die Wohnung. Der eine war mit einer Pump-Gun bewaffnet, der andere hielt eine Automatik im Beidhandanschlag. Ein Stoß von mir, und das Bücherregal begrub die beiden unter sich.

In der gewaltsam geöffneten Tür erschien der dritte Mann, der die Ramme bedient hatte. Jetzt hatte er sie gegen eine Pistole ausgetauscht. Auch er trug eine dunkle Schutzweste über dem grauen Jackett. Sein kantiges Gesicht wurde auf der linken Wange von einem runden Feuermal verunstaltet.

Martin Knaup hob die Hand mit der Pistole hoch, aber zu spät. Ich sprang ihn an und riss ihn zu Boden. Keuchend rangen wir um seine Waffe. Mein Puls raste, und mein Herz schlug bis zum Hals. Ich musste nicht nur gegen Dr. Kranz' rechte Hand kämpfen, sondern auch gegen die Zeit. Noch lagen Knaups Begleiter stöhnend unter dem Regal am Boden, aber das konnte sich ändern. Außerdem musste ich damit rechnen, dass die drei nicht die einzigen SGB-Leute vor Ort waren.

Knaup war ein Kraftpaket, und seine Stärke paarte sich mit Schnelligkeit. Er rammte mir sein Knie in die Seite, und ein stechender Schmerz fuhr durch meinen ganzen Körper, so heftig, dass ich für eine Sekunde an nichts anderes denken konnte. Das genügte Knaup, um sich von mir zu lösen, aufzuspringen und seine Pistole auf mich zu richten, eine österreichische Glock 17.

»Ende der Vorstellung!«, keuchte er. »Du hattest sowieso keine Chance gegen . . .«

Mein rechtes Bein schnellte hoch, und meine Fußspitze traf seine Waffenhand. Die ruckte nach oben, ein Schuss löste sich und schlug in die Decke. Putz rieselte herab. Meine Beine schlossen sich scherenartig um Knaups Unterschenkel, und ich brachte ihn abermals zu Fall. Er wollte sich über die linke Schulter abrollen, landete aber unglücklich, wie ich an einem unterdrückten Schmerzenslaut erkannte.

Schon war ich über ihm und rammte ihm meine geballte Rechte ins Gesicht. Sein Kopf flog zur Seite, der linke Mundwinkel platzte auf und ein dünner Blutfaden rann ihm über Kinn und Hals. Zwei Sekunden später hatte ich die Glock an mich gebracht und sprang auf.

Von der engen Treppe neben dem Fahrstuhlschacht drangen schnelle Schrittgeräusche zu mir herauf. Dieser Weg war also für mich versperrt und der Aufzug verbot sich ebenfalls. Er konnte zu leicht zur Falle werden. Mir blieb nur ein Fluchtweg: die Treppe nach oben.

Über Ricas Wohnung befand sich ein geräumiger Dachboden, der sich über die gesamte Gebäudefläche erstreckte. Er diente als Abstellraum. Von Spinnweben und dickem Staub überzogen, erinnerte er mich an die Kulissenhalle in Max' Theater. In dem schwachen Licht, das durch die kleinen Oberlichter einfiel, sah ich die Umrisse alter Möbel und mit Gerümpel gefüllter Umzugskartons. Die abgestandene, trockene Luft kitzelte meine Nase und brachte mich zum Niesen. Unter mir hörte ich Stimmen und Schritte. Die SGB-Männer kamen mir nach, waren schon auf der Treppe.

Ich fand, was ich gesucht hatte: den Aufgang zum flachen Dach des ehemaligen Lagerhauses. Man konnte die wacklige Holzkonstruktion kaum eine Treppe nennen. Ich stieg hinauf und stieß oben gegen eine geschlossene Holzklappe. Erst als ich die erbeutete Glock in eine Hosentasche steckte und beide Hände frei hatte, konnte ich die Klappe aufstoßen und aufs Dach steigen.

Kalter Wind schlug mir entgegen und trieb mir dicke Regentropfen mit solcher Gewalt ins Gesicht, dass es wehtat. Hastig schlug ich die Klappe wieder zu und hoffte, meine Verfolger dadurch zumindest für ein paar wertvolle Sekunden über meinen Verbleib im Unklaren zu lassen. Mein Blick glitt über die dunkle Fläche des Daches bis zum Rand. Links von mir, an der dem Fluss zugewandten Gebäudeseite, sah ich das abgerundete Ende einer Feuerleiter, und ich lief darauf zu.

Hinter mir ertönte ein Klappern. Die Luke flog auf, als ich mich der rostigen Leiter anvertraute. Es gab keinen anderen Fluchtweg. Gerade hatte ich die Glock gezogen, da tauchte ein Kopf in dem Durchstieg auf. Ich schoss und dicht über dem SGB-Mann wurde ein ansehnliches Stück Holz aus der Klappe gerissen. Ich hörte einen Fluch, und der Kopf verschwand wieder in der Versenkung. Das war für mich der Augenblick, die Pistole wegzustecken und den Abstieg zu beginnen.

Das Mistwetter machte mir die Sache nicht unbedingt leichter. Das Eisengestell der Leiter war kalt und glitschig. Zweimal wäre ich beinah abgerutscht und in die Tiefe gestürzt. Was mich unten erwartete, konnte ich nicht feststellen. Der Boden lag im Dunkeln und ließ nur die groben Umrisse von Kisten und Fässern erkennen. Wenn sich dort einer von Knaups Männern versteckt hielt, sah es für mich schlecht aus.

Doch die drängendere Gefahr kam von oben. Eine Erschütterung der Leiter ließ mich auf der Höhe des zweiten Stocks innehalten und hochsehen. Ich sah die Umrisse meiner Verfolger. Einer wollte auf die Feuerleiter steigen. Noch einmal setzte ich die Glock ein und der Schuss trieb den vorwitzigen SGB-Mann zurück über die Dachumrandung. Er und seine Begleiter warfen sich aufs Dach und verschwanden aus meinem Blickfeld.

Falls Knaup einige Männer zu ebener Erde postiert hatte, mussten sie spätestens durch die Schüsse auf mich aufmerksam geworden sein. Ich kletterte noch schneller und nahm die Gefahr eines Absturzes in Kauf. Die letzten Meter überwand ich mit einem riskanten Sprung. Ich landete auf den Füßen, rollte mich über den nassen, schmutzigen Boden ab und nahm ein paar bauchige, schulterhohe Fässer als Deckung. Modergeruch schlug mir entgegen und raubte mir fast den Atem.

Mein hastiger Absprung erwies sich als richtig. Zwei Männer kamen, Maschinenpistole und Pump-Gun im Anschlag, im Laufschritt um die Ecke. Sie blieben stehen und sahen sich suchend um. Die Fässer schützten mich vor der Entdeckung.

»Er muss irgendwo da unten sein!«, erscholl es über mir, wo mehrere SGB-Männer über die Feuerleiter nach unten kletterten. »Findet ihn, verflucht!«

Diese leicht abgehackte Sprechweise – ich glaubte, Knaups Stimme zu erkennen.

Meine Entscheidung war schnell gefasst: Ich musste von hier verschwinden, bevor die beiden Typen vor mir durch Knaup und die anderen Verstärkung erhielten.

Als die beiden mir den Rücken zukehrten, wagte ich mich aus meinem Versteck hervor und kroch im Schatten der Gebäudewand von ihnen weg. Ein Kistenstapel bot mir weitere Deckung. An ihm entlang schlich ich bis zu einem Drahtzaun, der das Gelände des Osthafens umschloss. Rechts von mir gab es eine Lücke im Zaun, wie mit einer Drahtschere herausgeschnitten. Irgendjemand hatte sich hier einen Weg zum Hafen gebahnt, vielleicht aus Jux oder um dort lange Finger zu machen. Warum auch immer, mir kam das Loch sehr gelegen.

Weniger gelegen kam mir allerdings der scharfe Ruf, als ich gerade unter dem Zaun hindurchkroch: »Da ist er, am Hafenzaun. Los, schnappt ihn euch!«

Ich zwängte mich schnell durch die enge Lücke und zerriss dabei mein T-Shirt. Stolpernd erhob ich mich und rannte los, auf eine Reihe flacher Baracken zu. Ohne mich umzusehen, wusste ich, dass Knaups Leute mir aufs Hafengelände folgten. Der Drahtzaun schepperte leise.

Endlich erreichte ich die im Dunkeln liegenden Baracken, die vermutlich Büros oder Aufenthaltsräume für die Hafenarbeiter enthielten. Versuchsweise drückte ich gegen eine Tür, vergebens. Wahrscheinlich waren sämtliche Gebäude verschlossen. Ein gewaltsames Eindringen hätte meinen Aufenthaltsort verraten. Ich zog mich in einen schmalen, finsteren Durchgang zwischen zwei Baracken zurück und hoffte, dicht an den Boden gekauert, dass die anderen mich hier nicht entdeckten. Für den Fall, dass meine Hoffnung vergebens war, hielt ich die Glock-Automatik schussbereit in der Rechten.

Der Regen trommelte so laut auf die Wellblechdächer der Baracken, dass ich kaum etwas anderes hörte. Vielleicht hatte ich mein Versteck doch nicht so klug gewählt. Aber jetzt war es zu spät, um es mir anders zu überlegen. Ich sah die SGB-Leute zwar nicht, nahm aber an, dass sie sich auf die Baracken zubewegten. Ich hoffte, dass sie mich in der Düsternis des engen Durchgangs übersahen und glaubten, ich hätte mich längst abgesetzt.

Jetzt, wo ich ruhig da lag, kroch die Kälte in meine Glieder und machte sich in mir breit. Ich war ihr wehrloses Opfer. Jede Bewegung, die mich hätte wärmen können, konnte mich zugleich verraten. Also lag ich still in Nässe und Kälte und wartete. Hin und wieder wechselte ich die Glock von einer Hand in die andere, um wenigstens die Finger der jeweils freien Hand zu bewegen. Wenn sie steif wurden, konnte ich mich nicht auf die Pistole verlassen.

Zum ersten Mal seit dem Auftauchen der Polizisten vor Ricas Wohnung hatte ich Zeit, darüber nachzudenken, wie sie mich wohl aufgespürt hatten. Die Erklärung, die mir zuerst einfiel, wollte mir gar nicht gefallen: Vielleicht hatte Rica mich verpfiffen. Aber dann hätte sie sich ihrer hübschen Exklusiv-Story beraubt. Natürlich war es möglich, dass sie mit Kranz eine ähnliche Abmachung getroffen hatte, zu meinem Nachteil.

Ich empfand es als unfair, Rica zu verdächtigen. Es musste eine andere Erklärung geben. Die Videokamera am Hofeingang vielleicht. War mein Gesicht doch aufgenommen worden, und war die Aufnahme dem SGB in die Hände gekommen? Möglich, aber sehr, sehr unwahrscheinlich.

Und dann glaubte ich es zu wissen: Die Tiefgarage am Potsdamer Platz! Dort gab es mit Sicherheit Überwachungskameras wie in jedem großen Parkhaus. Vielleicht war ich dort gefilmt worden. Vielleicht hatten die Kameras aber auch nur Ricas Chrysler aufgenommen, der im Hell-Drivers-Stil durch die Garage jagte. Wenn die SGB-Leute nicht dumm waren, hatten sie die Aufnahmen der fraglichen Zeit überprüft. Und falls Ricas Kennzeichen auf dem Videofilm zu erkennen war, bedurfte es nur noch einer Halteranfrage beim Straßenverkehrsamt. Wie dumm von mir, dass ich nicht früher daran gedacht hatte. Mich bei Rica in Sicherheit zu wiegen, war Leichtsinn gewesen, grobe Fahrlässigkeit!

Die Regentropfen schlugen auf mich ein und zerplatzten vor mir am Boden. Immer mehr Pfützen entstanden, wurden größer. Unter diesem Aspekt hatte ich mir ein schlechtes Versteck gewählt. Bald lag ich mit dem Oberkörper in einer einzigen großen Lache. Es war so unangenehm, dass ich schließlich darüber nachdachte, meine Position zu verändern. In diesem Augenblick hörte ich Schritte, dann zwei Stimmen:

»... der Kerl bloß? Als hätte er sich in Luft aufgelöst.«

»... dunkel ...«

»... sollten Unterstützung anfordern ... Hubschrauber mit Suchscheinwerfern ...«

»... andere Befehle ... unter uns bleiben ...«

»Verfluchter Auftrag! Ich könnte mir bei dem Sauwetter was Schöneres vorstellen.«

Die Schritte wurden lauter und hörten sich auf dem nassen Asphalt wie ein widerhallendes Patschen an. Und dann sah ich die weißlich fluoreszierenden Umrisse der beiden, obwohl eine Barackenecke zwischen ihnen und mir lag. Noch einmal krümmte ich die Finger der rechten Hand, um ihre Beweglichkeit zu prüfen, dann wechselte ich die Automatik von links nach rechts und stützte die Schusshand mit der Linken ab. Die Mündung wies auf die Stelle, wo die beiden Männer erscheinen mussten.

Sie traten hinter der Ecke hervor. Der erste mit einer Pump-Gun, der zweite mit einer kleinen Maschinenpistole. Es waren die beiden, vor denen ich mich vorhin zwischen den Fässern verborgen hatte.

Diesmal hatte ich nicht soviel Glück. Der Typ mit der Pump-

Gun erstarrte für einen winzigen Moment, dann ging ein Ruck durch seinen Körper, und er richtete seine klobige Waffe auf mich.

»Er liegt da am Boden, zwischen den Barack...«

Der Rest seines Ausrufs ging in der Detonation meines Schusses unter. Ganz bewusst hatte ich auf seine Beine gezielt. Erstens konnte es mir kaum nützen, einen Polizisten zu töten. Zweitens waren die Beine angesichts seiner schusssicheren Weste das lohnendere Ziel. Der Mann knickte ein und fiel dem anderen vor die Füße. Die Pump-Gun schlug auf den Boden und ging mit einem Höllenlärm los. Die Schrotladung atomisierte eine Fensterscheibe.

Ich sah es nicht, aber ich hörte es klirren. Denn während der Mann zusammenbrach, sprang ich auf und rannte geduckt und im Zickzack in die Dunkelheit hinein. Mein linker Fuß war eingeschlafen und sandte bei jedem Schritt den Schmerz von tausend kleinen Stichen aus. Ich ignorierte es und lief weiter. Hinter mir ertönte das trockene Knattern einer MP, und die Kugeln rissen dicht neben mir den Boden auf. Dann verschwand ich hinter einem riesigen Kieshaufen.

In der Deckung des Kieshaufens blieb ich stehen und sah mich um. Hinter mir lagen die Baracken. Dorthin konnte ich nicht zurückkehren. Knaup und seine restlichen Leute hätten komplett taub sein müssen, um die Schüsse zu überhören. Vor mir ragte eine Steinmauer auf, so hoch und glatt, dass sie weder eine Deckung noch eine Fluchtmöglichkeit bot. Rechts standen auf einem beleuchteten Parkplatz Lastwagen, Zugmaschinen und Frachtauflieger. Links war die Spree, gesäumt von Anlegestellen und Verladekränen.

Ich nahm auf dem Parkplatz eine Bewegung wahr und hörte Geräusche, wie leise Schritte. Zwei Männer mit schussbereiten Waffen hielten sich in der Deckung eines Frachtaufliegers, aber ich sah sie trotzdem. Mein sechster Sinn.

Also zum Fluss!

Ich spurtete los und sah mich nicht ein einziges Mal um. Hinter mir ertönten Schritte und Rufe, dann Schüsse. Zwei-, dreimal flogen die Kugeln knapp an mir vorbei. Als ich durch den Lichtschein einer Bogenlampe lief, hätten sie mich erwischen müssen. Aber wieder verfehlte mich eine MP-Salve, und vor mir spritzten die Kugeln in den nassen Schotterboden. Ich verstand ihre Taktik: Sie trieben mich in die Enge, und dann bekamen sie mich lebend.

Vor mir lagen der Fluss und ein langer Steg mit mehreren Abzweigungen, an denen größere und kleinere Kähne vertäut waren. Ich lief über die von Lampen gesäumten Bohlen auf den Steg hinaus, verfolgt von den SGB-Leuten. Sie hatten das Feuer eingestellt, glaubten sich meiner sicher.

Triumphierend erscholl Knaups Stimme: »Gleich ist er am Ende des Stegs, dann gehört er uns!«

Das war der Augenblick, in dem ich kopfüber in den Fluss sprang. Und ich hoffte, dass ich nicht nur in meinen Alpträumen schwimmen konnte wie ein Fisch.

14

Das Telefon klingelte lange, bis jemand abnahm und eine kratzige Männerstimme sagte: »›Bärliner‹, Lokalredaktion, Sallmann.«

»Holen Sie bitte Frau Aden an Ihren Apparat!«

»Frau Aden hat einen eigenen Anschluss. Einen Moment, ich stelle Sie zu ihr . . .«

»Nein, das will ich nicht! Gehen Sie zu ihr und holen Sie Rica an Ihren Apparat!«

»Was soll denn das?« Sallmann klang genervt. »Glauben Sie, ich habe nichts anderes zu tun als den Boten für Sie zu spielen? Wer sind Sie überhaupt?«

»Ein Informant. Und wenn Sie Rica nicht gleich an Ihren Apparat holen, geht dem ›Bärliner‹ einen Bomben-Story flöten, Herr Sallmann!«

Kurzes Zögern, dann ein gepresstes »Na gut, ich seh mal nach«.

Ein Klacken zeigte an, dass Sallmann den Hörer auf den Tisch legte. Leise Bürogeräusche kamen durch die Leitung. Unverständliche Gesprächsfetzen, das monotone Klappern einer Tastatur, das Klingeln eines Telefons, Schritte.

Wieder klackte es in der Leitung, Atemgeräusche, dann eine Frauenstimme: »Ja?«

»Rica?«

»Ja, wer ist denn dort?«

»Ich hoffe, du hast meine Stimme noch nicht vergessen. Nenn keinen Namen!«

»J-ja, ich erkenne deine Stimme. Wo steckst du?«

»Unwichtig. Kann uns jemand hören?«

»Nein.«

»Wirst du überwacht?«

»Ich denke es, bin aber nicht sicher.«

»Wahrscheinlich ist es so. Du musst sie abschütteln, Rica, egal wie! Dann besorg dir einen anderen Wagen, aber miete keinen auf deinen Namen. Mach es über Freunde oder die Redaktion. Und eine Waffe.«

»Was?«

»Am besten eine Automatik mit Ersatzmagazinen. Du wirst schon wissen, wie man an so was rankommt. Wir treffen uns draußen in Potsdam am Park Sanssouci. Auf der Fahrt hast du ausreichend Gelegenheit zu checken, ob dir jemand folgt. Wenn du hinter dem Schloss zur Mühle und zum Informationszentrum fährst, kommt ein großer Parkplatz.«

»Kenne ich«, sagte Rica. »Wo sie den Touristen Würstchen und Eis verkaufen.«

»Exakt. Da parkst du heute Nachmittag um vier. Von dort gehst du zum Ruinenberg.«

»Und dann?«

»Ich melde mich. Und dein Kollege, dieser Sallmann, soll das Maul halten!«

»Wird nicht leicht werden. Er ist . . .«

Klack.

Rica sprach in eine tote Leitung.

Es war Ende September und ein Wetter wie im April. Kurze, heftige Schauer prasselten auf Potsdam herunter. Der Wind trieb die dunklen Wolkenbänke weiter, und bald darauf fielen wärmende Sonnenstrahlen auf den noch nassen Boden. Die Grasflächen von Sanssouci dampften, und die Touristen streiften die Regenjacken ab, unter denen viele kurze Hosen und T-Shirts trugen.

Sonnenbrillen wurden aufgesetzt und Schirme zusammengefaltet, als der grüne Opel Agila auf den Parkplatz rollte. Der kleine Fünftürer hielt zwischen einem Beetle und einer Astra-Limousine. Die Fahrerin stieg aus, kniff die Augen zum Schutz gegen die blendende Sonne zusammen und sah sich suchend um. Zweimal drehte sie sich im Kreis und betrachtete Fahrzeuge, Menschen und Verkaufsbuden, bevor sie die große Umhängetasche von der Rückbank nahm, den Wagen abschloss und eine Sonnenbrille aus einer Tasche ihrer ausgebleichten Jeansjacke zog.

Die meisten Touristen wandten sich vom Parkplatz aus in südöstlicher Richtung, wo Schloss Sanssouci lag. Rica Aden aber ging nach einem kurzen Blick auf eine zerknitterte Faltkarte am Besucherzentrum vorbei nach Norden und beschritt einen schmalen Waldweg. Sie stieß einen leisen Fluch aus, als ihre hellen Freizeitschuhe im Matsch einsanken. Dunkle Flecke verunzierten das helle Leder.

Sie überquerte die Bornstedter Straße, die zum gleichnamigen See führte, und erstieg die sanfte Anhöhe des Ruinenbergs, dessen Name ein wenig hochtrabend war. Eigentlich handelte es sich um einen begrünten Hügel, auf dessen Kuppe sich die Nachbauten antiker Ruinen und Säulen erhoben. Rica begegnete einem älteren Mann, der von den Ruinen herunterkam und hin und wieder stehen blieb, um die Anlage aus einem anderen Blickwinkel zu fotografieren. Auch sie selbst hielt mehrmals an und tat, als genieße sie die Aussicht. In Wahrheit sah sie sich nach möglichen Verfolgern um.

Kurz vor der Hügelkuppe wurde sie von einem Rascheln im Gebüsch erschreckt. Eine Gestalt sprang hinter ihr auf den Weg und umschlang ihren Hals mit dem linken Arm. Gleichzeitig bohrte sich etwas Hartes in ihren Rücken.

Mein heißer Atem schlug ihr in den Nacken. »Wehr dich nicht, Rica, sonst schieße ich!«

Widerstandslos ließ sie sich ins Unterholz ziehen, ohne dass ich meinen Griff lockerte.

»Hast du die Waffe?«

Sie brachte ein krächzendes »Ja« hervor.

»Wo?«

»In der Tasche.«

Ich ließ das rostige Rohrstück fallen, das ich Rica in den Rücken gepresst hatte, riss die Tasche von ihrer Schulter und öffnete sie. Sofort erkannte ich die schwarzen Umrisse einer Automatik nebst drei Ersatzmagazinen. Ich griff nach der Waffe, die ungewöhnlich klein war. Eine sowjetische PSM, in den Achtzigerjahren von der DDR als Offizierswaffe für NVA und Volkspolizei angeschafft.

In einer fließenden Bewegung lud ich die zierliche Pistole durch und entsicherte sie, die Mündung zeigte auf Rica.

»Bist du verrückt?«, fuhr sie mich an.

»Wie kann ich das wissen? Jedenfalls bin ich vorsichtig. Falls du Kranz und seinen Schützenverein mitgebracht hast, kriegst du die erste Kugel ab. Und denk gar nicht erst daran, ein paar erholsame Tage im Krankenhaus zu riskieren. Die unscheinbaren kleinen Patronen in diesem Ding haben eine hohe Durchschlagskraft. Aus nächster Nähe abgeschossen, machen sie Mus aus deinen Innereien.«

Rica atmete tief durch, strich eine dicke Haarsträhne aus ihrem Gesicht und öffnete die Lippen zu einer Mischung aus Lächeln und Zähnefletschen. »Mich freut es auch sehr, dich wieder zu sehen. Zumal ich bis zu deinem Anruf heute Vormittag nicht wusste, ob du noch lebst. Dr. Kranz lässt die ganze Spree nach deiner Leiche absuchen.«

»Woher weißt du das?«

»Er hat es mir erzählt. Ich durfte die halbe Nacht bei der SGB verbringen.«

Ich sagte nichts, sondern lauschte auf die Schritte möglicher Verfolger. Nichts. Seit ihrer Ankunft auf dem Parkplatz hatte ich Rica beobachtet und war ihr heimlich durchs Unterholz gefolgt. Keine Spur von der SGB. Seit der Hobbyfotograf von der Ruine gekommen war, schienen wir beide hier oben allein zu sein.

Ich senkte den Lauf der PSM und sicherte die Waffe, behielt sie aber in der Hand. Ich war sehr froh über die alte sowjetische Offizierspistole. Die Glock, die ich Knaup abgenommen hatte, war bei meinem nächtlichen Bad in der Spree verloren gegangen. Und das rostige Stück Rohr war keine Waffe, die einen Gegner auf die Dauer beeindrucken konnte.

»Dort drüben ist eine Bank«, sagte ich und zeigte nach Osten. »Ein lauschiges Plätzchen, gut von Bäumen und Büschen abgeschirmt.«

Als wir zu der Bank kamen, fragte Rica: »Hast du hier mit deinen Freundinnen gesessen und mit ihnen den romantischen Sonnenuntergang bestaunt?«

»Keine Ahnung, mal wieder«, antwortete ich. »Ich weiß nur, dass ich mich hier gut auskenne.«

Mit einem Taschentuch reinigte ich die Bank von den Resten des Regens, so gut es ging, und wir setzten uns. Der Blick ging nach Süden, auf Sanssouci hinunter. Dächer und Kuppeln glänzten im Sonnenlicht wie ein Bild aus einem Märchenbuch. Weiter rechts drehte die Mühle zur Freude der Touristen ihre großen Flügel im Wind. Rica hatte Recht, es war wirklich ein romantischer Ort.

Sie warf einen missmutigen Blick auf die Waffe. »Kannst du dein Spielzeug nicht wegstecken? Hat mich zwar 'ne Stange Geld gekostet, aber deshalb muss ich es nicht dauernd vor Augen haben.«

Ich steckte die Waffe, ohne sie zu entladen, in eine Außentasche der Popelinejacke. Die Jacke, die helle Jeanshose, die Wildlederschuhe, alles, was ich am Leib trug, hatte ich einem glücklichen Zufall zu verdanken. Nachdem ich lange durch die kalte Spree geschwommen und getaucht war, hatte ich mich schließlich erschöpft an Land gezogen. Gott sei Dank hatte ich mich als ein hervorragender Schwimmer erwiesen. Vollkommen durchnässt, schlich ich durch die Straßen und sah einen Wagen mit Celler Kennzeichen vor einer Pension halten. Der Fahrer ging ins Haus, wohl um nach einem Zimmer für die Nacht zu fragen. Und er ließ den Wagen unverriegelt stehen. Ich schnappte mir die große Reisetasche vom Rücksitz und öffnete das Handschuhfach, wo einiges an Münzgeld lag, um Parkuhren und -automaten zu füttern. Jetzt gehörte es mir, genauso wie die Kleidung des Fremden, die ich mir in einem dunklen Hinterhof angezogen hatte. Die Sachen waren ein wenig knapp, aber es ging gerade noch. Nur die Schuhe drückten.

»Wie bist du hergekommen?«, fragte Rica.

»Mit der S-Bahn nach Potsdam und dann mit der Straßenbahn. Und du, woher hast du den kleinen Opel?«

»Er gehört Sallmanns Schwester Sylvia. Sie sonnt sich zur Zeit auf Kreta, und Sallmann passt auf ihre Wohnung und ihren Wagen auf. Das heißt, jetzt passe ich auf beides auf.«

»Sehr gut«, sagte ich zufrieden. »In deine Wohnung kann ich nicht zurück. Hat Sallmann lästige Fragen gestellt?«

»Was glaubst du wohl? Er ist Journalist! Ich habe ihn mit ein paar fadenscheinigen Erklärungen abgewimmelt. Aber ich musste ihm versprechen, meine große Story mit ihm zu teilen. Passt mir gar nicht!«

»Was weiß er von deiner *großen Story*?«

»Nichts Konkretes.«

»Ahnt er, dass die SGB in der Sache drinsteckt?«

»Ich glaube, nicht. Kranz und Co. haben mich vor meiner Wohnung abgefangen. Den Kollegen habe ich nichts erzählt. Trotzdem könnten sie Wind von der Sache kriegen.«

»Und Kranz?«, fragte ich gespannt. »Wie hat er mich gefunden?«

»Eine gute Frage, die ich ihm auch gestellt habe. Leider wollte er sie nicht beantworten. Ich nehme an, er hat die Videobänder aus der Tiefgarage am Potsdamer Platz auswerten lassen und gesehen, wie du in meinen Wagen steigst.«

Ich stimmte ihr zu und fragte: »Was weiß Kranz?«

»Das hat er mir nicht auf die Nase gebunden. Aber er war ziemlich sauer und hat versucht, mich massiv unter Druck zu setzen. Er faselte etwas von Beihilfe und Mittäterschaft und von schwer wiegenden Folgen, die das für mich haben würde. Sollte ich mich aber kooperativ zeigen, na ja, das übliche Bullengequatsche.«

»Hast du dich kooperativ gezeigt?«

Rica erwiderte meinen forschenden Blick mit unbewegter Miene. »Was glaubst du?«

»Da du hier neben mir sitzt und nicht in U-Haft, musst du Kranz irgendwie rumgekriegt haben.«

»Ich habe ihm eine wilde Geschichte erzählt, eine Mischung aus Facts und Fiction. Zunächst einmal habe ich ihm gesagt, ich hätte keine Ahnung, wer du bist. Du hättest mich durch einen Anruf in die Tiefgarage am Potsdamer Platz bestellt, um mir wichtige Informationen zukommen zu lassen. Du hättest als Gegenleistung aber so viel Geld von mir gefordert, dass ich einige Tage benötigte, um die Summe aufzubringen. Während der Zeit hätte ich dich auf deinen Wunsch bei mir versteckt.«

Ungläubig starrte ich Rica an. »Das hat Kranz dir wirklich abgekauft?«

»Keine Ahnung. Vielleicht hat er Zweifel, aber er kann mir nichts beweisen.«

»Und worüber wollte ich dir Informationen liefern?«

»Über das Massaker im INTEC-Tower.«

»Wie hat Kranz darauf reagiert?«

»Er hat keine Miene verzogen und wollte wissen, was du mir über den Mordfall erzählt hast. Ich habe gesagt, du hättest den Mund kaum aufbekommen, hättest nur etwas von einem Golem gefaselt. Ich dachte, ich gebe ihm ein bisschen was zu knabbern für den Fall, dass er deine Golem-Notizen findet. Was auch geschehen ist. Kranz' Leute haben meine Wohnung auf den Kopf gestellt.«

»Ja, die Notizen sind weg«, sagte ich. »Aber was soll's? Diese Golem-Geschichte scheint mir sowieso eine Sackgasse zu sein.«

»Das würde ich nicht sagen«, erwiderte Rica zu meinem Erstaunen. »Meine gestrigen Recherchen haben mich auf eine interessante Spur gebracht.«

15

Berlin stellte seinen Ruf als eine der staufreudigsten Metropolen Europas einmal mehr unter Beweis. Als wir Spandau erreichten, war längst die Dämmerung hereingebrochen und Rica hatte die Scheinwerfer eingeschaltet.

Zum x-ten Mal sah ich über die Schulter. Aber je schwächer das natürliche und je stärker das künstliche Licht wurde, desto schwieriger war es, die Fahrzeuge hinter uns zu unterscheiden. Erst verloren sie ihre Farben, dann ihre Formen. Schließlich waren sie nur noch schemenhafte Gebilde, deren Halogenlichter blendeten und nicht erkennen ließen, wer jenseits der Windschutzscheibe saß.

»Du leidest an Verfolgungswahn«, sagte Rica, setzte den Blinker und fädelte den Opel Agila auf der rechten Abbiegespur ein.

»Hätte man dich gestern Abend mit MP-Salven und Schrotladungen in die Spree gejagt, wärst du auch ein wenig nervös.«

»Ein wenig? Du müsstest längst eine verrenkte Schulter haben! Dabei sind wir vollkommen sicher. Kranz und seine Leute wissen vermutlich nicht mal, dass ich die Redaktion schon vor Stunden verlassen habe. Ich bin nämlich im Laderaum eines unserer Ausliefererwagen mitgefahren.«

»Und wenn sie dich einfach mal zum Spaß und zur Kontrolle in der Redaktion anrufen?«

»Dann melde ich mich, beziehungsweise meine Kollegin Vera. Wenn es bei mir klingelt, geht sie ran und meldet sich als Rica Aden. Außerdem habe ich sie beauftragt, unter meinem Namen ein paar harmlose Anrufe zu machen, damit die SGB im Fall einer Telefonüberwachung beschäftigt ist.«

»Und dein Handy? Darüber könnte man dich orten!«

»Ist natürlich abgestellt.«

»Wirklich clever«, sagte ich, und es klang mürrischer, als ich es beabsichtigt hatte.

»Frauenpower«, erwiderte Rica kühl.

Auf diesem Niveau verlief unsere Unterhaltung, seitdem wir Sanssouci verlassen hatten. Bei jedem kleinen Wortwechsel fühlte ich mich wie die »Titanic« auf Kollisionskurs mit dem Eisberg. Und der Eisberg war Rica. Kalt, glatt und mit scharfen Kanten. Sie schien mir wirklich übel zu nehmen, dass ich ihr misstraut und sie auf dem Ruinenberg behandelt hatte »wie eine drittklassige Mata Hari«. So hatte sie selbst es ausgedrückt.

Wohl auch aus diesem Grund hatte sie mir nicht gesagt, wohin wir fuhren. Nur, dass wir uns ihre *interessante Spur* näher ansehen wollten, hatte sie mir verraten. Und als wir auf dem Parkplatz in Sanssouci eine Bratwurst aßen, hatte sie hinzugefügt: »Wenn Hugo sagt, er hat was, dann lohnt das allemal einen Besuch.«

Rica kannte sich in Spandau besser aus als ich. Sie kurvte durch Straßen, die mir völlig fremd waren. Wir fuhren an vornehmen Villen entlang, die sich durch Hecken und Bäume von der Außenwelt abschirmten. Das Grün blieb, die Häuser verschwanden. Der Agila rollte über eine asphaltierte Landstraße, bog auf einen ruckeligen Feldweg ab, links und rechts nur Wiesen und Wälder. Noch mal eine Abzweigung, wieder ein unbefestiger Weg und dann, nach einer Kurve ein großer, von einer hohen Mauer umgebener Gebäudetrakt, der mich an einen alten Bauernhof erinnerte.

Vor dem verschlossenen Tor hielt Rica an und ließ den Motor im Leerlauf. »Warte hier.«

Sie stieg aus, ging zum Tor und drückte auf einen Knopf. Er gehörte zu einer Gegensprechanlage. Als Rica zurückkehrte, glitt das Tor zur Seite. Wir fuhren auf einen weitläufigen Hof und hinter uns schloss sich das Tor wieder.

Das Scheinwerferlicht des Opels entriss der Dunkelheit verwirrende Gegenstände: Eine alte Feldhaubitze, ein noch älterer Mörser, ein VW-Kübelwagen aus Wehrmachtstagen und ein Lafettengeschütz aus dem achtzehnten oder neunzehnten Jahrhundert. Der Agila hielt zwischen Kübelwagen und Lafette und wir stiegen aus. Heftiger Wind, durchsetzt mit ein paar vereinzelten Regentropfen, schlug uns entgegen.

Von einer Sekunde zur anderen umhüllte uns gleißendes Scheinwerferlicht und stach schmerzhaft in meine Augen. Ich konnte nicht anders, als sie zu schließen. Gleichzeitig wandte ich mich ab, weg von dem starken Scheinwerfer. Meine Rechte griff in die Jackentasche und ich zog die PSM.

Eine blechern-dröhnende Stimme befahl: »Bleiben Sie stehen! Bewegen Sie sich nicht! Bei Widerstand wird von der Waffe Gebrauch gemacht!«

»Rica, raus aus dem Licht, schnell!« rief ich, sprang hinter den Opel und duckte mich.

Hier war ich vor dem gleißenden Licht geschützt und konnte die Augen öffnen. Während ich die entsicherte und durchgeladene PSM in der rechten Hand hielt, schirmte ich mit der linken meine Augen ab. Ich sah Rica noch immer an der Fahrerseite stehen, mitten im Lichtkreis des Scheinwerfers.

»Komm her, verdammt!«, schrie ich sie an, doch sie lachte nur.

Das Licht wurde schwächer, erlosch aber nicht ganz. Jetzt konnte ich den Scheinwerfer erkennen. Das wuchtige Gerät, groß wie ein Garagentor, war auf das Dach einer Scheune montiert. Aber ich konnte niemanden ausmachen, der es bediente.

Ein zweite Stimme fiel in Ricas Lachen ein, ein dröhnender Bass, und eine nicht besonders große, aber massige Gestalt trat aus dem Dunkel. Ein Mann um die sechzig, mit einem ausgebleichten Käppi auf dem Quadratschädel. Der Kopf saß unter Auslassung eines Halses direkt auf dem massigen Oberkörper. Der Kerl schien einem Panoptikum entsprungen. Eine Art graues Uniformhemd drohte unter der Erschütterung, in die das Gelächter den mächtigen Bauch versetzte, zu platzen. Eine braune, durch breite Hosenträger fest gehaltene Hose mit rotem Streifenbesatz und kniehohe Lederstiefel vervollständigten die ungewöhnliche Aufmachung. Am breiten Lederkoppel mit dem großen goldglänzenden Schloss hingen eine altertümliche Pistolentasche aus schwarzem Leder und ein Offizierssäbel.

»Na, Hugo, wer bist du heute?«, begrüßte Rica ihn.

»Ein Offizier der Südstaatenartillerie, mein Schatz.«

»Aha, amerikanischer Unabhängigkeitskrieg.«

»Bürgerkrieg, Schätzchen, *Bürger*krieg!« Er wandte sich mir zu. »Und wen haben wir da?«

Ich erhob mich langsam und hatte noch immer die schussbereite PSM in der Hand.

Beim Anblick der Waffe machte der Dicke große Augen und sagte andächtig: »*Pistolet Samosarjadnij Malogbaritnij* – kleine Selbstladepistole oder PSM. So haben die Russen dieses Ding genannt, ebenso niedlich wie tödlich. War im alten Osten längst nicht so verbreitet wie die Makarov oder die rumänische M74. Ist schon ein richtiges Sammlerstück. Sie wollen die Kleine nicht zufällig verkaufen?«

»Weder zufällig noch absichtlich«, sagte ich und deutete mit der Linken auf die Geschütze rings um uns. »Ich habe nur die PSM, Sie dagegen scheinen etwas üppiger bestückt zu sein.«

»Mein Hobby. Andere sammeln Briefmarken oder Münzen, bei mir sind es Waffen und Militaria. Ich spiele mit dem Gedanken, ein Museum daraus zu machen.« Er nahm Haltung an und salutierte, indem er die Rechte zu seinem Käppi führte. »Hugo Bartsch, Hauptmann außer Dienst.«

»Welcher Armee?«

»NVA«, sagte Bartsch in einem Tonfall, als sei es das Selbstverständlichste der Welt. »Deshalb trage ich jetzt auch die Uniform der Konföderierten. Ich habe etwas übrig für die hoffnungslos Unterlegenen. Sie müssen wissen, dass ich gerade mitten in Gettysburg stecke.« Als ich ihn fragend ansah, fuhr er fort: »Kommen Sie mit, ich zeige es Ihnen!«

Rica und ich folgten ihm zu den Gebäuden. Meinen zweifelnden Blick beantwortete Rica mit einer besänftigenden, Geduld einfordernden Handbewegung. Ich sicherte die PSM und steckte sie wieder in die Jackentasche. Hugo Bartsch schien eher sonderbar als gefährlich. Beim Betreten des Hauses legte er einen Schalter neben der Eingangstür um, und der Dachscheinwerfer erlosch.

Vorbei an Schränken und Vitrinen voller Orden, Blankwaffen und Uniformmützen gingen wir in einen großen Raum, dessen Wände mit Fahnen und Gemälden aus dem amerikanischen Bürgerkrieg geschmückt waren. Ein mehrere Quadratmeter großes Diorama nahm fast den gesamten Raum ein. Auf dem sorgfältig gestalteten Landschaftsmodell, komplett mit Hügeln, Wäldern, Farmhäusern und mit richtigem Wasser gefüllten Flüssen, standen Tausende von blauen und grauen Miniatursoldaten, jeder nur so groß wie ein Fingerglied und jeder sorgfältig bemalt. Infanteriekolonnen marschierten durch schmale Täler, Reitertrupps sprengten über Ebenen, auf denen noch die Leichen des letzten Gefechts lagen, und im Schutz der Wälder warteten ganze Geschützbatterien auf den Feind.

»Gettysburg, erster bis dritter Juli 1863«, erklärte Bartsch. »Die Schlacht, die General Lees große Offensive abschloss, leider nicht mit dem gewünschten Ergebnis.«

»Sie spielen die Schlacht nach?«

Meine Frage trug mir einen strafenden Blick ein, und der mächtige Leib des ehemaligen NVA-Offiziers straffte sich. »Junger Mann, ich spiele dieses historische Ereignis nicht einfach nach! Ich versuche, die Gründe herauszufinden, die zum Scheitern von Lees Plan führten. Hätte Lee gesiegt, wäre der Krieg vielleicht zwei Jahre eher beendet gewesen und die Konföderation hätte als selbstständiger Staat überlebt.«

»Haben Sie etwas übrig für geteilte Nationen?«

»Oh, ich bin ein Fan der Einheit, besonders der so genannten Wiedervereinigung«, antwortete Bartsch hochgradig gekünstelt. »Am meisten habe ich mich gefreut, als ich meinen Posten bei der NVA verlor!«

»Es scheint Ihnen nicht gerade schlecht zu gehen.«

»Glück im Unglück. Einer Großtante aus dem Westen, von der ich gar nichts wusste, verdanke ich diesen Hof. Und eine hübsche Summe D-Mark gehört auch noch zum Erbe.« Er wandte sich wieder seinem Schlachtfeld zu. »Aber das ändert nichts daran, dass Lees Scheitern zu bedauern ist. Er wollte seine Armee durch Maryland und Pennsylvania führen, um . . .«

»Hugo!«, fuhr Rica dazwischen. »Wir sind wegen etwas anderem hier. Den Unabhängigkeitskrieg kannst du auch morgen noch gewinnen.«

»Den Bürgerkrieg«, seufzte Bartsch, »den *Bürger*krieg.« Er verließ den Raum und winkte uns, ihm zu folgen. »Gehen wir ins Kino, ich habe schon alles vorbereitet.«

Das Kino war ein zum Vorführraum umgebauter Stall, in dem Bartsch zwölf durchgescheuerte Klappsessel installiert hatte. Die Leinwand stammte wahrscheinlich aus einem Schuhkartonkino der achtziger Jahre. Hätte Bartsch uns Popcorn und Eis zum Verkauf angeboten, hätte ich mich nicht gewundert. Aber er verschwand nach der Aufforderung, es uns gemütlich zu machen, im angrenzenden Raum mit dem Filmprojektor. Rica und ich nahmen in der hintersten Reihe Platz.

»Sperrsitz«, meinte sie grinsend. »Loge gibt's hier nicht.«

»Dein Freund Hugo ist ein seltsamer Kauz. Woher kennst du ihn?«

»Ich habe ihn bei einer Reportage über Waffenschiebereien mit altem NVA-Gerät kennen gelernt. Er kennt sich in der Szene aus. Wir waren uns von Anfang an sympathisch.«

»Soll vorkommen«, sagte ich etwas mürrisch und dachte daran, wie abweisend Rica sich seit Potsdam mir gegenüber verhielt. »Er scheint sich über den Fall der Mauer nicht gerade zu freuen.«

»Kein Wunder, sie hat ihn den Job und sein einziges Kind gekostet.«

»Sein Kind?«

»Seine Tochter. Sie war achtzehn oder neunzehn, als er sie zum letzten Mal gesehen hat. Das war in der Nacht vom neunten auf den zehnten November 1989.«

»Die Nacht, als die Mauer fiel.«

Rica nickte schwach. »Was auch immer mit dir los ist, dein Langzeitgedächtnis arbeitet hervorragend.«

»Solange es nicht mich betrifft. Was ist mit Bartschs Tochter passiert?«

»Das versucht er seit mehr als zehn Jahren herauszufinden, ohne Erfolg. Hugo lebte damals mit seiner Frau und seiner Tochter Karin in Ost-Berlin. Als in jener Nacht Schabowskis Erklärung öffentlich wurde, dass Reisen in den Westen ab sofort erlaubt seien, ging auch Karin auf die Straße, wollte sich den goldenen Westen ansehen. Vermutlich gehört sie zu denen, die nach der Öffnung der Schlagbäume nach West-Berlin strömten. Seitdem hat Hugo nichts mehr von ihr gehört. Seine Frau war schon damals krank. Sie nahm sich die Sache sehr zu Herzen und ist nach einem halben Jahr gestorben. Soviel zu den Segnungen der Wiedervereinigung.«

»Das spurlose Verschwinden von Menschen ist keine spezifische Folgeerscheinung des Mauerfalls.«

»Schon wahr, aber soll Hugo sich damit trösten?«

Das Erlöschen des Lichts enthob mich einer Antwort. Der fadenscheinige Blümchenmustervorhang gab quietschend die Leinwand frei, wahrlich und wahrhaftig begleitet von einem dröhnenden Gongschlag. Hauptmann Hugo Bartsch packte die Dinge mit deutscher Gründlichkeit an.

Der Filmprojektor hinter uns sandte seinen blassen Lichtstrahl durch den Vorführraum, und sein lautes Surren wurde von scheppernder Marschmusik überlagert. Die Leinwand wurde dunkel, ein paar zitternde Lichtpunkte erschienen, dann die SS-Runen. Ihnen folgte der Hinweis »Nicht zur öffentlichen Vorführung bestimmt« und ein Geheimhaltungsvermerk, der jede Bekanntgabe des Films oder seines Inhalts bei Todesstrafe untersagte, unterzeichnet von »Reichsführer SS Heinrich Himmler«.

Eine markige Stimme wie aus einer alten Wochenschau schwadronierte vom Krieg als größte Bewährungsprobe des deutschen Mannes. Die stärksten und rassisch reinsten Männer deutschen Blutes hätten sich in der SS zusammengefunden, um durch biologische Auslese einen Führungsorden zu schaffen, der das Idealbild des Mannes seiner Vollendung entgegentragen solle. Ausgerechnet an dieser Stelle kam der mickrige Himmler ins Bild, der eine Front von Waffen-SS-Männern abschritt. Der Sprecher lobte den Reichsführer SS als »Herz und Hirn der SS« und als einen »der wichtigsten Deutschen neben dem Führer«.

»Es kann keinen Zweifel geben, dass Männer wie der Führer und der Reichsführer SS den Kampf des deutschen Volkes zum Endsieg führen werden«, donnerte die aufpeitschende Stimme. »Aber der Weg dahin ist dornenreich, besonders zur Zeit, wo das Deutsche Reich von allen Seiten bedrängt wird.« Bilder zerschossener deutscher Panzer an der Ostfront und verwundeter, ausgemergelter Landser auf dem Rückzug wechselten sich ab mit zerbombten Ruinenstädten. »Der gewissenlose Feind scheut nicht davor zurück, deutsche Städte zu bombardieren und Zehntausende wehrloser Frauen, Kinder und alter Menschen in einer einzigen Nacht auszuradieren.« Eine besonders dramatische Musik, irgendwo zwischen Trauermarsch und Wagnergetöse, ergoss sich aus den Lautsprechern.

»Um den unumgänglichen Endsieg Deutschlands möglichst schnell herbeizuführen, hat die SS das Projekt Balmung ins Leben gerufen. Ziel des geheimen Projekts ist es, die biologische Auslese mit den Mitteln modernster Wissenschaft zu beschleunigen und eine Armee von unbesiegbaren Kämpfern auf die Beine zu stellen. Jeder dieser neuen Soldaten wird Angehöriger einer wahrhaftigen Elite sein, befähigt, es mit mehr als einem Dutzend Feinden zugleich aufzunehmen. So wie einst der Recke Siegfried mit seinem Schwert Balmung die Brüder Schilbung und Nibelung samt zwölf Gefolgsmännern erschlug. An geheimen Orten sind Ärzte und Wissenschaftler damit beschäftigt, Angehörige des SS-Ordens auf ihre Tauglichkeit für das Projekt Balmung zu überprüfen.«

Bilder fensterloser Räumlichkeiten erschienen. Seriös wirkende Weißkittel untersuchten und vermaßen Männer mit nackten Oberkörpern, machten sich Notizen, ließen die Probanden Kniebeugen und andere Übungen durchführen. Alles sah mehr nach einer Kraft-durch-Freude-Leibesertüchtigung aus als nach wissenschaftlicher Forschung. Die Szenerie wechselte und wurde wieder kriegerisch. Auf einem Kasernenhof standen in Reih und Glied kraftstrotzende Männer, denen man trotz des schwarz-weißen Filmmaterials ihre blonden Haare und blauen Augen anzusehen glaubte. Sie trugen Stahlhelme und Uniformen mit den Kragenspiegeln der Waffen-SS.

»Mit der nötigen Unterstützung durch die Führung wird bald schon eine vollständige Division Balmung in den Kampf ziehen. Ihre Angehörigen werden dank ihrer besonderen Fähigkeiten in der Lage sein, eine ganze Armee zurückzuschlagen. Denn aus dem Projekt Balmung gehen Soldaten hervor, die keine Furcht und keinen Schmerz kennen, die an Stärke, Gewandtheit und Schnelligkeit jedem anderen vielfach überlegen und deren Sinne geschärft sind.«

Der Film zeigte die Uniformierten im Einsatz. Sie erstürmten, Maschinenpistolen im Anschlag und immer wieder Feuerstöße aussendend, einen bewaldeten Hügel. Es war reichlich dunkel, ein Gegner nicht zu erkennen, aber die Soldaten rannten und schossen ohne Unterlass.

»Die wissenschaftlichen Forschungen, die mit der notwendigen Unterstützung bald zum Durchbruch gelangen, werden einen neuen Menschen formen. Der Soldat der Division Balmung stürmt unaufhaltsam vorwärts, denn er verliert selbst in tiefster Dunkelheit nicht die Orientierung, und er sieht auch einen Gegner, der sich in vollständiger Deckung befindet. So wie diese Männer sieht die Zukunft des deutschen Kriegers aus und der kämpft für die Zukunft des deutschen Volkes!«

Bei den letzten Worten überschlug sich die Stimme vor Begeisterung, und das Crescendo der Marschmusik schloss mit lärmenden Paukenschlägen ab. Das Bild wurde dunkel, noch einmal blitzten kurz die großen SS-Runen auf. Dann war der Film zu Ende, die Leinwand wieder weiß, und im Vorführraum ging das Licht an.

Das alles nahm ich nur unterschwellig wahr, zu sehr beschäftigte mich einer der letzten Sätze im Film: »Der Soldat der Division Balmung stürmt unaufhaltsam vorwärts, denn er verliert selbst in tiefster Dunkelheit nicht die Orientierung, und er sieht auch einen Gegner, der sich in vollständiger Deckung befindet.«

Ich dachte an das, was ich meinen sechsten Sinn nannte, und vergeblich versuchte ich herauszufinden, was ich mit diesem Projekt Balmung zu tun haben mochte. Aber eins erschien mir sicher: Es gab diese Verbindung!

Ich war so sehr ins Grübeln versunken, dass ich den Mann in der graubraunen Uniform erst bemerkte, als er wohl schon eine Weile neben mir stand.

»Was hat dein Freund?«, hörte ich seine tiefe Stimme. »Er sieht aus, als hätte er gerade ein Gespenst gesehen.«

Rica wusste von meinen ungewöhnlichen Fähigkeiten und sagte ausweichend: »Die Sache, an der wir dran sind, könnte sehr gut mit dem Film in Zusammenhang stehen. Wo hast du ihn her?«

»Von einem verrückten Sammler, so wie ich einer bin. Der Streifen ist nicht gerade ›Citizen Kane‹, aber als historisches Dokument von großer Bedeutung. Das Projekt Balmung war eine der geheimsten Kisten im Dritten Reich. Um den Film zu bekommen, musste ich eine Originaluniform Manfred von Richthofens eintauschen, inklusive Frontmütze.«

»Woher hatte dein Bekannter den Film?«, fragte Rica.

»Das hat er mir nicht verraten, und ich hätte es an seiner Stelle auch nicht getan. Wer seine Quellen herausposaunt, wird auf dem Tauschmarkt bald übergangen.« Ein lautes Knurren ertönte, und Bartsch strich über seinen gewaltigen Bauch. »Essen fassen ist angesagt. Ihr seid herzlich eingeladen!«

Meine Erwartung, Hugo Bartsch würde jedem einen Schlag Eintopf ins Feldgeschirr pfeffern, wurde angenehm enttäuscht. Die

Bockwürste mit Sauerkraut und Kartoffelbrei lagen zwar fern jeder kulinarischen Raffinesse, wurden aber auf echtem Porzellan serviert. Der Hausherr legte zum Essen sogar das Koppel mit den Waffen ab und hängte die speckige Mütze auf einen Haken. Sein Haupthaar war ebenso grau wie dünn, und die nackte Kopfhaut schimmerte deutlich hindurch.

Die Wände der geräumigen Bauernstube waren mit den Gemälden großer Schlachten geschmückt: englische Brander inmitten der großen spanischen Armada, eine preußische Kürassier-Attacke bei Torgau, Napoleon und sein Stab auf einem Hügel über der Schlacht von Waterloo, konföderierte Kavallerie im Angriff auf eine von Nordstaaten-Zuaven verteidigte Stellung bei Bull Run.

Ich aß kaum etwas, zu schwer lag mir das eben Gesehene im Magen. Mein Teller war noch voll, als Bartsch sich den ersten Nachschlag auftat.

Auch Rica ließ es sich schmecken und sagte mit halb vollem Mund: »Ehrlich gesagt, ich habe von diesem Projekt Balmung noch nie gehört.«

»Kein Wunder«, lachte Bartsch und öffnete seine dritte Flasche Bier. »Die Nazis haben vermutlich mehr Geheimprojekte angeleiert, als sie während ihrer geplanten tausendjährigen Herrschaft hätten verwirklichen können, und Balmung ist eins der obskursten. Es konnte nur so kranken Köpfen entspringen wie denen von Himmler und seinen Ordenstrotteln. Die biologische Auslese mit den Mitteln modernster Wissenschaft beschleunigen und eine Armee von unbesiegbaren Kämpfern auf die Beine stellen – ich bitte euch, das ist doch verrückt! Als hätten die braunen Jungs bei Hitlers allabendlichen Filmvorführungen zu viele Frankenstein-Streifen gesehen.«

Ich beugte mich über den Tisch zu Bartsch vor. »Für wie verrückt halten Sie das Projekt?«

Bartsch setzte sein Bierglas ab und wischte mit dem Handrücken den Schaum von seinen Lippen. »Wie meinen Sie?«

»Wissen Sie etwas darüber, inwieweit das Projekt Balmung in die Tat umgesetzt worden ist?«, präzisierte ich meine Frage.

»Ich glaube nicht, dass die Nazis besonders viel in dieser Sache zuwege gebracht haben. Der Film stammt aus dem Jahr vierundvierzig, und da fehlte es in Großdeutschland schon an allen Ecken und Enden. Der Streifen ist ja von der SS gedreht worden, um Fördergelder für Balmung locker zu machen. Vermutlich ist er nur bei einer Privatvorführung Hitler und seinem engsten Kreis gezeigt worden. Und wenn Adolf nicht vor Begeisterung eine Wagner-Arie gesungen hat, hat er vermutlich einen Tobsuchtsanfall bekommen. Alle möglichen Wunderwaffenprojekte wollten damals finanziert sein: Die V-Waffen, Düsenjäger, Einmann-Torpedos, Kleinst-U-Boote und Ferngeschütze. Und dann auch noch Geld in den Aufbau einer Frankensteindivision pumpen? Wahrscheinlich hat Hitler dem ehemaligen Hühnerzüchter und Reichsführer SS gehörig den Kopf gewaschen.«

»Also gab es keine Balmung-Soldaten, wie der Film sie gezeigt hat?«, fasste ich nach.

»Die Kerle im Film waren vermutlich stinknormale Angehörige der Waffen-SS, denen man befohlen hat, wild schießend durch den Wald zu rennen. Die medizinischen Tests, die man gesehen hat, können anlässlich einer x-beliebigen Musterung erfolgt sein. Trotzdem ist es natürlich möglich, dass die SS in dieser Richtung geforscht hat. Himmler und sein Verein haben so viele Wahnsinnstaten auf dem Gewissen, dass ihnen auch das zuzutrauen ist. Aber falls es darüber Unterlagen gibt, sind sie wohl in den Wirren des Zusammenbruchs verschollen. Bis auf die natürlich, die später in der DDR auftauchten und auf höchster Geheimhaltungsstufe behandelt wurden.«

Seine letzte Bemerkung hatte er einfach so dahingesagt, aber ich war davon elektrisiert und sprang auf. »Was für Unterlagen, Herr Bartsch?«

»Nun mal langsam, setzen Sie sich erst wieder.« Ruhig schob Bartsch den Rest Sauerkraut auf seinem Teller zusammen, beförderte ihn in seinen Mund und kaute genüsslich. Er spülte mit einem Schluck Bier nach und fuhr fort: »Ihr quetscht mich aus wie eine Zitrone. Jetzt bin ich mal an der Reihe. Um was geht es eigentlich? Wem oder was seid ihr auf der Spur?«

Rica übernahm die Antwort: »*Top secret*, Hugo, du musst uns schon vertrauen.«

»Aber unsere Abmachung gilt?«

Ricas Lächeln musste einfach jedes männliche Wesen dahinschmelzen lassen. »Hugo, du weißt doch, ich bin eine Ehrenfrau.«

»Also gut.« Er schob seinen Teller beiseite, stützte die Ellbogen auf der Tischplatte ab und sah Rica an. »Du hast mich gestern am Telefon nach einem Geheimprojekt oder Codewort ›Golem‹ gefragt. Darunter verbirgt sich nichts anderes als die Fortführung des Projekts Balmung.«

Vor uns auf dem Esstisch lag die dicke Akte mit dem Stempel der Staatssicherheit:

> Nur vertrauliche Einsichtnahme gestattet. Jede Weitergabe an Dritte oder deren Unterrichtung über den Inhalt als Ganzes oder über Einzelheiten ist unzulässig und strafbar. Die Dokumente müssen nach Benutzung vom Empfangsberechtigten unaufgefordert an die Ausgabestelle zurückgegeben werden.

Es war eine dicke Akte mit Anträgen, Stellungnahmen, Gutachten, Memoranden, und sie trug vorn den fetten Aufdruck OPERATION GOLEM.

Ihr Inhalt bestätigte Bartschs Worte. Die DDR hatte Unterlagen über das Projekt Balmung in die Hände bekommen und die Forschungen unter dem Codenamen »Golem« weitergeführt. Der Grund für diese Bezeichnung lag auf der Hand: Wie die Sagengestalt des Golems war der neue Soldat, der geschaffen werden sollte, ein schwer besiegbares Wesen, nur dazu da, die Befehle seines Herrn bedingungslos auszuführen. Bei den Nazis, um den längst illusorisch gewordenen Endsieg herbeizuführen, in Ostdeutschland, »um eine wirksame Waffe im Kampf gegen den kapitalistischen Klassenfeind zu erhalten«, wie es in der Akte hieß. Und weiter: »Der Golem ist sowohl als Frontkämpfer für den offenen Konflikt wie auch als Kundschafter bei der Ausspähung des Gegners ein unschätzbares Instrument.«

Rauch aus Bartschs Pfeife schwängerte den Raum. Der ehemalige NVA-Offizier saß zurückgelehnt auf seinem Stuhl, rauchte und trank Bier, während Rica und ich mit wachsendem

Staunen die Akte durchgingen. Hin und wieder stellten wir ihm Fragen.

»Hatten Sie persönlich mit der Operation Golem zu tun?«, wollte ich wissen.

»Wo denken Sie hin? Ich war ein einfacher Offizier. Ich wusste selten mehr, als man in der ›Aktuellen Kamera‹ erfahren konnte. An die Akte bin ich erst im Laufe meiner Sammlertätigkeit geraten.«

Noch einmal ging ich die Akte durch. Die früheste Eintragung, ein Memo des MfS, des Ministeriums für Staatssicherheit, stammte von 1966, die letzte, ein wissenschaftliches Gutachten von einem Professor Rudolf Baumes, von 1985. Darin sprach der Gutachter von den neurochirurgischen Fortschritten bei der Operation Golem.

Soweit ich das Fachchinesisch verstand, ging es um operative Eingriffe am Gehirn mit mehreren Zielsetzungen: Reduzierung der emotionalen Hemm- und Angstschwelle, Überlagerung des eigenen Willens durch »höherrangige Interessen«, Heraufsetzung der Reaktionsfähigkeit und Manipulation der Sinneswahrnehmung.

Unwillkürlich tastete ich über meinen Kopf und verharrte an den beiden kahlen, vernarbten Stellen. Die Berührung schmerzte nicht mehr so stark wie in der Nacht meiner Flucht, als ich den Kopfverband abgenommen hatte. Schlimmer als das Brennen, das meine Berührung auslöste, war der Gedanke an das, was man mit mir angestellt hatte.

»Ist Ihnen nicht gut?«, fragte Bartsch und sah mich besorgt an.

»Sehr verwirrend, das Ganze«, sagte ich ausweichend. »Wieso bricht die Akte im Jahr 1985 ab?«

»Keine Ahnung. Vielleicht ist sie unvollständig. Vielleicht wurde Operation Golem nicht weitergeführt. In den achtziger Jahren schlitterte die DDR immer tiefer in die Schuldenfalle. Die Sowjetunion kürzte 1981 ihre Öllieferungen zu Billigpreisen, was in der DDR nicht nur zur Ölverknappung führte, sondern auch zu einem erheblichen Ausfall von Devisen, die mit der Weiterverarbeitung des Erdöls bis dahin erwirtschaftet worden waren. Man investierte in den Braunkohleabbau, aber das stellte sich zum ersten als Umweltkatastrophe und zum zweiten als sehr kostspielig heraus. Der Besuch des bisherigen Erzfeindes Franz Josef Strauß bei Honecker 1983 und der von Strauß vermittelte Milliardenkredit sprechen für sich. Trotz aller verzweifelter Rettungsversuche geriet die DDR immer tiefer in die Wirtschaftskrise. Gut möglich, dass die Gelder für Operation Golem kurzfristig gestrichen wurden.«

All das war mir zu nebulös, half mir nicht, das zu erklären, was mit mir geschehen war. Deshalb erkundigte ich mich: »Ist es denkbar, dass diese Forschungen trotzdem weitergeführt wurden?«

»Ohne Finanzierung?«

»Vielleicht finanziert durch eine geheime Quelle.«

Bartsch stützte den linken Ellbogen auf den Tisch und rieb mit der Hand nachdenklich über die grauen Stoppeln an seinem Kinn. »Denkbar ist es, auch wenn keine Hinweise darauf vorliegen. Die DDR hat eine Menge Geld für ihre Verteidigung aufgewendet, auch ein Grund für ihre immense Verschuldung. 1981 hat der Militärhaushalt zehn Milliarden Mark verschlungen, die vier Milliarden für den ›Schutz der Staatsgrenze‹, wie die Grenzabschottung hieß, nicht mitgerechnet.« Unvermittelt begann er zu grinsen.

Rica sah ihn irritiert an. »Was ist denn los, Hugo?«

»Mir fiel nur gerade ein alter DDR-Witz ein: Welche Staatsbürgerschaft hat Amor?« Bartsch blickte uns fragend an, aber Rica und ich wussten es nicht. »Die der DDR«, fuhr er fort. »Kein Hemd auf dem Arsch, aber bis an die Zähne bewaffnet.«

Pflichtschuldig grinste ich und fragte dann: »Könnte es irgendwo noch mehr Akten über die Operation Golem geben?«

»Im Prinzip ja, um mit Radio Eriwan zu sprechen. Aber sie können sich ebenso in privater Sammlerhand befinden oder in einem alten Stasi-Versteck. Vielleicht ist aber auch alles andere dem Reißwolf zum Opfer gefallen. Als sich das Ende unseres schönen Arbeiter- und Bauernstaates abzeichnete, hat die Stasi Akten im Akkord vernichtet. Mitte November neunundachtzig erging der entsprechende Befehl, und erst im Dezember begannen Bürgerkomitees, in diversen Städten die Stasi-Zentralen zu besetzen und die Aktenvernichtung zu beenden.«

»Und danach? Könnte die Golem-Sache nach der Wiedervereinigung neu belebt worden sein?«

»Wollen Sie mir mit dem Gerede über alte Seilschaften kommen?« Bartsch machte eine wegwerfende Handbewegung. »Das ist doch alles Humbug!«

»Warum alte Seilschaften, warum nicht neue? Der Kalte Krieg hat auch bei den westlichen Rüstungsanstrengungen manche Blüte getrieben. Blüten, die mit Glasnost und Wiedervereinigung nicht abgestorben sind.«

»Keine schlechte Idee«, meinte Bartsch. »Die westlichen Geheimdienste, allen voran die CIA, haben sich bei der Auflösung der DDR überschlagen, um an geheime Stasi-Unterlagen heranzukommen. Aber das ist bei unserem Kenntnisstand reine Spekulation. Von mir aus kann es so bleiben.« Er zeigte auf die Schlachtengemälde an den Wänden. »Die Menschheit hat im Lauf ihrer Existenz genügend unter Beweis gestellt, wie blutrünstig und kriegslüstern sie ist. Sie braucht keine Golem-Armee, um sich selbst auszurotten.«

»Ein wahres Wort«, erwiderte ich. »Nur aus Ihrem Mund hätte ich es nicht erwartet, Herr Hauptmann.«

»Deswegen?« Er zeigte auf seine Uniform. »Sie wissen doch: Hunde, die bellen, beißen nicht.«

16

Es war weit nach Mitternacht, als wir Hugo Bartsch verließen. Auf dem Rücksitz des Opels lag eine Fotokopie der Stasi-Akte, die der NVA-Hauptmann für uns angefertigt hatte. Rica lenkte den Wagen durch ein verlassenes Waldstück, das nur von unseren Autoscheinwerfern erhellt wurde. Baum um Baum erstrahlte für Hundertstel von Sekunden im hellen Licht und war Vergangenheit, ehe er noch richtig wahrgenommen wurde.

So undurchdringlich wie der Wald kam mir das Gestrüpp aus Informationen vor, das bei Bartsch auf uns eingeprasselt war. Je länger ich darüber nachdachte, desto phantastischer erschien mir alles. Ein geheimes SS-Projekt, von der DDR-Staatssicherheit weitergeführt, das hörte sich an wie der Albtraum eines Spionageschriftstellers. Unwirklich wie der über die Kriegslüsternheit der Menschheit moralisierende Hauptmann und Militariasammler.

»Du und dieser Bartsch, was für eine Abmachung habt ihr getroffen?«, fragte ich.

»Was meinst du?«

»Er erwähnte eine Abmachung, und du hast dich auf deinen guten Ruf als Ehrenfrau bezogen.«

»Ach so, das.« Rica lachte leise. »Hugo ist manchmal wie ein großes Kind, aber das sind wohl alle fanatischen Sammler. Obwohl sein umgebauter Bauernhof bald aus allen Nähten platzt, ist er immer auf der Suche nach neuen Stücken. Wenn ich bei meinen Recherchen irgendetwas ausfindig mache, was für ihn interessant sein könnte, schanze ich ihm die Information zu. Gefallen gegen Gefallen, das ist unsere Abmachung.«

»Mehr nicht?«

Rica warf mir einen kurzen Blick zu, dann konzentrierte sie sich wieder auf das dunkle Band der Straße. Aber der eine Moment, in dem sich unsere Blicke begegneten, genügte mir, um ihre Enttäuschung zu erkennen.

»Du traust mir immer noch nicht, nicht wahr?«

»In meiner Situation ist es schwer, so etwas wie Vertrauen zu entwickeln. Außerdem musst du zugeben, Rica, dass dein Freund Bartsch ein komischer Heiliger ist.«

»Er hat uns geholfen, und ich helfe dir.« Sie trat hart auf die Bremse, und kreischend hielt der Wagen an, stand mit leise brummendem Motor irgendwo im Berliner Forst. »Aber wenn du mir nicht vertraust, steig doch einfach aus! Die Kopie der Akte kannst du mitnehmen.«

Ich betrachtete Rica und versuchte herauszufinden, wie ernst sie es meinte. Sie starrte mich mit ernstem Gesicht und zusammengepressten Lippen an. Das Zucken ihres rechten Auges verriet ihre starke Erregung. Wenn ich jetzt ausstieg, würde sie einfach weiterfahren? Ich war mir nicht sicher.

»Willst du deine Exklusiv-Story sausen lassen?«, fragte ich.

»Ich arbeite um zu leben, aber ich lebe nicht, um zu arbeiten. Wenn du nicht bald mit deinem Misstrauen aufhörst, ist mir der Aufwand entschieden zu groß.«

»Okay, versprochen, ich höre bald mit meinem Misstrauen auf.«
»Wie bald?«
»Jetzt bist du aber misstrauisch, Rica. Fahr endlich!«
Sie setzte den Wagen wieder in Bewegung, und ich fühlte mich erleichtert. Rica war mir eine wertvolle Hilfe.
Und es tat gut, nicht allein zu sein.
Sehr gut.

Sylvia Sallmanns Wohnung lag in der Kochstraße, dritter Stock in einem Mietshaus mit schäbiger Fassade, nahe der Friedrichstraße. Wenn man ans Fenster trat, konnte man den Checkpoint Charlie sehen, wo das von Scheinwerferlicht angestrahlte Porträt eines Sowjetsoldaten mit wuchtiger Schirmmütze über dem Babyface mehr als Blickfang für Touristen denn als mahnende Erinnerung an vergangene Zeiten über der Straße hing. Hier war einst einer der wenigen durchlässigen Punkte zwischen Ost und West gewesen, der Grenzübergang »C« für Ausländer und Diplomaten.

Ausgerechnet hier suchte ich nun Unterschlupf, bedrängt von einer Gefahr, die vielleicht aus jener alten Zeit des Kalten Krieges stammte. Es erschien mir wie eine bittere Ironie. Das gallige Gefühl wollte auch nach zwei doppelten Martinis nicht verschwinden.

Die Wohnung bestand aus einem einzigen großen Zimmer, das ein Raumteiler in Wohn- und Schlafbereich trennte. Das Bett war nicht besonders breit, hätte aber für zwei gereicht. Trotzdem wies Rica mir die Couch zu, und ich war nicht überrascht. Mein Misstrauen hatte sie härter getroffen als ich erwartete. Ihr sonstiges Auftreten ließ nicht darauf schließen, dass sie ein Sensibelchen war.

Wir wünschten uns frostig eine gute Nacht, und ich sah zu, wie Rica hinter dem Raumteiler verschwand. Ich legte die PSM auf den Tisch neben der Couch und nahm mir noch einmal die Golem-Akte vor. Seitdem wir Hugo Bartsch verlassen hatten, spukte etwas in meinem Kopf herum, ohne dass es greifbar wurde. Es hing mit der Akte zusammen, musste eine Auffälligkeit sein oder ein versteckter Hinweis. Es war mir beim Lesen aufgefallen, glaubte ich, doch war es in der Fülle der neuen Informationen untergegangen.

Ich las alles noch mal, bis hin zu dem unverdaulichen Gutachten dieses Professors Baumes. Aber es war wie mit meiner Erinnerung: Je angestrengter ich nachdachte, desto diffuser wurde alles. Vielleicht war ich einfach nur übermüdet, redete ich mir ein, und löschte das Licht.

Unruhig wälzte ich mich hin und her, döste kurzzeitig, ohne in festen Schlaf zu fallen. Ich konnte nicht aufhören, über die Akte nachzudenken. Irgendwann schlief ich doch ein, aber der Schlaf brachte keine Erlösung, nur einen schlechten Traum. Darin war ich ein Soldat, der auf eine feindliche Stellung zulief. Vor mir blitzte es auf, und die Geschosse fuhren rings um mich in den Boden. Ich wollte mich zur Flucht wenden, aber hinter mir wuchs eine überlebensgroße Gestalt aus dem Nichts und wies befehlend auf den Feind. Der Feldherr trug Uniform und Mütze eines deutschen Offiziers aus dem Zweiten Weltkrieg, aber das Gesicht kam mir bekannt vor. Und bei seinem Anblick wachte ich auf.

Hände hielten mein Gesicht, und eine Stimme redete auf mich ein. Im ersten Augenblick dachte ich, der Offizier wollte mich zurück ins feindliche Feuer schicken. Aber ich war wach, und vor mir kniete Rica. Das dünne Rouleau ließ genügend Licht einfallen, um die Journalistin zu erkennen. Sie trug ein knielanges Nachthemd, das vermutlich Sylvia Sallmann gehörte.

Rica sprach in einem besänftigenden Tonfall zu mir, wie eine Mutter, die ihr verängstigtes Kind zu beruhigen versucht: »Du brauchst dich nicht mehr zu fürchten, ich bin bei dir. Alles wird wieder gut, ja?«

Zärtlich streichelte sie meine Wange und mein Haar. Ihre Berührungen riefen ein angenehmes Prickeln hervor, und ein wohliger Schauer lief über meinen Rücken. Aber nicht nur Ricas körperliche Nähe war dafür verantwortlich, sondern auch das Gefühl, dass die unsichtbare Mauer, die uns den ganzen Tag über getrennt hatte, verschwunden war. Sie war nicht mehr als eine böse Erinnerung, so wie die reale Mauer, die einmal diese Stadt in zwei verschiedene Welten aufgespalten hatte und die nur wenige hundert Meter von uns entfernt verlaufen war.

»Du hast wieder schlecht geträumt, nicht wahr?«

Ich wollte ihr antworten, aber ich brachte nur ein heiseres Krächzen zustande. Also nickte ich einfach.

»Du musst mir nichts erzählen. Ich habe dich schreien gehört, es muss schlimm gewesen sein. Aber jetzt ist es vorbei. Komm!«

Sie zog mich von der Couch, nahm mich wie ein Kind an die Hand und führte mich in den Schlafraum. Kurz war ich versucht, umzukehren und die PSM zu holen. Aber ich war zu erschöpft von meinem unruhigen Schlaf und dem Albtraum. Außerdem wollte ich Rica nicht loslassen.

Sie nahm mich mit ins Bett, das noch warm war von ihrem Körper, und deckte uns beide zu. Als unsere Lippen und unsere Leiber wie von selbst zueinander fanden, wusste ich, dass auch Rica unter der unsichtbaren Mauer gelitten hatte.

Wir liebten uns, zärtlich und vorsichtig, wie von Angst erfüllt, das neu geknüpfte Band zu zerreißen. Jeder erkundete den Körper des anderen mit tastenden Berührungen, streichelte ihn, verursachte ihm Wollust und Geborgenheit zugleich.

Ich schob Ricas Nachthemd hoch und küsste die warme Haut ihres Bauches und ihrer Schenkel. Sie legte ihre Hände auf meinen Kopf, drückte ihn mit sanfter Gewalt zwischen ihre Beine. Das Spiel meiner Lippen und meiner Zunge steigerte Ricas Erregung. Aus dem leichten Zittern ihrer Glieder wurde ein heftiges, rhythmisches Zucken, das über ihren ganzen Körper lief. Sie kreuzte ihre Beine über meinem Rücken und hielt meinen Kopf fest in ihren Händen, bis sie ihren Höhepunkt erreichte und leise, lustvolle Schreie ausstieß.

Eine Weile lagen wir still da, und mein Kopf ruhte auf dem weichen Kissen ihres Schoßes. Ich spürte die sanften, aber heftigen Nachbeben, die sie erlebte und genoss. Ihre Hände streichelten mein Gesicht, und sie schnurrte wie eine zufriedene Katze.

Ihren erhitzten, schwitzenden Leib küssend, schob ich mich nach oben, drückte meine Lippen auf ihr Gesicht, dann auf ihren Mund. Das Spiel unserer Zungen ließ meine Erregung anschwellen, und Rica spürte es, als ich mich fest gegen sie presste. Ihre Hände glitten nach unten, schlossen sich um mein pulsierendes Fleisch, massierten es erst sanft, dann immer schneller, härter, fordernder. Ich ergoss mich in ihre geschickten Hände und auf Sylvia Sallmanns Bettwäsche.

Rica ging sich waschen und kehrte mit einem nassen Lappen zurück, um auch mich zu reinigen. Amüsiert ließ ich es geschehen und genoss das Gefühl der Entspannung. Es tat mir gut, mich von Rica verwöhnen zu lassen. Ich fühlte mich gelöst wie schon lange nicht mehr.

Als sie wieder neben mir lag, erkundigte sie sich nach meinem Traum. Ich schilderte ihn und stockte plötzlich, als ich den Offizier beschreiben wollte. Dieses Gesicht mit den asketischen Zügen, verlebt und alt wirkend, aber altersmäßig doch nicht genau zu bestimmen! Ich wusste plötzlich, wo ich es schon einmal gesehen hatte. Doch da hatte der Mann keine Uniform getragen, sondern einen Arztkittel.

»Der Offizier war Ambeus!«, stieß ich keuchend hervor, und jede Empfindung von Gelöstheit war verschwunden.

Ich sah mich wieder in dem fensterlosen Krankenzimmer liegen, und über mir ragte die Gestalt des Arztes auf. Seine kalte Stimme bellte einen Befehl, und in meiner Erinnerung vermischten sich die Bilder. Er trug noch seinen weißen Kittel, hatte aber die Offiziersmütze auf dem Kopf. Und endlich begriff ich, was mein Unterbewusstsein mir sagen wollte, was mich schon seit dem Besuch bei Hugo Bartsch beschäftigte.

Elektrisiert sprang ich auf und lief nackt, wie ich war, zum Schreibtisch. Ich knipste die Lampe an, die mit einer Klemme an der Tischkante befestigt war. Aus einer Plastikbox fischte ich einen Kugelschreiber und kritzelte den Namen des Doktors in Blockbuchstaben auf ein Blatt Papier. Das zerschnitt ich mit einer Schere, bis jeder Buchstabe auf einem kleinen Papierstück stand. Erst als ein paar Tropfen auf das Papier fielen, bemerkte ich, dass ein dicker Schweißfilm meine Stirn bedeckte.

»Was soll das?«, fragte Rica, die neben mich getreten war und ihren Blick irritiert zwischen mir und den Papierschnipseln pendeln ließ.

»Das wirst du gleich sehen!«

Die Buchstaben bildeten den Namen AMBEUS.

Ich zog das B aus der Mitte und setzte es an den Anfang.

BAMEUS.

Jetzt nahm ich das U weg und setzte es zwischen A und M wieder ein.

BAUMES.

Ich drehte mich zu Rica um, die mit offenem Mund auf das Anagramm starrte, und sagte: »Simpel, nicht wahr? Ich hätte gleich darauf kommen sollen!«

»Du meinst, dein Dr. Ambeus ist Professor Rudolf Baumes?«

»Was sonst?« Ich tippte auf die Buchstaben. »Was immer das bedeutet, es ist bestimmt kein Zufall. Und es beantwortet eine der Fragen, die ich bei deinem Freund Hugo gestellt habe. Das Golem-Projekt ist nach der Wiedervereinigung fortgeführt worden!«

»Dein Buchstabenspiel ist ein Indiz, aber kein Beweis.«

»Der Beweis«, sagte ich langsam, »steht neben dir. Was hat Professor Baumes doch noch in seinem Gutachten geschrieben: ›Manipulation der Sinneswahrnehmung.‹ So wie bei mir, wenn ich jemanden hinter einer Wand sehe und in völliger Dunkelheit Hindernisse wie mit einem Radargerät wahrnehme.« Meine rechte Hand fuhr über die Narben an meinem Kopf. »Baumes/Ambeus und seine Hintermänner haben ein Monster aus mir gemacht!«

Rica sah mir in die Augen und sagte mit fester Stimme: »Sie haben es vielleicht versucht, aber es ist ihnen nicht geglückt!«

»Das hoffe ich«, erwiderte ich leise.

Sie wandte sich wieder dem Anagramm zu und schüttelte den Kopf. »Wenn dieser Professor Baumes sich schon einen neuen Namen zugelegt hat, warum auf diese Art? Es wäre für ihn viel sicherer gewesen, sich Meier, Müller oder Schulze zu nennen.«

»Wissenschaftler sind Sonderlinge, und sie sind ehrgeizig. Möglicherweise widerstrebte es ihm, sich ganz von seinem Namen zu trennen. Vielleicht findet er auch einfach nur Freude an solchen Spielchen.«

»Gut für uns«, sagte Rica, und in ihrer Stimme schwang Entschlossenheit mit. »Dadurch wird Professor Baumes zu einer heißen Spur. Wenn er ein so wichtiger Wissenschaftler ist, muss es noch andere Unterlagen über ihn geben als dieses Gutachten. Morgen ist harte Recherche angesagt.«

»Willst du etwa in die Redaktion?«

»Mir wird wohl nichts anderes übrig bleiben. Hier gibt es keinen Internetanschluss, noch nicht mal einen Computer. Entweder ist Sallmanns Schwester sehr rückständig oder unglaublich progressiv.«

»Kranz wird misstrauisch sein. Vielleicht konntest du ihm vorspiegeln, die Redaktion den ganzen Tag über nicht verlassen zu haben. Aber er lässt garantiert deine Wohnung überwachen. Und wenn du heute Nacht nicht nach Hause kommst, wird er sich seinen Teil denken.«

»Soll er! Trotzdem weiß er nicht, wo ich bin.« Mit einem gekünstelten Augenaufschlag fragte sie: »Oder möchtest du, dass ich jetzt zu meiner Wohnung fahre, um Kranz das brave Mädchen vorzuspielen?«

»Auf gar keinen Fall!« Ich nahm Rica in die Arme. »Nachts ist es auf der Straße für brave Mädchen viel zu gefährlich.«

17

Motorengeräusch und das Klappen von Autotüren schreckte mich auf. Ein schneller Blick auf die Wanduhr zeigte mir, dass es erst zwanzig vor zehn war. Der Vormittag zog sich endlos dahin. Mehr aus Routine als aus einer konkreten Befürchtung griff ich im Aufstehen nach der PSM und trat ans Fenster.

Die Sonne schien durch eine zerrissene Wolkendecke, und der Regen der letzten Nacht verdampfte in kleinen Pfützen. Der Lieferwagen einer Reinigungsfirma stand auf der Straße, und eine Frau im roten Overall zog ein Päckchen aus der offenen Hecktür. Sie ging damit zu einem Haus auf der anderen Straßenseite.

Am Straßenrand parkte Sylvia Sallmanns grüner Opel Agila. Als Rica heute Morgen um acht aufgebrochen war, hatte sie die U-Bahn genommen. Höchstwahrscheinlich ließ Kranz das Redaktionsgebäude des »Bärliners« überwachen. Wenn seine Leute Rica in dem Agila sahen, würden sie keine zehn Minuten später wissen, wo ich zu finden war. Rica hatte mir den Schlüssel und die Papiere für den Wagen dagelassen, für den Notfall. Ansonsten hatte ich nichts anderes zu tun, als hier auf ihre Rückkehr zu warten.

Die Frau im roten Overall hatte ihr Päckchen abgegeben und stieg wieder in den Lieferwagen. Sie wendete das Fahrzeug umständlich, bog auf die Friedrichstraße ein und fuhr zur ehemaligen Grenze. Dort stauten sich Autos und Touristen. Ein doppelstöckiger Reisebus mit getönten Scheiben hielt vor dem Mauermuseum, dem »Haus am Checkpoint Charlie«. Vorwiegend ältere Leute, Männer mit Baseballkappen und Frauen in unechtem Blond, Amerikaner, strömten heraus, zückten die Kameras und überfluteten die Verkaufsstände, die alle die gleichen Bücher, Broschüren, Faltkarten und »garantiert echten Mauerstücke« feilboten. Gegenüber drängte ein Pulk junger Frauen auf Plateausohlen in den verzierten Altbau mit dem Café Adler. Ein ganz normaler Morgen in Berlin.

Ein nervender Singsang erfüllte den Raum, einmal, zweimal, dreimal. Mein Blick fiel auf das türkisfarbene Telefon mit integriertem Anrufbeantworter. Rica und ich waren übereingekommen, nicht miteinander zu telefonieren. Aus Sicherheitsgründen.

Nach dem fünften Klingeln sprang mit einem Klicken der Anrufbeantworter an, und eine überdrehte Frauenstimme sagte: »Hi, hier ist Sylvia! Ich bin nicht da, aber lass dich nicht abhalten, und sprich mir was Schönes auf Band!«

Ein Uwe meldete sich mit zögernder Stimme. »Bist du etwa schon in Urlaub, Sylvi? Du wolltest dich doch vorher bei mir melden. Ruf doch an, falls du nicht weg bist! Ja?« Er legte auf, und der Anrufbeantworter stellte das Band ab.

Ich ging in die Küche und schenkte mir den Rest Kaffee ein, den ich vor einer Stunde durch die Maschine hatte laufen lassen. Milch gab es nicht, Sylvia Sallmann hatte ihren Kühlschrank ziemlich geplündert. Ich mochte den Kaffee lieber mit ein wenig Milch und fragte mich, wie lange das schon so war.

Mit dem Kaffeebecher kehrte ich in den Wohnraum zurück und machte mich wieder über die Aktenkopie her, deren Blätter ich über den ganzen Esstisch verteilt hatte. Es war das einzig Sinnvolle, was ich tun konnte.

Operation Golem.

Jetzt, im hellen Tageslicht betrachtet, wirkte es wie blanker Unsinn, wie die Ausgeburt eines überdrehten Romanautors. Menschen, die zu Killermaschinen gemacht wurden, eine Armee von skrupellosen Kampfrobotern!

Aber dann erinnerte ich mich an den Film, den Hugo Bartsch uns gezeigt hatte, Projekt Balmung. Das hatte echt gewirkt, nicht wie eine Spinnerei aus Hollywood. War den Nazis nicht jeder Irrsinn zuzutrauen? Ich dachte an die fürchterlichen Experimente an KZ-Häftlingen. War es nicht möglich, dass Himmler und Konsorten in ihrer verbrecherischen Verblendung auch an den eigenen SS-Leuten experimentiert hatten? Die biologische Auslese mit den Mitteln der Wissenschaft beschleunigen, genau das passte zu der verschrobenen Vorgehensweise der Nazis, die Realitätssinn und Menschlichkeit aus ihrer Gedanken- und Gefühlswelt verbannt hatten.

Wieder ertönte die mechanische Melodie des Telefons, gefolgt von Sylvia Sallmanns Ansage. Diesmal klackte es nur, und der Anrufer hatte aufgelegt. Uwe?

Ich nahm den abgerissenen Faden wieder auf. Konnte aus dem Projekt Balmung die Operation Golem geworden sein, wie die kopierten Aktenblätter vor mir suggerierten? Zwar hatte es zum Credo der DDR gehört, nicht Erbin oder Nachfolgerin des faschistischen, kriegerischen Deutschlands zu sein, aber die Realität hatte anders ausgesehen. Stasi und Gestapo hatten mehr als drei Buchstaben gemeinsam gehabt, und die Soldaten der Nationalen Volksarmee waren munter im schon von der Wehrmacht abgeschafften Stechschritt marschiert. Bei all den Schweinereien, die das Ministerium für Staatsicherheit auf dem Gewissen hatte, erschien mir eine Fortführung des alten SS-Projekts nicht als abwegig.

Bedeutsamer war die Frage, ob sich nach dem Ende des Arbeiter- und Bauernstaats jemand gefunden hatte, der das Projekt fortsetzte. Ich schien der lebende Beweis dafür zu sein. Vergebens dachte ich darüber nach, wer dahinter stecken mochte. Und wozu man jetzt, ein halbes Jahrhundert nach dem Ende des Zweiten Weltkriegs und ein Jahrzehnt nach dem des Kalten Kriegs, eine »Armee von unbesiegbaren Kämpfern« brauchte, wie es in dem SS-Film geheißen hatte.

Meine Gedanken drehten sich im Kreis, und zur Ablenkung schaltete ich den Fernseher ein. Eine Luftaufnahme des östlichen Tiergartens wurde von dem größeren Bild eines Gebäudes kurz vor der Fertigstellung abgelöst. Das Clay-Center. Ich erinnerte mich an das nächtliche Zusammentreffen mit Max und fragte mich unwillkürlich, wie es ihr gehen mochte.

Ein neues Bild zeigte einen schnurrbärtigen Mann im roten Sakko und schwarzen Rollkragenpullover, der vor dem Clay-Center stand. Eine Schrift wurde eingeblendet: »Henning Larisch – Sprecher der Trägergesellschaft«.

Ein Interviewer fragte: »Herr Larisch, das neue Clay-Center steht kurz vor seiner Vollendung. Reichlich ungewöhnlich für Berlin, dass ein Bauprojekt nicht nur innerhalb des festgesetzten Zeitrahmens fertig wird, sondern sich auch im Kostenrahmen hält. Oder?«

Larisch warf sich in die Brust und strahlte. »Sehr ungewöhnlich, ja! Die am Clay-Center beteiligten Unternehmen, insbesondere Global Standards als Hauptträger, haben durch realistische Planung und ständige Kontrolle dazu beigetragen, das Bauprojekt so glatt durchzuziehen.«

Der Interviewer kam seitlich ins Bild, ein bebrillter Mittdreißiger mit schütterem krausen Haar. »Sie erwähnten gerade Global Standards, den Hauptinvestor und auch hauptsächlichen Nutznießer des Clay-Centers. Sie, Herr Larisch, arbeiten eigentlich als Pressesprecher für Global Standards und wurden für die Zeit des Bauprojekts zur Trägergesellschaft abgestellt.«

»Das ist richtig.«

»Täuscht der Eindruck, dass die Beteiligung anderer Firmen sowie der Bundesregierung und des Berliner Senats am Clay-Center davon ablenken soll, dass es sich eigentlich um eine Revanche gegenüber INTEC handelt? Ursprünglich hatte Global Standards am Potsdamer Platz bauen wollen, wo jetzt der INTEC-Tower steht.«

Eine steile Falte über Larischs Nasenwurzel kündete von seinem Missmut, aber er zwang sich zu einem Lächeln. »Das eine hat mit dem anderen nichts zu tun. Nachdem Global Standards den Zuschlag für den Potsdamer Platz nicht bekommen hat, haben wir uns mit ganzer Kraft auf diesen Standort am Rand des Tiergartens konzentriert und einen Gebäudekomplex entworfen, der sich im Übrigen viel harmonischer ins Stadtbild einfügt als der INTEC-Tower. Dass die anderen Bauträger keine bloße Alibi-Funktion erfüllen, können Sie allein daraus ersehen, dass Bundeskanler Zander am dritten Oktober, dem Tag der deutschen Einheit, die Einweihungsrede halten wird.«

»Aber Global Standards ist doch sehr daran gelegen, ein gutes Einvernehmen mit der Bundesregierung herzustellen. Gerade dieser Tage, wo im Kabinett über das Gesetz zur Neuordnung der neurotechnologischen Forschung beraten wird. Global Standards ist neben INTEC einer der führenden Konzerne auf diesem Sektor. Und der Bundeskanzler hat bekanntlich tief greifende Bedenken gegen eine zu liberale Formulierung des Gesetzes geäußert.«

»Jetzt bringen Sie aber Äpfel mit Birnen durcheinander!«, zeigte sich Larisch zum ersten Mal leicht ungehalten. »Die Beratungen im Kabinett fallen ganz zufällig mit der Einweihung des Clay-Centers zusammen. Der Termin für die Einweihung steht schon seit über einem Jahr fest.«

»Aber Global Standards ist doch an einem guten Einvernehmen mit der Bundesregierung gelegen?«

»Jeder Konzern, der in Deutschland tätig ist, sollte diesen Wunsch haben. Aber ich stehe heute nicht hier, um für Global Standards zu sprechen. Ich . . .«

»Vielen Dank für das Statement«, fiel der Reporter dem Pressesprecher ins Wort und wandte sich zur Kamera um. »Meine Damen und Herren, das neue Büro- und Kongresscenter am Tiergarten trägt einen geschichtsträchtigen Namen. General Lucius D. Clay, von 1947 bis 1949 Militärgouverneur der amerikanischen Besatzungszone, hat während der Berlinblockade durch die Sowjetunion zusammen mit Bürgermeister Ernst Reuter die Luftbrücke organisiert. Ihm zu Ehren wurde der neue Gebäubekomplex auf den Namen Clay-Center getauft. Eine sechs Meter hohe Statue des Generals soll das Dach des Centers schmücken. Noch ist sie der Öffentlichkeit nicht gezeigt worden. Die Statue wird erst am Tag der Einweihung aufgestellt und in Anwesenheit der Ehrengäste mit einem Spezialhelikopter eingeflogen. So viel aus dem Tiergarten. Ich gebe zurück . . .«

Ich griff zur Fernbedienung und drückte auf den Aus-Knopf. Statt mich abzulenken hatte der Bericht mir neuen Stoff zum Nachdenken gegeben.

Clay-Center – Global Standards – INTEC – Gesetz zur Neuordnung der neurotechnologischen Forschung – Einweihungsrede des Bundeskanzlers. All das wirbelte in meinem Kopf herum wie Herbstlaub im Wind. Ich ahnte mehr als ich wusste, dass es etwas mit mir zu tun hatte, mit meiner verlorenen Erinnerung, mit dem, was man mit meinem Gehirn angestellt hatte.

Aber wann immer ich eins der losen Blätter zu fassen und ins Gesamtbild einzufügen versuchte, griff ich ins Leere. Zu viel lag noch im Ungewissen.

Gegen halb zwei am Nachmittag schreckte mich ein melodiöses Klingeln an der Tür aus der Grübelei. Zweimal lang, zweimal kurz und wieder zweimal lang. Es war das mit Rica verabredete Signal, dass sie allein war und ich sie einlassen konnte. Sie hatte keinen Wohnungsschlüssel mitgenommen, um mein Versteck bei einer eventuellen Kontrolle durch die SGB nicht zu verraten.

Ich ließ sie zwei Minuten warten und blickte hinunter auf die Straße. Eine große Gruppe Kinder mit Taschen und Rucksäcken, vermutlich eine Schulklasse auf dem Ausflug, zog lärmend in Richtung Friedrichstraße. Der Autoverkehr erschien mir normal: Zwei Taxis, der Lieferwagen einer Bäckerei und mehrere Pkw. Also ging ich zur Wohnungstür und drückte auf den Öffnerschalter. Während ich wartete, hielt ich die PSM durchgeladen und entsichert in der Hand.

Einen Fahrstuhl gab es nicht. Durch den Türspion sah ich Rica mit zwei gefüllten Plastiktüten die Treppe heraufkommen. An ihrer linken Seite hing eine weitere Tasche, die wie eine Reisetasche mit mehreren Seitenfächern aussah. Ich zog die Sicherheitskette zur Seite und öffnete die Tür. Rica schlüpfte herein, und ich verschloss die Tür wieder.

Rica begrüßte mich mit einem bezaubernden Lächeln und einem zärtlichen Kuss. Amüsiert blickte sie auf die Pistole. »Hoffentlich kannst du auch mit einem Dosenöffner umgehen. Ich war eben noch im Supermarkt. Erster Gang ist eine Kräutersuppe.

Dann gibt es Kaviareier und Lachsschnitten, dazu Rotwein. Ist das genehm?«

»Mir ist alles genehm, was essbar ist«, sagte ich und nahm ihr die Tüten ab. »Aber warum speisen wir so vornehm? Gibt es etwas zu feiern?«

Sie setzte eine verschwörerische Miene auf. »Wart es ab! Erst mal wird gegessen. Wenn du nur halb so viel Hunger hast wie ich, sollte das auch in deinem Interesse liegen.«

»Liegt es«, sagte ich und half ihr, die Einkäufe auszupacken. »Wie war es draußen? Hat sich die SGB an deine Hacken geklemmt?«

»Dazu habe ich es nicht kommen lassen. Als ich heute Morgen aus der U-Bahn stieg, bin ich auf einem Umweg zur Redaktion gegangen. Kranz' Männer konnten unmöglich einen Rückschluss darauf ziehen, woher ich kam. Und selbst wenn, hätten sie die Spur im Untergrund verloren.«

»Und wie bist du wieder hergekommen?«

»Auf demselben Weg, auf dem ich auch gestern das Redaktionsgebäude verlassen habe. Einer unserer Lieferwagen hat mich an einer belebten Ecke abgesetzt. Von da bin ich zur U- Bahn, natürlich mit einigen kleinen Umwegen. Ich konnte keine Verfolger feststellen.«

»Ich glaube nicht, dass Kranz so schnell aufgibt. Nicht bei dem Aufwand, den er betrieben hat, um mich zu kriegen.«

»Er hat nicht aufgegeben«, sagte Rica, während sie zwei Kochtöpfe aus einem Hängeschrank nahm. »Einige Kollegen wurden unter fadenscheinigen Vorwänden nach mir befragt, von Leuten, die schon auf zehn Meilen gegen den Wind nach SGB rochen.«

»Und?«

»Einige meiner Kollegen haben wirklich nichts gewusst, die anderen haben so getan. Ich selbst erhielt im Büro übrigens auch ein paar Anrufe, die vermutlich aufs Konto von Kranz gehen.«

Ich zeigte auf die Umhängetasche und erkundigte mich nach dem Inhalt.

»Eine Fotoausrüstung, die ich aus der Redaktion mitgebracht habe. Ich glaube, sie wird uns sehr bald nützlich sein.«

Wenig später erfüllte der würzige Duft der Kräutersuppe die

Wohnung, und ich erzählte Rica beim Essen von dem Fernsehbericht über die Einweihung des Clay-Centers.

»Was hat es mit diesem Gesetz zur Neuordnung der neurotechnologischen Forschung auf sich?« fragte ich.

»Das ist zur Zeit ein heißes Eisen auf der politischen Bühne. Die Bundesregierung liegt deshalb im Clinch mit der Opposition, mit den Wirtschaftsverbänden und sogar mit sich selbst. Man sagt, dem Kanzler wäre es am liebsten, er hätte nie etwas von dem Gesetz gehört. Er möchte die Forschung unter starker staatlicher Kontrolle halten, im Gegensatz zu seinem Stellvertreter Thomas Schling. Der Vizekanzler würde der uneingeschränkten Forschung auf diesem Sektor lieber heute als morgen Tür und Tor öffnen. Man sagt, als früherer Forschungsminister von Nordrhein-Westfalen unterhalte Schling enge Kontakte zur Industrie.«

»Warum der Streit um das Gesetz? Was ist daran so delikat?«

»So ziemlich alles, wenn man die öffentlichen Debatten verfolgt, die seit vielen Monaten um das Thema geführt werden. Im Kern geht es um eine Regelung dessen, was im Bereich der neurotechnologischen Forschung erlaubt sein soll und was nicht.«

»Was ist unter diesem Begriff zu verstehen: *neurotechnologische Forschung*?«

»Eine Forschung zum Wohle des Menschen natürlich.« Rica grinste breit. »Und zum Wohle der Unternehmen, die mit den Forschungsergebnissen die Menschheit beglücken. Sie wollen Krankheiten und Behinderungen durch die Implantation von Computerchips heilen oder mildern. Es gibt zum Beispiel Menschen, die am Locked-in-Syndrom leiden. Das Gehirn der Betroffenen funktioniert tadellos, aber sie können nicht einmal den kleinen Finger bewegen und sind mangels Kommunikationsmöglichkeit von der Außenwelt abgeschlossen. Diesen Menschen könnte man Elektroden einsetzen, die ihre Hirnströme direkt an einen Computer weiterleiten. Sie könnten allein durch die Kraft ihrer Gedanken Texte schreiben, die für andere sichtbar auf einem Monitor erscheinen. Das klingt zwar ein bisschen nach Sciencefiction, aber in der Richtung wird schon seit längerem ernsthaft geforscht.«

»Weiter!«, forderte ich fasziniert. »Erzähl mir mehr über die Anwendungsmöglichkeiten.«

»Man arbeitet an einem Sehchip für Blinde, der die Funktion zerstörter Teile der Netzhaut übernehmen und dem Sehnerv den benötigten Dateninput liefern soll. Eine Art Hirnschrittmacher für Parkinsonerkrankte ist ebenso im Gespräch wie ein Chip, der das Gehirn zum Ausstoß eines bestimmten Botenstoffes veranlasst, der an Depressionen Leidenden das seelische Gleichgewicht wiedergibt. Natürlich denken die Eierköpfe in den Forschungsanstalten längst weiter. Durch eine Verbindung von Computer und menschlichem Gehirn soll es möglich werden, den Hirninhalt und sogar die gesamte Persönlichkeit zu scannen und ihn in einen Datenspeicher zu übertragen. Das Ich auf Diskette sozusagen. Andere Forscher träumen von einer Systemerweiterung des menschlichen Gehirns, von der Verstärkung der Sinneswahrnehmung oder gar von der Schaffung neuer Wahrnehmungsmöglichkeiten. Hier setzen die Kritiker an, die einen Eingriff in die Natur des Menschen und in die Schöpfung . . .«

»Das ist es!«, rief ich dazwischen und sprang vor Erregung so hastig auf, dass der Rest meiner Kräutersuppe den Teppichboden tränkte. »Rica, genau das haben sie mit mir gemacht! Ich verfüge über Wahrnehmungsmöglichkeiten, die kein anderer hat. Und mir fehlt ein Teil meiner Erinnerungen. Vielleicht haben sie ihn übertragen, vielleicht ist er aber bei dem Versuch gelöscht worden. So wie man eine Diskette oder eine Festplatte löscht.«

Bei dem Gedanken, dass ein Fremder über mein Gehirn verfügt hatte wie über eine normale Datei, wurde mir übel. Gleichzeitig befiel mich eine rasende Wut. Ich hätte schreien mögen, aber ich wusste, dass es nutzlos war. Als ich mich wieder hinsetzte, war jeder Appetit verflogen.

Rica holte einige Blätter Küchentuchpapier, um die Suppe vom Boden zu wischen, so gut es ging. Als sie damit fertig war, legte sie das schmutzige Papier achtlos auf den Tisch und sah mich an.

»Du hast Recht!« sagte sie. »Projekt Balmung mag damals ebenso verrückt wie undurchführbar gewesen sein. Aber mit der Entwicklung der Computertechnologie wurde es, als Operation Golem, immer realistischer. Deshalb hat man in der DDR die Sache gefördert. Und deshalb fördert man sie immer noch. Es passt zu dem, was ich herausgefunden habe.«

»Was?«

Sie setzte sich auf meinen Schoß und fuhr mit der Hand durch mein Haar. Ihre Berührungen wirkten beruhigend auf mich, gaben mir unerklärlicherweise ein Gefühl von Sicherheit. Vielleicht nur deshalb, weil ich aufgrund von Ricas Hilfe nicht ganz allein stand. Vielleicht aber auch, weil ich längst mehr für sie empfand, als ich mir selbst zugestehen wollte.

»Dein Dr. Ambeus scheint ein Phantom zu sein, aber Professor Baumes hat sich als Treffer erwiesen. Anfang der achtziger Jahre war er in einen Skandal verwickelt. Damals leitete er eine Privatklinik für Neurochirurgie in Zehlendorf.«

»In West-Berlin?« warf ich überrascht ein.

»Ja, damals lebte er noch im Westen. Ihm wurde vorgeworfen, über das medizinisch erforderliche und das ethisch zulässige Maß hinaus an seinen Patienten herumexperimentiert zu haben. Die Staatsanwaltschaft leitete ein Ermittlungsverfahren gegen ihn ein. Noch bevor die Anklage erhoben wurde, verschwand er von der Bildfläche.«

»Und tauchte im Osten wieder auf?«

«Nicht so ganz. Das Gutachten in Hugos Akte legt nahe, dass er in der DDR Unterschlupf gefunden hat. Meine Recherche scheint es zu bestätigen. Offiziell gibt es weder Hinweise auf einen Professor Rudolf Baumes noch auf einen Dr. Ambeus. Aber ich habe eine Aktennotiz aus dem Stasi-Erbe ausfindig gemacht. Und zwar hatte das MfS einen geheimen Geldtopf zur ›Unterstützung von staatlich wichtigen wissenschaftlichen Forschungen‹, wie der Etat genannt wurde. Und da gibt es einen Vermerk von 1984 über die Zuwendung von 1,2 Millionen Mark für die Klinik Baumes, ehemals Gut Auenheim. Weißt du, wo das liegt?«

»Nein«, anwortete ich, aber mich beschlich eine Vorahnung.

»Heute gibt es keinen Ort dieses Namens mehr. Er wurde im Zweiten Weltkrieg ausradiert. Aber auf einer Vorkriegslandkarte habe ich ein kleines Dorf namens Auenheim gefunden, in der Uckermark, südlich von Wolfshagen.«

18

Wie ein Maulwurf durchs Erdreich fraß sich der Opel Agila durch die unbekannte Schwärze. Rica fuhr mit einer Geschwindigkeit zwischen fünfzig und sechzig Stundenkilometern. Trotzdem musste sie höllisch aufpassen, um den Wagen auf der Straße zu halten. Der Wolkenbruch, der kein Ende nehmen wollte, überspülte mit seinen Wassermassen den löchrigen Asphalt, und starker Seitenwind rüttelte immer wieder an dem Mini-Van. Jede kleine Kurve brachte ihn in die Gefahr heftigen Schlingerns. Und die schmale Landstraße hatte eine Menge Kurven, kleine und große. Oft waren sie erst im letzten Moment zu sehen.

Die dicken Wolken am Abendhimmel, der fast undurchdringliche Regenvorhang und die dichten Baumreihen links und rechts verschluckten das Scheinwerferlicht. Zusätzlich erschwert wurde die Sicht durch den Wasserschleier auf der Windschutzscheibe. So schnell die unermüdlichen Wischerblätter auch hin und her zuckten, gegen diese Sintflut kamen sie nicht an. Das Klacken der Wischer und das Brummen des Motors wurden von dem Prasseln der dicken Tropfen auf die Karosserie und dem Rauschen des von den Rädern verdrängten Wassers übertönt.

»Ich kann mir denken, warum dieses Auenheim auf kaum einer Karte verzeichnet ist«, sagte irgendwann Rica, deren Augen am dunklen Band der Straße klebten. »Wer fährt schon freiwillig zum Arsch der Welt?«

»Wir«, erwiderte ich und hielt weiterhin angestrengt Ausschau nach einem Hinweisschild oder einer Abbiegung.

Auf meinen Knien lag eine Straßenkarte, auf der ich mit Kugelschreiber die ungefähre Lage von Gut Auenheim markiert hatte. Geholfen hatte uns dabei die alte Karte von 1937, die Rica am Nachmittag mitgebracht hatte. Die aktuelle Straßenkarte hatten wir in Prenzlau erstanden, wo wir den Wagen aufgetankt und einige Einkäufe getätigt hatten, um uns für unsere Expedition angemessen auszurüsten. Wir waren auf der A 11 bis zur Abfahrt Prenzlau gefahren, hatten dann die B 198 genommen und waren in Wolfshagen nach Süden abgebogen. Je länger wir unterwegs waren, desto schlechter wurde das Wetter.

»Da!« rief ich aus, als zur Linken eine Lücke im Baumbestand auftauchte und auch schon wieder im Dunkel versank. »Das hätte unsere Abzweigung sein können. Vorausgesetzt, es war überhaupt ein befahrbarer Weg.«

Rica bremste vorsichtig ab und setzte zurück, bis der Agila neben der Lücke stand. Ich leuchtete mit der Halogentaschenlampe, die ich zum Lesen der Karte benutzt hatte, an Rica vorbei durchs Fahrerfenster. Es war tatsächlich eine Einfahrt, gerade breit genug für einen Wagen. Der Asphaltbelag sah noch älter aus als der, über den wir bisher gefahren waren. Ein Hinweisschild suchte ich vergebens.

»Und?« fragte Rica. »Hier rein oder weiter geradeaus?«

Anhand der Entfernungsskala auf der Straßenkarte und der Anzeige des Kilometerzählers überprüfte ich unseren Standort. »Es könnte die richtige Abzweigung sein.«

»Was heißt *könnte*?«

»Es kommt von der Entfernung ungefähr hin. Aber wer garantiert uns, dass nicht in ein paar hundert Metern noch eine Abzweigung kommt, die Richtige?«

»Niemand«, sagte Rica knapp. »Also?«

»Versuchen wir's!«, entschied ich.

Rica setzte ein paar Meter zurück und bog dann nach links ein. Die alten, hohen Bäume standen hier so eng zusammen, dass sich ihre Kronen berührten. Es war wie eine Fahrt durch einen düsteren Tunnel.

Trotzdem schlug der Regen mit voller Wucht zu uns durch. Äste wurden abgerissen und fielen dumpf krachend gegen den Wagen. Andere knirschten unter den Autorädern. Rica reduzierte die Geschwindigkeit auf vierzig, dann auf dreißig Stundenkilometer.

Der unbekannte Weg führte in sanften Windungen durch den Wald. Ich wusste nicht, ob er uns dem Ziel näher brachte, wie lang er war, wo er endete. Und doch ahnte ich, dass wir uns dem Ort näherten, an dem für mich alles begonnen hatte – der »Klinik«.

Ein Gefühl der Beklemmung beschlich mich, drückte auf meine Brust. Ich griff zum Armaturenbrett, um die Frischluftzufuhr zu erhöhen, aber ich atmete noch immer schwer.

Vor uns verbreiterte sich der Weg ohne ersichtlichen Grund zu einer Art Wendeplatz. Vielleicht, damit sich begegnende Fahrzeuge einander ausweichen konnten. Rica hielt mitten auf dem Platz an und beugte sich zu mir. Ihre Hand tastete über meine schweißnasse Stirn.

»Was ist los?«, fragte sie besorgt.

»Ich denke an die Klinik und das, was uns möglicherweise dort erwartet.«

»Womit rechnest du?«

»Mit allem. Vielleicht finden wir dort nicht den geringsten Hinweis. Vielleicht aber auch ...«

Als ich den Satz nicht vollendete, fragte Rica: »Du denkst, es könnte gefährlich werden, nicht?«

»Die Möglichkeit besteht. Und deshalb wäre es besser, wenn ich allein dorthin fahren würde.«

»Das haben wir doch schon durchgekaut, bevor wir aufgebrochen sind«, sagte Rica leicht gequält. »Ich will eine gute Story haben, also muss ich auch vor Ort recherchieren. Gefahr ...«

»Ist dein Geschäft, ich weiß«, fuhr ich dazwischen. »Aber ich möchte nicht, dass dir etwas passiert. Ich muss dir etwas sagen: Du bist für mich nicht die erste Frau.«

Einige Sekunden sah sie mich ungläubig an, dann fing sie lauthals an zu lachen und prustete: »Wie kommt es, dass mich deine Lebensbeichte in diesem Punkt nicht überrascht?«

»So meine ich das nicht. Ich rede von der kurzen Zeit, an die ich mich zurückerinnere.«

Ich erzählte ihr von Max und von den Gründen, weshalb ich das Theater in der Spandauer Vorstadt verlassen hatte.

Rica hörte aufmerksam zu und fragte dann: »Warum kriege ich das erst jetzt zu hören?«

»Wir kennen uns noch nicht so schrecklich lange. Ich wollte Max schützen. Und ich wusste nicht, ob ich dir vertrauen kann.«

»Was hat sich geändert?«

»Einiges. Ich vertraue dir. Und ich empfinde ähnlich für dich, wie ich für Max empfunden habe. Ich will nicht, dass dir etwas zustößt!«

Unsere Lippen trafen sich, und nach einem langen Kuss sagte

Rica: »Deine Gefühle in Ehren, aber wenn du ein Heimchen am Herd suchst, bin ich die Falsche. Außerdem habe ich nicht die weite Fahrt gemacht, um jetzt umzukehren.«

»In Wolfshagen findest du bestimmt ein Zimmer. Ich könnte dann allein nach Auenheim . . .«

»Ende der Diskussion!«, sagte sie scharf und sah auf die Uhr am Armaturenbrett. »Ich will nicht unromantisch sein, aber es ist schon nach neun. Wir sollten weiterfahren.«

Zwanzig Minuten und zwei Abzweigungen später fuhren wir über eine breitere Straße. Der Baumbestand war weniger dicht. Nach meiner Karte waren wir auf dem richtigen Weg. Eine scharfe Biegung und vor uns tauchte der schemenhafte Umriss eines großen Gebäudes auf.

Auch Rica hatte es gesehen. Sie hielt den Wagen an und stellte die Scheinwerfer aus.

»Ist das die Klinik?«

Ich versuchte, das Gebäude jenseits der Regenschleier besser zu erkennen. Noch immer mühten sich die Scheibenwischer, aber trotzdem war es, als blickte man durch ein mit Wasser gefülltes Glas. Der mehrere Stockwerke hohe Kasten lag vor uns wie ein dunkler Klotz, scheinbar unbelebt.

»Es könnte das Haus sein«, sagte ich zögernd. »Aber es ist nicht die Seite, auf der ich es verlassen habe. Dies hier müsste die Rückseite sein.«

»Dann sehen wir es uns mal aus der Nähe an!«

Ohne die Scheinwerfer wieder einzuschalten, steuerte Rica den Opel langsam in eine Lücke zwischen zwei knorrigen Buchen. Der Wagen kam nur ein paar Meter von der Straße entfernt zum Stehen, aber bei den herrschenden Sichtverhältnissen war es keine schlechte Tarnung.

Wir zogen die Gummistiefel und die wasserdichten Miporex-Jacken an, die wir in Prenzlau gekauft hatten. Ich überprüfte die PSM und steckte sie in eine Jackentasche an der rechten Seite, die ich durch Aufreißen eines Druckknopfes schnell öffnen konnte. Die Ersatzmagazine verstaute ich auf der anderen Jackenseite. Die Werkzeuge, ebenfalls in Prenzlau erstanden, hatte ich schon dort in einigen der vielen Jackentaschen deponiert. Jetzt kam ich mir vor wie ein wandelnder Reparaturdienst.

Ich griff nach meiner Taschenlampe und sah, dass Rica eine zweite, identische Lampe aus einer der Schubladen unter den Vordersitzen holte. Anschließend drehte sie sich nach hinten, wo die wasserfeste Umhängetasche mit ihrer Fotoausrüstung stand.

Als wir ausstiegen, waren unsere Köpfe und Hosen, soweit sie nicht von den wasserfesten Jacken bedeckt wurden, binnen Sekunden durchnässt. Der Waldboden war aufgeweicht, halber Matsch, und saugte schmatzend an den Profilsohlen unserer Gummistiefel.

Im Schutz des Unterholzes arbeiteten wir uns auf das Gebäude zu. Noch immer war dort kein Zeichen von möglichen Bewohnern zu entdecken. Kein Licht brannte, weder draußen noch jenseits der Fenster. Ich war mir jetzt sicher, dass es die »Klinik« war. Der Innenhof, über den ich geflohen war, musste auf der entgegengesetzten Seite liegen.

Die Beklemmung wollte wieder von mir Besitz ergreifen. Dies war vielleicht der Ort, an dem man mein Gehirn manipuliert hatte, an dem mir meine Erinnerung geraubt worden war. Doch es war nicht sicher, dass ich das Verlorene hier wieder fand. Konnte es nicht auch sein, dass ich das Wenige, was ich seit meiner Flucht gefunden hatte – Rica und meine Gefühle für sie – in der Klinik verlor?

Der Wald endete ungefähr fünfzig Meter vor dem Gebäude. Von hier aus bemerkten wir einen Gitterzaun, wie es ihn auch auf der anderen Seite gab. Dreißig Meter vor uns zog er sich um das Haus, so weit wir blicken konnten. Einen Durchgang gab es auf dieser Seite nicht.

»Versuchen wir es vorn«, schlug ich vor und musste halblaut rufen, um die Kakophonie des prasselnden und klatschenden Regens zu übertönen.

Als wir unseren Weg fortsetzten, sah ich, dass die Fenster und Türen auch hier größtenteils vernagelt oder zugehängt waren. Eigentlich hätte man einen Dachscheinwerfer erkennen müssen, aber das war nicht der Fall.

Ich machte Rica darauf aufmerksam, und sie erwiderte: »Die

Vögel sind wahrscheinlich ausgeflogen. Nach deiner Flucht dürfte es ihnen hier zu heiß geworden sein.«

»Mag sein«, sagte ich nachdenklich, denn ich wusste nicht, ob ich mich darüber freuen sollte.

Dann standen wir vor der U-förmigen Gebäudeseite und dem Innenhof, und ich durchlebte die Hektik meiner Flucht noch einmal. Fast glaubte ich, jenseits des Gitterzauns den von mir niedergeschossenen Torwächter liegen zu sehen. Aber das war nur ein Trugbild, hervorgerufen von einem abgebrochenen Ast der großen Eiche, der sich im heftigen Wind bewegte.

»Das Haus sieht auch von hier aus so verlassen aus wie ein Amtsgebäude am Freitagnachmittag.« Rica sah mich fragend an. »Versuchen wir unser Glück?«

»Uns bleibt nichts anderes übrig. Die Eiche am Zaun bietet uns etwas Deckung. Bis dahin heißt es ducken und die Beine in die Hand nehmen!«

Unbehelligt erreichten wir den einzelnen Baum, von dem aus es nur wenige Schritte zum geschlossen Tor waren. Ich überbrückte die Distanz mit ein paar schnellen Sprüngen und versuchte, das Tor zu öffnen.

»Verschlossen«, meldete ich, als ich wieder bei Rica und der Eiche ankam. »Schade, dass ich den Schlüssel auf meiner Flucht verloren habe. Jetzt müssen wir über den Zaun.«

Rica blickte zum Zaun hinüber und runzelte die Stirn. »Oben verläuft doppelter Stacheldraht.«

»Deshalb bin ich in Prenzlau in den Baumarkt gegangen.«

Ich wies Rica an, im Schutz der Eiche zu warten, und lief zum Zaun. An ihm hochzuklettern, war bei diesem Wetter kein Zuckerschlecken. Endlich war ich oben und holte die Drahtschere aus einer Jackentasche. Ich schnitt eine Lücke in den Stacheldraht, verstaute die Schere wieder und kletterte über den Zaun. Dabei verhakte meine Jacke sich im Stacheldraht. Ich geriet ins Straucheln und verlor den Halt.

Jetzt erwies es sich als Vorteil, dass der unbefestigte Boden unter dem Trommelfeuer des Regens aufgeweicht war. Ich rollte mich etwas ungeschickt über die Schulter ab und spürte dabei ein scharfes Stechen im linken Arm. Doch es schien nur eine Prellung zu sein. Auf härterem Boden wäre die Verletzung wohl schlimmer ausgefallen. Immerhin, ich war jenseits des Zauns!

»Ist dir was passiert?« Rica stand am Gitter und blickte besorgt hindurch.

»Nicht allzu viel. Sei vorsichtig!«

Rica erwies sich beim Klettern als sehr geschickt. Sie ließ die Tasche mit der Fotoausrüstung zu mir herunterfallen, und ich fing sie auf. Ricas Abstieg war wesentlich eleganter als meiner. Ich half ihr auf dem letzten Stück, nahm sie in die Arme und küsste sie.

Sie lächelte mich an. »Du schmeckst nach Schlamm, Tarzan.«

Ich nickte geistesabwesend und blickte suchend über den dunklen Innenhof. Noch immer kein Anzeichen möglicher Bewohner.

»Wir scheinen keinen Alarm ausgelöst zu haben«, meinte auch Rica und zeigte zum Haus. »Gehen wir rein?«

»Okay.«

Ich führte sie zu der Holzbohlentür, durch die ich nach draußen gelangt war. Heute wie damals war sie verriegelt. Die angrenzenden Fenster waren mit Brettern zugenagelt.

Aber zehn Meter zur Linken entdeckte ich ein Fenster, vor dem nur eine Plane hing. Der Wind spielte mit ihr und blähte sie knatternd auf. Ich riss die Plane ab und sah, dass die Fensterscheibe mehrere Sprünge aufwies. Mit der Drahtschere schlug ich die Scheibe ein und fuhr so lange über die Innenkanten des Rahmens, bis keine Splitter mehr hervorstachen. Dann zog ich mich an der Unterseite des Rahmens hoch und stieg in das Haus ein.

Meine Lampe flammte auf, und das helle Licht fiel auf alte, wurmstichige Möbel. Schreibtische, Aktenschränke und Stühle wie zu Kaiser Wilhelms Zeiten, alles satt mit Staub und Spinnweben überzogen.

»Wie sieht's da drin aus?«, fragte Rica neugierig.

»Ein lohnendes Objekt für deine Kamera.«

»Wirklich?«

»Ja, falls du ein Werbefoto für Staubtücher schießen willst.«

Ich half ihr beim Einsteigen, und auch sie schaltete das Halogenlicht ihrer Taschenlampe an.

»Das ist ja nicht sehr erheiternd«, fand sie. »Wenn in den Aktenschränken wenigstens Akten ständen!«

»Ich glaube, viel mehr werden wir hier nicht finden. Ambeus und seine Leute hatten eine Woche Zeit, *Tabula rasa* zu machen.«

Meine Annahme schien sich zu bestätigen, als wir die halb verfallenen Gänge erkundeten, durch die ich bei meiner Flucht gegangen war. Alles war verlassen, leer und dunkel. Ich versuchte mein Glück bei einem Lichtschalter, auch auf die Gefahr hin, dadurch jemandes Aufmerksamkeit zu erregen. Aber nichts geschah, die diskusförmigen Lampen an der Decke blieben dunkel.

»Das Gebäude hängt wohl nicht am öffentlichen Stromnetz«, sagte ich. »Wahrscheinlich war Ambeus Selbstversorger und hat bei seiner Abreise den Generator abgeschaltet.«

Wir erreichten den Gang mit den weiß gestrichenen, nummerierten Türen, und Rica sah sich sorgfältig um.

»Also tatsächlich!« entfuhr es ihr.

»Hast du mir etwa nicht geglaubt?«

»Doch, schon«, sagte sie und legte eine Hand auf meinen rechten Arm. »Aber du musst zugeben, dass alles reichlich phantastisch klingt. Und so wirkt es auch jetzt noch. Einerseits die vergammelnden Mauern und dann wieder die neuen Türen mit den Codeschlössern.«

Sie holte ihre Kamera hervor und machte mehrere Blitzlichtaufnahmen von dem Gang. Ich versuchte, mehrere Türen zu öffnen. Sie waren verschlossen und blieben es.

»Seltsam«, urteilte Rica. »Wenn der Generator abgeschaltet ist, dürften auch die elektronischen Schlösser nicht mehr funktionieren.«

»Eben! Da sie nicht funktionieren, lassen sich die Türen auch nicht öffnen.«

Ich ging weiter den Gang entlang, bis ich die Tür mit der Nummer 17 erreichte. Lachend blieb ich vor ihr stehen.

Rica folgte mir. »Wie ist die Pointe?«

»Ich musste gerade daran denken, welche Mühe es mich gekostet hat, aus diesem Zimmer zu kommen. Und jetzt versuche ich verzweifelt wieder hineinzugelangen. Ist das nicht verrückt?«

»Nicht verrückter als diese ganze Geschichte«, antwortete Rica und fotografierte mich neben der Tür. »Das wird vielleicht das Aufmacherfoto.«

»Aufmacher ist gut«, sagte ich und warf mich gegen die Tür. Nach dem vierten Versuch gab ich es auf. Eher würde ich meine Schulter zerschmettern als diese Tür.

»Was hoffst du überhaupt dort zu finden? Meinst du nicht, dass Ambeus auch seine Klinikausstattung mitgenommen hat?«

»Das hat er«, stellte ich fest, nachdem ich die Tür angesehen hatte. »Der Raum sieht ziemlich leer aus.«

»Wie kannst ...« Sie stutzte und grinste dann. »Ach ja, dein Röntgenblick! Dann wissen wir ja, dass wir in dem Zimmer nichts finden.«

»Ich sehe nur grobe Umrisse. Da drin könnte trotzdem ein versteckter Hinweis zu finden sein.«

»Den finden wir eher in den Büroräumen, die es hier irgendwo geben muss.«

»Erst dieses Zimmer!«, beharrte ich und suchte meine Jacke nach einem geeigneten Werkzeug ab.

Rica staunte nicht wenig, als meine Rechte mit der PSM zum Vorschein kam. Sie wollte etwas sagen, aber mein Kopfschütteln veranlasste sie zu schweigen. Ich deutete auf den Gang hinter ihr und schaltete meine Taschenlampe aus. Auch Rica löschte das Licht ihrer Lampe.

Ich steckte meine Lampe in eine Jackentasche, nahm Rica bei der Hand und zog sie mit mir in die Dunkelheit hinein – weg von den sich nähernden Schemen.

Es waren drei. Jenseits der nächsten Biegung schlichen sie sich lautlos heran.

Ich hatte sie bemerkt, als ich nach einem Werkzeug suchte. Noch waren sie so weit entfernt, dass ich sie durch die trennenden Wände nur undeutlich sah. Ich konnte nicht einmal feststellen, ob sie bewaffnet waren. Aber davon war auszugehen.

Plötzlich hatte ich Angst – um Rica!

Mein sechster Sinn half mir, mich in der Dunkelheit zurechtzufinden. Ich konnte nur hoffen, dass die drei Fremden nicht durch das Verlöschen des Lichts alarmiert wurden. Aber bei eingeschaltetem Licht hätten Rica und ich hervorragende Zielscheiben abgegeben. Vielleicht dachten sie, wir seien einfach weitergegangen.

Vielleicht konnten sie jenseits der Biegung die Strahlen der Taschenlampen auch gar nicht bemerken.

Die drei schienen sich nicht besonders zu beeilen, hegten wohl keinen Verdacht, dass wir ihnen so nah waren. Ich fragte mich, wo sie hergekommen waren. Auf der Fahrt hierher waren wir nicht verfolgt worden, da war ich mir sicher.

Also hatten sie das Gebäude überwacht, wahrscheinlich von einem der Seitentrakte aus. Warum? Um es einfach nur vor ungebetenen Gästen zu schützen? Unwahrscheinlich, da Ambeus seine Zelte hier abgebrochen zu haben schien. Es gab noch eine andere Erklärung: Sie hatten auf mich gewartet!

Vor uns machte der Gang eine scharfe Biegung. Hinter ihr blieb ich so abrupt stehen, dass Rica gegen mich prallte. Ich starrte nach vorn und fühlte, wie sich eine unsichtbare Schlinge um meinen Hals zusammenzog.

Sie brachte ihren Mund an mein linkes Ohr. »Was ist?«

»Hinter uns sind drei und vor uns auch«, flüsterte ich in ihr Ohr. »Jetzt erkenne ich, dass sie bewaffnet sind, vermutlich MPs.«

»Und jetzt?«

Ich sah mich um. Links entdeckte ich die Umrisse einer schmalen Tür, wie von einer Abstellkammer. Sie hatte kein Codeschloss. Ich legte meine Hand auf den Knauf, versuchte ihn zu drehen. Nichts, auch diese Tür war verschlossen. Mein »Röntgenblick« brachte mich auch nicht weiter. Ich sah nur helle und dunkle Flächen, die kein einheitliches Bild ergaben.

»Ich kann die Tür vielleicht aufbrechen«, raunte ich Rica zu. »Aber wenn es nur eine Besenkammer ist, bringt es uns nicht weiter. Und die anderen sind alarmiert.«

Sie drückte meinen Arm. »Versuch es!«

Ich schob Rica ein Stück zur Seite, konzentrierte mich kurz und warf meine linke Schulter gegen die Tür. Das Holz erzitterte, und der dumpfe Laut des Aufpralls war von den sechs Unbekannten gehört worden. Ich hörte kurze Rufe, dann schnelle Schritte.

Wieder warf ich mich gegen die Tür. Diesmal gab sie nach und schlug krachend gegen eine Wand. Ricas Lampe flammte auf, und erleichtert betrachteten wir einen schmalen Durchgang. Wir liefen hindurch und gelangten in einen größeren Gang, ähnlich dem, von dem wir gekommen waren. Auch hier gab es weiß gestrichene Türen mit Codeschlössern. Ein zweiter Kliniktrakt? Oder die Büroräume, von denen Rica gesprochen hatte? Ich versuchte gar nicht erst, die Türen aufzubrechen und das Geheimnis dieser Räume zu ergründen. Die Schritte der Verfolger wurden lauter, jede Sekunde zählte.

»Lauf!«, rief ich Rica halblaut zu. »Wir müssen einen Ausgang oder ein Fenster finden!«

Rica schaltete die Lampe wieder aus. Ich packte ihre linke Hand und wir liefen den Gang entlang.

Nicht schnell genug, wie ein lauter Ruf hinter uns zeigte: »Bleibt stehen! Sonst schießen wir!«

Vor uns sah ich im Dunkeln die Umrisse einer Biegung. Noch zehn, zwölf Meter!

Ich drehte mich im Laufen um und gab kurz hintereinander zwei ungezielte Schüsse aus der PSM ab. Dabei konnte ich für einen Augenblick die Umrisse der Verfolger sehen. Sie trugen breite Stirnbänder, an denen klobige Brillen befestigt waren. Nachtsichtgeräte! Die Erklärung dafür, weshalb auch sie im Dunkeln operierten. Und ich sah die Waffen in ihren Händen.

Erst als ich schon wieder nach vorn blickte, hörte ich den lang gezogenen Schrei, der auf die Detonationen der PSM folgte. Zumindest eine der Kugeln hatte getroffen. Wir liefen um die Biegung, ohne dass die Gegner auf uns schossen. Schon mehrfach hatte ich den Eindruck gewonnen, dass ihnen daran gelegen war, mich lebendig zu erwischen. Aber konnte ich mich im Ernstfall darauf verlassen? Und würden sie auch Rica schonen?

Als ich stehen blieb und Rica mit einem harten Ruck am Arm festhielt, stöhnte sie vor Schmerz. Links hatte ich eine Tür gesehen, die nicht mit weißer Farbe bemalt war. Und die kein Codeschloss hatte, sondern ein altmodisches Schloss. Ein schneller Druck auf die Klinke zeigte mir, dass auch diese Tür verschlossen war. Ich trat hart gegen das Holz – und die Tür sprang auf!

Schwaches, kaum wahrnehmbares Licht fiel durch die Ritzen der Bretter, die vor ein breites Fenster genagelt waren. In dem Raum standen ein paar Bettgestelle und einige zu Türmen gestapelte Stühle aus Metall, mehr nicht.

»Gib mir Feuerschutz!«

Mit dieser kurzen Anweisung drückte ich Rica die PSM in die Hand und lief zum Fenster. Während Rica den Türrahmen als Deckung benutzte und die Automatik aufbellen ließ, griff ich mir einen der Stühle und schwang ihn gegen das Fenster. Das Glas zersprang mit lautem Klirren. Mit den Stuhlbeinen drückte ich gegen die morschen Bretter und konnte sie relativ mühelos aushebeln.

Gerade noch rechtzeitig. Das metallische Klicken an der Tür zeigte mir, dass Rica die letzte Kugel verschossen hatte. Die Ersatzmagazine steckten in meiner Jacke. Im Flüsterton stieß ich ihren Namen hervor. Sie huschte herbei, übergab mir die Waffe und stieg durch das Fenster nach draußen.

Mit fliegenden Fingern tauschte ich das leere Magazin aus und jagte drei Projektile durch die Türöffnung, als sich dort der Umriss des ersten Gegners zeigte. Die Kugeln verfehlten ihn nur knapp, und er ließ sich mit einem warnenden Ausruf an seine Kameraden nach hinten fallen.

Mit einem Hechtsprung durchs Fenster verließ ich den Raum. Hinter mir ertönte das schnelle Knattern mehrerer MP-Feuerstöße und das Sirren der von den Wänden abprallenden Querschläger. Offenbar hatten die Kerle jede Zurückhaltung beim Gebrauch ihrer Schusswaffen aufgegeben.

Als ich auf dem schlammigen Boden landete, achtete ich darauf, die PSM nicht zu beschmutzen. Wieder musste meine linke Schulter den Aufprall abfedern. Die Prellung, die ich mir beim unglücklichen Übersteigen des Gitterzauns zugezogen hatte, quittierte das mit einem Gefühl wie von heißen Flammen, die von innen an der Schulter leckten.

»Steh auf, wir müssen weg!«, rief Rica und reichte mir ihre rechte Hand.

Wir liefen über den glitschigen Boden in die Dunkelheit hinein, fort von dem Gebäude. Jetzt erst realisierte ich, dass wir uns vor einem der Seitentrakte befanden. Vor uns lag der Gitterzaun, und dahinter erstreckte sich nach einer schmalen Wiesenfläche dichter Wald. Die Rettung – vielleicht . . .?

Wieder erscholl das Knattern der MPs, und dicht vor Ricas Füßen klatschte eine ganze Geschossgarbe, kleine Fontänen aufwerfend, in den Matsch. Ich riss Rica so hastig zur Seite, dass sie fast hingefallen wäre. Halb stolpernd, halb laufend erreichten wir eine kleine Gruppe von vier oder fünf Birken, die verloren zwischen Gebäude und Umzäunung standen. Die dünnen Stämme boten nicht die sicherste Deckung, aber allemal eine bessere als gar keine.

Ich drückte Rica die Drahtschere in die Hand und zeigte auf den Zaun. »Mach schnell!«

Für mehr blieb mir keine Zeit. Zwei, nein, drei Verfolger liefen gebückt auf uns zu. Aus den Augenwinkeln nahm ich wahr, wie Rica auf den Gitterzaun kletterte, die Fototasche immer noch über der Schulter.

Da zielte ich schon mit der Waffe im Beidhandanschlag, die Arme auf einen tiefen Ast gestützt, auf den vordersten Mann. Trotz Dunkelheit und heftigem Regen sah ich ihn gut. Ich trug kein Nachtsichtgerät auf dem Kopf, sondern direkt im Gehirn. Die Silhouette des Feindes zeichnete sich als an den Rändern zerfließender Körper aus diversen Helligkeitsschattierungen vor mir ab.

Zweimal zog ich den Abzug durch, und der eben noch gebückt voranstürmende Mann schmolz zu einem hellen Fleck direkt über dem Boden zusammen. Unmöglich zu sagen, ob meine Kugeln ihn niedergestreckt oder ob er sich in Deckung geworfen hatte. Ich hatte gut gezielt, aber vielleicht trug er eine kugelsichere Weste.

Vor mir blitzte Mündungsfeuer auf, begleitet vom trockenen Husten der Maschinenpistolen. Ich warf mich zu Boden, als die in rascher Folge auf mein Versteck einprasselnden Geschosse Zweige, Holzsplitter und Laub von den Bäumen rissen.

Besorgt sah ich mich nach Rica um, die oben auf dem Gitterzaun wie auf dem Präsentierteller hockte. Zum Glück konzentrierten die Gegner ihr Feuer auf mich und ließen Rica in Ruhe. Sie zerschnitt den Stacheldraht und verständigte mich durch einen Ruf, als sie schon den Zaun auf der anderen Seite hinabkletterte.

Ich wartete, bis die MPs verstummten. In dem Augenblick, als unwirkliche Ruhe über dem Platz lag, sprang ich auf, lief zum Zaun und reichte die PSM durchs Gitter.

Rica begriff sofort und schoss durch den Zaun auf die Stelle, wo erneutes Mündungsfeuer durch die Dunkelheit zuckte. In dem

Moment, als auch das zweite Magazin der PSM leer war, kam ich glücklich neben Rica an.

»Lauf los, starte den Wagen!«

Während ich das atemlos hervorstieß, rammte ich das zweite der drei Ersatzmagazine in die Automatik und verschoss vier der acht Kugeln auf die Gestalten, die sich im geduckten Lauf auf den Zaun zu bewegten. Ihre Umrisse verschmolzen mit den Birken, die zuvor mir als Deckung gedient hatten.

Ich folgte Rica, von der ich nicht mehr sah als einen hellen Schatten zwischen den Bäumen. Wie sie nutzte auch ich den Wald als Deckung. Der Boden war glitschig und weich, und mehrmals wäre ich um Haaresbreite ausgerutscht. Vor mir tauchte die Straße auf und die Stelle, wo der Opel Agila zwischen den beiden Buchen stand. Rica machte sich hektisch an der Fahrertür zu schaffen.

Erst spät nahm ich durch das Prasseln des Regens und das schmatzende Geräusch meiner schnellen Schritte ein knackendes Geräusch links hinter mir wahr. Zu spät . . .

Als ich herumwirbelte und die PSM hochriss, war der helle Schatten schon bei mir und riss mich von den Füßen. Die Automatik entglitt mir, als ich auf den Rücken fiel und für lange Sekunden keine Luft bekam.

Ein großer Klotz von Mann kauerte auf mir und stieß mir den Lauf einer MP gegen die Brust. Ich sammelte meine sämtlichen Kräfte, drehte mich ruckartig nach links und bäumte mich gleichzeitig auf. Er schwankte und kippte zur Seite. Sofort warf ich mich auf ihn und drückte sein Gesicht in den schlammigen Boden. Er strampelte und zuckte, aber ich hielt ihn im Schwitzkasten und drückte seinen Kopf weiter fest nach unten.

Ein Motorengeräusch ertönte, und Rica ließ den Opel rückwärts auf die Straße schnellen. Der Wagen schlitterte auf der nassen Fahrbahn und klatschte mit einem Kotflügel gegen den Stamm einer Eiche.

Ich wollte aufspringen und zu Rica laufen, aber zwei weitere Schemen lösten sich aus dem Dunkel des Waldes und rannten auf mich zu. Einer hielt einen länglichen Kasten in der Rechten und drückte ihn gegen meinen Hals.

Der Kasten war ein Elektroschocker. Die Erkenntnis kam mir

erst, als mindestens zweihunderttausend Volt durch meinen Körper jagten. Es war ein Gefühl, als hätte mich ein Blitzschlag getroffen.

Ich war unfähig mich zu rühren, und meine Muskeln zuckten in heftigen Krämpfen. Ich fühlte mich, als würden mir sämtliche Glieder gleichzeitig ausgerissen. Mein ganzer Körper war ein einziger Schmerz.

Aber als am schmerzhaftesten empfand ich die Tatsache, dass Rica den Wagen beschleunigte und davonbrauste – ohne mich.

19

Kindheit, Sommer, Spaß, Gelächter, Wasser.

Zwei Jungen stehen nahe eines bewaldeten Ufers im Wasser und spielen mit einem Ball. Einer der Jungen bin ich. Der andere, viel größer und kräftiger, wirft den Ball mit solcher Härte, dass ich ihn nur schwer zu fassen kriege. Und wenn doch, lässt der harte Aufprall meine Finger brennen.

Mein Gegenüber lacht über meine angebliche Unbeholfenheit und Schwäche. Es ist ein hartes, bitteres Lachen, und der größere Junge, dem die scharfen Gesichtszüge etwas Raubvogelhaftes verleihen, sieht mich mitleidlos an. So wie ein Bussard seine Beute anstarrt.

Wieder trifft mich der Ball so hart, dass er meinen Fingern entgleitet. Der Schmerz in meinen Fingern lässt mich aufstöhnen, und ich verziehe das Gesicht. Der andere Junge lacht wieder, laut und kehlig, wie um mich absichtlich zu verhöhnen.

Während ich bis zum Bauch im Wasser stehe und ausgelacht werde, wollen mir Tränen in die Augen schießen. Wie schon so oft, wenn der andere mich verspottet oder gedemütigt hat. »Diesmal nicht!«, hämmert es in mir. Wut steigt in mir hoch, verdrängt das Gefühl der Hilflosigkeit und verwandelt sich in Zorn.

Ich gehe mit ungelenken Schritten durch das Wasser und greife mir den schweren, harten Ball. Das Leder hat sich mit Nässe vollgesogen. Jetzt stehe ich etwas näher am Ufer und fühle unter meinen Füßen festen Boden anstatt des nachgiebigen Kieses. Ein guter Ort, um Rache zu nehmen!

Fest in das lachende Raubvogelgesicht schauend, nehme ich Maß und schleudere den Ball mit einer plötzlichen Bewegung über den See, auf dem weiter draußen zahlreiche Boote kreuzen. Der Spötter ist überrascht, reagiert zu spät, als er endlich die Arme hochreißt. Der Ball erwischt ihn mitten im Gesicht. Er stößt einen gutturalen Laut aus, schwankt und fällt ins Wasser. Wie eine umgekippte Schießbudenfigur.

Erst nach langen Sekunden wird mir klar, dass ich es bin, der das meckernde Gelächter ausstößt. Nicht Erheiterung ist dafür verantwortlich. Es ist ein befreiendes Lachen, weil ich es gewagt habe, mich gegen den Größeren zu wehren – und das mit Erfolg! Ich begreife, dass Wut und Zorn hilfreicher sein können als duldsames Ausharren.

Der andere taucht wieder aus dem Wasser auf und hält eine Hand vor sein Gesicht, als wolle er den schmerzhaften Wurf nachträglich abwehren. Seine Augen fixieren mich und blanker Hass schlägt mir entgegen. Als er die Hand vom Gesicht nimmt, sieht er erst recht aus wie ein beutegieriger Bussard. Seine Nase ist jetzt etwas verbogen, was den raubvogelhaften Eindruck seines Gesichts noch verstärkt.

Mit schnellen Schritten stürmt er auf mich zu, und ich versuche, zum Ufer zu fliehen. Er erkennt meine Absicht und schneidet mir den Weg ab.

Der Boden unter meinen Füßen ist glatt und ich rutsche aus. Für einen langen Augenblick bin ich von Wasser umgeben. Als ich mich wieder erheben will, ist der andere schon über mir. Wie ein dunkler Schatten, der vom Himmel fällt. Panik erfüllt mich. So muss sich eine Maus fühlen, über der plötzlich der große Umriss des Bussards auftaucht.

Er wirft sich auf mich, drischt auf mich ein und drückt mich unter Wasser. Ich kann meinen Mund nicht früh genug schließen, kann den Atem nicht rechtzeitig anhalten. Das Wasser dringt in meine Lungen, und die Panik wächst zu Todesangst. Wir sind Kinder, aber auch Kinder können töten – und sterben!

Als ich das begreife, werden neue Kräfte in mir frei, geboren aus der Angst und dem Willen, am Leben zu bleiben. Ich kann meinen Peiniger abschütteln und fliehe hinaus auf den See. Zum Glück bin ich ein sehr guter Schwimmer, ein viel besserer als er.

Ohne mich umzusehen, durchpflüge ich das Wasser, das auf einmal seine Farbe verändert. Es ist rot wie Blut, und wieder umhüllt es mich. Aber diesmal habe ich genug Atem, um unter Wasser zu überleben.

Vergebens versuche ich, mich zu orientieren, wo unten und wo oben ist. Nichts als rotes Nass. Dann sehe ich doch etwas: Menschen. Sie liegen dort auf dem Grund, reglos. Und sie starren mich aus toten Augen an . . .

Das Rot war noch immer da, aber es umhüllte mich nicht länger. In sanften Wellen umspielte es ein attraktives Gesicht mit hohen Wangenknochen und sinnlich geschwungenen Lippen. Ein Gesicht, das mich so hart und wenig mitfühlend ansah wie die Gestalten aus meinem Traum, der Junge und die Toten auf dem Meeresgrund. Ein Gesicht, das die Erinnerung an ein anderes Erwachen zurückbrachte, an frühere Albträume. Bei dem Anblick fragte ich mich, ob es wirklich eine Grenze gab zwischen Traum und Wachsein.

Hinter der rothaarigen Frau tauchte der weißhaarige Kopf eines Mannes auf, dessen hohe Gestalt leicht gekrümmt war – so wie die Nase des Jungen aus meinem Traum. Netzwerke aus tiefen Falten lagen um die Augen des Mannes, die mich kalt und forschend ansahen, als sei ich nur ein Insekt, das es zu sezieren galt.

Ich lag in einem weißen Bett in einem weißen Raum, einem fensterlosen Krankenzimmer, an Hand- und Fußgelenken gefesselt. Mein Schädel pochte, und mir war speiübel. Schlimmer als das alles aber war der erschreckende Gedanke, dass ich diesen Ort vielleicht niemals verlassen hatte. Meine Flucht, Max und Rica, alles, was ich herausgefunden hatte – war es nur ein Trugbild meines irrlichternden Verstandes?

»Irreparable Schäden!« dachte ich, und mein verzweifelter Blick flog zwischen Ira und Ambeus hin und her.

Ambeus beugte sich über mich, und der stumpfe Tonfall, in dem er zu mir sprach, entlarvte sein Lächeln als Maskerade. »Sprechen Sie doch weiter! Sie waren in dem Meer aus Blut und haben die Toten gesehen. Was war dann?«

Ja – was war dann?

Splitter einer verloren geglaubten Erinnerung bohrten sich durch den Mantel des Vergessens. Ich sah mich durch einen Gang laufen, hielt vor einem Zimmer an und stand einem anderen Mann gegenüber.

»Sie erinnern sich!« Ambeus' Stimme drückte fast so etwas wie

Jubel aus, bei ihm wohl eine seltene Empfindung. »Woran erinnern Sie sich?«

»Woran erinnen *Sie* sich?«, entgegnete ich, um Zeit zu gewinnen, während ich mich in dem Raum umsah.

Nein, dies war nicht der Ort, von dem ich geflohen war. Die medizinischen Geräte waren gleich oder ähnlich, aber ihre Anordnung und die Ausmaße dieses Raums unterschieden sich deutlich von Zimmer 17. Ich fühlte mich etwas sicherer, glaubte, wieder zwischen Traum und Wirklichkeit unterscheiden zu können.

»Ich frage, und Sie antworten!«, sagte Ambeus in jenem unverwechselbaren autoritären Ton, der Ärzten, Lehrern, Offizieren und Polizisten zu eigen ist. »Alles andere führt zu unnötiger Verwirrung.«

Ich sah ihm fest in die Augen. »Ich bin bereits verwirrt, sogar ganz beträchtlich. Zum Beispiel frage ich mich, ob ich mit Dr. Ambeus spreche oder mit Professor Baumes.«

Ein kaum merkliches Zucken lief über seine Züge, dann hatte er sich auch schon wieder in der Gewalt. »Kompliment, Sie scheinen Einiges herausgefunden zu haben. Lassen Sie mich an Ihrem Wissen teilhaben!«

Ich wollte meinen Kopf schütteln, stellte das aber augenblicklich ein, als es das schmerzhafte Pochen vervielfachte. »Erst reden Sie, Herr Professor!«

Er wandte sich zu Ira um. »Ira, die Injektion! Im Schlaf scheint unser Patient gesprächiger zu sein als im Wachzustand.«

Ich wollte mich wehren, als Ira mit der Spritze in der Hand auf mich zutrat. Aber ich war gefesselt und zwei Männer in Weiß traten an mein Bett um meinen rechten Arm festzuhalten. Ich fühlte das Kitzeln von Iras Locken auf meinem Gesicht, atmete den starken Duft ihres Parfüms und konnte nur zusehen, wie sich die spitze Nadel langsam in mein Fleisch bohrte.

»Bist du sicher, dass er reden wird?«, hörte ich Iras Stimme, die seltsam undeutlich klang, an- und abschwellend wie Brandungswellen, die sich am Strand brachen.

»Er hat es schon einmal getan.« Auch Ambeus – Baumes? – sprach undeutlich, war kaum noch zu verstehen. »Der Elektroschocker . . . Erinnerung freigesetzt . . .«

Das Rauschen des Meeres übertönte alles andere, und ich versank im Ozean meiner Erinnerung, tauchte ein in ...

... das Meer aus Blut!

Fassungslos stehe ich im Eingang zum Konferenzsaal und starre auf die Toten. Keine zwei Minuten ist es her, seit ich das Knattern der Schüsse gehört habe, MP-Feuerstöße, die das Leben dieser Menschen ausgelöscht haben.

Sechs Männer und zwei Frauen. Einige sind von den Kugeln aus ihren bequemen Drehstühlen geschleudert worden und liegen in unnatürlich verkrümmter Haltung am Boden. Andere hängen schlaff in den Stühlen oder sind über dem Tisch zusammengesunken.

An den Wänden des großen Raums stehen mehrere Aquarien. Einige wurden von den Projektilen getroffen. Wasser läuft aus dem zerschossenen Glas auf den Boden, Fische verenden zappelnd zwischen den menschlichen Leichen.

Der Schock und die in mir aufsteigende Übelkeit kämpfen mit dem Vorwurf, zu spät gekommen zu sein, um lächerliche zwei Minuten zu spät! Aber ich hatte nicht gewusst, was der andere vorhatte, der Mann, den ich bis in die Tiefgarage und von da aus bis hier oben in die INTEC-Zentrale verfolgt habe. Erst als ich auf den toten Wachmann gestoßen bin, stieg eine fürchterliche Ahnung in mir auf.

Eine trockene Explosion, nicht besonders laut, ähnlich dem Knallen eines Sektkorkens, lässt mich zusammenfahren. Die Empörung über das Blutbad tritt in den Hintergrund, ich muss an mich selbst denken. Der Killer hält sich noch irgendwo hier auf. Die Explosion schien aus diesem Stockwerk zu kommen, aus der weiträumigen Büroflucht, in der ich mich befinde.

Ich drehe mich um, froh, nicht länger auf die Toten starren zu müssen, deren Blut sich mit dem auslaufenden Wasser vermischt. In der Rechten die SIG-Sauer P228, durchgeladen und entsichert, gehe ich möglichst lautlos durch den Gang.

Aus in der getäfelten Decke eingelassenen Leuchten fällt dezentes Licht. Die Beleuchtung in der Büroflucht war bereits angeschaltet, als ich sie betrat. Vermutlich brennt das Licht schon seit Beginn der Konferenz. Es kann mir helfen, den Killer zu entdecken. Es kann aber auch dem Killer helfen, mich zu entdecken – und zu töten.

Ein leises Klappern lässt mich erstarren. Keine zehn Meter vor mir führt eine Abzweigung des Ganges nach rechts. Leise gehe ich weiter, schnell, aufmerksam, alle Sinne angespannt, die vierzehnschüssige Automatik im vielleicht etwas zu festen Griff. Der weiche Teppich verschluckt meine Schritte, aber auch die des Killers!

Plötzlich steht er vor mir, in der linken Hand einen Pilotenkoffer. Der Koffer und sein Straßenanzug lassen den hoch gewachsenen Mann aussehen wie einen Vertreter. Die kleine Maschinenpistole, eine Heckler & Koch MP5K, die an einem Schulterriemen an seiner rechten Seite hängt, will nicht ganz zu diesem Eindruck passen. Ich kann die Waffe gut – zu gut – erkennen, als der Mann zu mir herumwirbelt und die kompakte MP mit einer geschickten Bewegung, nur mit einer Hand, in Anschlag bringt.

Und ich sehe das Gesicht des Mannes, schmal und knochig, beherrscht von einer ausgeprägten Nase mit gekrümmter Spitze. Ein Gesicht, das mir gut bekannt ist. In seinen eisgrauen Augen steht der Entschluss zu töten . . .

Eine Frage hämmerte auf mich ein, wieder und wieder, und irgendwann verstand ich sie, als sich die undeutlichen Laute zu Silben und die Silben zu Wörtern formten: »Wie sah der Mann aus, dem Sie im INTEC-Tower begegnet sind? Erinnern Sie sich?«

Ambeus stand neben dem Bett und wiederholte die Frage im monotonen Rhythmus einer Kaufhaus-Lautsprecherdurchsage. Er bemerkte, dass ich ihn erkannte, und hielt einen Moment inne.

Ich begriff, dass ich im Schlaf gesprochen hatte. Die von Ira verabreichte Injektion hatte meine Zunge gelöst.

Ira stand neben Ambeus. Jetzt erst bemerkte ich den strammen Verband an ihrem rechten Handgelenk. Ich erinnerte mich an die Szene vor der Jagdhütte, als die halb nackte Frau zur Waffe greifen wollte und ich auf ihre Hand trat.

Ambeus verließ den Raum und kehrte kurz danach mit einem tellergroßen Spiegel zurück, den er vor mein Gesicht hielt. »War es dieser Mann, dem Sie in jener Nacht begegnet sind?«

Ich starrte auf mein Spiegelbild, auf das Gesicht des mehrfachen Mörders. War es das, was mich eben aus meinem Traum gerissen hatte? Wollte mein Unterbewusstsein sich gegen die Erkenntnis wehren, dass ich – mir selbst begegnet war?

»Robert Fuchs«, sagte ich leise. »Das Gesicht des Killers. Mein Gesicht.«

Mir weiterhin den Spiegel vorhaltend, sagte Ambeus: »Erzählen Sie weiter! Was geschah, nachdem Sie Robert Fuchs begegnet sind?«

Ira hatte sich mir von der Seite genähert, wieder mit einer Spritze. Als ich schlief, hatten sie ein paar zusätzliche Riemen um meine Arme geschnallt. Ich konnte nichts tun, um der glitzernden Nadel zu entgehen.

Dem kurzen Stich folgte ein entspannendes Gefühl, und bald nahm ich nichts mehr wahr außer der eintönigen Stimme des Arztes: »Sprechen Sie! Was geschah nach Ihrer Begegnung mit Robert Fuchs! Sprechen Sie . . .«

Ich lasse mich fallen und ziehe gleichzeitig den Abzug der SIG-Sauer durch. Es geht um Sekundenbruchteile, um Leben oder Tod.

Die kleine Maschinenpistole in der Hand meines Gegenübers spuckt Feuer und Blei, und die Geschosse klatschen hinter mir in die Wand. Wäre ich nicht ruckartig zu Boden gegangen, hätte die kurze Garbe mich durchsiebt.

Der Mann mit dem Pilotenkoffer – Robert Fuchs! – stößt einen kurzen Schrei aus und taumelt zurück, bis er mit dem Rücken gegen die Wand stößt. Meine Kugel hat seine linke Schulter getroffen.

Auf dem Boden liegend, bringe ich meine Automatik erneut in Anschlag, aber da ist er schon in der Abzweigung verschwunden, aus der er gekommen ist.

Aufspringen und ihm nachsetzen ist eine einzige Bewegung. Kurz vor der Abzweigung halte ich an. In dem Gang zur Rechten ist es merkwürdig ruhig. Ich höre keine Schritte, keine Atemgeräusche, nichts.

Ich streife meine Jacke ab und halte sie in den Durchlass. Keine zwei Sekunden später ist sie von Kugeln zerfetzt. Als das kurze Geknatter des Feuerstoßes verstummt, höre ich Schritte und das Schlagen einer Tür.

Nach einem Blick auf den schäbigen Rest lasse ich die zerschossene Jacke einfach fallen und laufe in den Gang, durch den Fuchs verschwunden ist. An einer geöffneten Tür halte ich an. Ich blicke in ein geräumiges Vorzimmer. Auch die Tür zum anschließenden Büro steht offen.

Das Büro weist die Zerstörungen einer kleinen Explosion auf, vermut-

lich eine wohl dosierte Ladung Plastiksprengstoff. Das passt zu dem Knall, den ich vorhin gehört habe. Ich gehe nicht in die Räume hinein. Die halb aus der Wand hängende Safetür sagt mir genug.

Weiter!

Endlich erreiche ich die Vorhalle mit den Liftkabinen. Es gibt fünf Aufzüge allein zur direkten Verbindung der INTEC-Räumlichkeiten untereinander und mit der Tiefgarage. Und eine dieser fünf Liftkabinen bewegt sich schnell abwärts, wie mir die Anzeige über der Tür verrät.

Nur ein Trick von Fuchs? Oder will er mit seinem Wagen fliehen, den er unten, beobachtet von mir, geparkt hat?

Ich muss mich entscheiden, wenn ich ihn noch einholen will. Zwei Kabinen sind zur Zeit oben, eine vier und eine zwei Stockwerke unter mir. Letztere hole ich hoch, springe hinein und drücke auf den Knopf für die oberste Ebene der Tiefgarage, wo Fuchs' Rover steht.

Viel zu langsam schließt sich die Tür, setzt sich die Kabine in Bewegung. Meine Augen kleben auf der Etagenanzeige, und ich kann nur mutmaßen, wo Fuchs sich jetzt befindet – falls er wirklich in die Kabine gestiegen ist, die er nach unten geschickt hat.

Mit der linken Hand taste ich nach meinem Handy. Vielleicht kann wenigstens einem der Menschen im Konferenzraum noch geholfen werden. Da erst fällt mir ein, dass das Gerät in einer Tasche meiner Jacke steckt. Mein Blick fällt auf die Notfallsprechanlage in der Liftkabine. In diesem Moment geht ein Ruck durch die Kabine und die Tür gleitet mit einem leisen Summen zur Seite.

Vor mir liegt die Tiefgarage: Geparkte Autos, Betonpfosten, erleuchtet vom sterilen Licht großer Leuchtstoffröhren. Ich ducke mich und husche zwischen den Reihen parkender Fahrzeuge hindurch in die Richtung, wo Fuchs den 75 abgestellt hat.

Ein Motor heult auf, und ein Fahrzeug kommt mir im schnellen Tempo entgegen. Die aufgeblendeten Scheinwerfer stechen in meine Augen, die ich im halb automatischen Reflex zukneife. Der Wagen schießt an mir vorbei. Als ich die Augen wieder aufreiße, spiegelt sich das Licht der Leuchtstoffröhren auf der Silbermetallic-Lackierung des um eine Ecke biegenden Fahrzeugs. Ein Rover – der Rover!

Ich renne los, nehme den kürzesten Weg zur Ausfahrtsrampe. Auch wenn Fuchs seinen Wagen noch so triezt, er muss mehrere enge Kurven durchfahren. Meine Chance!

Ich erreiche die Rampe, als der Rover um die letzte Kurve kommt. Die Ellbogen auf einer Motorhaube abgestützt, gebe ich schnell hintereinander vier Schüsse auf die Vorderreifen ab. Die Schüsse hallen in der Tiefgarage wider wie detonierende Granaten.

Der Rover hält weiter auf die Rampe zu, aber nur ein kurzes Stück. Dann gerät er ins Schlingern, streift mit dem kreischenden Geräusch von Blech, das sich an Blech reibt, einen geparkten BMW, schrammt an einem Betonpfeiler entlang und bohrt sich schließlich ins Heck eines Nissans. Blubbernd säuft der Motor des Rovers ab.

Fünf Sekunden später bin ich bei dem Wagen und reiße die Fahrertür auf. Mit der linken Hand. Die rechte mit der SIG-Sauer zielt auf den Mann hinter dem Lenkrad, auf Robert Fuchs. Die Vorsichtsmaßnahme ist überflüssig. Fuchs hat sich nicht angeschnallt, und der Aufprall hat ihn übel zugerichtet. Sein Kopf ist gegen die Windschutzscheibe geschlagen. Blutüberströmt hängt der Killer reglos über dem Steuer.

Auf dem Rücksitz liegt der bauchige Pilotenkoffer. Als ich ihn an mich nehme, merke ich, wie schwer er ist. Er muss voll gepackt sein – mit was auch immer. Um den Inhalt kann ich mich später kümmern. Erst mal weg von hier, bevor Fuchs' Komplizen auftauchen. Ich laufe zu meinem Wagen, der ebenfalls auf diesem Parkdeck steht.

»Wohin sind Sie vom INTEC-Tower aus gefahren?«

»Was ist mit dem Koffer geschehen? Wohin haben Sie ihn gebracht?«

»Der Koffer! Wo ist er?«

»Haben Sie sich den Inhalt angesehen?«

Während ich vor einer roten Ampel warte, sehe ich rechts vorn zwei Telefonzellen. Kurz überlege ich, ob ich anhalten soll, um Polizei oder Feuerwehr darüber zu informieren, dass ganz oben im INTEC-Tower neun vermutlich tote Menschen liegen und möglicherweise eine zehnte Leiche in der Tiefgarage zu finden ist.

Aber auf den unterirdischen Parkdecks gibt es überall Überwachungskameras. Längst muss den Behörden bekannt sein, was am Potsdamer Platz vorgefallen ist. Und dann hat die SGB vielleicht schon das Kennzeichen meines Mietwagens. Ich muss mich beeilen, um den Koffer in Sicherheit zu bringen.

Grün. Ich fahre weiter, halte erst in einer schmalen, dunklen Nebenstraße, um die Schnappverschlüsse des Pilotenkoffers zu öffnen.

Der Inhalt besteht aus Papieren, aus dicken Aktenmappen. Hastig blättere ich einige der Mappen durch und beginne zu begreifen, weshalb die Papiere so wichtig sind. Wichtig genug, um ein Blutbad anzurichten.

Fieberhaft überlege ich, was ich mit meiner Beute machen soll.

»Was haben Sie mit den Papieren gemacht?«

»Wohin sind Sie dann gefahren?«

»Wo befinden sich die Papiere jetzt?«

»Der Koffer! Wohin haben Sie den Koffer gebracht?«

Vor mir taucht das große, eigentümliche Gebäude auf. Ein riesiger dunkler Fleck im glitzernden Bild des nächtlichen Berlins. In der Eile fällt mir kein besseres Versteck ein.

Ich stelle den VW Bora in der dunklen Einfahrt ab und steige aus, den Koffer in einer Hand. Nichts rührt sich, vielleicht ist niemand zu Hause.

Niemand bis auf den Hund, dessen Gebell plötzlich die Nacht zerreißt.

»Welcher Hund? Wem gehört er?«

»Wo steht dieses Gebäude? Haben Sie den Koffer dort versteckt?«

»Wo sind die Papiere, die Sie Fuchs abgenommen haben?«

»Erinnern Sie sich! Sprechen Sie!«

In mir weigerte sich etwas, die Fragen zu beantworten, den Aufforderungen nachzukommen. Ich stand kurz davor, mich zu verraten.

Mit aller Macht biss ich die Zähne zusammen und riss die Augen auf. Über mir waren die Gesichter von Ambeus und Ira.

Und noch ein Gesicht, das sich trotz seiner Rundlichkeit die Schärfe bewahrt hatte. Dieser Eindruck lag zum Teil an der leicht gebogenen Nase, die der Mann sich in seiner Jugend gebrochen hatte.

Damals, im See . . .

Die Segelboote kreuzen gefährlich nah vor mir. Erst da wird mir bewusst, wie weit ich geschwommen bin. Die Angst hat mich hinausgetrieben.

Die Angst vor ihm!

Ich lege mich auf den Rücken und schaue zurück zum Ufer. Unser großes Haus am Wannsee ist ein weißer Fleck inmitten von Grün. Eine Gestalt steht vor dem Haus und winkt. Mutter!

Zeit zum Abendessen. Die Sonne steht schon tief und ihre rote Scheibe spiegelt sich optisch verzerrt und in die Länge gezogen auf dem See. Plötzlich spüre ich, wie meine Muskeln schmerzen, und ich habe Angst, hier draußen einen Krampf zu kriegen.

Zurück!

Ich muss mich zwingen, die Schwimmbewegungen langsam und gleichmäßig auszuführen. Erst als seine Gestalt vor mir aus dem Wasser wächst, habe ich es nicht mehr eilig, an Land zu kommen. Seine Nase ist seltsam nach unten gebogen, und Blut schießt aus den Nasenlöchern.

Mutter sieht uns zu. Er wird es nicht wagen, mich anzugreifen. Ein Stück von ihm entfernt wate ich an Land, wo ich mich völlig ausgepumpt zu Boden fallen lasse. Mutter ist bleich, weiß nicht, um wen von uns sie sich zuerst kümmern soll. Sie wendet sich um, ruft unseren Vater, der hinten am Grill steht.

Als seine kräftige Gestalt sich über mich beugt, krampft sich alles in mir zusammen und ein dicker Kloß verstopft meine Kehle.

»Ist das wahr, hast du seine Nase mit dem Ball gebrochen? Absichtlich?«

Ich nicke zögernd, wohl wissend, dass Vater keine Ausflüchte duldet und jede Lüge zehnmal schlimmer bestraft als das, was man zu verbergen sucht.

»Warum?«

Ich erzähle von unserem Ballspiel und davon, wie mein Bruder mich behandelt hat.

»Dachte ich es mir doch!«, schnaubt Vater, zieht mich hoch und schließt mich tröstend in seine Arme.

Ich bin sein Bester, wie immer. Ein paar Meter entfernt steht mein Bruder mit blutender Nase, in den Augen Trauer und, als er mich ansieht, Rachsucht und Hass.

»Damals habe ich beschlossen, mich eines Tages an dir zu rächen. Ich musste lange auf die passende Gelegenheit warten, sehr lange. Aber warum nicht? Heißt es nicht, Rache sei ein Gericht, dass man am besten kalt genießt? Wer immer das gesagt hat, es stimmt.«

Die Stimme meines Bruders holte mich aus der Traumwelt. Ich lag, noch immer gefesselt, in meinem Krankenbett.

Mein Bruder stand neben mir und sah mich mit demselben feindseligen Blick an wie damals. Nur lagen seine Augen jetzt hinter dicken Brillengläsern.

Ich verstand das alles nicht und fragte: »Warum?«

20

Dr. Einar Kranz erweckte in seinem Gesichtsausdruck und in seiner ganzen Haltung den Ausdruck vollkommener Überlegenheit.

Er trug ein hellbraunes Sakko, vermutlich eine Maßanfertigung, das seinen untersetzten Körperbau kaschierte. Nur ein geübtes Auge konnte die kleine Beule unter der linken Schulter erkennen, wo vermutlich eine SIG-Sauer P228 im Holster steckte. Jetzt, wo meine Erinnrung Stück für Stück zurückkehrte, wusste ich wieder, dass die P228 neben der Glock 17 die Standardwaffe der Sicherungsgruppe Berlin war. Einar hatte, wie ich selbst, der P228 den Vorzug gegeben.

Seine dunkle Hose fiel unten über die glänzenden dunkelbraunen Slipper. Schon als Kind hatte er es gehasst, Schnürsenkel zuzubinden. Vielleicht lag es daran, dass er sich ungern verbeugte, vor niemandem, und nicht einmal dann, wenn niemand sonst anwesend war. Mein großer Bruder Einar war schon immer stolz gewesen, ein wenig zu stolz, wie ich fand.

Auch jetzt stand die Selbstzufriedenheit in seinen Zügen geschrieben, die in den letzten Jahren ein wenig zu fleischig geworden waren. Die Augen hinter den achteckigen Brillengläsern sahen auf mich herab wie die eines Großwildjägers, der seine seltene Beute anstarrte. Als wollte er jeden Augenblick in die Runde blicken und sagen: »Seht her, nur ich konnte das schaffen!«

Auch ich sah mich um, erblickte Ambeus, Ira und zwei weitere Männer in weißen Kitteln. Es waren dieselben, die ich schon vor meiner Flucht aus Zimmer 17 gesehen hatte. Und hinten an der Tür stand noch ein Mann, bekleidet mit einem grauen Sakko. Auf seiner linken Wange leuchtete das rote Muttermal.

Martin Knaup sah mich mit einem ähnlichen Ausdruck an wie mein Bruder. Als ich noch bei der SGB war, hatte er mir deutlich zu verstehen gegeben, was er von mir hielt. Nach seiner Ansicht verdankte ich meine Stellung als Einars rechte Hand nur unserer verwandtschaftlichen Beziehung. Es musste ihn mit großer Befriedigung erfüllen, jetzt meinen Posten innezuhaben.

Eine Klimaanlage brummte leise und gleichmäßig vor sich hin. Ein oder zwei medizinische Geräte neben meinem Bett meldeten sich hin und wieder mit einem Piepton. Alle anderen Apparate waren ausgeschaltet. Bis auf das Atmen der Menschen war weiter nichts zu hören, keine Krankenhaus- und keine Straßengeräusche. Ich war in einem schallisolierten Raum gefangen, wieder einmal. Wie in jenem Zimmer 17 in der Uckermark.

Mein Blick kehrte zu meinem Bruder zurück. »Warum, Einar?«

»Du hast es doch gerade selbst erzählt, Arved, in deinem Traum.«

Ungläubig starrte ich ihn an. »Das kann es doch nicht sein! Nur wegen der Geschichte damals am Wannsee?«

Einar fuhr mit dem Zeigefinger der linken Hand langsam über seine gekrümmte Nase. »Das hier hat mich immer an den Vorfall erinnert. Aber du solltest wissen, dass ich nicht nur von jenem Abend spreche. Du bist Vaters Liebling gewesen, warst es immer, vom ersten Tag an. Ein Blick aus deinen treuen Augen, und Vater stand auf deiner Seite. An jenem Abend, als er mich ins Krankenhaus fuhr, hatte er kein einziges tröstendes Wort für mich. Nur Vorhaltungen, dass alles meine Schuld sei und dass er jetzt für die Katz gegrillt habe!«

»Vater war immer streng«, gab ich zu und sah ihn wieder vor mir stehen, aufrecht und stolz: Dr. Thorben Kranz, Richter am Bundesverwaltungsgericht, die personifizierte Gerechtigkeit und Unbestechlichkeit. Bis auf eine Ausnahme vielleicht – mich selbst.

Ich hatte immer Nachsicht bei ihm gefunden und mehr noch bei Mutter. Als Kind hatte ich mir keine weiteren Gedanken darüber gemacht, hatte es einfach glücklich hingenommen. Aber wenn ich jetzt darüber nachdachte, wurde mir bewusst, dass Vater selten so etwas wie menschliche Wärme verströmt hatte. Ich hatte ihn nur einmal weinen sehen, damals im Krankenhaus, als Mutter ihrem Krebsleiden erlegen war.

Einar war Vater sehr ähnlich. Mein Bruder hatte meines Wissens nicht ein einziges Mal geweint, weder bei Mutters Tod noch fünf Jahre später, als Vater bei einem Zugunglück ums Leben kam. Und Bedauern über Vaters Tod hatte Einar erst später geäußert, nach seinem Einser-Examen, als er meinte, das hätte Vater gefreut.

»Vielleicht hast du recht, Einar«, fuhr ich fort und wurde mir im selben Augenblick bewusst, dass es wie eine lahme Entschuldigung klang. »Aus irgendeinem Grund hat Vater mich immer bevorzugt. Und das, was er mir zu viel gegeben hat, mag dir gefehlt haben. Aber ich verstehe es selbst nicht. Du warst ihm immer viel ähnlicher, hast sogar ein Jurastudium mit Top-Noten hingelegt. Ich dagegen habe es nach dem ersten Semester abgebrochen.«

»Möglicherweise war es gerade deshalb«, erwiderte Einar und wirkte nachdenklich. »Vielleicht mochte Vater sich selbst nicht besonders leiden.«

»Wie auch immer, es ist nicht meine Schuld.« Ich rüttelte an den Riemen, die mich auf dem Bett festhielten. »Und es erklärt nicht das hier! Als du mich zur SGB holtest, dachte ich, alles sei vergeben und vergessen.«

»Es war ein Irrtum, dich zu holen, ein Fehler!« Einar sprach mit harter Stimme, und jedes Wort war wie ein Peitschenhieb. »Ich glaubte, du müsstest dich mit den Jahren geändert haben. Mein Bruder und ich an der Spitze der SGB – ein unschlagbares Team! So dachte ich. Aber es war der schwerste Fehler meiner Laufbahn. So etwas wird nicht wieder vorkommen. Immerhin bist du jetzt doch noch zu etwas nütze, dank deiner Ähnlichkeit mit Fuchs.«

Die letzte Bemerkung rief Bestürzung in mir hervor. Ich erinnerte mich, wie Ambeus mir den Spiegel vorgehalten hatte. Wie ich das Gesicht im Spiegel sah, das Gesicht aus dem INTEC-Tower. Das Gesicht von Robert Fuchs.

Mein Gesicht?

»Nein!« keuchte ich. »Das kann nicht sein! Was habt ihr mit mir gemacht?«

Auf einen Wink Einars griff Ira hinter sich und reichte ihm den runden Spiegel, den schon Ambeus benutzt hatte. Einar hielt ihn vor mein Gesicht, und wieder blickte ich in die Züge von Robert Fuchs.

Ich schloss die Augen, um mich an mein Gesicht zu erinnern. Einar hatte recht, die Ähnlichkeit zu Fuchs war frappant: Dasselbe dunkle Haar, dieselben grauen Augen, und beide hatten wir ein schmales Gesicht mit vorspringendem Kinn. Aber ich hatte ausgeprägtere Wangenknochen gehabt als Fuchs, nicht so spöttisch dreinblickende Lippen und keine gebrochene Nase.

Als ich die Augen wieder aufschlug, las Einar in meinem Blick, was mich bewegte, und er sagte: »Dieselbe Statur, dieselbe Grundform des Gesichts. Es war nicht besonders schwer, dich in Fuchs' Doppelgänger zu verwandeln. Ein paar gesichtschirurgische Eingriffe der leichteren Art.« Er blickte Ambeus an. »Ein guter Freund des Professors ist ein Meister auf dem Gebiet.« Einars Augen fixierten wieder mich und ich las darin tiefe Befriedigung. »Besonders passend fand ich, dass wir dir die Nase brechen mussten.«

Das alles erschien mir wie ein einziger Albtraum, aber ich blickte den Beweis an, mein Spiegelbild. Ich fühlte mich wie jemand, der ein UFO landen sieht: Man weiß, es ist unglaublich, und doch ist es wahr!

»Wozu?«, brachte ich endlich über die Lippen.

»Wir brauchen Robert Fuchs noch, schon sehr bald, in wenigen Tagen. Du aber hast ihn uns genommen, als du in der Tiefgarage auf seinen Wagen geschossen hast, Arved. Als wir ihn fanden, war er tot. Gehirnblutung. Der Aufprall, verstehst du? Er war nicht angeschnallt.«

Ja, ich verstand, aber ich begriff längst noch nicht alles. Meine eigene Erinnerung war noch zu bruchstückhaft, und was Einar mir sagte, ersetzte nur einen kleinen Teil der fehlenden Puzzlestücke.

Ich versuchte, einen winzigen Teil meines Unverständnisses in Worte zu fassen: »Wieso stand in der Presse nichts von dem Vorfall in der Tiefgarage? Es hieß, es gebe keinen Hinweis auf den oder die Verursacher des INTEC-Massakers. Aber die Überwachungskameras in der Tiefgarage müssen aufgezeichnet haben, was dort geschah!«

»Zum Überwachungsdienst der Tiefgarage haben wir gute Kontakte, sehr gute«, sagte Einar, während er den Spiegel weglegte. »Deshalb haben wir auch die Aufzeichnungen der Szene bekommen, wie du in den Wagen dieser Journalistin, Rica Aden, gestiegen bist. Und nach dem so genannten Massaker im INTEC-Tower konnten wir die Videobänder an uns bringen und durch andere ersetzen, auf denen nur Schnee zu sehen war. Ein angeblicher Systemfehler. Die Schweinerei auf dem Parkdeck, ich meine Fuchs' zerdetschten Wagen und seine Leiche, haben wir beseitigt, bevor die Polizei offiziell anrückte. Die Schäden, die Fuchs an anderen Fahrzeugen verursacht hat, sind als ganz normaler Unfall mit Fahrerflucht in die Akten eingegangen.« Er brachte sein Gesicht ganz nah vor das meine. »Aber geflohen bist du, Arved. Wohin? Wo ist der Koffer? Sag es mir!«

Ich sehe wieder das große Gebäude vor mir und die Einfahrt, in der ich meinen Wagen abstelle. Den Koffer in der Hand, steige ich aus und blicke mich um.

Niemand ist in der Nähe, nur aus den umliegenden Bars und Restaurants dringt der allnächtliche Lärm zu mir herüber. In dem Gebäude selbst aber ist alles ruhig. Bis der Hund zu bellen beginnt ...

»Du erinnerst dich!«, stieß Einar triumphierend hervor und krallte seine Hände fest in meine Schultern. »Ich sehe es dir an, Arved. Du weißt doch, dass du mich nie belügen konntest. Auch in dieser Beziehung bin ich wie Vater. Also sag es schon! Wohin hast du den Koffer gebracht?«

Ich hielt seinem bohrenden Blick stand. »Was willst du mit dem Koffer? Was enthält er?«

»Du weißt, was er enthält. Du hast uns erzählt, dass du hineingesehen hast.« Als ich schwieg, wandte sich Einar an Ambeus. »Geben Sie ihm noch eine Spritze!«

»Zu gefährlich«, entgegnete der Neurochirurg. »Wir haben ihm sehr hohe Dosen in verhältnismäßig kurzen Zeitabständen verabreicht. Noch eine Injektion, und er könnte kollabieren, mit letalem Ausgang!«

»Und?«, fragte mein Bruder harsch.

Knaup trat zwei Schritte vor. »Einar, vergiss nicht, dass wir deinen Bruder noch brauchen!«

Einars Mundwinkel zuckten, als er mit sich kämpfte. »Professor, können Sie ihm nicht eine geringere Dosis verabreichen?«

»Auch das wäre riskant.«

»Tun Sie es trotzdem!«

Und wieder bohrte sich die dünne Nadel in mein Fleisch.

»Noch eine Injektion, und er könnte kollabieren, mit letalem Ausgang.«

Ich höre diese Worte und sehe, seltsam verzerrt wie die Stimme, das hagere Gesicht des Professors vor mir.

Letaler Ausgang, das bedeutet nichts anderes als zu sterben. Heißt es nicht, im Augenblick des Todes sähe man sein Leben an sich vorüberziehen? Dann stimmt es also, denn genauso ist es bei mir.

Noch einmal bin ich der kleine Junge, der sich vor seinem großen Bruder ängstigt und bei seinen Eltern Schutz und Trost findet, immer wieder. Vielleicht zu oft, denn ich nutze es aus und genieße es heimlich, wenn Einar traurig und wütend abseits steht.

Wie mein großer Bruder studiere ich Rechtswissenschaften – und langweile mich unendlich. Anspruchsgrundlagen, objektive und subjektive Tatbestandsmerkmale, alternative und kumulative Kausalität, das alles bleiben für mich böhmische Dörfer. Nur weg und etwas Handfestes machen, eine Ausbildung beim Bundesgrenzschutz. Training an der Waffe und im Nahkampf, Sondereinsätze bei der GSG 9 gegen Rockerbanden, Drogenschmuggler und Waffenschieber.

Bis Einar mich bittet, als seine rechte Hand zur neuen SGB zu kommen. Er sagt, dass er einen Praktiker an seiner Seite braucht. Ich zögere, denke an meine ständigen Reibereien mit ihm. Aber ist das nicht die Chance, Vergangenes vergessen zu machen? Also sage ich zu.

Hat Einar mich für blöd gehalten, weil ich das Jurastudium so schnell geschmissen habe? Anders kann es kaum sein. Wie sonst konnte er glauben, er könnte seine dunklen Machenschaften vor mir verbergen? Ich merke, dass er ein großes Ding vorhat, jenseits der Legalität. In die Sache verstrickt ist dieser bunt schillernde Privatagent, der häufig für den INTEC-Konzern arbeitet: Robert Fuchs.

Wie nicht anders zu erwarten, gibt es schnell dienstliche Reibereien mit Einar. Ich nehme das zum Anlass, den Job hinzuschmeißen. Er ist doppelt froh darüber, da meine Verpflichtung ihn nicht nur intern belastet, sondern auch ins Kreuzfeuer der Medien gebracht hat. Ich fliege nach Brasilien, kehre aber schon wenige Tage später wieder nach Berlin zurück, heimlich, um auf eigene Faust zu ermitteln.

Ich beschatte meinen Bruder, beobachte ein abendliches Treffen zwischen Einar und Robert Fuchs. Von da aus fährt Fuchs zum Potsdamer Platz. Ich verfolge ihn bis in die Tiefgarage unter dem INTEC-Tower.

Etwas riss mich aus der Erinnerung und aus dem langen Tunnel, durch den ich schwebte, einem fernen warmen Licht entgegen. Dieses Licht schien mir Ruhe und Geborgenheit zu versprechen. Ich war enttäuscht, stattdessen in die grelle Deckenlampe über meinem Bett zu starren. Gestalten in Weiß huschten hin und her, bearbeiteten meinen Körper, riefen sich Anweisungen und Bemerkungen zu, die mein Verstand kaum wahrnahm.

Nur kurze, aus dem Zusammenhang gerissene Bruchstücke blieben hängen: ». . . Dosis doch zu hoch . . .« – » . . . kurz vor dem letalen Exitus . . .« – » . . . Herzstillstand . . .« – » . . . Wiederbelebung einleiten . . .« – » . . . negativ . . . keine Reaktion . . .« – » . . . verlieren den Patienten . . .«

Meine Ohren hörten alles wie durch eine dicke Wattschicht. Meine Augen versuchten vergebens, den Gestalten feste Konturen und klare Gesichter zu geben. Meine Sinne waren unfähig, die einlaufenden Informationen zu verarbeiten. Alles zerfloss zu einem Brei aus dumpfen Lauten und verschwommenen Bildern.

Irgendwann wurde es anders, ergaben die Laute wieder einen Sinn, setzten flimmernde Bilder sich zu den Umrissen des Krankenzimmers zusammen. Der Raum lag in einem Halbdunkel, und an meinem Bett saß die rothaarige Frau – Ira.

»Wieder bei klarem Verstand?«, fragte sie. »Wir hatten ganz schön Mühe, dich am Leben zu halten. Dabei weiß ich gar nicht, ob ich froh über das Ergebnis bin.«

»Wieso?« Meine Stimme klang so matt, wie ich mich fühlte.

Sie hielt ihre rechte Hand mit dem Gelenkverband vor mein Gesicht. »Du warst nicht gerade nett zu mir, in jener Nacht. Seitdem habe ich ziemliche Probleme mit der Hand.«

»Verzeih, dass ich mein Leben retten wollte!«

Ira setzte ein falsches Lächeln auf. »Schon vergessen.«

»Da wir gerade so nett plaudern: Könntest du mir sagen, was ihr mit meinem Kopf angestellt habt?«

Verschwörerisch hielt sie einen Zeigefinger vor ihre roten Lippen. »Vorsicht, damit Dr. Kranz keinen Wind davon bekommt!«

»Wovon?«

»Eigentlich sollte Rudolf durch den neurochirurgischen Eingriff nur deine Erinnerung aktivieren. Dein Bruder war ganz versessen darauf herauszufinden, wo du diesen Koffer versteckt hast. Aber Rudolf konnte es nicht lassen und hat ein wenig mit dir herumexperimentiert.«

»Operation Golem«, sagte ich heiser. »Oder Projekt Balmung, wie es die Nazis nannten.«

Überrascht riss Ira die Augen auf. »Du weißt davon?«

»Ja«, antwortete ich knapp. »Ich weiß, dass dein Rudolf, mag er nun Baumes oder Ambeus heißen, mit Hilfe der Staatssicherheit untergetaucht ist. Und ich weiß, dass er für die Stasi an der Golem-Sache gearbeitet hat, auf dem alten Gut in der Uckermark. Hat Einar keine Ahnung, was ihr mit mir angestellt habt? Ich meine, dieses Radar in meinem Kopf und die Fähigkeit, Dinge im Dunkeln zu erkennen.«

Ira seufzte wie ein hilfloses Schulmädchen. »Rudolf hat auf eigene Faust gehandelt. Er ist einfach nicht zu bremsen, wenn ein geeignetes Objekt vor ihm auf dem OP-Tisch liegt.«

»Ein geeignetes Objekt? Wofür?«

»Um mit dem Golem voranzukommen. Die so genannte Wende hat seine Forschungen um Jahre zurückgeworfen. Jetzt aber, wo er neue Geldgeber hat, arbeitet er mit Hochdruck an der Vervollkommnung des Golems.«

»Wer sind diese Geldgeber?«

Hätte Ira die Frage beantwortet, wäre ihr dazu die Zeit geblieben? Vermutlich nicht, aber sie kam gar nicht dazu. Die Zimmertür wurde geöffnet, und die hellen Deckenlichter flammten auf. Ambeus und seine beiden weiß gekleideten Begleiter traten ein und sahen mich neugierig an.

»Du hast das Signal gegeben, Ira«, sagte der Professor. »Wie lange ist er schon bei Bewusstsein?«

»Erst wenige Minuten.«

»Und? Was sagt er?«

»Nur Belangloses. Er ist noch ziemlich verwirrt.«

»Kein Wunder, so nah, wie er am Tod vorbeigeschrammt ist.« Ambeus betrachtete mich wie ein Versuchskaninchen. »In diesem Zustand noch eine Injektion mit der Wahrheitsdroge, und er ist weg vom Fenster.«

Er überprüfte meinen Puls, meinen Herzschlag und meine Pupillen und sagte dann zu mir: »Sie sollten Ihrem Bruder freiwillig sagen, wo der Koffer ist. Er ist imstande, Sie umzubringen, wirklich!«

»Daran zweifle ich nicht«, antwortete ich.

Einer der beiden Männer mixte an einem Tisch ein Getränk in einem kleinen Glas, das er Ambeus reichte.

»Ihr Schlaftrunk«, sagte der Professor und hielt das Glas an meine Lippen.

Ich drehte den Kopf zur Seite. »Was ist das?«

»Wirklich nur ein Schlaftrunk. Sie müssen schlafen, um sich von all den Anstrengungen zu erholen.«

Ich gab den Widerstand auf. Sie konnten mich sowieso zu allem zwingen. Die Flüssigkeit schmeckte leicht süßlich, gar nicht mal schlecht, und bald träumte ich wieder.

Dunkelheit senkt sich allmählich über den Pariser Platz. Es ist ein lauer Abend im Frühsommer. Eine Touristengruppe steigt gerade in einen Reisebus. Ein zweiter Bus rollt durch das Brandenburger Tor und spuckt seine Ladung aus. Schnatternde, fotografierende, filmende Menschen. Während ich mir einen Weg durch die Menge bahne, höre ich heraus, dass sie sich auf Spanisch unterhalten. Verstehen kann ich sie nicht.

Ich gehe auf das Tor zu, will mir ein wenig im Tiergarten die Beine vertreten, dann ein Bier trinken. Ein freier Abend, an dem ich nicht im Einsatz für Volk und Vaterland bin, muss genossen werden. Freizeit ist heilig.

Deshalb reagiere ich auch nicht, als ich sehe, wie ein bärtiger Mann einem Touristen die Fotokamera entreißt und an mir vorbei zum Tiergarten spurtet. Kein Fall für die SGB, schon gar nicht am Feierabend. Sollen die Kollegen von der Schutzpolizei, die drüben vor dem Haus Liebermann ein Schwätzchen halten, sich darum kümmern. Als sie endlich merken, was los ist, ist der Räuber schon fast durchs Brandenburger Tor. Sie laufen ihm nach, aber er ist schnell, sehr schnell.

Zwanzig Minuten später habe ich den Vorfall fast vergessen. Ich schlendere an der großen Baustelle vorbei, dem Clay-Center. Da bricht vor mir eine Gestalt aus dem Unterholz, der bärtige Räuber. In einer Hand hält er den Fotoapparat. Als ich so plötzlich vor ihm stehe, ist er wie gelähmt, weiß nicht, ob er weglaufen oder das Unschuldslamm spielen soll.

Vom Teufel geritten, frage ich: »Wie läuft es denn so? Hast du die Bullen abgehängt?«

»Wer – sind Sie?«, erwidert er zögernd.

»Auch ein Bulle. Aber keine Angst, ich bin außer Dienst. Wie wäre es nach der Anstrengung mit einem kühlen Bier?«

Erstaunt sieht er mich an, fängt dann an zu kichern. »Okay, Einladung angenommen. In Gegenwart eines Bullen kann mir wohl nichts passieren.«

Ein Geräusch zerstörte den Traum, und verwirrt registrierte ich, was ich geträumt hatte. Die Begegnung mit Max war anders gewesen. Und sie hatte keinen Fotoapparat gestohlen, sondern eine Videokamera. Erst allmählich wurde mir bewusst, dass der Traum sehr wahrheitsgetreu gewesen war. Genauso war vor drei Monaten mein erstes Zusammentreffen mit Max abgelaufen.

»Was faselst du da von Bullen, Arved? Die können dir nicht helfen. Sag mir lieber, was mit dem Koffer ist!«

Einar stand mit Ambeus an meinem Bett. Hinter ihnen sah ich Ira und Knaup. Wahrscheinlich hatte das Eintreten meines ungebetenen SGB-Besuchs mich aus dem Schlaf gerissen.

»Wenn der Koffer so verdammt wichtig für dich ist, können wir vielleicht ein Geschäft abschließen«, sagte ich.

Einar schüttelte den Kopf. »Keine Chance! Wir finden den Koffer auf jeden Fall. Selbst wenn nicht, du kannst den Inhalt nicht mehr gegen uns verwenden.«

»Aber jemand anders könnte es!«

Für einen Moment fiel die Maske der Selbstsicherheit von meinem Bruder ab, und er schnappte hastig: »Wer? Etwa diese Journalistin, bei der du dich eingenistet hast?«

»Wenn du mit mir nicht ins Geschäft kommen willst, gebe ich dir auch keine Informationen.«

Einar hatte sich wieder unter Kontrolle und gestattete sich ein mildes Lächeln. »Es kann nicht mehr lange dauern, bis wir die Kleine aufgespürt haben. Ich weiß, sie ist ein ausgekochtes Luder. Das habe ich schon gemerkt, als sie mich interviewt hat. Aber gegen uns hat sie keine Chance. War sie es, die dich nach Auenheim begleitet hat?«

»Ich sagte doch schon, keine Informationen ohne Gegenleistung.«

»Du überschätzt deine Position maßlos. Rica Aden wird uns genauso in die Falle gehen, wie du uns schon zweimal in die Falle gegangen bist.«

»Zweimal?«, fragte ich und gähnte. Die Müdigkeit wollte mich wieder übermannen.

»Jetzt in Auenheim und nach der Geschichte im INTEC-Tower. Dank der Überwachungsbänder kannten wir die Nummer deines Mietwagens. Du bist mit der Kiste zu lange durch Berlin gegondelt.«

Einars spöttische Bemerkung rief Empörung in mir hervor. Ich fühlte mich ungerecht behandelt wie so oft früher, als wir Kinder gewesen waren.

Zu lange durch Berlin gegondelt?

Unsinn!

Sie hatten mich noch in derselben Nacht erwischt ...

Der Koffer ist in Sicherheit, zumindest einstweilen. Mit diesem beruhigenden Gefühl steuere ich den VW Bora in Richtung Wilmersdorf, wo ich mich unter dem Namen »André Höhler« in einer kleinen Pension eingemietet habe.

Angeblich bin ich ein Handlungsreisender, der für einige Wochen in Berlin zu tun hat. Dank guter Kontakte aus alten Grenzschutztagen habe ich einen kompletten Satz Papiere auf den Namen »Höhler«, fast so gut wie echte. Auch der Wagen ist auf diesen Namen angemietet.

Aber ich weiß, dass die Auswertung der Videoaufnahmen aus der Tiefgarage meine Tarnung auffliegen lassen wird. Ich will nur meine wenigen Sachen aus der Pension holen, und dann nichts wie weg. Den Mietwagen werde ich einfach irgendwo am Straßenrand zurücklassen.

Im Licht einer Straßenlaterne taucht vor mir das L-förmige Gebäude der Pension auf. Das Haus liegt in einem ruhigen Ortsteil, umgeben von einer paar alten Villen. Kein Mensch scheint auf der Straße zu sein. Am Rand der Fahrbahn parken zahlreiche Fahrzeuge. Einige davon kenne ich. Ihre Besitzer wohnen auch in der Pension.

Ich halte an, stoße rückwärts in eine Parklücke, stelle Motor und Scheinwerfer ab. Doch ich steige nicht sofort aus. Die nächsten Schritte wollen gut überlegt sein. Ein falscher Schritt kann mich in Gefahr bringen. Mich und jemand anderen. Lange Minuten bleibe ich hinter dem Steuer sitzen und denke nach, entwerfe einen Plan.

Als ich schließlich aussteige, merke ich, wie angebracht Vorsicht ist. Und wie unvorsichtig ich gewesen bin, als ich beschloss, meine Sachen aus der Pension zu holen . . .

Kaum aus der Autotür, werde ich von mehreren Gestalten umringt, die wie aus dem Nichts vor mir auftauchen. Sie müssen sich hinter den parkenden Wagen verborgen haben. Die Pistolen in ihren Händen, Glock 17 und SIG-Sauer P228, deuten auf mich. Einer von den Männern ist Martin Knaup. Er hält seine Waffe mit beiden Händen und zielt auf meine Stirn. Ich weiß, dass es ihm nichts ausmachen würde abzudrücken.

»Ende der Fahnenstange!«, sagt er in seiner seltsam abgehackten Art. »Wo ist der Koffer, Arved?«

Ich zwinge mich zu einem Lächeln, obwohl mir zu nichts weniger zumute ist. »Hallo, Martin. Was für ein überraschendes Wiedersehen!«

»Wo ist der Koffer?«, wiederholt er, stur wie ein Roboter.

Ich lächle noch immer, rein mechanisch. »Keine Ahnung, wovon du sprichst.«

Ein kaum merkliches Zeichen Knaups, und einer seiner Leute zieht mir die Pistole von hinten über den Schädel.

Ich taumle nach vorn, werde aufgefangen. Jemand reißt meine Hände auf den Rücken und legt mir Handschellen an.

Man schleppt mich über die Straße, stößt mich in das Heck eines neutralen Lieferwagens und schlägt die Hintertür zu. Keine zehn Sekunden später setzt der Wagen sich in Bewegung.

Und ich weiß, dass ich verloren habe.

21

Das erste, was ich mit noch geschlossenen Augen wahrnahm, war ein sanftes Rütteln im Verein mit einem leisen Brummen. Ich lag auf hartem Untergrund, und als ich mich bewegte, stieß ich mir den Hinterkopf an. Als ich die Augen öffnete, flirrte über mir das trübe Licht einer faustgroßen, ovalen Lampe. Die einzige Beleuchtung in dem kleinen, fensterlosen Raum. Der Innenraum eines Lieferwagens.

Ich lag auf dem Boden in der Mitte. Auf den seitlichen Pritschen saßen drei Männer in dunklen Anzügen. Zwei von ihnen spielten lässig mit den SIG-Sauer-Pistolen, die sie wie zufällig in den Händen hielten.

Der dritte Mann war Martin Knaup, und er bedachte mich mit einem spöttischen Lächeln. »Gut geschlafen, Arved? Wir dachten schon, du wärst hinüber. Nicht, dass ich es bedauert hätte. Aber es hätte unsere Pläne ein wenig durcheinander gebracht.«

Mein Hinterkopf schmerzte, und ich wollte ihn vorsichtig betasten. Es ging nicht. Handschellen fesselten meine Hände auf den Rücken. Ein zweites Paar Handschellen kettete meine Fußgelenke zusammen.

Verwirrt versuchte ich, mir über meine Lage klar zu werden. Knaup, seine bewaffneten Helfer, der Lieferwagen – alles war so wie in jener Nacht, als sie mich vor der Pension abgefangen hatten. Aber das war Vergangenheit, lag viele Wochen zurück, versuchte ich mir klarzumachen. Ich hatte mich daran erinnert, als ich ein

Gefangener meines Bruders und dieses Professors Ambeus/Baumes war.

Oder doch nicht? Erlebte ich es gerade erst? Hatten die chirurgischen Eingriffe des Professors in mein Gehirn dazu geführt, dass Vergangenheit und Gegenwart für mich verschmolzen?

Ich versuchte, mich an jene Nacht zu erinnern, als ich Knaup vor der Pension in die Falle gegangen war. Sie hatten mich in den Lieferwagen geschleppt. Sein Innenraum hatte exakt so ausgesehen wie der, in dem ich jetzt lag. Und doch, etwas war anders!

Ich konnte mich an keine Handschellen erinnern. Nur an eine Injektion, die mir das Bewusstsein nahm. Von da an war es dunkel in mir bis zu jenem Augenblick, als ich in der alten Klinik in der Uckermark wieder zu – einem reichlich lädierten – Bewusstsein kam.

Wie eine Schlange kroch ich zu der glatten Wand, die den Frachtraum vom Fahrerhaus trennte, und lehnte mich mit dem Rücken dagegen. Die drei anderen betrachteten meine Bemühungen teils amüsiert, teils gelangweilt. Ich kannte nur Knaup und schloss daraus, dass seine Begleiter nicht zur SGB gehörten.

Einer sah aus wie ein Schweinehälftenträger aus dem Schlachthaus: Massig, breitschultrig und mit dem ausgeprägtesten Stiernacken, der mir je untergekommen war. Sein fleischiges Gesicht dehnte sich mächtig in die Breite, und die SIG-Sauer wirkte in seinen Wurstfingern wie eine Spielzeugpistole. Er schien vollkommen desinteressiert, auch wenn unsere Blicke sich kreuzten. Wahrscheinlich hätte er mich auf einen Wink Knaups mit demselben gleichgültigen Gesichtsausdruck über den Haufen geschossen.

Gegen ihn wirkte sein Nachbar, obwohl ebenfalls von kräftiger Statur, wie ein Hänfling. Der Mann mit dem knochigen Gesicht und der stark vorgewölbten Stirn schien nervös. Seine Augen huschten rastlos umher, und wenn er nicht gerade auf seine Armbanduhr sah, fingerte er an der SIG-Sauer herum.

Ich sah Knaup an und fragte matt: »Wohin geht die Reise?«

Er bleckte die Zähne wie in der Zahnpastawerbung. »Überraschungen sind das Salz des Lebens!«

Mehr sprachen wir nicht, und ich lauschte den Straßengeräuschen, die hier drinnen stark gedämpft zu vernehmen waren. Die Fahrt wurde ruhiger, der Motorenlärm anderer Fahrzeuge nahm ab.

Irgendwann hielt der Lieferwagen an, der Motor erstarb mit einem leisen Husten, und der Stiernackige öffnete die Hintertür. Ich blickte auf einen tristen Innenhof: Graue Mauern, verblassende Parkplatzmarkierungen, ein überquellender Müllcontainer und um ihn herum jede Menge Unrat. Draußen war es hell, fast sonnig. Der Stiernackige und sein nervöser Begleiter stiegen aus.

»Ende der ersten Etappe«, verkündete Knaup. »Raus hier, Arved!«

»Wie denn?« Ich starrte auf die gefesselten Füße. »Soll ich hüpfen wie ein Känguru?«

»Das wäre ein hübsches Bild, aber mir fehlt die Zeit, es zu betrachten.«

Er zog einen kleinen Metallschlüssel aus einer Hosentasche und beugte sich über meine Füße. In dem Moment, als er die dünnen, aber festen Ringe von meinen Fußgelenken nahm, trat ich zu. Mein rechter Fuß traf ihn mitten ins Gesicht. Ich hörte ihn stöhnen und er fiel aus dem Wagen.

So schnell, wie es mir mit den rücklings gefesselten Händen nur möglich war, sprang auch ich nach draußen und prallte mit voller Absicht gegen den Stiernackigen. Das federte meinen ungelenken Sprung ab und brachte mein Gegenüber ins Taumeln. Der Koloss machte zwei, drei ungelenke Schritte nach hinten und ruderte Halt suchend mit den Armen, was ihn hinderte, seine Automatik einzusetzen.

Knaup lag noch am Boden und keuchte. Der Nervöse hatte sich über ihn gebeugt, richtete sich jetzt aber auf und wollte mit der SIG-Sauer auf mich anlegen.

Knaup richtete sich kniend auf und zog den Waffenarm des anderen nach unten. »Nicht schießen, Idiot! Wir brauchen ihn noch.«

Ich lief zwischen dem Lieferwagen und einer hohen Mauer entlang tiefer in das Gewirr des verschachtelten Hinterhofs hinein. Weg von Knaup und seinen beiden Gorillas, lautete die Devise!

Dicht vor mir wurde die Fahrertür des Wagens aufgestoßen. Ich konnte nicht mehr ausweichen. Mit der rechten Schulter stieß ich hart gegen die Tür und geriet ins Taumeln. Der Fahrer kam über mich und schlug mir mit einem harten Gegenstand auf den Kopf. Eine Sekunde später sackte ich, von Schmerz und Übelkeit erfüllt, auf die Knie.

Der Fahrer drückte den Lauf seiner Automatik gegen meine Stirn, und von hinten hörte ich Knaup rufen: »Bleib so, Arved! Wir wollen dich zwar lebend, aber bevor du uns abhaust, pusten wir dir lieber den kümmerlichen Rest deines Gehirns aus dem Schädel!«

Gegen die Übelkeit ankämpfend, starrte ich ihm entgegen. Mit leicht schwankendem Schritt kam er auf mich zu, die Glock 17 nur scheinbar lässig in der rechten Hand. Blut lief aus seinem linken Mundwinkel und befleckte sein weißes Hemd und das Sakko des taubengrauen Dreiteilers.

Er warf mir einen wütenden Blick zu. »So eine Schweinerei! Jetzt muss ich mich umziehen. So kann ich nicht auf dem Fest erscheinen.«

»Was für ein Fest?«, fragte ich.

Knaup wischte mit dem Handrücken das Blut von seinem Kinn, bevor er antwortete: »Die große Einweihungsfeier im Clay-Center.«

»Die ... Ein-wei-hungs-feier?«, wiederholte ich Silbe für Silbe. »Die sollte doch am dritten Oktober stattfinden.«

»So ist es.«

Dann war heute der Tag der deutschen Einheit! Das bedeutete, dass Ricas und meine Fahrt in die Uckermark sechs Tage zurücklag. Sechs lange Tage, in denen ich gefangen gewesen war und unter Drogen gestanden hatte. Sechs Tage, während denen ich allmählich meine Erinnerungen zurückerlangte. Erinnerungen, die ich unter dem Einfluss der Drogen preisgegeben hatte. Mir blieb nur die Hoffnung, dass ich meinem Bruder nicht zu viel erzählt hatte.

Knaup fesselte erneut meine Fußgelenke. »Auf weitere Fehltritte bin ich nicht erpicht. Lieber tragen wir dich in den Helikopter, Arved.« Er verpasste mir eine schallende, schmerzende Ohrfeige. »Hätte ich mehr Zeit, wäre das noch lange nicht alles gewesen!«

Sie trugen mich tatsächlich. Der Stiernackige warf mich über seine Schulter, als sei ich ein nicht besonders schwerer Mehlsack. So ging es in ein weiträumiges flaches Gebäude. Über der Eingangstür hing ein Firmenschild: »SLT – Schwer-Luft-Transport GmbH«.

Zwei Männer in dunklen Lederjacken traten uns entgegen. Auch sie waren mir unbekannt – und bewaffnet, einer mit einer SIG-Sauer P228, der andere mit einer Heckler & Koch MP5K.

»Wie ist es gelaufen?«, fragte Knaup.

Der Mann mit der SIG-Sauer grinste. »Reibungslos. Sie liegen gleich rechts, ganz passend in einem Lagerraum.«

Er stieß eine breite Tür auf. Ich lag noch immer über der Schulter des Stiernackigen und musste mir fast den Hals verrenken, um in den Raum zu sehen.

Zwischen Kisten unterschiedlicher Größe lagen vier Männer und eine Frau wie achtlos hingeworfene Puppen. Die roten Pfützen zwischen ihnen, die blutigen Wunden und die glasigen Augen verrieten mir, dass sie tot waren, ermordet. Von Knaups Komplizen, die ihn hier erwartet hatten. Auf Befehl meines Bruders? Wahrscheinlich, zumindest aber mit seinem Wissen und seiner Billigung.

Der Mann, der die Tür geöffnet hatte, zeigte auf mich. »Ist das die Lieferung?«

Knaup nickte.

»Ihr seid nicht gerade früh dran«, fuhr der Mann in der Lederjacke fort.

»Der Verkehr.« Knaup setzte eine verdrießliche Miene auf. »Ich hätte nicht gedacht, dass heute am Feiertag so viel auf den Straßen los ist.«

Der Mann in der Lederjacke zuckte mit den Schultern. »Wir fangen besser gleich an.«

»Einverstanden«, sagte Knaup und griff in eine Tasche, um dem anderen zwei Schlüssel zu reichen. »Für die Handschellen. Aber seid vorsichtig, er keilt aus wie ein wütender Ochse. Ich verabschiede mich, muss zum Dienst.«

»Sei vorsichtig«, erwiderte der andere mit einem schiefen Grinsen. »Pass auf, dass du nicht zu nah beim Kanzler stehst!«

Mit ohrenbetäubendem Lärm flog der schwere zweimotorige Helikopter über die Dächer Berlins. In der Nähe von Schönefeld waren wir aufgestiegen, und es war ein langer Flug gewesen. Der russische Transporthubschrauber flog aus Rücksicht auf seine Last mit sehr niedriger Geschwindigkeit.

Wenn ich mich an der Seitenwand hochschob und aus einem der runden Fenster blickte, die an die Bullaugen bei einem Schiff erinnerten, konnte ich das große Paket sehen, das unter dem Helikopter an einem Stahlseil hing. Sechs Meter hoch und wohl auch reichlich schwer. Und mit einer dicken Plane verhüllt. Es gehörte zur Inszenierung der Show, dass die Öffentlichkeit die General-Clay-Statue in ihrer ganzen Pracht erst zu Gesicht bekam, wenn sie auf dem Dach des neuen Centers stand.

In einer Ecke stand ein tragbares Radio, das auf voller Lautstärke plärrte, um das tiefe Brummen der beiden Motoren und das Rotorgeknatter zu übertönen. Es war ein Live-Bericht von der Eröffnung des Clay-Centers, wo man in Anwesenheit des Bundeskanzlers Arnulf Zander auf das Eintreffen der Statue wartete.

Pass auf, dass du nicht zu nah beim Kanzler stehst!

Dieser Satz hallte mir in den Ohren wider. Der Mann, der ihn gesagt hatte, saß an der gegenüberliegenden Wand und machte einen sehr gelassenen Eindruck. Er hatte dunkles Haar und gebräunte Haut. Mit dem schwarzen Bart um Mund und Kinn wirkte er wie ein Südländer, aber er sprach deutsch ohne jeden Akzent.

Außer ihm saßen der Stiernackige und der Nervöse in diesem Teil des Hubschraubers. Beide hatten ihre Pistolen demonstrativ auf dem Schoß. Der Nervöse sah mich unentwegt an. Aber was konnte ich, an Händen und Füßen gefesselt, schon ausrichten?

Während mein Körper gefesselt war, arbeitete mein Verstand auf Hochtouren. Schnell war mir klar geworden, dass die fünf Ermordeten in dem Lagerraum die eigentliche Besatzung des Hubschraubers waren, plus Bodenverstärkung. Die Komplizen Knaups – und damit auch die meines Bruders – hatten sie aus dem Weg geräumt, um sich des Hubschraubers zu bemächtigen. Aber wozu brauchten sie das schwere Fluggerät mitsamt seiner ungewöhnlichen Fracht?

Gewiss war es nicht das Anliegen dieser Männer, die Clay-Statue auf dem Dach des Centers abzusetzen. Sie benötigten den Helikopter, um ungehindert zum Center zu gelangen. Jeder würde den Hubschrauber sehen, und niemand ahnte, dass sich in seinem Innern Mörder verbargen.

Pass auf, dass du nicht zu nah beim Kanzler stehst!

Dieser Satz ging mir nicht aus dem Kopf. Er war der Schlüssel zu allem. Als vor uns das Grün des Tiergartens auftauchte, wusste ich, was sie planten. Es sollte so etwas wie das perfekte Verbrechen werden – das perfekte Attentat!

». . . sehen wir deutlich die Silhouette des großen Hubschraubers aus Richtung des Potsdamer Platzes einfliegen. Unter ihm hängt die Statue von General Lucius D. Clay, auf deren Enthüllung durch Bundeskanzler Zander alle gespannt warten. Fast noch gespannter, liebe Hörer, sind wir alle aber auf das schwierige Manöver, bei dem die Statue auf das Dach des Clay-Centers gestellt werden soll. Ist es nicht eine Ironie, dass der Mann, der während der Blockade die Luftbrücke aufgebaut hat, jetzt selbst durch die Luft gebracht wird? Aber zurück zu dem Manöver des Aufstellens. Zu diesem Zweck steht hier unten bereits eine Bodencrew unter der Leitung eines Mitarbeiters der Schwer-Luft-Transport GmbH bereit. Er wird im ständigen Funkkontakt mit der Besatzung des Hubschraubers . . .«

Ohne weiter auf den Radiosprecher zu achten, sah ich den Mann mit dem schwarzen Bart an und sagte: »Das ist euer Fehler! Der SLT-Mitarbeiter am Clay-Center wird euch beim ersten Funkkontakt durchschauen!«

Der Mann, der vor zwei Minuten ein Präzisionsgewehr aus einem länglichen, gefütterten Kasten geholt und einsatzbereit gemacht hatte, gestattete sich ein mitleidiges Lächeln. »Für wie dämlich hältst du uns. Der echte SLT-Mann liegt bei den anderen Leichen. Der da unten ist einer von uns.«

»Und welche Rolle spiele ich dabei?«

»Du bist der Killer, den man im gelandeten Hubschrauber finden wird.«

Natürlich! Ich hatte mir so etwas gedacht, es aber nicht wahrhaben wollen. Mir also wollte Einar sein Komplott in die Schuhe schieben. Mir oder Robert Fuchs? Im Ergebnis blieb es sich gleich.

Nur eins war mir nicht ganz klar: »Wie wird man mich finden, lebend oder tot?«

Während er das Zielfernrohr auf dem Gewehr überprüfte, erwiderte der Bärtige: »Zuviel Wissen macht Kopfweh. Außerdem ist dann die ganze Spannung weg, nicht?«

Es dämmerte bereits, und unter uns funkelten die Lichter der Großstadt. Vor uns erstrahlte am Ostrand des Tiergartens ein großes Areal, das von Flutlichtern erleuchtete Clay-Center.

Der Radiosprecher erklärte: »Deutlich sehe ich die Positionslichter des russischen Transporthubschraubers über dem Rand des Tiergartens. Wir befinden uns im Zeitplan. Ganz bewusst wurde das Aufstellen der Statue auf den Abend gelegt. Danach nämlich soll, als Krönung der Feierlichkeiten zum Tag der Einheit, ein gigantisches Feuerwerk über dem Tiergarten zu sehen sein. Tausende von Berlinern und Zugereisten sind auf den Beinen, um das Schauspiel mitzuerleben.«

Wäre das, was die Männer in diesem Helikopter schon getan hatten und was sie noch planten, nicht derart verabscheuungswürdig gewesen, hätte ich für sie so etwas wie Respekt empfunden. Den Bundeskanzler vor tausend und abertausend Zeugen zu ermorden, war ein kühner Plan, aber leider auch einer mit einer großen Erfolgsaussicht.

»Warum wollt ihr Zander ermorden?«, fragte ich. »Wer steckt dahinter?«

»Schnauze!«, bellte der Bärtige und wandte sich dem Nervösen zu. »Mach den Laberkasten aus! Ich muss mich jetzt konzentrieren.«

Ich spähte durch ein Fenster nach draußen. Drüben am Potsdamer Platz reckte sich der hell erleuchtete INTEC-Tower in den Himmel, wie um dem von Global Standards maßgeblich getragenen Clay-Center die Stirn zu bieten.

Offensichtlich bestand ein Zusammenhang zwischen dem Massaker, das Robert Fuchs im INTEC-Tower angerichtet hatte, und dem bevorstehenden Attentat. Irgendwie musste alles mit der Rivalität zwischen INTEC und Global Standards zusammenhängen. Vielleicht wäre ich dahinter gekommen, hätte ich genügend Zeit zum Nachdenken gehabt. Aber der beleuchtete Komplex im Tiergarten kam schnell näher und mir blieben nur noch Sekunden.

Nichts am Clay-Center verriet mehr, dass es noch vor einigen Tagen eine Baustelle gewesen war. Geschmückt mit Girlanden und Wimpeln, glänzte es in festlicher Pracht. Auf den Dächern und Plätzen standen die hohen Tiere aus Wirtschaft, Politik und Kultur, die Herren im dunklen Anzug, die Damen in glamourösen bis gewagten Kleidern. Als der Helikopter über ihnen in den Schwebeflug ging, wehten Jacketts und Jäckchen wie aufgeplustertes Gefieder, und manche sorgsam drapierte Frisur geriet in Unordnung.

Der Helikopter schwebte über dem höchsten Gebäude des Clay-Centers, einem Oktagon mit flachem Dach. Darauf standen Journalisten und Kameraleute, die Schar der ranghöchsten Gäste mit dem Bundeskanzler und ein ganzer Trupp Sicherheitsleute, angeführt von meinem Bruder und Martin Knaup. Alle blickten erwartungsvoll zu uns hoch.

»Jetzt geht's los«, sagte der Schwarzbärtige und drückte den Sprechschalter für die Funkverbindung mit dem Cockpit. »Ich gehe an die Arbeit. Haltet den Vogel vollkommen ruhig!«

»Das ist nicht leicht«, kam aus dem Lautsprecher die Stimme eines der beiden Piloten. »Aber wir tun, was wir können.«

Mit einer Behändigkeit, die man ihm aufgrund seiner Körpermasse nicht zugetraut hätte, gesellte sich der Stiernackige neben mich und nahm mich mit dem linken Arm in den Schwitzkasten. In der rechten Hand hielt er die Automatik, die er gegen meine Stirn drückte.

»Durchgeladen und entsichert«, schärfte er mir ein. »Wenn du auch nur Piep sagst, gibt es gleich zwei Tote!«

Langsam ging der Helikopter tiefer.

Der Bärtige stellte sich an die Wand, an der ich saß, und schob eine Luke auf. Frischer Wind strömte herein. Als der Mann sein Gewehr anhob, ging ein heftiger Ruck durch den Hubschrauber, und der Killer wäre fast zu Boden gegangen.

Er eilte zur Funkanlage und fragte: »Was ist los? Seid ihr besoffen?«

»Eine plötzliche Turbulenz«, kam es aus dem Cockpit. »Wir können nichts dafür.«

»Ist mir egal, wer etwas dafür kann. Wenn ihr die Kiste nicht ruhig haltet, ist die ganze Sache im Eimer!«

»Verstanden«, kam es kleinlaut zurück.

Der Nervöse und der Stiernackige starrten auf die Tür zum Cockpit, als könnten sie dadurch ergründen, was bei den Piloten vor sich ging. Das war meine Chance, die einzige vielleicht. Ich hatte bei der GSG 9 gelernt, wie man sich aus allen möglichen Arten von Griffen befreite. Der Schwitzkasten, in dem mich der Stiernackige festhielt, wäre kein Problem für mich gewesen, hätte ich meine Hände einsetzen können. Aber es musste auch so gehen, und ich versuchte es . . .

Der Stiernackige war tatsächlich so abgelenkt gewesen, dass ich mich von ihm lösen und ihm einen kräftigen Ellbogenstoß in die Nieren verpassen konnte. Er kippte zur Seite und fiel dem Bärtigen vor die Füße. Der geriet ins Stolpern und behinderte den Nervösen bei dem Versuch, die SIG-Sauer auf mich anzulegen.

Mir blieben nur wenige Sekunden und die musste ich nutzen. Trippelnd und stolpernd erreichte ich die Cockpit-Tür. Ich drückte mich rücklings gegen sie und konnte meine gefesselten Hände wenigstens so weit bewegen, dass es zum Öffnen der Tür reichte.

Die beiden Piloten staunten nicht wenig, als ich ins Cockpit wankte. Und sie staunten noch mehr, als ich mich auf sie fallen ließ und ganz bewusst gegen Schalthebel und Steuerpedal stieß.

Augenblicklich begann der Hubschrauber einen wilden Tanz, als wollte er zur Seite und nach unten zugleich ausbrechen. Ein lautes Krachen erscholl irgendwo unter uns. Unerwartet schoss der Helikopter, wie von einer gewaltigen Last befreit, nach oben.

Und so war es tatsächlich: Die Last fehlte. Bei dem wilden Tanz des riesigen Vogels hatte sich das Stahlseil gelöst, und die Statue des Generals war mitten auf das Dach des Oktagons gestürzt. Vermutlich war sie nur noch ein Haufen zertrümmerten Gesteins.

Nur für eine Sekunde konnte ich durch die Scheiben der Cockpit-Fenster sehen, was auf dem Dach des Clay-Centers vor sich ging. Der Helikopter schmierte zur Seite weg, und ich prallte gegen den Copiloten. Aus dem hinteren Teil des Helikopters, wo die drei anderen durcheinander gewirbelt wurden, hörte ich Geschrei, halb erschrocken, halb wütend.

Der Pilot wollte seine Maschine wieder auf Kurs bringen. Das verhinderte ich, indem ich auf das Pedal für die Hochachsensteuerung trat. Erneut tanzte der Hubschrauber wie ein durchgedrehter Vogel an der Fassade des Clay-Centers entlang, und zu dem Lärm von Rotoren und Motoren gesellte sich ein aufdringliches, schrilles Kreischen.

»Rotorschaden!«, kam es gellend vom Copiloten. »Wir können uns nicht mehr lange halten, müssen notlanden!«

»Weg hier«, kam es vom Durchgang zum hinteren Teil des Helikopters. »Wenn wir hier notlanden, haben die Bullen uns gleich am Arsch!«

Das kam von dem Schwarzbärtigen, der in der offenen Tür stand. Mit einer Hand hielt er sich am Türrahmen fest, in der anderen lag eine P228, mit der er auf mich zielte.

Ich duckte mich in dem Augenblick, als er abdrückte, und warf mich gegen seine Beine. Dadurch verlor er den Halt und ging zu Boden. Die Pistole entglitt ihm und rutschte quer über den Boden des Cockpits.

Der Helikopter sackte steil nach unten weg, stieg dann wieder und legte sich auf die Seite. Der Bärtige stieß sich den Kopf am Türrahmen blutig, verlor den Halt und fiel nach hinten. Hastig schloss ich die Tür und verriegelte sie, so dass ich mit den beiden Piloten im Cockpit eingesperrt war.

Jetzt erst bemerkte ich, dass der Pilot schlaff und vornübergebeugt auf seinem Sitz hockte. Die Kugel, die für mich bestimmt war, hatte ihn in den Kopf getroffen.

Während der Copilot sich verzweifelt bemühte, den Helikopter wieder in die Gewalt zu bekommen, warf er mir einen besorgten Blick zu.

»Keine Angst, auch ich will leben«, keuchte ich. »Sieh zu, dass du irgendwo landen kannst!«

Wir überflogen den Tiergarten in westlicher Richtung und folgten in etwa der Straße des 17. Juni. Als der Copilot ein plötzliches Absacken im letzten Augenblick unterband, bewahrte er die Siegessäule vor dem Verlust ihrer »Goldelse«, der Viktoriastatue.

Er bekam den Helikopter einigermaßen in den Griff und flog weiter in westlicher Richtung. Aus dem hinteren Teil krachte es gegen die Tür, aber die Verriegelung hielt.

Im niedrigen Flug ging es über das im Abenddämmer liegende Berlin in Richtung Spandau. Als sich unter uns die ausgedehnten Waldflächen ausbreiteten, dachte ich daran, wie ich nicht weit entfernt mit Rica zu dem seltsamen Kauz Hugo Bartsch gefahren war.

»Es geht nicht mehr, wir schmieren ab!«

Mit diesem Ruf riss der Copilot mich aus den Gedanken an Rica und Bartsch. Ich bemerkte, dass wir dem Wald immer näher kamen. Der Rumpf des Hubschraubers streifte bereits über die Baumwipfel.

»Nach rechts!«, schrie ich, weil ich dort eine große Wiese gesehen hatte.

Der Copilot reagierte sofort. Wir schossen auf die Wiese zu, gingen tiefer – und die Welt drehte sich um mich.

Das Knirschen von Metall dröhnte laut in meinen Ohren. Ich verlor den Halt, flog quer durchs Cockpit und schlug mit Schulter und Kopf hart gegen eine Verstrebung.

»Nicht schlappmachen!« hämmerte ich mir ein. »Jetzt nur nicht schlappmachen!«'

Der Helikopter lag still auf der Wiese. Der Copilot musste sich verletzt haben. Stöhnend hing er in den Gurten. Mit meinen gefesselten Händen und Füßen konnte ich ihm nicht helfen. Ich war froh, dass ich die Tür auf der Pilotenseite öffnen konnte. Als ich auf der Wiese stand, konnte ich es kaum glauben. In den letzten Minuten hatte ich mich an den Gedanken gewöhnt, nie wieder festen Boden unter den Füßen zu haben.

Ich hörte ein Knistern und aus dem Rumpf des waidwunden Riesenvogels schlugen Flammen. Weglaufen konnte ich nicht wegen der Fußfesseln. Also ließ ich mich fallen und über den Boden rollen, von dem Helikopter weg auf den im Abenddunkel versinkenden Waldrand zu.

Ich hatte die Strecke erst zur Hälfte überwunden, als eine Druckwelle über mich hingwegfegte. Unglaubliche Hitze hüllte mich für Sekunden ein, und die Explosion des Helikopters war so laut, als fände sie mitten in meinem Kopf statt. Ich presste mein

Gesicht ins Gras und hoffte, von dem entflammten Treibstoff verschont zu werden.

Irgendwann wagte ich es, mich umzublicken. Das Wrack des Helikopters war ein einziger Feuerball, und die Hitze ließ mich in Schweiß ausbrechen.

Ich rollte weiter auf den Waldrand zu. Meine noch von der Explosion schmerzenden Ohren nahmen ein Geräusch wahr, ohne dass ich es näher bestimmen konnte. Erst als zwischen den Bäumen vor mir Lichter auftauchten, wusste ich, dass es ein Automotor war.

Wer konnte so schnell hier sein? Leute, die zu meinem Bruder gehörten?

Ich hatte nicht die Möglichkeit zu fliehen oder mich zu verbergen. So blieb ich einfach am Rand der Wiese liegen und wartete auf das Fahrzeug, das sich auf einem schmalen, unbefestigten Weg näherte.

Es war ein offener Wagen altertümlicher Bauart, wie aus einem Kriegsfilm. Ein Kübelwagen. Am Steuer saß ein korpulenter Mann. Unter dem Schirm der Feldmütze erkannte ich das runde Gesicht von Hugo Bartsch.

Neben ihm saß eine viel schmalere Gestalt, die neben Bartsch geradezu zerbrechlich wirkte. Sie trug Rangerhosen und eine Outdoorweste über einer karierten Bluse. Blondes Haar wehte im Fahrtwind.

»Rica!«, krächzte ich, als der Kübelwagen vor mir anhielt.

Ihre Augen huschten zwischen dem brennenden Wrack und mir hin und her, und sie sagte grinsend: »Sieht so aus, als würde ich dir gerade zum zweiten Mal in höchster Not den Arsch retten. Beim dritten Mal musst du mich heiraten!«

22

»Du bist wirklich der Bruder von Dr. Kranz?«

Rica sah mich an, als hätte ich erklärt, ich sei der nur totgeglaubte Elvis Presley.

Ich hatte ihr und Hugo Bartsch alles erzählt, was ich selbst wusste. Wäre ich ein Romanautor gewesen, hätte ich einiges weggelassen, um nicht unglaubwürdig zu klingen. Aber das wirkliche Leben unterscheidet sich vom Roman dadurch, dass es nicht an die Regeln von Wahrscheinlichkeit und Glaubwürdigkeit gebunden ist. Das konnte wohl niemand besser bekräftigen als ich. Und so konnte ich Rica nicht böse sein, als sie mit dem Reinigen, Desinfizieren, Verbinden und Bepflastern meiner zahlreichen kleinen Wunden innehielt und mich betrachtete wie einen neuen Münchhausen.

»Ich bin sein Bruder«, bekräftigte ich. »Und darauf bin ich alles andere als stolz.« Als sie mich nur stumm anstarrte, fragte ich: »Überlegst du, in welche Klapsmühle du mich einsperren lässt?«

»Ich habe Arved Kranz nie getroffen, kenne ihn nur von Fotos. Dein jetziges Gesicht oder dein richtiges, ich versuche mir den Unterschied vorzustellen.«

»In Ordnung. Gib mir nur rechtzeitig vor unserer Hochzeit Bescheid, welches Gesicht du vorziehst, damit ich noch einen plastischen Chirurgen aufsuchen kann, bevor ich zum Standesamt komme.«

»Zum Standesamt?« Rica machte ein empörtes Gesicht. »Damit ist es nicht getan. Ich bestehe auf kirchlicher Trauung, mit weißem Brautkleid und Schleier und so weiter. Stell dich darauf ein!«

Hugo Bartsch betrat das Badezimmer, in dem Rica mich verarztete. »Im Fernsehen läuft gerade ein großer Bericht über den Vorfall am Clay-Center. Solltet ihr euch ansehen, falls ihr mit Turteln fertig seid.«

»Wir kommen gleich«, sagte Rica und klebte das letzte Pflaster auf mein linkes Knie.

Ich zog frische Sachen an, die Bartsch rausgesucht hatte. Da seine Kleidergröße mit der meinen nicht im mindesten kompatibel war, kam die Kleiderspende aus seinem Uniformfundus. So trug ich das blaue Hemd eines Nordstaatlers aus dem amerikanischen Bürgerkrieg und die kakifarbene Hose des deutschen Afrika-Korps.

Der Gang vor dem Badezimmer war zu beiden Seiten mit Vitrinen vollgestellt, in denen Modelle berühmter Kriegsschiffe standen, von der antiken Galeere über große Segelschiffe bis zu den gepanzerten Ungetümen des zwanzigsten Jahrhunderts. Den Wohnraum, in dem Bartsch vor dem Fernseher saß, zierten zerschlissene Flaggen und Gemälde großer Feldherren. Rica und ich ließen uns auf ein braunes Ledersofa sinken und sahen auf dem Bildschirm eine schmallippige Reporterin vor dem Clay-Center stehen.

»Noch immer warten wir auf eine offizielle Verlautbarung über die Geschehnisse des heutigen Abends: Auch wenn weder vom Bundeskanzleramt noch vom Innensenator bislang eine Bestätigung vorliegt, ist davon auszugehen, dass wir es mit einem Attentatsversuch zu tun haben. Opfer des Attentats sollte sehr wahrscheinlich Bundeskanzler Zander werden. Nach dem Vorfall mit dem Transporthubschrauber wurde der Kanzler unter strenger Bewachung zu seinem Berliner Wohnsitz gebracht, um den ein undurchdringlicher Sicherheitskordon gezogen wurde. Hier aber noch einmal die aufregenden Bilder dieses Abends!«

Die eingeblendeten Aufnahmen mussten von einer Kamera auf dem oktagonalen Dach stammen. Man sah den Hubschrauber von unten und die Statue, die noch am Stahlseil hing. Langsam senkte sich der Helikopter zum Flachdach herunter, auf dem einige Männer in Overalls, ausgerüstet mit Schutzhelmen, Windschutzbrillen und dicken Arbeitshandschuhen, einen Kreis um die Stelle bildeten, an der die Statue aufgestellt werden sollte. Ein Mann mit rotem Helm sprach Anweisungen in ein Walkie-Talkie und gab der Hubschrauber-Crew Handzeichen.

Oder er tat zumindest so. Wie ich wusste, spielte er nur den Leiter des Bodenpersonals, der vom Dach aus die Aufstellung der Statue beaufsichtigte. In Wahrheit gehörte er zu den Attentätern.

Plötzlich ging alles blitzschnell, so schnell, dass der aufgeregte Kameramann das Bild verwackelte. Es passte zu dem Geschehen, zu dem ruckartigen Trudeln und Taumeln des Hubschraubers und zu der herabstürzenden Statue.

Während ich dem, was ich aus anderer Warte miterlebt hatte, zusah, wurde mir flau im Magen. Aus der Sicht des Beobachters wirkten die Hüpfer und Sprünge des Helikopters fast noch gefährlicher. Es sah so aus, als sei der Hubschrauber mehrmals nur um wenige Zentimeter an Dächern und Masten vorbeigeschrammt.

Der torkelnde Helikopter verlor sich über dem westlichen Tiergarten, und die Reporterin kam wieder ins Bild.

»Es sieht so aus, als hätten sich die Attentäter den Helikopter allein zu dem Zweck angeeignet, sich dem Kanzler bei der Eröffnungsfeier für das Clay-Center zu nähern. Die richtige Hubschrauberbesatzung wurde ermordet im Stammsitz der Lufttransportfirma nahe Schönefeld aufgefunden. Das ausgebrannte Wrack des abgestürzten Hubschraubers liegt in einem Waldstück bei Spandau. Bis jetzt steht weder fest, wie viele Personen sich an Bord befanden, noch, was aus ihnen geworden ist. Berichte von mehreren verkohlten Leichen sind von den Behörden noch nicht kommentiert worden. Die Absturzstelle wurde weiträumig abgesperrt, so dass es von dort nur einige Luftaufnahmen gibt.«

Als diese Aufnahmen des zerstörten Hubschraubers eingespielt wurden, stellte Bartsch den Fernseher aus und drehte sich zu mir um. »Haben Sie den Hubschrauber absichtlich hergebracht?«

Ich schüttelte den Kopf. »Purer Zufall.«

»Eher das sprichwörtliche Glück im Unglück, würde ich sagen. Wäre der Vogel irgendwo im bebauten Gebiet heruntergegangen, hätten Sie es kaum überlebt. Und wenn die Maschine in eine andere Richtung geflogen wäre, hätten Rica und ich nicht so schnell antanzen können.«

»Und die Bullen hätten dich jetzt als vermeintlichen Kanzlerattentäter in der Mangel«, fügte Rica hinzu.

»Dann wäre ich wahrscheinlich tot, dafür hätte Einar gesorgt«, sagte ich. »Wieso wart ihr kurz nach dem Absturz der Maschine schon vor Ort?«

»Wir haben im Fernsehen die Live-Übertragung vom Clay-Center verfolgt«, antwortete Rica. »Ich ahnte sofort, dass du in die Sache mit dem Helikopter verwickelt bist. In meiner Zeit als Journalistin habe ich einen Riecher für solche Sachen bekommen. Als wir von einem Reporter hörten, dass der Helikopter zum Spandauer Forst fliegt, sind wir sofort aufgebrochen.«

Bartsch hatte es ganz richtig ausgedrückt: Glück im Unglück. Sein Hof lag nur zehn Autominuten von der Absturzstelle entfernt.

Während der Hausherr in die Küche ging, um uns einen »stärkenden Imbiss«, wie er es nannte, zuzubereiten, fragte ich Rica, was sie nach unserer Flucht aus der alten Klinik in der Uckermark erlebt hatte.

»Nicht viel. Ich bin geradewegs zu Hugo gefahren. Mir war klar, dass Kranz – ich muss mich erst daran gewöhnen, dass er dein Bruder ist – jeden überwachen lässt, der mit mir in näherer Verbindung steht. Aber meinen Kontakt zu Hugo habe ich immer geheim gehalten. Hier bin ich sicher und du auch.«

»Wo hast du den Wagen gelassen?«

»Der steht hier gut getarnt in einer Scheune.« Sie nahm meine Rechte in beide Hände und sah mir in die Augen. »Hätte ich nicht ohne dich abhauen sollen?«

»Du hast richtig gehandelt, Rica. Hättest du gezögert, hätten sie dich auch erwischt. Und für mich war es letztlich gut, dass ich meinem Bruder in die Hände gefallen bin.«

»Gut? Machst du einen Witz?«

»Nein. Der Elektroschock, mit dem man mich außer Gefecht gesetzt hat, hat etwas in meinem Gehirn ausgelöst, das mir die Erinnerung zurückgebracht hat. Ich habe gehört, wie Ambeus etwas in der Art sagte. Außerdem . . .«

»Ja?«

»Vielleicht hätte Einar den Anschlag auf Arnulf Zander auch unternommen, ohne den angeblichen Robert Fuchs als Attentäter vorweisen zu können. Aber dann wäre ich nicht im Helikopter gewesen und hätte nichts unternehmen können.«

»Du redest, als seist du während der ganzen Zeit Herr der Lage gewesen. Dabei ist es nur ein riesengroßer Glücksfall, dass du mit halbwegs heiler Haut davongekommen bist!«

Ricas Stimme zitterte, nur leicht, aber ich bemerkte es. Der Druck ihrer Hände verstärkte sich, und sie umklammerte meine Rechte, als wollte sie sie niemals wieder loslassen.

In der großen Bauernstube mit den Wandgemälden historischer Schlachten erwarteten uns drei Teller mit Bratkartoffeln, gebratenem Leberkäse und Gurken. Bei dem Anblick wurde mir schlagartig bewusst, wie hungrig ich war. Wir ließen es uns schmecken und für eine Weile hörte man nur das Klappern des Bestecks.

Bartsch war als erster fertig, leckte mit der Zunge über seine fettigen Lippen und fragte: »Wozu der ganze Zauber? Warum will dieser Dr. Kranz, dem der Schutz des Bundeskanzlers obliegt, ihn aus dem Weg räumen?«

»Vermutlich deshalb«, sagte ich und machte mit Daumen und Zeigefinger die reibende Bewegung des Geldzählens. »Einen anderen Grund kann ich mir nicht vorstellen. Politische Ambitionen hat mein Bruder nie gehabt. Ihm ging es immer nur um seinen persönlichen Vorteil, um Karriere und Ansehen.« Leise fügte ich hinzu: »Vielleicht bin ich daran nicht ganz unschuldig. Hätten unsere Eltern mich nicht immer bevorzugt, hätte Einar sich wahrscheinlich anders entwickelt.«

»Dann ist es die Schuld eurer Eltern, nicht deine«, meinte Rica.

»Einar sieht das anders«, seufzte ich. »Er hasst mich wie die Pest.«

»Warum hat er dich dann zur SGB geholt?«

»Gute Frage. Über die Antwort kann ich nur spekulieren. Vielleicht eine letzte Aufwallung brüderlicher Zuneigung. Vielleicht hatte er auch damals schon vor, mich für seine schmutzigen Machenschaften zu benutzen.«

»Was sind das für Machenschaften?«, fragte Bartsch. »Wer bezahlt Ihren Bruder? Und warum?«

»Alles hängt mit der Operation Golem zusammen und mit den Unterlagen, die Robert Fuchs aus Konrad Bauers Safe entwendet hat. Ich hatte damals nur wenig Zeit, mir die Unterlagen anzusehen, und erst in den vergangenen Tagen habe ich mich an sie erinnert. Es ging um die Operation Golem. Die Akten geben die ganze Geschichte wieder, angefangen bei Himmlers Projekt Balmung über die Wiederaufnahme durch die Stasi bis hin zu den heutigen Forschungen.«

Bartsch sah mich neugierig an. »Welche heutigen Forschungen?«

Rica gab die Antwort: »Das Gesetz zur Neuordnung der neurotechnologischen Forschung! Darum geht es, oder?«

»Ja«, sagte ich. »Wie ich von dir weiß, ist Arnulf Zander ein strikter Gegner dieses Gesetzes, über das in nächster Zeit entschieden wird. Wäre das Attentat gelungen, wäre der Vizekanzler das Zünglein an der Waage gewesen. Und Thomas Schling befürwortet die Forschung!«

Bartsch starrte mich mit geweiteten Augen an. »Glauben Sie, der Vizekanzler ist in den Anschlag verwickelt?«

»Nein, das glaube ich nicht. Es genügt doch, dass er für das Gesetz eintritt. Darauf haben diejenigen gesetzt, die meinen Bruder beauftragt haben, den Kanzler auszuschalten.«

»Wer?«, fragte Bartsch. »Von wem wird Ihr Bruder bezahlt?«

»Schwer zu sagen«, antwortete ich. »INTEC und Global Standards sind offensichtlich in die Sache verwickelt. Aber Genaueres lässt sich vielleicht nur feststellen, wenn man die verschwundenen Akten genau prüft.«

»Verschwunden?« Rica tippte mit dem Zeigefinger gegen meine rechte Schulter. »Du musst wissen, wo sie sind. Oder hast du dich daran nicht erinnert?«

»Doch.«

»Und?« Rica sah mich höchst gespannt an. »Jetzt sag schon, wo die Akten sind!«

Zögernd erwiderte ich: »Ich weiß nicht, ob ich euch noch tiefer in die Sache hineinziehen soll.«

»Noch tiefer?« Rica lachte gequält. »Das geht wohl kaum!«

»Ich bin auch mit von der Partie!«, erklärte Bartsch.

»Warum?«, fragte ich ihn. »Wollen Sie beweisen, dass der Kapitalismus noch immer die größten Schweinereien hervorbringt?«

»Das herauszufinden, wäre sicher interessant. Aber hauptsächlich geht es mir um Rica. Sie erinnert mich an Karin, und *eine* verlorene Tochter reicht mir.«

Rica sah ihn überrascht an und drückte ihm einen Kuss auf die Wange.

»Drei Musketiere gegen den Rest der Welt also.« Ich gab mich geschlagen und nannte ihnen das Versteck.

23

Vielleicht ist es die Faszination des Widersprüchlichen, die uns anzieht. Der Bulle und der Böse oder so ähnlich. Vielleicht spüre ich auch unterschwellig, dass der Kerl, den ich auf dem Pariser Platz beim Stehlen beobachtet habe, ein großes Geheimnis hütet. Ein sehr reizvolles Geheimnis. Jedenfalls verstehen wir uns blendend, als wir in dem Biergarten an der Ebertstraße beisammensitzen.

Und als Max, wie er sich nennt, mich lachend einlädt, seine »Räuberhöhle« zu besuchen, stimme ich spontan zu. Der Abend ist ungewöhnlich interessant, und der Besuch bei Max verspricht seine Krönung zu werden.

Entspannt lasse ich mich auf den Beifahrersitz des alten Golfs fallen und von meinem neuen Bekannten zur Spandauer Vorstadt kutschieren.

Daran musste ich denken, als ich durch die lärmende Straßen der Spandauer Vorstadt ging. Es war schon nach Mitternacht, und die Straßenlaternen erhielten Unterstützung von den Leuchtreklamen der zahlreichen Bars und Restaurants.

Hinter den Mauern und hellen Fenstern ertönten laute Stimmen. Sicher unterhielt man sich auch über das Attentat auf den Bundeskanzler vorgestern Abend. Aber niemand sah darin einen Grund, weniger fröhlich zu sein. Es war ein Thema, eine Mediensensation, so wichtig und so unwichtig, so aktuell und so schnell vergessen wie alles, was in den Medien mit Sondersendungen und Riesenschlagzeilen abgefeiert wurde. Mehr Unterhaltung als wirkliche Information.

Allerdings hielten sich die Behörden mit konkreten Angaben auch sehr zurück. Seit dem dritten Oktober hatten sie nicht mehr bekannt gegeben als die Tatsache, dass in dem Helikopter die verkohlten Leichen von fünf Männern gefunden worden waren. Ich hatte unglaubliches Glück gehabt, dass ich lebend aus dem Wrack entkommen war.

Spiegelte der bescheidene Nachrichtenfluss über das Kanzlerattentat den tatsächlichen Stand der Ermittlungen wider? Natürlich mutmaßte man, dass wichtige Erkenntnisse zurückgehalten wurden, um den Fahndungserfolg nicht zu gefährden. Das war eine übliche Methode, aber in diesem konkreten Fall mochte die Polizei tatsächlich vollkommen im Dunkeln tappen. Nämlich dann, wenn mein Bruder Einar die Ermittlungen von höchster Stelle aus behinderte.

Ein düsterer Gebäudekomplex schob sich vor die aufdringlich leuchtenden Etablissements des neuen Reichtums. Die Diefenbachbühne wirkte wie ein Dinosaurier, der sich, obwohl längst zum Untergang verurteilt, standhaft weigerte, zeitgemäßeren Wesen zu weichen. Solchen, die schneller waren, wendiger, oberflächlicher und gewissenloser.

Ich überprüfte noch einmal meine Ausrüstung, bevor ich mit gemischten Gefühlen auf das Theater zuging. Von außen konnte ich nicht erkennen, ob Max zu Hause war. Zur Straße hin lag das gesamte Gebäude im Dunkeln. Vielleicht waren die auf den Innenhof zeigenden Fenster von Max' Wohnung erleuchtet, aber das konnte ich nicht sehen.

Der grüne Golf stand neben dem Eingang, den Max üblicherweise benutzte. Die Tür war verschlossen, aber ich trug professionelles Einbruchswerkzeug bei mir und knackte das Sicherheitsschloss innerhalb von vierzig Sekunden. Es war nicht weiter schwierig, schließlich hatte ich das Schloss eigenhändig eingebaut. Und bei der GSG 9 hatte ich gelernt, mir Zugang zu versperrten Räumen zu verschaffen.

Als ich das Theater betrat, wartete ich auf das Gebell Ottos. Aber Otto war tot. Dunkelheit und Stille erwarteten mich, als ich durch einen unbeleuchteten Gang schritt. Ich benötigte kein Licht zur Orientierung. Jene seltsame Fähigkeit, die mich auch im Dunkeln vor Hindernissen warnte, reichte im Verein mit meiner Ortskenntnis aus.

Vor Max' Wohnung blieb ich stehen und lauschte. Jetzt hörte ich doch etwas: Leise Musik. Mozart, aber nicht laut genug, um das Stück zu erkennen.

Vorsichtig legte ich die linke Hand auf die Türklinke – da sah ich durch die Wand eine heftige Bewegung. Ein flimmernder Schatten stürmte auf die Tür zu und riss sie auf. Gleichzeitig riss ich die Makarov-Automatik hervor, die aus Bartsch' großem Waffenarsenal stammte.

Das Nachtlicht, das durch die Wohnungsfenster fiel, beleuchtete eine unglaubliche Szene: Max und ich standen uns direkt gegenüber. Ich hielt meine Makarov auf sie gerichtet, sie zielte ebenfalls mit einer Automatik auf mich. Vermutlich war es die SIG-Sauer P230, die ich einem der drei Eindringlinge abgenommen hatte.

»Du?«, brachte sie nach langem Schweigen hervor. »Was tust du hier?«

»Ich muss mit dir reden, Max.«

»Mit gezogener Waffe?«

»So scheint es hier üblich«, sagte ich mit Blick auf ihre Pistole und ließ meine eigene Waffe sinken. »Außerdem wusste ich nicht, wer mich hier erwartet. Ist schließlich ein paar Tage her, seit ich . . .«

»Seit du dich klammheimlich davongestohlen hast!«

»Darf ich trotzdem reinkommen?«

Max überlegte, nickte schließlich und trat zurück. Sie ließ die P230 sinken, behielt sie aber in der Hand. Mit der anderen Hand schaltete sie das Licht ein. Auf dem Tisch standen ein Glas Sekt und ein Teller mit Lachsschnitten und Kaviar.

»Ein hübscher Mitternachtssnack. Hast du mich erwartet?«

»Siehst du etwa zwei Gläser?« Max sprach in einem kalten Tonfall. »Ich feiere.«

»Was?«

»Gute Beute.«

Ich ließ mich in einen Sessel fallen und steckte die Makarov zurück in die lederne Fliegerjacke, die, wie so ziemlich alles, was ich an und bei mir trug, Hugo Bartsch gehörte. Max blieb neben der Tür stehen und schien unsicher, was sie von meinem Besuch halten sollte. Ich konnte es ihr nicht verdenken.

»Hast du mich vermisst?«, fragte ich.

Sie presste ihre Lippen zusammen, als müsste sie mit ihren Gefühlen kämpfen. Ein leichtes Beben, wie von mühsam unterdrückter Wut hervorgerufen, ging durch ihren schlanken Körper. Sie trug schwarze Jeans und einen hellen Pulli, beides eng und figurbetonend. Max war eine sehr attraktive Frau. Ich ertappte mich dabei, wie ich sie mit Rica verglich.

Max trat zwei Schritte auf mich zu und fixierte mich. »Warum hätte ich dich vermissen sollen? Du bist in mein Leben geschneit, hast dich von mir durchfüttern lassen, hast mit mir geschlafen und mich zum Dank vor den drei Schweinen gerettet, die Otto getötet haben. Damit sind wir quitt, oder? Hätte ich da erwarten können, dass du bei mir bleibst oder mir zumindest eine Nachricht hinterlässt, bevor du sang- und klanglos verschwindest?«

Ich spürte, dass ich sie enttäuscht und verletzt hatte. Nur zu deutlich war es aus ihren Worten, ans ihrer Stimme, ihrem Gesicht und ihrer ganzen Körperhaltung zu spüren. Mehr noch, sie wirkte sehr nervös, als wäre es ihr lieber gewesen, mich nie wieder zu sehen.

»Hast du mich auch schon vorher vermisst?«, fragte ich weiter.

»Vorher? Ich verstehe dich nicht.«

»Erzähl mir nicht, dass du mich nicht erkannt hast, Max. Ich hatte mein Gedächtnis verloren, nicht du! Es war kein Zufall, dass wir uns vor zwei Wochen am Brandenburger Tor begegnet sind. Dort haben wir uns schon einmal getroffen. Und die unterschwellige Erinnerung daran, ein winziger Rest meines alten Ichs, muss mich deshalb abends zum Pariser Platz geführt haben, geleitet von der schwachen Hoffnung, dich wieder zu finden.«

Langsam öffnete Max den Mund, ihre Lippen zitterten, und die Worte kamen nur stockend heraus: »Bist du es wirklich? Arved?«

»Zweifelst du etwa? Ich dachte, du hättest mich eher erkannt als ich mich selbst. Viel eher.«

»Du hast mich in so vielem an Arved erinnert. Deine Stimme, deine Art, dich zu bewegen.« Sie lächelte plötzlich. »Und auch die Angewohnheit, eine Prise Curry über deinem Spiegelei zu zerreiben. Das alles ist der Arved, den ich kannte. Aber du hattest ein anderes Gesicht. Und du hast dich mit keinem Wort zu erkennen gegeben. Arved war auf einmal verschwunden gewesen – so wie später du. Was sollte ich davon halten?«

»Du hättest mich fragen können.«

»Einen Mann, der sich an überhaupt nichts erinnert?«

»War es dir nicht wichtig?«

»Das ist ungerecht!«, sagte sie laut. »Ich wollte, dass du bei mir bist. Weil du so warst wie Arved. Was ist, wenn du nicht er gewesen wärst. Hätte ich dir sagen sollen, dass ich dich liebe, weil du mich an einen anderen erinnerst?«

Das Geräusch der auffliegenden Tür alarmierte mich, aber zu spät. Ich hätte auf den Gang achten sollen. Dann hätte mich meine Fähigkeit, Bewegungen auch hinter Mauern wahrzunehmen, gewarnt.

Aber ich hatte nur auf Max geachtet. Ein böser Fehler.

Vier Männer stürmten mit gezückten Waffen in den Raum. Zwei kannte ich nicht, die beiden anderen dafür nur zu gut: Martin Knaup und mein Bruder.

Meine rechte Hand zuckte in die Lederjacke, um die Makarov zu ziehen. Aber kaum hatte ich den Griff der Automatik berührt, zischte Einar: »Lass stecken, Arved. Bevor du das Ding auch nur halb draußen hast, bist du fünfmal tot. Du und deine kleine Freundin hier. Ist ja wirklich eine rührende Romanze!«

Max funkelte ihn zornig an. »Aber Sie haben versprochen . . .«

»Schnell versprochen heißt schnell gebrochen«, erklärte Einar mit einem wölfischen Grinsen.

»Eine Falle«, sagte ich matt und begriff, weshalb Max im Dunkeln gesessen hatte. Das Einschalten des Lichts war das Zeichen für Einar und seine Männer gewesen. Sie mussten auf dem Innenhof gewartet haben. Ich sah meinen Bruder an. »Woher wusstest du, dass ich herkomme?«

Während die rechte Hand ruhig die SIG-Sauer auf mich gerichtet hielt, tippte er mit dem Zeigefinger der linken gegen seine krumme Nase. »Mein untrüglicher Riecher hat mich hergeführt. Auch unter der Droge hast du zwar keine genauen Angaben über das Versteck der Akten gemacht, aber sie reichten aus, um die grobe Richtung zu erkennen. Außerdem sagtest du etwas von einem bellenden Hund, der dich empfangen hat. Das war ein Ansatzpunkt zum Recherchieren. Wir fanden heraus, dass es hier in diesem Theater bis vor kurzem einen Köter gegeben hat, der mächtig Rabatz machte, wenn jemand sich dem Grundstück näherte. So kamen wir dieser kleinen Diebin auf die Schliche. Mir war klar, dass du eher früher als später hier aufkreuzen würdest, falls die Akten hier sind. Und das sind sie doch, Arved, nicht wahr?«

Ich ignorierte die Frage und sah Max an. »Warum?«

Sie wich meinem Blick aus und richtete ihre Augen auf Einar. »Er hat mir Geld geboten. Genug Geld, um das Theater zurückzukaufen und zu sanieren.«

»So kann man dir also deine Gefühle abkaufen«, sagte ich bitter.

Tränen schossen ihr in die Augen. »Du hast leicht reden! Du hast mich im Stich gelassen, zweimal! Ich hatte nichts anderes, nur das Theater . . .«

»Wirklich rührend«, sagte Einar sarkastisch. »Ein herzergreifendes Zwei-Personen-Drama, aber ich fürchte, wir müssen die Premiere verschieben. Sag mir, wo das Versteck der Akten ist, Arved!« Er unterstrich die Aufforderung mit einer leichten Bewegung seiner P228.

»Warum ist das so wichtig für dich?«

Einar schien erstaunt. »Aber Arved, ich dachte, du hast dir die Akten angesehen!«

»Flüchtig. Ich weiß, worum es geht. Aber ich weiß nicht, wofür du sie benötigst. Willst du sie verschwinden lassen, oder willst du jemanden unter Druck setzen?«

»Sie müssen verschwinden.«

»Dann lass sie doch, wo sie sind.«

»Das Risiko, dass sie irgendwann auftauchen, ist zu groß.«

Mein Verstand lief auf Hochtouren, und das Puzzle setzte sich zusammen.

»Mussten deshalb die Teilnehmer der geheimen INTEC-Konferenz sterben?«, fragte ich. »Wollten sie die Akten an die Öffentlichkeit bringen?«

Einar lächelte kalt. »Gut überlegt, kleiner Bruder. Ja, die Veröffentlichung der Akten sollte auf der Konferenz beschlossen werden. Die Leute von INTEC hatten erkannt, dass ihr Konzern auf dem Sektor der neurotechnologischen Forschung hoffnungslos ins Hintertreffen zu geraten droht. Also wollten sie auch der Konkurrenz die Tour vermasseln. Glaubst du, das neue Gesetz wäre durchgekommen, wenn man erfahren hätte, dass die Forschungen schon von der Stasi und davor von den Nazis betrieben wurden?«

»Niemals«, antwortete ich. »Du arbeitest also für die Konkurrenz, Einar. Für Global Standards, nehme ich an.«

»Schade, dass du so aus der Art geschlagen bist, Bruderherz. Mit deiner Cleverness hättest du einen guten Partner für mich abgeben können.«

»Was ist mit Fuchs? Er stand doch im Sold von INTEC. Hattet ihr ihn umgedreht?«

»Was sonst? Für Geld hat er schon immer alles getan. Erst hat er uns Informationen über die geheime Konferenz geliefert, dann hat er die INTEC-Spitze in unserem Auftrag ausradiert. Hätte er es überlebt, wäre er ein mehrfacher Millionär gewesen. So gesehen, hast du uns viel Geld gespart.«

»Du bist wahnsinnig!«, sagte ich kopfschüttelnd. »Ihr alle seid wahnsinnig! Was soll das noch? Arnulf Zander hat den Anschlag überlebt. Er wird das neue Gesetz verhindern. Euch kann egal sein, ob die Akten an die Öffentlichkeit gelangen oder nicht.«

Einar setzte eine bedauernde Miene auf. »Du denkst zu kleinkariert, Arved. Aus diesem Grund wärst du niemals eine große Nummer geworden, wärst immer ein Helfershelfer geblieben. Es gibt verschiedene Möglichkeiten, Zander auszuschalten: Ein weiteres Attentat, ein getürkter Unfall oder ein saftiger Skandal, der ihn zum Rücktritt zwingt. Und schon ist Thomas Schling am Ruder, eine neue Gesetzesvorlage und *voila*!«

»Du sprichst vom Bundeskanzler und seinem Vize, als seien sie nur Figuren in eurem Schachspiel.«

»Das hast du sehr treffend ausgedrückt«, lobte Einar und wurde von einer Sekunde zur nächsten ernst; seine Stimme nahm einen drohenden Unterton an. »Und jetzt die Akten!«

»Was ist, wenn ich mich lieber erschießen lasse?«

Einar gab Knaup einen Wink, und der hielt den Lauf seiner Automatik gegen Max' Stirn.

»Lässt du auch die hier lieber erschießen?«, fragte mein Bruder.

Max sah mich an, aber in ihrem Blick lag keine Bitte, kein Flehen. Es war, als wollte sie sagen: »Entscheide du!«

»Einverstanden«, erklärte ich. »Aber vorher lasst ihr Max gehen!«

»Keine Scherze«, entgegnete Einar. »Die einzige Chance für euch beide ist, dass du mir jetzt die Akten übergibst.«

»Dann hast du keinen Grund mehr, uns am Leben zu lassen.«

»Das Risiko musst du eingehen, Arved. Vielleicht habe ich ja Mitleid mit meinem kleinen Bruder und lasse ihn mit seiner verkrachten Liebe laufen.« Er zuckte mit den Schultern, um anschließend ein falsches Lächeln auf seine Lippen zu zwingen. »Glaub mir, es ist eure einzige Chance!«

Ich glaubte ihm kein einziges Wort, aber ich hatte keine Wahl.

Otto begrüßt mich mit freudigem Gebell und streicht wie eine Katze um meine Beine. Er ist allein hier, Max ist auf ihrer abendlichen Diebestour. Gut für mich, so muss ich sie nicht in diese unerfreuliche Sache hineinziehen. Während ich Otto ins Innere des Gebäudes folge, erinnert mich das Gewicht des Pilotenkoffers bei jedem Schritt an meine gefährliche Mission. Ich brauche ein Versteck, und zwar ein gutes!

Otto hat es plötzlich sehr eilig und läuft ein paar Meter vor mir über den dunklen Gang. Ich folge ihm tiefer ins Labyrinth des Theaters, in den Bereich, wo der Strom schon seit Jahren abgeklemmt ist. Meine kleine Taschenlampe sorgt dafür, dass ich nicht über einen Treppenabsatz oder eine aus dem Boden ragende Diele stolpere.

Als Otto mich zu dem großen Lagerraum mit den alten Kulissen führt, weiß ich, was ihn antreibt: Ein dringendes Bedürfnis, das er am liebsten an seinem Lieblingsplatz verrichtet. Zufrieden hebt er vor der alten Linde sein Bein, und mir kommt ein guter Gedanke . . .

Einer der beiden Gorillas, von denen jeder eine Heckler & Koch MP5K am Schulterriemen umgehängt hatte, beleuchtete den finsteren Gang mit einer großen Stabtaschenlampe. Er ging neben mir, dicht gefolgt von Einar. Danach kam Knaup, der Max in einem brutalen Griff hielt und sie weiterhin mit seiner Glock 17 bedrohte. Den Abschluss machte der zweite Gorilla.

Dicke Staubflocken tanzten im gelben Lichtstrahl der Taschenlampe und hustend fragte Einar: »Wie weit ist es noch? Wenn du uns in die Irre führst, schicke ich deine kleine Freundin zur Hölle!«

»Wir sind bald da, nur noch rechts durch den großen Raum«, beruhigte ich ihn.

Wir durchschritten den Lagerraum. Der schwere Geruch nach Leim und Farbe schien sich seit meinem letzten Besuch noch verstärkt zu haben.

Während wir durch die Kulissen hindurchgingen, suchte ich fieberhaft nach einer Gelegenheit, das Blatt zu wenden. Allein gegen vier Bewaffnete, standen meine Chancen nicht allzu gut. Einar hatte meine Makarov mit einem spöttischen Blick und einer kurzen Bemerkung über meine unzulängliche Bewaffnung an sich genommen. Max' Pistole steckte in einer von Knaups Taschen. Zum Glück hatten sie mich nicht weiter durchsucht. Aber half mir das wirklich weiter?

Der Weg endete vor der Außenwand, und Einar fragte genervt: »Und jetzt?«

»Hinter der Tempelkulisse ist eine Tür, die auf einen Innenhof führt«, antwortete ich. »Da sind die Akten.«

Einars Augen starrten mich durch die Brillengläser ungläubig an. »Draußen?«

»Ja.«

»Dann geh voran!«, befahl mein Bruder. »Aber denk immer daran: Nur eine missverständliche Bewegung, und Knaup bläst dem Mädchen den Schädel weg!«

Ich konnte nichts gegen Einar und seine Männer unternehmen. Vermutlich hätte ich selbst es nicht überlebt. Max aber wäre ganz gewiss draufgegangen.

Als ich den Innenhof betrat, fiel mein Blick auf den kleinen Erdhaufen, unter dem ich Otto begraben hatte.

»Hast du die Akten etwa dort verbuddelt?«, fragte Einar, und ich spürte seinen Atem warm in meinem Nacken.

»Nein, da liegt der Hund.«

»Was faselst du?«, schnappte Einar mit sich überschlagender Stimme; offenbar zehrte die Aktion an seinen Nerven. »Ich will die Akten!«

»Die habe ich am Baum vergraben.«

»Grab sie wieder aus!«

»Ich habe vergessen, einen Spaten mitzunehmen.«

»Dann grab mit den Händen!«, zischte Einar und versetzte mir einen heftigen Stoß zwischen die Schulterblätter, der mich in Richtung Baum stolpern ließ.

Wie ein Tier kniete ich zwischen dem knorrigen Wurzelwerk der Linde und grub mit bloßen Händen. Damals, als ich den Pilotenkoffer mit den Akten hier versteckt hatte, hatte ich einen Spaten benutzt und das Erdreich hinterher festgestampft. Das erschwerte mir meine Arbeit jetzt. Mehrere Fingernägel brachen ab. Aber ich hatte ganz bewusst keinen Spaten mitgenommen. Auf diese Weise dauerte die Aktion erheblich länger, und Zeit war mein einziger Trumpf – falls ich überhaupt einen besaß.

Einar, Knaup und die beiden anderen traten allmählich näher, als wollten sie sich den Augenblick, in dem das Gesuchte zum Vorschein kam, nicht entgehen lassen. Knaup hielt noch immer Max fest, starrte aber auf mich und meine unermüdlich schaufelnden Hände. Ich kam mir vor wie ein Maulwurf in Menschengestalt.

Plötzlich stießen meine Hände gegen etwas Hartes, und im Licht der Taschenlampe glitzerte etwas zwischen der dunklen Erde. Die Verschlüsse des Pilotenkoffers.

»Er hat ihn gefunden!«, rief Knaup.

Und Einar befahl: »Grab weiter, mach voran!«

Schließlich stand ich vor ihnen, den erdbeschmierten Koffer in Händen.

»Den Koffer hinlegen und öffnen!«, sagte mein Bruder. »Ich will nicht, dass du uns ein paar Ziegelsteine andrehst. Und öffne ihn so, dass wir den Inhalt jederzeit sehen können. Vielleicht warst du ja so clever, da drin eine Waffe zu deponieren.«

So clever war ich leider nicht gewesen, ich hatte auch keine Zeit dazu gehabt. Davon konnte sich Einar überzeugen, als ich die Schnappverschlüsse öffnete und den Deckel hochklappte. Er ging in die Hocke und blätterte zufrieden die Akten durch.

Ich starrte über ihn hinweg, weil ich durch die offene Tür eine Bewegung in der Kulissenhalle wahrgenommen hatte. Dort kamen sie, endlich!

Mein Fußtritt traf Einar mitten ins Gesicht und ließ ihn hintenüber kippen. In einem Reflex zog er den Abzug seiner Automatik durch, aber die Kugel ging in die Luft.

Da hatte ich längst Knaup angesprungen und mit zu Boden gerissen. Auch Max stürzte, konnte sich aber von ihrem Bewacher lösen. Ich rang mit Knaup um seine Waffe, und die beiden Gorillas konnten nicht schießen, ohne Gefahr zu laufen, Knaup zu erwischen.

»Lasst eure kleinen Maschinenpistölchen mal fallen!«, donnerte Hugo Bartschs Bassstimme über den Hof. Er kam durch die Tür nach draußen, eine Pump-Gun in den großen Händen. »Eine Schrotladung reicht auf die Entfernung, um euch beide in Schweizer Käse zu verwandeln.«

Rica trat neben ihn, eine Automatik im Beidhandanschlag.

Ein alter Mann und eine Frau, das schien die Gorillas nicht zu beeindrucken. Sie rissen ihre Waffen herum – und fielen, von Bartschs Schrotladung und Ricas schnell aufeinander folgenden Schüssen getroffen, zu Boden, bevor sie auch nur einen einzigen Schuss abgeben konnten.

Knaup, der seine Waffe bei unserem Gerangel verloren hatte, wollte das Durcheinander nutzen, um sich von mir zu lösen. Ich warf mich abermals auf ihn und schlug seinen Kopf gegen eine Baumwurzel, wieder und wieder, bis er mit blutigem Schädel ohnmächtig zusammensackte.

»Schluss der Vorstellung!«

Das war Einar. Er kniete neben Max und hielt seine Automatik auf sie gerichtet. Mein Fußtritt hatte seine Nase noch stärker gekrümmt, und ein Brillenglas war zersplittert. Sein Gesicht war blutverschmiert.

»Wenn ihr nicht die Salzsäulen spielt, ist das Mädchen dran!«, fuhr er fort und stand wankend auf, Max mit sich zerrend.

Er schob sich mit ihr an Bartsch und Rica vorbei in die Lagerhalle und wollte die Tür hinter sich zuziehen. Wenn es ihm gelang, den Schlüssel herumzudrehen, hatte er einen entscheidenden Vorsprung gewonnen.

Vom Boden hochschnellend, sprang ich zur Tür und riss sie mit aller Gewalt auf. Einar drückte ab, und der Schuss löste in der Halle ein dröhnendes Echo aus. Max schrie auf und fiel taumelnd zur Seite. Einar nutzte die Gelegenheit, um sich ins Dunkel der Halle zurückzuziehen.

Ich ließ ihn gewähren und beugte mich über Max, die sich krampfhaft um ein Lächeln bemühte.

»Ist nicht so schlimm«, keuchte sie.

Zum Glück hatte sie Recht. Die Kugel hatte ihre Stirn nur leicht gestreift und eine blutige Schramme hinterlassen.

»Bleib liegen!«, sagte ich zu ihr und sah mich nach meinem Bruder um.

Das einfallende Nachtlicht entriss der Dunkelheit die Umrisse der alten Kulissen: Häuser und Bäume, Autos und Pferdewagen. Und ein auf Sperrholz gemaltes Stadttor, hinter dem eine hell fluoreszierende Gestalt kauerte.

Rica und Bartsch sahen fragend durch die Tür. Ich gab ihnen ein Zeichen, mich gewähren zu lassen, und nahm Rica die Automatik aus der Hand.

Auf Umwegen näherte ich mich Einars Versteck, und Erinnerungen an die Kindheit wurden wach, an Räuber-und-Gendarm-Spiele. Ich umrundete mehrere Kulissen, um von hinten an meinen Bruder heranzukommen. Er kauerte noch immer unbeweglich hinter dem Stadttor.

Leise setzte ich einen Fuß vor den anderen und kam auf etwa zehn Meter an Einar heran. Plötzlich bewegte er sich. Ich sah einen grellen Blitz aufleuchten und fühlte einen gewaltigen Schmerz in meiner rechten Schulter. Der Aufprall der Kugel riss mich zu Boden, und die Pistole schlitterte irgendwo zwischen die Kulissen.

Einar stand über mir und zielte auf mich. »Du gehst mir auch immer wieder auf den Leim, Arved. Schon als Kind ist es dir nie gelungen, mich zu überraschen. Und es wird dir auch nicht mehr gelingen!«

Irgendetwas in seinen Augen verriet mir, dass er abdrücken wollte. Eine Gestalt warf sich zwischen uns, und der Schuss krachte. Die Gestalt, eine Frau, fiel neben mir zu Boden. Noch ein Schuss, und Einar stolperte rückwärts, verhakte sich an einem Sperrholzbaum und stürzte mitsamt dem Kulissenteil hin.

Neben mir lag Max mit zerschossenem Kopf. Ich musste würgen, um die in mir aufsteigende Übelkeit zu unterdrücken. Gleichzeitig überkam mich eine unbändige Wut auf Einar und ich sah mich nach ihm um.

Rica lief herbei, eine Automatik, die sie wohl einem der Gorillas abgenommen hatte, in der Rechten, und keuchte: »Ich glaube, ich habe Kranz erwischt!«

»Ja, und er hat Max erwischt«, sagte ich lahm.

Rica sah mich ängstlich an. »Und du?«

»Nur die Schulter.«

Ich stand mit ihrer Hilfe auf und ging zu Einar, der in gekrümmter Haltung über dem umgerissenen Sperrholzbaum lag. Während Rica zur Sicherheit ihre Waffe auf ihn richtete, drehte ich ihn mit der linken Hand herum. Rica hatte ihn in die Brust getroffen, aber er atmete noch schwach.

»Jetzt heißt es Abschied nehmen ... Bastard ...« kam es in leisen, abgehackten Wortfetzen über seine Lippen.

»Wieso Bastard?«, fragte ich verwirrt.

»Nach meiner Geburt ... Mutter unfruchtbar ...«

»Unfruchtbar? Aber ich ...«

»Dich hat Vater irgendwann mitgebracht.« Einar hustete und spuckte Blut, fing sich aber wieder. »Dich Bastard haben sie mehr geliebt als mich. Vater ... wohl immer mir die Schuld gegeben wegen Mutter ...«

»Was heißt ›mitgebracht‹? Woher stamme ich?«

»Ich weiß es«, sagte Einar und bäumte sich zu mir hoch. »Aber du ... es nie erfahren ...«

Er kippte zur Seite und war tot.

Ich empfand Bestürzung und auch so etwas wie Trauer. Einar hatte mir nach dem Leben getrachtet, hatte etliche Morde auf dem Gewissen oder war zumindest in sie verwickelt, und trotzdem war er mein Bruder gewesen.

Wirklich? Was war mit seiner Bemerkung, ich sei ein Bastard? War es nur eine Lüge, mit der er sich einen letzten Triumph verschaffen wollte? Wenn es aber die Wahrheit war, waren wir keine leiblichen Geschwister.

Und doch war Einar mein großer Bruder, mit dem ich meine Kindheit, mein halbes Leben verbracht hatte. Und ich wünschte, er wäre auf andere Weise besiegt worden als durch den Tod.

»Martin Knaup, die rechte Hand des bei der nächtlichen Schießerei ums Leben gekommenen SGB-Leiters Dr. Einar Kranz, hat ein umfassendes Geständnis abgelegt. Erschreckend ist das Ausmaß, in dem Angehörige dieser Spezialeinheit in die Verbrechen verwickelt sind. Ungefähr der halbe Mannschaftsbestand der Sicherungsgruppe Berlin wurde festgenommen und in Untersuchungshaft verbracht. Eine weitere Verhaftungswelle rollt über die deutschen Tochterunternehmen von Global Standards, in deren Auftrag Kranz gehandelt hat. Wir werden Sie in unseren Nachrichtensendungen auf dem Laufenden halten. Zum Fußball. Das Freundschaftsspiel zwischen der deutschen Nationalelf und . . .«

Ich schaltete den Fernseher in dem Augenblick ab, als Rica mein Krankenzimmer betrat. Es war ein weitaus angenehmeres Krankenzimmer als alle, die ich in letzter Zeit erlebt hatte. Es gab eine große Fensterfront, durch die ich auf einen Park hinausblickte, und in der Ferne reckte sich der Fernsehturm am Alex in den blauen Himmel von Berlin.

In ihrem dunklen Nadelstreifenanzug sah Rica sehr elegant aus und gleichzeitig verführerisch. Mit tadelndem Gesichtsausdruck trat sie an mein Bett. »Du schaust doch nicht heimlich Pornos, wenn die Oberschwester nicht hinsieht?«

Ich grinste sie an. »Hier sind nur Arztfilme erlaubt.«

Rica setzte sich auf den Rand meines Bettes und küsste mich auf den Mund. »Was macht die Schulter?«

»Heilt so vor sich hin.«

»Sehr gut.« Sie holte etwas aus ihrer schwarzen Umhängetasche und stellte es auf den Nachttisch, eine dunkle Flasche ohne Etikett. »Kommt von Hugo. Er wünscht dir gute Besserung und du sollst es vor den Schwestern verbergen.«

»Ist es was Selbstgebranntes?«

»Vermutlich.«

»Schön, dass du gekommen bist«, sagte ich. »Du musst viel um die Ohren haben.«

»Ich bin gefragt wie nie. Seitdem wir die Akten aus dem Koffer zusammen mit Hugos Unterlagen über Projekt Balmung und Operation Golem abdrucken, steigt die Auflage des ›Bärliner‹ in astronomische Höhen. Und ich gebe fleißig Interviews in Funk und Fernsehen, mindestens schon fünf Dutzend. Aber nicht heute.«

»Wieso nicht?«

»Ich komme gerade von Max' Beisetzung.«

Ich schämte mich, das vergessen zu haben, und dankte Rica dafür, dass sie alles organisiert hatte.

»Max hat ihr Leben geopfert, um dich zu retten, Arved. Ich wünschte, ich hätte mehr für sie tun können.«

»Mein Bruder hat viele Menschen auf dem Gewissen«, sagte ich leise und dachte nicht nur an Max. Man hatte herausgefunden, dass auch der Mord an Kurtchen auf Einars Konto ging. Der Trucker hatte in einer Kneipe von mir erzählt, und Spitzel hatten das meinem Bruder zugetragen.

»Mach nicht so eine Trauermiene!«, fuhr Rica mich an. »Es gibt auch was Erfreuliches: Nachrichten aus dem Kabinett. Heute hat Bundeskanzler Zander das Gesetz zur Neuordnung der neurotechnologischen Forschung endgültig zu den Akten gelegt. Er hat vor der Presse erklärt, dass die alte Gesetzeslage, die eine größere Überwachung der Forschung zulässt, bestehen bleibt.«

»Das klingt ja wie ein Sieg auf der ganzen Linie.«

»Sagen wir lieber wie ein Sieg auf Zeit. Wenn die Wissenschaft etwas zu erforschen und die Industrie etwas zu vermarkten hat, lässt es sich nicht aufhalten. Neuer Kanzler, neues Glück.«

Ich schluckte. »Dann war alles umsonst?«

»Nicht ganz. Zumindest die Oberhaie von Global Standards werden nicht den großen Reibach machen. Deren Ruf ist auf Jahre ruiniert. Deiner dagegen steht hoch im Kurs. Es heißt, du sollst wegen deiner Verdienste die SGB neu aufbauen und leiten.«

»Wer sagt das?«

»Noch ist es nur ein Gerücht, aber es kommt aus dem Kanzleramt.«

»Warten wir's ab«, sagte ich. »Die werden sich noch überlegen, ob sie einen halben Zombie einstellen.«

Ricas eben noch heiteres Gesicht verriet Besorgnis, als sie meinen verbundenen Kopf betrachtete. »Was sagen die Ärzte?«

»Sie sagen, dass sie lieber die Finger davon lassen wollen. Was immer unser Freund Ambeus/Baumes mir ins Gehirn gepflanzt hat, um mich mit diesen Golem-Fähigkeiten auszustatten, es ist so gut verankert, dass eine Entfernung mich zum völligen Idioten machen könnte.«

»Sobald Ambeus gefunden wird und man seine Unterlagen sicherstellt, kann man dir bestimmt helfen.«

»Sagen wir *vielleicht* helfen und *falls* Ambeus gefunden wird. Der Kerl scheint neun Leben zu haben. Sein Aufenthaltsort ist ebenso unbekannt wie meine Herkunft. Ich hege mehr Hoffnung, über Letzteres etwas herauszufinden als über den Professor.«

»Stimmt wohl«, gab Rica leicht zerknirscht zu. »Knaup hat zwar verraten, wohin man dich nach unserem Abenteuer in der Uckermark geschafft hat, aber die Vögelchen Ambeus und Ira waren längst ausgeflogen.«

Mit einem wohl etwas gezwungenen Lächeln sagte ich: »Dann werde ich auch in Zukunft Dinge sehen, die anderen verborgen bleiben.«

Rica lächelte kokett. »Ich bekomme halt einen ganz besonderen Mann!«

»Was höre ich da?«

»Aber das habe ich dir doch angedroht: Wenn ich dir ein drittes Mal den Arsch rette, musst du mich heiraten!«

»Ihr kamt reichlich spät«, lästerte ich. »Ich dachte schon, dass Hugos Verkabelung nicht funktioniert hat.«

»Wir haben alles mitgehört und mitgeschnitten. Hübsches Beweismaterial gegen Global Standards. Hugo wollte nicht zu früh eingreifen, um möglichst viel auf Band zu kriegen.«

»Okay, du bist entlastet, Rica. Die Hochzeit ist also genehmigt. Du musst mir nur noch Bescheid geben.«

»Über was denn?«

Ich fuhr mit der linken Hand über mein stoppeliges Kinn. »Ob ich das Gesicht von Robert Fuchs behalten soll oder nicht. Du wolltest es dir doch überlegen.«

»Habe ich schon.«

»Und?«, fragte ich gespannt.

»Lass dich überraschen!«, sagte Rica, und bevor ich weiterfragen konnte, verschloss sie meine Lippen mit einem leidenschaftlichen Kuss.

Schlussbemerkung

Diese Geschichte ist ein Roman und entstammt der Phantasie des Autors. Jede etwaige Ähnlichkeit oder Übereinstimmung von Namen, Bezeichnungen, Abkürzungen oder Sachverhalten mit tatsächlichen Personen, Politikern, Firmen oder Institutionen wäre rein zufällig und somit gänzlich unbeabsichtigt.